国家社科基金重大项目:"东亚楚辞文献的发掘、整理与研究"(13&ZD112)阶段性成果
教育部人文社科基金青年项目:"楚辞在日本的传播与影响研究"(19YJC751075)阶段成果

《楚辞》在日本的传播、译介与影响研究

郑新超／著

吉林大学出版社
·长春·

图书在版编目（CIP）数据

《楚辞》在日本的传播、译介与影响研究 / 郑新超著. -- 长春：吉林大学出版社，2022.6
ISBN 978-7-5768-1128-5

Ⅰ.①楚… Ⅱ.①郑… Ⅲ.①《楚辞》—传播—研究—日本 Ⅳ.①I207.223

中国版本图书馆CIP数据核字(2022)第226020号

书　　名：《楚辞》在日本的传播、译介与影响研究
《CHU CI》ZAI RIBEN DE CHUANBO、YIJIE YU YINGXIANG YANJIU

作　　者：郑新超
策划编辑：张宏亮
责任编辑：董贵山
责任校对：魏丹丹
装帧设计：雅硕图文
出版发行：吉林大学出版社
社　　址：长春市人民大街4059号
邮政编码：130021
发行电话：0431-89580028/29/21
网　　址：http://www.jlup.com.cn
电子邮箱：jdcbs@jlu.edu.cn
印　　刷：长春市中海彩印厂
开　　本：787mm×1092mm　　1/16
印　　张：17
字　　数：300千字
版　　次：2023年8月　第1版
印　　次：2023年8月　第1次
书　　号：ISBN 978-7-5768-1128-5
定　　价：98.00元

版权所有　翻印必究

东亚楚辞文献的发掘、整理与研究　总序[①]

东亚楚辞文献研究的历史和前景
——国家社科基金重大项目开题报告

周建忠

　　文化是民族的血脉，是人民的精神家园。中国优秀的历史文化在中国特色社会主义事业和实现民族复兴中国梦中，占有十分重要的地位与作用。以屈原辞赋为杰出代表的楚辞，是中华民族优秀传统文化中一份极为丰厚、极其珍贵的遗产，对中国社会发展和世界的文明进步，产生过巨大影响。屈原是中国的，亦是世界的，其伟大的人格曾在东亚历史上影响过一大批学者和仁人志士，成为人类崇高精神的符号。为了深入推进楚辞研究，在更高的学术平台对其全面探索，同时积极响应国家新时期下的文化战略，充分体现"走出去"与"请进来"的学术思想，提升国际学术交流质量和水平，增强中国学术的国际影响力，我们将受到楚辞文化影响较深的整个东亚作为研究的新视域，力求采用新的模式、新的方法，对东亚日本、韩国、朝鲜、越南、蒙古等国的楚辞文献进行全面发掘、整理和研究，通过构建新的文献基础，进一步挖掘与弘扬中华优秀传统文化，推进楚辞研究获得全面的发展。

[①] 本课题研究是周建忠教授国家社科基金重大项目的子课题之一，特此援引周教授《东亚楚辞文献的发掘、整理与研究总序》于此，作为本书的鞭策和践行目标。原文刊载于《南通大学学报（社会科学版）》2014年第1期。

一、楚辞文献研究的学术史梳理

《楚辞》在古代就流传到东亚的朝鲜半岛、日本和越南，在地缘文化相近的东亚国家甚为历代学人所宝重，因此东亚的楚辞文献也极其丰富。《楚辞》最迟在公元703年已经传入日本，这在奈良时代正仓院文书《写书杂用帐》中有明确记载。到9世纪末，藤原左世奉召编纂《日本国见在书目》，著录有"楚辞家卅二卷"，其中《楚辞集音》注明"新撰"，可见此时的日本学者在接受、传播楚辞文本的同时，已经开始从事对楚辞的研究工作。平安时代，藤原佐世于公元891年左右所编撰的《日本国见在书目录》是日本现存最早的一部敕编汉籍目录，在此书中有关《楚辞》的著作共有六种。

据日本学者石川三佐男先生统计，江户时期与《楚辞》相关的汉籍"重刊本"及"和刻本"达70多种。近代以来，日本也出现了为数颇众的译注和论著。代表性的楚辞译注有：桥本循《译注楚辞》（东京岩波书店，1941），牧角悦子、福岛吉彦《诗经·楚辞》（东京角川书店，1989），目加田诚《楚辞译注》（东京龙溪书社，1983）等。相关论著有藤野岩友《巫系文学小考：楚辞を中心として》（1950），赤塚忠《楚辞研究》（东京研文社，1986）。日本当代著名楚辞学者竹治贞夫不仅撰写了《忧国诗人屈原》，编了《楚辞索引》，还出版了分量很重的论文集《楚辞研究》，集中阐述了他对《楚辞》的一系列精辟见解。

高丽王朝时期，骚体文学盛行一时。当时有很多文人模仿《楚辞》创作辞赋，圃隐郑梦周《思美人辞》就是一首骚体诗歌。朝鲜王朝时期掀起了一股研读《楚辞》的热潮，当时著名诗人金时习曾模拟《离骚》写了《拟离骚》《吊湘累》《汨罗渊》，以此来讽刺当朝的奸佞之臣。韩国的《楚辞》代表性译本有宋贞姬《楚辞》（韩国自由教养推进会，1969）、高银《楚辞》（首尔：民音社，1975）等。相关论著有柳晟俊《楚辞选注》（萤雪出版社，1989）、《楚辞与巫术》（金仁浩（音译）著，首尔：新雅社，2001）等。在论文方面，范善君博士论文《屈原研究》、宣钉奎博士论文《楚辞神话研究》、朴永焕《当代韩国楚辞学研究的状况和展望》、朴承姬《15世纪朝鲜朝文人楚辞接受研究》影响较大。

据初步调查，东亚的越南和蒙古亦存有楚辞文献，有待发掘与研究。

《楚辞》在东亚的广泛传播以及研究的兴盛也引起了国内学者的高度重视。中华人民共和国成立后，越来越多的国内学者开始研究《楚辞》在东亚的传播和研究情况。如，闻宥《屈原作品在国外》（《光明日报》，1953年6月13日），马茂元主编《楚辞资料海外编》（湖北人民出版社，1986）是对海外楚辞学术史综合研究的著作。国内学者对日本楚辞学研究的主要成果有：崔富章论文《十世纪以前的楚辞传播》《大阪大学藏楚辞类稿本、稀见本经眼录》《西村时彦对楚辞学的贡献》；王海远论文《论日本古代的楚辞研究》《日本近代〈楚辞〉研究述评》等。在韩国楚辞学研究方面，徐毅《楚辞在东国的传播与接受》、郑日男《楚辞与朝鲜文学之关联研究》、琴知雅《历代朝鲜士人对楚辞的接受及汉文学的展开》等都是比较有影响的学术论著。

近年来，南通大学楚辞研究中心将研究重点转向东亚楚辞文献的挖掘、整理和研究。中心主任周建忠先后赴日本、韩国访问调研，搜集到数百种楚辞文献，并形成论文《大阪大学藏"楚辞百种"考论》《屈原的人格魅力与中国的端午情节》。中心特聘研究员兼学术委员会副主任徐志啸也数次赴日本考查，并于2003年主持国家社科基金项目"日本楚辞研究论纲"，出版著作《日本楚辞研究论纲》（学苑出版社，2004），发表学术论文《中日文化交流背景及日本早期楚辞研究》《竹治贞夫对楚辞学的贡献》《赤冢忠的楚辞研究》《星川清孝的楚辞研究》《中日现代楚辞研究之比较》等。中心特聘研究员兼学术委员会副主任朴永焕现任韩国东国大学中文系教授，长期致力于韩国楚辞文献的搜集整理和研究，取得的代表性成果有：专著《文化韩流与中国、日本》（韩国东国大学出版社，2008）、《宋代楚辞学研究》（北京大学1996年博士学位论文），论文《洪兴祖的屈骚观研究》《当代韩国楚辞学研究的现况和展望》《韩国端午的特征与韩中端午申遗后的文化反思》等。中心成员徐毅博士曾任韩国国际交流财团高丽大学访问学者，千金梅博士先后获得韩国延世大学文学硕士学位和文学博士学位，贾捷博士由国家留学基金委公派至韩国延世大学攻读博士学位，他们都曾长期在韩国从事东亚楚辞文献的搜集和整理工作。中心成员陈亮博士在英国伦敦大学亚非学院攻读联合培养博士项目期间，调查东亚楚辞文献在欧美传播的版本情况。

本课题组调查东亚楚辞文献的范围共包括以下五种情况：其一，中国出版，东亚国家收藏的楚辞学文献；其二，中国出版，但在中国大陆及港台地区均已失传，东亚国家仅存的楚辞学珍本；其三，东亚国家的刻本、抄本；其四，东亚国家出版的该国学者楚辞研究著作；其五，中国出版的东亚国家楚辞学著作。

据初步调查统计，日本楚辞学文献共有313种，其中中国版本218种，中国版本仅存于日本者10种，日本和刻本47种，日本出版本国学者的研究著作38种；期刊论文291篇，学位论文18篇。韩国楚辞学文献394种，其中中国版本204种，朝鲜版本166种（抄本117种、木刻版23种、木活字本19种、金属活字本19种），韩国、朝鲜出版楚辞学著作24种；期刊论文122篇，学位论文26篇。越南楚辞学文献37种，蒙古楚辞学文献12种。

总之，《楚辞》流传两千余年，相关文献研究与之相始终。两千多年的楚辞文献研究在文本的辑录、校注、音义、论评、考证、图绘、绍述等方面都取得瞩目的成就，新时期的多学科综合研究也有了一定的学术积淀。这都为我们在东亚文化圈内对楚辞文献进行更深层次的挖掘、整理和研究搭建了一个很好的学术平台，奠定了坚实的学术基础。就东亚楚辞文献研究而言，已有的相关研究存在以下不足：（1）以往的研究往往侧重于楚辞文献的某一个方面，呈现出相对零碎、分散、粗浅的状态，缺乏全面性和系统性；（2）对东亚楚辞文献发掘不够深入，对一些楚辞文献的孤本、善本和同一著作的不同版本的发掘亦嫌不足；（3）除中国外，东亚楚辞文献整理和研究欠缺。日本、韩国、朝鲜有所涉及，越南、蒙古文献研究几乎还是空白。由此可见，东亚楚辞文献有着广阔的再研究空间。如对东亚楚辞文献进一步的调查、搜集、挖掘、整理，并精选珍本重新点校，对重要批评资料的汇集和品评，对代表性楚辞著作进行统计、标引、著录、提要，对楚辞文献按类别进行学术史梳理，构建东亚楚辞文献语料库和注释知识库，等等。因此，对整个东亚文化圈内的楚辞文献进行系统全面的整理和研究有着更为重要的学术史和文化史意义。

二、东亚楚辞文献研究的意义

（一）学术价值

第一，文本价值。本课题发掘、考释中国散逸的留存在东亚的楚辞版本，汇集日、韩、朝、越、蒙等东亚各国的楚辞注本及批评资料等，所收作品不仅有楚辞文本，还有作家的注释、研究、品评、鉴赏、考证等，所采版本涉及中国刻本、和刻本、朝鲜本、越南本、翻刻本以及稀见的抄本等。课题预期成果，较之已有的楚辞汇编性学术著作，规模更为宏大，搜罗更为广泛，研究更为深入，具有集大成的价值。

第二，文化传播学价值。收集整理东传楚辞文献，可以了解古代东亚文化的交通，探寻文化交流可能的策略，增进相互理解，推进文化互信和繁荣。如，1972年中日恢复邦交，日本首相田中角荣访华，毛泽东主席将《楚辞集注》作为国礼赠送。本选题作为一种全新的楚辞研究方法的尝试，旨在整个汉文化圈为总体背景，对楚辞学进行重新审视与定位，以期客观探索屈原及《楚辞》对世界文学的影响。同时，研究成果也为今后中华文化如何更为有效地推广到世界提供一个经验借鉴。

第三，阐释学价值。东亚楚辞文献的诠释传统和话语模式不断强化了《楚辞》的经典地位，以文献来源为架构梳理东亚历代楚辞学文献，揭示楚辞研究可能涵盖的领域，可以帮助理解不同历史阶段知识、观念状况与经典的互动，理解文献的构成、话语方式、体制特征，进而准确地描述出经典生成的原理和发展脉络。

（二）应用价值

第一，为楚辞研究提供新材料、新思路、新方法，为以后的深入研究提供更高的学术平台。正如傅斯年所言，海外学者"作学问不是去读书，是动手动脚到处寻找新材料，随时扩大旧范围，所以这学问才有四方的发展，向上的增高。……我们很想借几个不陈的工具，处治些新获见的材料"。

第二，对楚辞教学亦有重要意义。楚辞研究的视域超越了一乡一国而扩大到整个汉文化圈，其所得出的结论自然不同凡响，这将有利于厘正以往的偏颇结论，更好地还原《楚辞》在东亚文化圈中的作用与影响，同时，亦能更好地引导学生如何采用新鲜的学术方法与学术理念去观照中国传统文化。

第三，东亚楚辞数据库的系统构建，一是基于资料的全面，二是充分利用现代信息技术的便捷优势，从而有利于楚辞研究的便利和深入，并极大地促进作为中华文化精华之一的《楚辞》的普及。

（三）社会意义

第一，珍视人类文明重要遗产并扩大中华传统文化的世界影响。屈原是中国的，亦是世界的，其伟大的人格曾在东亚历史上影响过一大批学者和仁人志士，成为人类崇高精神的符号。因而，对于载录其精神的文本文献和研究文献，我们应怀有强烈的历史使命感去抢救性地发掘和整理那些珍本和稀见本，从而有利于中华优秀传统文化的世界流传，并强有力地呈现屈原对世界文化的贡献。

第二，激发对中华传统文化的自豪感，增强国人的民族自信。东亚楚辞文献的价值不只是中国典籍的域外延伸，不只是本土文化在域外的局部性呈现，不只是"吾国之旧籍"的补充增益，它们是汉文化之林的独特品种，是作为中国文化的对话者、比较者和批判者的"异域之眼"。本课题以东亚楚辞文献为侧重点，能够更为客观、翔实地展现屈原及楚辞在东亚文化中的地位和影响，从而进一步增强我们的民族自豪感，也将为中华民族在传统文化基础上实现"中国梦"培育更强有力的民族自信。

第三，增强中华文化的软实力，掌握跨文化交流中的学术话语权。屈原及楚辞对东亚文化的发展作出过重要贡献是不争的事实，本课题作为集合性、综合性、实证性的研究，以无可置疑、有理有据的成果，建立起与世界对话的平台，从而掌握国际学术交流的主动权、主导性，实实在在推进中国学术的国际化进程。

三、总体框架

（一）总体问题、研究对象和主要内容

东亚作为一个地理概念，其范围并没有一个十分明确的规定，本课题所说的东亚主要包括日本、韩国、朝鲜、蒙古与越南等——即古代以中国为中心的汉文化圈，不涉及中国（含港、澳、台地区）。本课题研究的总体问题就是对东亚地区楚辞文献作综合性的搜集、整理与研究。研究对象就是针对东亚各国现有的与楚辞有关的文献，如历代楚辞的注家及版本、楚辞图谱、研究评论与学术札记等。研究的主要内容包括在调查并摸清东亚各国现藏楚辞文献的数量、藏地、版本特点的基础上，对东亚地区的楚辞文献作系统性的研究。内容

涉及编纂书目、撰写提要、点校影印等文献整理工作，同时以专题形式对楚辞文献在东亚的传播与影响作系统的研究，对东亚楚辞文献的数据库建设开展应用性研究。

（二）总体框架和子课题构成

课题的总体目标是对东亚地区的楚辞文献作综合性的整理与研究，子课题按照"文本""研究""应用"的原则对总课题进行分解。

子课题之一"东亚楚辞文献总目提要"，将东亚地区各国所藏的楚辞文献书目编成"东亚楚辞文献知见书目"，内容包括书名、卷数、撰者、撰作方式、版本、存佚、丛书项等基本信息，争取将东亚地区目前可见的所有的有关楚辞学的注释、考证、评点、图谱与研究等著作全部收入，以"总书目"的面貌出现。以"知见书目"为基础，选取其中有代表性的著作撰写提要。

子课题之二"东亚楚辞文献选刊"，主要针对东亚地区各国所藏重要的楚辞文献的注本、音义、考证、图谱、札记等著作，对东亚楚辞文献进行分类整理。精选东亚地区稀见的楚辞版本予以影印，对目前尚未有点校本的楚辞文献予以点校，精选外文楚辞研究著作翻译成中文。影印、点校、译介形成系列成果。

子课题之三"东亚楚辞学研究集萃"，拟对东亚汉籍中的楚辞批评资料以及东亚楚辞研究论文进行整理研究。一是对东亚各国的楚辞研究资料进行全面汇编。二是对楚辞研究的学术论文进行全面收集，编订目录索引。精选重要的楚辞研究论文撰写提要，展现东亚楚辞研究的趋势和流变。三是甄选有代表性的东亚楚辞研究论文，评骘得失，编订出版。

子课题之四"东亚楚辞学研究丛书"，研究楚辞在东亚地区的传播及其对东亚文化的影响。对楚辞作家中的"专人"（屈原、宋玉、贾谊等）进行评价与研究；对东亚各国学者对楚辞作品的中"专篇"（如《离骚》《九歌》《天问》《九章》《九辩》等）进行翻译、介绍与研究；对东亚各国藏楚辞注本中的"专书"（如《楚辞补注》《楚辞集注》《楚辞韵读》等）收藏、翻刻与流传等进行研究；对楚辞史上的热点"专题"（屈原生平、端午风俗与韩国江陵端午祭等）等进行研究。

子课题之五"东亚楚辞文献数据库建设及应用研究"，利用现代信息技术手段，将东亚楚辞文献进行数字化加工处理，使之既有利于东亚楚辞文献的永久保存，有利于楚辞文献的便捷传播，也有利于学者的深入研究与利用，有利于普通受众学习楚辞了解楚辞。开发东亚楚辞文献系列数据库、语料库和注释知识库、智能检索系统，以满足不同用户的学习研究需求。这些研究成果将以东亚楚辞文献网络数据库和智能检索平台展现。

四、预期目标

（一）本课题研究将达到"构建平台，承前启后"的学术思想目标

即构建一个包括东亚地区楚辞文献的古籍整理、学术研究、语义化智能检索在内的研究平台，这个研究平台将发挥承前启后的作用，既对此前东亚楚辞研究作一个系统的总结，也为后来的楚辞研究者以这个平台为基础将楚辞研究继续推向深入。

（二）学科建设发展上的预期目标

即为楚辞学研究建立一个全新的研究模式，这个模式就是包括中国文学、中国历史、语言学、图书馆、情报与文献学等在内跨学科的综合研究模式。这个模式可以为诗经学、唐诗学等文学研究借鉴。

（三）资料文献发现利用上的预期目标

即调查并披露一批楚辞文献的稀见版本，将结集出版系列点校本，将系统推出楚辞各相关领域的研究史，将公布东亚楚辞文献的数据库和注释知识库。这些预期成果都将对中国古代文学与文化的研究提供重要的基础文本与研究资料。

五、研究思路、视角和路径

（一）总体思路

第一，在对国内楚辞研究充分把握的基础上，对国内外楚辞文本全面比对的基础上，对这些流传在东亚地区的楚辞的珍本、稀见本等进行抢救性发掘和整理，以期更好地保存好这笔中华优秀传统文化遗产。第二，对东亚的楚辞学成果进行全面调查和研究，探寻楚辞作为中华精华文化在东亚一直得以流传的原因等，从而更为客观地描述中华文化对东亚文明的贡献，唤起国人更强的

民族自豪感，进一步加强国人把优秀文化传承下去的责任感。第三，积极推进楚辞文献数字化工作，力求理论研究与社会应用并重。

（二）研究视角

课题将以古代东亚汉文化圈为背景，赋予楚辞文献研究一个整体意义。研究视野超越国别、语言、民族的限制，以中国现存的楚辞文本文献、楚辞学研究为重要基础和主要参照，以现存的日本、韩国、越南的楚辞文献为侧重点，形成不同于传统文献研究的新视野。因为东亚楚辞文献是一个庞大而丰富的学术资源，它会提出许多新鲜的学术话题，与之相适应，必须用新鲜的学术方法和理念去解决楚辞在东亚流传的实质原因、楚辞在汉文化圈的作用和影响等重要问题。

（三）研究路径

第一，利用多种途径调查和搜集国内外楚辞文献。（1）利用各种书目搜集现存东亚各国的楚辞文献；（2）利用现代信息技术进行搜索；（3）实地考察东亚各国的各大图书馆、著名文库以及私人藏书楼等，进行发掘和搜集；（4）利用各种文集、诗话等古籍文献，进行查阅、精选；（5）对发掘和搜索到的楚辞资料，采用购买、复印、拍照等方法收集。

第二，对收集到的楚辞文献以编目、影印、点校等形式进行整理。（1）将搜集到的楚辞文献编成详细书目，以作为现存东亚楚辞文献的统计和梳理；（2）精选东亚地区楚辞文献的善本、孤本以及有价值的抄本等予以影印，给学者提供真实的原始参考文献；（3）对没有整理过的典籍甄选并予以点校出版，为今后的楚辞研究提供便利。

第三，对收集整理的楚辞文献及东亚学者的楚辞研究论著，进行系统的专题研究。如楚辞发生学研究、楚辞经典著作研究、东亚楚辞代表作家作品研究，以及楚辞在东亚的传播时间、途径与方式，楚辞文献对东亚文学、文化的影响研究等。

六、研究方法

（一）整理与研究同步进行

进行编目、精选、点校等整理工作的同时，还将撰写提要，发表专题学术论文,撰写系列研究丛书等,形成"边整理边研究"的模式。涉及的研究路径有目录编制、版本考辨、辑录散佚、影印点校、专题研究等。

(二)以文献为基础的综合研究

首先,立足载录楚辞文献的大量域外汉籍,有书目、史书、日记、文集、诗话、笔记、序跋、书信等,其中还包括课题组发掘的未曾公之于世的朝鲜文人使行的日记(燕行录)、文集、诗牍帖等。其次,重视中国典籍中关于楚辞文献的记载,并与域外汉籍中的记载进行参证、互证、补证等。既重视域外文献,也不忽略中国典籍,最大范围地收集和整理东亚楚辞文献,是本课题研究的一个基本原则。最后,在充分调研这些材料的基础上,对东亚楚辞学的新现象、新问题、新特征等展开分析和研究。综合采用调查、统计、演绎、归纳等研究方法以及整理、例证、比较、阐述等多种分析方法。

(三)涉及多学科领域的综合研究

本课题研究涵盖的学科领域有中国文学,外国文学,图书馆、情报与文献学,考古学,语言学,世界历史等。

(四)以汉文化圈为背景的比较研究

本课题超越传统的楚辞本体研究,放眼东亚,对楚辞在东亚的传播、东亚古代学者对楚辞的批评与接受、近现代东亚楚辞学史、楚辞及楚文化对东亚各国文化的影响等进行研究。

七、重点难点

(一)资料的调查与获得

本课题涉及庞大的资料调查工作,各地公私藏书的调查与获得任务艰巨,尤其是域外楚辞文献中的善本和稀见本的影印涉及知识产权,其复本获取和得到允许影印有较大难度。此外,珍贵的稿本、抄本和孤本等,获取复本的经济成本也较高。课题组拟采用各种合理方法努力调查、获取,与各大藏书机构建立密切合作关系,争取得到已建立合作关系的海外研究机构以及中国驻外政府机构的大力帮助等。同时,加大文献资料购买的经费投入。

(二)东亚楚辞文献的整理与校注

东亚楚辞文献中的一些抄本、稿本虽然珍贵,但整理与校注有一定难度。首先，有些版本本身的源流系统，由于证据缺乏，其版本刊刻、流传过程等难以考辨。其次，有些版本中的文字为草书，在辨识上有一定困难。再次，一些文本正文为汉字，疏解为韩语或日语等，多语种的文献亦给整理带来一定难度。最后，校注域外楚辞版本时，整理者亦需谙熟中国楚辞学、东亚汉文学、训诂学等。子课题负责人均为一流的古代文学、古典文献学专家。课题组成员大多受过域外汉籍研究的专业训练，均为博士或正、副教授，熟悉东亚各国的历史文化，通晓日语、韩语、英语等，完全有能力协助子课题负责人，共同完成整理与校注工作。

（三）楚辞研究新模式的构建

以整个汉文化圈为背景，突破传统楚辞研究的既有模式，利用多学科的研究力量，对东亚楚辞进行首次全面调查、整理与研究。楚辞作品中的"专篇"、作家中的"专人"、注家中的"专家"、楚辞学史中的"专题"研究以及楚辞的东亚传播与影响研究是楚辞研究新模式的重要标志。本课题拟通过多种层面的学术探索，为楚辞学的发展构建一个更高的学术起点。

（四）数据库建设和语义化平台建设

多语种数据库结构和规范的设计与建立，多语种语义标注和智能检索系统的开发是"东亚楚辞文献语义化"的重点难点问题。目前各种基于本体的语义检索系统，多停留在理论研究和部分领域实验阶段，对于古汉语，尤其是先秦文学作品的语义检索，尚无成熟案例。实现字词的语义半自动切分，设计基于规则的语义标引系统是拟解决的关键问题。本课题将利用现有的分词技术结合楚辞作品语义语法规则，开发基于楚辞语义标引训练集的楚辞语料库，构建楚辞注释知识库，建成多语种楚辞文献系统平台，利用最新技术方法和手段推进楚辞研究领域的信息技术应用。

八、创新之处

（一）在问题选择上，具有东亚文化交流史的视阈

首次将楚辞研究置于东亚汉文化圈背景，以现有的楚辞文本和研究成果为基础和参照，比较研究东亚其他国家楚辞文本的存在情况及价值，揭示楚辞作为中华传统文化精华在汉文化圈的作用与影响。

（二）在文献收录上，做到"全"与"新"的突破

对东亚各国所藏楚辞文献作全面系统的收集整理，调查足迹遍布东亚各国的大小藏书馆所，同时，亦重视日、韩、越、蒙、朝鲜等国的私人藏书，如韩国的雅丹文库、日本的藤田文库等。目前，本课题组已经掌握韩国楚辞文本394种，日本楚辞文本313种，越南、蒙古等国楚辞文本49种。其中不乏一些珍本和稀见本，如韩国国立中央图书馆藏《楚辞》光海君年间木活字本，日本京大人文研本馆藏《楚辞》庆安四年刊本等。

（三）在研究方法上，综合运用多学科交叉的方法

研究方法涵盖文献学、考古学、历史学、统计学、文艺学、美学、文化学、比较文学、图书情报学、软件工程学等诸多学科的理论方法。此外，因为本课题的研究理念是实证与研究，在具体操作上，注重将缜密的实证上升到综合研究，在确定事实的基础上，发现事实与事实之间，甚至事实以外、事实背后的因果或联系，做到出土文献与传统文献互证，考据与义理并重，体现出综合性、系统性与学理性。

（四）在技术路线上，建立"一体两翼"的研究模式

"一体两翼"，即以文献整理为"一体"，以研究与运用为"两翼"。本课题的研究成果不仅是东亚楚辞文献的整理汇编，而且对东亚楚辞研究史进行分类研究，并开发东亚楚辞文献数据库，开创了文献整理研究的新路径。特别是东亚楚辞文献数据库建设，这是先贤整理和研究楚辞尚未涉及的全新领域，基于语义化上的数据库建设，将对楚辞研究的深入与拓展提供一个更为便捷的信息平台，亦有利于楚辞文本及研究资料的永久传承。

目　录

绪　论 ··· 1
　第一节　问题的缘起 ·· 1
　第二节　课题相关国内外文献综述 ·· 6
　第三节　研究的核心概念、议题、框架与方法 ······················ 20
　第四节　研究的重点、难点与创新之处 ································ 25
　第五节　研究的基本思路及框架结构 ···································· 27

第一章　《楚辞》在日本的传播 ·· 30
　第一节　《楚辞》东传日本的背景 ·· 30
　第二节　《楚辞》在日本的传播轨迹 ···································· 48
　第三节　《楚辞》在日本传播的载体、人员与渠道 ··············· 59
　第四节　《楚辞》在日本传播的基本特征及现实困境 ··········· 69

第二章　《楚辞》在日本的译介及课题 ·· 74
　第一节　《楚辞》在东西方各国的译介概览 ························ 74
　第二节　《楚辞》在日本的译介历程 ···································· 77
　第三节　著名译家作品赏鉴 ··· 85
　第四节　文化传播视角下当代日本楚辞译介管窥 ················ 99

第三章　《楚辞》在日本的学术研究 ·· 102
　第一节　日本楚辞学文献历史回溯 ······································ 102
　第二节　日本楚辞学研究现状及特征梳理 ··························· 104
　第三节　日本代表性楚辞研究学者及其成果鸟瞰 ················ 120
　第四节　20世纪50年代至今日本楚辞学论著述略 ················ 140

· 1 ·

第四章 《楚辞》在日本的接受、影响与出路 ………………… 166
第一节 《楚辞》在日本社会文化中的接受 …………………… 166
第二节 《楚辞》东渐及在日本文学中的接受与影响 ………… 170
第三节 《楚辞》在日本传播、评价与研究的出路 …………… 187

第五章 日本《楚辞》研究的特色与短板、借鉴与反思 ……… 189
第一节 日本楚辞研究的特色与短板 …………………………… 189
第二节 日本楚辞研究的借鉴 …………………………………… 194
第三节 日本楚辞研究的反思 …………………………………… 196

参考文献 ……………………………………………………………… 201

附录 …………………………………………………………………… 213
附录一 论文题录 ………………………………………………… 213
附录二 著作题录 ………………………………………………… 248
附录三 日本高校图书馆网址 …………………………………… 253

后记 …………………………………………………………………… 255

绪　论

第一节　问题的缘起

一、选题的背景及原因

《楚辞》是战国时代末期伟大诗人屈原首创的一种诗体。如宋人黄伯思对"楚辞"这一独特的诗体所言："皆书楚语，作楚声，纪楚地，名楚物"（《东观余论》）。"楚辞"是战国时期由以屈原为代表的楚地诗人在南方民歌的基础上，融合上古神话传说，创造出的一种诗歌体裁形式，是中国文学史上继《诗经》之后又一独具魅力的诗体。后人将屈原、宋玉等人的"楚辞"诗作辑录为《楚辞》。

笔者之所以选择"《楚辞》在日本的传播、译介与影响研究"作为自己的研究课题，基于以下几方面原因。

第一，《楚辞》在中国文学史上的重要地位及其在海外传播与研究弱势。《楚辞》是中国文学的两大源头之一，其与我国第一部诗歌总集《诗经》被喻为"双璧"，作为中国古典诗歌现实主义和浪漫主义两大传统之滥觞，是中国古代文学史上的一座艺术高峰。民国初期，著名学者刘师培将中国文学划分为北方文学和南方文学，北方文学以《诗经》为源头和代表，南方文学则以《楚辞》为源头和代表。这两大文学典籍是中国文学史上两颗璀璨明珠，对后世文学产生了深远影响。国内对这两部典籍给予了高度重视，相关注释、评论、研究的著述可谓浩如烟海，形成了洋洋大观的诗经学和楚辞学。[1]

然而，众所周知，《楚辞》内容丰富，晦涩难懂。即便是中国读者，如

---

[1] 郭晓春.《楚辞》在英语世界的译介与研究[M].北京：中国社会科学出版社，绪论，2018.

果没有一定的古文阅读基础，也是很难理解的。与此同时，囿于语言障碍和文化壁垒，《楚辞》在海外的传播，尤其在日本的传播的过程中，受关注之程度远远落后于《诗经》，甚至落后于晚近的文体，如唐诗、宋词、元曲以及《红楼梦》《西游记》《三国演义》等鸿篇巨制，其在日本社会传播与普及的广度和深度都相对较低。

进入21世纪以来，随着中国国家实力和国际影响力的提升，中国文化"走出去"战略如火如荼，方兴未艾。作为中华优秀传统文化典籍的《楚辞》在海外的译介、传播与研究再一次受到学界同仁的关注，研究热潮再现。然而，若向日本民众讲好《楚辞》故事，不但需要精通中日两国语言和文化，还需要深厚的文学功底、文化积淀，对两国的文化、历史有较为深刻的理解。

第二，日本楚辞学研究的地位和价值值得重视。与中国一衣带水的日本，由于其历史文化和地理位置等多方面原因，深受汉文化影响，在国际汉学研究中，一直是成果最多、成就最高且影响最大的部分。"日本人对于中国文学，潜心研究，几无所不至。"[①]

日本早在奈良时期就积极向当时的中国派遣大量的遣隋使、遣唐使，学习中国文化，并带回大量古典书籍，其中就包括《楚辞》。然而，关于《楚辞》传入日本的具体的最早时间，众说纷纭，有学者认为，早在推古天皇时期颁布的圣德太子十七条宪法中，出现的许多语句，便显示出受到了《楚辞》的影响。出于对"楚文化"自身的亲切感和认同感，日本汉学中的楚辞研究，历来深受日本众学者重视。"东学西渐"伊始，《楚辞》这株艺术奇葩就被移植异域，在国际世界绽放异彩。

日本历代学者对《楚辞》的研究不胜枚举，成果颇丰，出现了极具价值的文献。日本汉学界在楚辞研究方面，出现较多具有代表性的学者及其代表著述。因此，"楚辞"文化在日本的传播、译介及其研究历程具有深刻的学术价值和实践意义，值得深入挖掘。徐志啸教授的《日本楚辞学论纲》开国内日本楚辞学研究之先河，填补了国内相关研究的空白。然而，近年来相关领域的深入拓展成果相对较少，尤其是跨学科视域下的传播、译介和学术研究成果甚少。总而言之，目前中国学界对于《楚辞》在日本的传播、译介、影响和学术

---

① 児島献吉郎. 中国文学論. 台北：台湾商務印書館，1972：1

研究的系统性梳理还存在一定的不足，这是一个大有可为的领域，这为本课题留有一定的研究空间。

第三，笔者的知识结构和治学背景为楚辞研究提供了基础条件。"《楚辞》在日本的传播与影响研究"这一选题需要研究人员具有语言和文化的双重基础，笔者本科和研究生阶段均为日语语言文学专业，多年来长期从事日语的教学、科研和翻译工作，具有扎实的日语基础，同时对学科领域内较为艰深的英语文献具有一定的阅读能力。2019年，得益于周维宏老师点拨，于北京外国语大学日语学院（北京日本学研究中心）攻读博士学位。继而，2021—2022年，本人荣获日本国际交流基金会资助，赴日本东京大学进行为期一年的访学研修。

本人在北京日本学研究中心读博深造，三次赴日研修，为本课题研究提供了全新的平台和宝贵的一手资料。日研中心是20世纪80年代，大平正芳首相访华时，中日两国共建的第一所培养中国日语教师和人才的研究基地，是中日友好的象征。其有着长达40多年合作办学的历史和传承。中国各大高校科研院所的第一批日语教师和研究人员大都有在这里学习深造的经历。这里不仅有全国最翔实的日文文献资料和学术资源，还有日本文部省下设的国际交流基金以及大量知名日企的赴日研修资助，是中日学术交流和人才培养的重要平台。日研中心图书馆馆藏历年图书资料逾百万册，提供了不同时期日本社会文化的可资参考的翔实资料。研究的学科领域除日本文学、文化外，还涵盖日本语言、教育、社会、经济等多元研究方向，该平台为楚辞研究提供了全新的视野，使日本学研究不仅囿于文化、文学、文字层面。

研究期间，北外"兼容并蓄、博学笃行"的校训精神，时刻激励着本人，在紧密结合国家战略发展需要，坚持"学好外国语，做好中国人"的同时，秉承传统，追求卓越，精益求精，立志成为国家急需，富有社会责任感、创新精神和实践能力，具有中国情怀、国际视野、思辨能力和跨文化能力的复合型人才、复合型教师。工作十余载的科研学术积累，多次远赴日本国立国语研究所、东京大学等的留学、访学经历亦拓宽了本人的研究视野，为本课题积累一手资料，寻求相关专家的指导等提供了必要的保障条件。

第四，南通大学楚辞研究中心提供的优秀科研条件。南通大学周建忠教授在楚辞研究领域著作等身，并积极提携和点拨后辈，保证了楚辞研究的系统性和延续性。本人亦深受感染，受到何继恒老师、陈亮老师、郭素英老师、龙臻老师、史小华老师等师友的支持和帮助，并于2016年起至2019年底，参与周建忠教授的国家社科基金重大项目课题，参与日本学者楚辞文献的翻译、整理、校对等工作，加深了对日本楚辞文献的整体状况的理解和把握，为本研究的开展积累了实践经验，同时增强了对中国文学文化知识的了解和体悟。此外，我校楚辞研究中心雄厚的师资力量，充实的日本楚辞学资源以及丰硕的楚辞学研究成果，为笔者的研究提供了宝贵的借鉴，也增强了笔者从事此研究的信念和决心。由衷感谢陈亮老师对本人踏入楚辞学领域的鼓励和督促；感谢郭素英老师、陈亮老师邀请本人参与周建忠教授的国家社科基金重大项目，从事日本楚辞学文献整理的工作，为促成本课题研究积累了实践经验，积蓄了力量。

在周建忠教授和广大楚辞研究中心同人的帮助下，2019年初本人的教育部人文社会科学基金青年项目"《楚辞》在日本的传播与影响研究"获批立项。同年，笔者顺利考入北京外国语大学攻读博士研究生，在导师周维宏教授的大力支持下，读博期间将研究领域聚焦到日本汉学领域，并通过长期不懈的努力，对日本楚辞学持续不断的关注和深挖，最终能够有饱满的精力投入本课题研究的开展。虽然任重道远，但本人坚信"路漫漫，其修远兮，吾将上下而求索"，终将迎来"守得云开见月明"之日。

综上所述，在经济全球化、信息化和科技发展的推动下，楚辞学的国际化视野和国际话语建构备受国内外学界关注和青睐，笔者通过本研究的开展和研究成果的获得，力求为我国学术界的楚辞研究走向国际化、全球化提供一种视角和参考。

二、选题的目的

本课题拟对《楚辞》在日本的传播与影响进行系统研究，以期达致以下四个目标：

第一，厘清日本楚辞学传播脉络，提升楚辞学研究的深度和广度。全面了解《楚辞》在日本的传播情况，包括：《楚辞》在日本的传播发展历程以及主要的传播渠道和途径是什么？主要通过哪些人、哪些载体来传播的？受到哪些政治、经济、文化等因素的影响？这些都是本研究亟待解决的首要问题。通过此项研究，勾勒出日本楚辞学的传播与发展的时空脉络，对日本楚辞学文献进行系统整理，对特定时代、专题进行分类分层研究，力求把握日本楚辞学研究实况，推动中日楚辞学界交流。

第二，为楚辞学译介提供异域视角。全面了解《楚辞》在日本的译介与接受情况。日本学界对《楚辞》是如何阅读、阐释的？有哪些《楚辞》相关的译本？这些译本孰优孰劣？这些译本是否存在误读、误译情况？特定词汇的翻译是如何处理的？翻译手段是否随着时代的发展而变迁？这些问题也是本研究要重点探讨的问题。

第三，梳理《楚辞》在日本的学术研究特征、动态及对社会文化的影响。全面而系统地梳理日本各个历史时期，社会各阶层眼中的楚辞观；将日本《楚辞》译介、研究发展的概貌，与中国楚辞学史作比照，剖析这些研究与国内研究相比有什么特点，有什么不足之处，以及对我国学界楚辞研究有什么借鉴和启发。理解《楚辞》中所体现的中国传统文化价值观与日本本土文化的冲突与融合，以及对日本社会文化的渗透和影响。

第四，为我国传统文化的域外传播提供借鉴和参考。通过对日本楚辞学体系的总体评价，对特定历史时期以及特定的楚辞学者的研究，尤其是《楚辞》文化在当代的传播，发现中华传统文化的优秀基因，对内增强文化自信，对外为中国文化"走出去"战略提供参考和借鉴。

三、研究的意义和价值

在既往楚辞学研究的基础上，结合近些年网络、统计分析等手段，通过充分检索、数据分析与挖掘，能够更全面、更系统地了解《楚辞》在日本的传播与接受情况，并从语言、翻译视角发现可能存在的误译、误读；在信息化时代，在充分信息流动、充分沟通的背景下，重新审视《楚辞》在日传播，为我国国内学者提供《楚辞》译介和研究的新思路，从而拓宽《楚辞》的研究视野，促进国内外楚辞领域的文化交流，推动《楚辞》在日本，乃至全世界范围内的更好传播。具体可分为学术价值和应用价值两个层面。

（一）学术价值

一是补充、融入近些年最新的日本楚辞学研究的文献、资料，尤其是借助于文献典籍的数字化服务，进一步提高文本规模，在继承和发展前人研究成果和研究方法的基础上，通过统计等大数据手段，全面提升日本楚辞研究的全面性和系统性，将楚辞研究从感性向理性、量化分析推进。

二是通过日本楚辞学研究，以审视、批评和借鉴的态度，探寻文化交流可行的策略，增进了解，推进文化互信，借此提升《楚辞》的文化传播学价值。

（二）应用价值

一是为楚辞学研究提供新材料、新思路、新方法，为以后的深入研究提供更高的学术平台；

二是为东亚楚辞数据库的系统构建贡献力量；

三是为推动中国经典外译，为扩大中国传统文化价值观的域外影响提供智识支持。

第二节 课题相关国内外文献综述

《楚辞》自问世以来就携带超越时代、民族、语言的独特魅力，是历代文人、学者诵读和钻研的不朽之作。日本历代学者对《楚辞》的研究不胜枚举，成果颇丰，蔚为大观。鉴于此，本课题拟对日本楚辞传播、接受、影响等进行系统梳理，厘清发展脉络，为中国楚辞学界研究提供借鉴。

一、国外研究的学术史梳理及研究现状

《楚辞》因其语言晦涩、楚风浓厚的特点，需要读者具有深厚的文学素养和功底。因此，其跨文化传播存在一定的阻力。此外，受地理因素、文化因素、政治因素等多重因素的综合影响，其海外译介和传播研究的东西方差异凸显。

（一）欧美国家的楚辞研究历史及现状

与东亚国家相对的，《楚辞》在19世纪才逐渐开始了"东学西传"的历程，西方学者从单纯的翻译传播到译研结合，不断加深着对《楚辞》的认知与理解。现阶段《楚辞》在欧美国家的研究，依托《楚辞》种类繁多的译本进行，包括德语、法语、英语、意大利语、拉丁语、荷兰语、俄语、西班牙语、匈牙利语、罗马尼亚语等在内的十几种文字，相关的译介楚辞文献资料多达200余种[①]，涉及译本、论文、专著等多种载体。

西方欧美国家《楚辞》的研究者大多也是《楚辞》的翻译者，如英国汉学家大卫·霍克斯（David Hawkes）翻译《楚辞》全篇，然而，翟理斯（H.A.Giless）、阿瑟·韦利（Arthur Waley）、鲍润生（F.X.Biallas）等大多数汉学家则是选译了《楚辞》的部分篇章，译者们普遍采取翻译和研究相结合的方式，因而可以说译者或多或少地参与了《楚辞》的相关研究，但是，大多数学者都只是把译介和传播楚辞作为副业[②]，只有寥寥数人是真正的楚辞学家。

整体来看，西方欧美学者的楚辞研究主要是从《楚辞》翻译研究、楚文化研究、《楚辞》韵律研究、《楚辞》作者研究等视角展开的。主要研究成果及观点如下所示：（1）德国汉学家孔好古（August Conrady）研究认为楚地文化受到了印度的影响；（2）英国汉学家理雅各（James Legge）分析《楚辞》作品，认为屈原受到了道家思想的影响；（3）韦利认为《九歌》是带有巫文化色彩的宗教祭祀歌舞；（4）霍克斯研究巫文化内涵，称其是《楚辞》文体演进的最重要机制；（5）韦利和霍克斯都讨论过楚辞体的格律；（6）美国学者吴伟克（Galal Walker）也在自己的博士论文中研究了《楚辞》中的表达模式和韵律格式问题；（7）英国学者葛瑞汉（A.C.Graham）在《〈楚辞〉骚体诗的韵律》中运用统计分析的方法，提炼出了骚体诗的基本句式并进行了相关研究；（8）俄罗斯学者费德林的《屈原创作起源于屈原问题》分析了屈原生平及其作品内容，并研究了《楚辞》的特点。

总而言之，西方欧美学者的研究与中国学术的传统不同，他们多从宗

---

① 陈亮.欧洲楚辞研究综述[J].文艺学研究，2013（6）：191.
② 郭晓春.英语世界的楚辞传播：现状、困境与出路[J].云梦学刊，2015（36）：30.

教、民族与语言等角度来考察《楚辞》的文化内涵与精神追求[1]。综合《楚辞》在西方世界的研究，因为各国文化的不同，主要是以译介为主，其传播也因为各国家的受众的不同而有所差异。但是整体而言，《楚辞》在西方的影响力尚且不够，目前海外楚辞学尚未形成系统而有影响力的欧美楚辞学研究体系。

（二）《楚辞》在日本传播的学术史梳理及现状

在东方，《楚辞》传入外国，最早当推日本[2]。从已有的研究成果来看，日本《楚辞》研究起步较早，其研究领域包括《楚辞》的文本、作者、日文译本等方面，现阶段日本楚辞学全面发展并取得了全方位的成就[3]。

《楚辞》在日本奈良时代（710—794，即我国盛唐时期），与《文选》一起传入日本[4]。据日本学者的研究考证，《楚辞》原集最迟在公元703年已经传入日本，这在奈良时代正仓院文书《写书杂用帐》中有明确记载。

至9世纪末，藤原佐世奉召编纂《日本国见在书目》是日本现存最早的一部敕编汉籍目录，著录有"楚辞家卅二卷"等著作共有六种，其中《楚辞集音》注明"新撰"，由此可见，此时的日本学者在接受、传播楚辞文本的同时，已经开始从事对楚辞的研究工作。

日本人接触《楚辞》尽管很早，但他们从学习而进入研究，这一过程却拖得很长。日本学界正式开展对《楚辞》的研究，大概只能从18世纪算起。江户时代（1600—1867）日本儒学者对《楚辞》的研究才渐有起色，如林罗山（1696—1776）、芦东山、龟井昭阳等，他们研究《楚辞》基本上是以中国古代的训诂、考据等方法为主，同时对注本加以评介。首先要提及的是秦鼎（1761—1831）的《楚辞灯校读》，此书对《楚辞》的篇次作了一定调整并有若干评论，可以算是日本第一部带有楚辞研究性质的著作。竹治贞夫曾著文称秦鼎是日本最早的楚辞研究者。（王海远，2011）其次，龟井昭阳（1773—1836）的《楚辞玦》是日本学者独立地对楚辞所作的第一部注解书，其论释虽然多有依傍中国各注本之处，但他能在融会贯通的基础上，提出一些自己的见

---

[1] 郑友阶.海外楚辞学研究评述[J].学习与实践, 2014(4):135.
[2] 徐公持,周发祥.楚辞研究在国外[J].文史知识, 1984(1):108.
[3] 张思齐.日本楚辞学的内驱力[J].大连大学学报, 2016(1):30-42.
[4] 孙金凤.日本所藏《楚辞灯》文献考论[J].职大学报, 2015(1):16-22.

解，并非人云亦云、随声附和，可以说是"一家之言"。

此外，冈松瓮谷（1820—1895）的《楚辞考》、西村硕园（1865—1924）的《屈原赋说》等，均具有一定的特色。

（三）日本楚辞研究的时期划分

日本楚辞研究大致可以明治维新和第二次世界大战结束为节点，划分为三个阶段：自《楚辞》传入日本至江户时代（近代之前），此阶段为楚辞研究的萌芽期、肇端期；第二阶段：明治维新以来至二战期间（近代），为楚辞研究的低谷期、发展期；第三阶段：第二次世界大战结束至今（现代），为楚辞研究的高潮期、繁荣期。

第一阶段为日本楚辞研究的肇始阶段（萌芽期），真正意义上的楚辞研究和注释始于江户时代，代表人物有：浅见炯斋、芦东山等。学者人数不多，但研究成果的质量不可小觑，研究方法基本延承了中国当时的研究方法，以训诂、考据、义理为主，同时还对我国历代的楚辞注本予以介绍和评述。

第二阶段是低谷期（也称发展期），明治维新以来至二战期间，日本国内欧化倾向明显，汉学逐渐被边缘化。明治维新后，日本汉学家自觉学习西方的研究方法，以实证主义为主，重视分析和归纳文献资料。

第三阶段，日本楚辞研究的高潮期（盛行期），涌现了一批专门研究《楚辞》的学者，主要代表人物有稻畑耕一郎、藤野岩友、星川清孝、竹治贞夫、石川三佐男等。铃木虎雄、青木正儿、藤野岩友、星川清孝、大矢根文次郎、赤冢忠、稻畑耕一郎、目加田诚等，普遍开始采用新的方法，从新的角度来研究楚辞。

代表性研究成果大致包括：日本秋田大学石川三佐男教授的著作《楚辞新研究》，论文《西村时彦对楚辞学的贡献：兼述中国人心目中的屈原形象》；日本学者野田熊史探究了龟井昭阳《楚辞玦》各个抄本的异同和特点问题；以及学者鸟羽田重直的《楚辞九辩小考：名称与分章》，阿部正和的《关于楚辞中的自然之音》，藤原尚的《关于楚辞集注的忠君爱国》，大野圭介的《楚辞中的南国意识》等①论著。桥川时雄的《楚辞》（1943年），该书是运用现代方法研究楚辞的较早的专著之一。藤野岩友的《巫系文学论》，从

---

① 史小华，郑新超. 日本汉学界楚辞研究述评[J]. 文学教育（下），2018（10）：80-81.

"巫"的流变及其影响的角度，来探讨中国上古时期文学作品的特质，其中对楚辞的论述，占了很大比重，认为楚辞就是"巫系文学"的代表作。此书的特色在于用古代民俗学研究与楚辞研究相结合，开辟了一条新的途径。星川清孝的《楚辞之研究》，全面论述了楚辞的产生和发展过程，对《楚辞》各篇作品进行了深入考察，对它们的思想及艺术也有详细分析，对《楚辞》在中国文学史上的地位、影响，也设专章研究，内容甚为丰富。竹治贞夫的代表作为《楚辞研究》，该书是作者于20世纪六七十年代在刊物上发表的一系列论文的结集，包括对楚辞各篇的真伪、作者、主题思想、表现形式等方面问题的探讨。竹治贞夫还编有《楚辞索引》一书，利于研究者检索。目加田诚的《屈原》是"岩波新书"之一种，该书主要从人物角度来写，同时穿插介绍屈原的主要作品[①]。

由此可见，日本楚辞研究逐渐开始进入科学化的系统研究阶段，具有学科化发展的特征，可以说现当代日本的楚辞研究逐渐成为一门专门的学问，走出了日本学者自我风格的研究之路。日本作为楚辞学研究重镇之一，是目前海外楚辞研究最为系统和成果丰硕的国家。

（四）现当代日本楚辞学的学者队伍规模

20世纪五六十年代的藤野岩友、星川清孝、竹治贞夫三人后期楚辞论著等身，逐渐成长为日本楚辞学界的翘楚。然而，七八十年代楚辞学研究却归于沉寂，直至90年代后期的1998年，京都大学谷口洋的博士论文的出现，促使日本的楚辞学研究重新占领了学术的制高点。值得一提的是，谷口洋博士进入奈良女子大学之后，整理了日本楚辞学的研究成果，并编撰了《国内辞赋研究文献目录》，为日本楚辞学界的后续研究奠定了基础，提供了文献资料支撑。

其中的杰出代表还有小南一郎教授，1942年生，文学博士，曾任教于京都大学，现任日本泉屋博古馆馆长。1975年获日本中国学会奖、1984年获东方学会奖，曾任日本驻中国大使馆文化专员、日本中国学会评议员、东方学会评议员、日本道教学会理事，日本甲骨文学会会员，主要从事中国古代神话与楚辞学研究。小南一郎师从汉学史上大名鼎鼎的小川环树和吉川幸次郎，是京都学派的第三代嫡传弟子，其论著影响力遍及海外，可谓当今日本汉学界研究中

---

① 徐公持，周发祥.楚辞研究在国外[J]文史知识，1984（1）：108-113.

国古代小说的翘楚，这位京都学派的传人在上古神话研究、青铜器研究、楚辞研究、唐传奇研究等多个领域成就显著，表现出令人惊叹的学术才情和不同以往京都学派学人的跨学科性。

21世纪以来，涌现出一批潜心致力于楚辞学研究的新生代学者。楚辞学研究队伍亦日趋壮大。国际化、跨学科化、选题多元化趋势日趋凸显。其中，不少学者积极与我国楚辞学术界开展了广泛而深入的交流与合作，并取得了突出的研究成果。

代表性学者包括：矢田尚子、野田雄史、田宫昌子等。主要著述包括：矢田尚子、野田雄史、田宫昌子等联合发布的"二〇一五年中国淮阴屈原暨楚辞学国际学术研讨会"论文《日本江户、明治时期的楚辞学》（2015），可谓追溯既往研究的综述类代表性成果。此外，野田雄史的《日本江户时期九州学者对楚辞的态度》（2014）论断大胆而新颖，在国内外学界引起广泛的反响。

（五）日本楚辞学的代表性研究成果

学位论文方面，日本情报资料馆在日本学术界的地位堪比中国知网，文献资料甚丰。据笔者检索日本情报资料馆可知，1950—2022年间，日本楚辞学相关博士论文共14篇，其中选题直接相关的博士论文共计9篇，此规模远远高于世界其他国家，甚至超过了中国本土的水平。中国本土目前楚辞学研究的硕士论文不在少数，但是，楚辞学相关博士论文产量并不高，屈指可数。

最主要的9篇博士论文包括：东北大学田岛花野博士的《楚辞〈招魂〉〈大招〉研究》（2015年）；东北大学张志香博士的《楚辞〈离骚〉的新解释：总体结构的视点》（2010年）；东北大学矢田尚子博士的《楚辞〈离骚〉所见天界游行：旧说的再检讨以及前汉时期的受容与展开》（2006年）；京都大学小南一郎先生的《楚辞及其关注者们》（2001年）；京都大学谷口洋博士的《春秋战国时期中朗诵场域的开展对汉代辞赋文学的影响》（1998年）；广岛大学竹治贞夫博士的《楚辞的研究：以其诗形的考察为中心》（1963年）；九州大学文学博士星川清孝的《楚辞的研究》（1959年）；国学院大学文学博士藤野岩友的《巫系文学小考：以楚辞为中心》（1950年）。由此可见，自20世纪50年代开始，日本的楚辞学研究进入高度学科化的发展阶段，研究的层次和质量可谓首屈一指。

进入21世纪之后，涌现出4篇博士论文。其中，颇为值得关注的是小南一郎的博士论文。至于发表在各杂志、学报上的单篇论文，虽然系统性不如上述专门著作，但在问题的探讨上，往往有值得重视的见解。例如桑山龙平的一些论文，对于中国历代楚辞注家，如王夫之的《楚辞通释》、洪兴祖的《楚辞补注》等，分别有深入的论证和中肯的评论。此外，像桥川时雄、藤原尚、吹野安、浅野通有、藤野岩友、繁原央等，都写有楚辞研究方面的较有质量的论文[1]。

（六）日本楚辞学界的热点话题

与国内研究有所不同，日本楚辞学者研究的热点话题之一还包括"楚辞持疑论"。日本学者中对屈原及楚辞持怀疑或否定论有各种说法，这些说法客观上大多不符合中国的历史与文学史的事实。虽然他们中有些学者的治学方法和见解，有令人省思和启发之处，但其观点和论述或存在明显漏洞，或难以自圆其说，或谬误自见[2]。这种思潮深受中国学界宋代、明代"疑古"思潮的影响，在中国学界此学说早已销声匿迹，但是日本学界的"楚辞作品持疑论""屈原否定论"仍不绝于耳，此起彼伏。这充分说明了因年代久远、史料残缺而对科学考证造成的困境，同时也说明不同文化语境下，对传统文化的认同差异。

在"楚辞持疑论"甚嚣尘上之际，小南一郎的博士论文《楚辞とその注释者たち（楚辞和它的注释者们）》对屈原生平前期、中期、后期的各类《楚辞》系列作品，进行了逐一考辨，"判别其中哪些作品的哪些部分是古代的，哪些部分是后世新加的。进而分析'楚辞文学'是在怎样的社会环境中成长起来的。属于楚文化的人们，本来是在共同体之中过着自给自足的生活，然而，随着时代、社会的变化，他们从古代共同体之中脱离出来"。在那样的社会环境变化下，他们怀念遥远古代的同时，也对现实社会抱有很大的疑问与不满，这些，小南教授认为"都定格在《楚辞》的各类作品中"[3]。虽然，有些观点存疑，但是，这篇博论的学术价值受到了学界的高度肯定。此博论后于日本朋友书店出版，并远播海外，遗憾的是至今还未有中文译本问世。此外，新生代

---

[1] 徐公持，周发祥.楚辞研究在国外[J].文史知识，1984（1）：109-110.
[2] 徐志啸.日本学者的楚辞持疑论[J].苏州科技学院学报，2004，21（4）：1-4.
[3] 童岭.从《楚辞》到唐传奇：矛盾之上，产生伟大作品——小南一郎先生访谈录[N].中华读书报，2015-12-16（9）.

力量的崛起亦不容小觑。

总体来看,日本学者楚辞研究的主要特色[①]如下所示:

第一,选题比较切实。日本学者的研究,很少高谈名理道义的倾向,他们大多对一些实际性、具体性较强的问题感兴趣,如《离骚——梦幻式叙事诗》这样一个比较抽象概括的题目,也没有多从意义方面去做文章,而是重在对作品的各段落性质与组合方式作分析,从而得出《离骚》的手法是叙事诗式的结论。至于像《王逸注楚辞中的"兴"》《"美人"语义考》《关于〈天问〉的提问形式》等等,从题目一看便知它们的论证是控制在一个很具体切实的范围内。

第二,研究方法细致,抉微探隐,不遗余力,往往能在某些问题上发人所未发。例如《楚辞的二段式结构》一文,对楚辞各篇的结构分析非常细密,特别是对"乱""重""少歌""叹"等,收集了它们在不同篇章中的不同表现形态,归纳它们从内容到形式的种种变化特点,最后指出它们的各自性质和作用。

第三,在论述方式上比较注重论据。日本学者围绕所论证的问题,一般都尽可能多地掌握和引证有关资料,这就使他们的论文,考据的成分显得相当重,能够持之有据,但文章写得比较冗长,有时在我们看来甚至有些烦琐。

第四,跨学科理论范式的运用。从研究范式来看,日本学者在对中国古代作品的研究方法上与我国传统的方法既有相同之处,也有不同之处。例如,竹治贞夫的《楚辞的二段式结构》、星川清孝的《楚辞的传统》和稻畑耕一郎的《〈楚辞·离骚〉错简献疑》等文,提出问题的视角和我国学者有所不同。竹治贞夫的论文着重于《楚辞》各篇形式的研究,而把这种"二段式结构"归结为与乐章的关系。星川清孝的论文则从《楚辞》与后世诗文辞赋的比较,指出了"忧愁"和"隐仙"等思想对后人的影响。这些文章都引证了诸多文献资料,持之有故,言之成理,对我们很有启发。从论证方法上说,则与我们传统的考证方法有类似之处。稻畑耕一郎的论文从方法上说与我们的传统方法也很接近,并且提出了一种较为平允的解释。《关于"楚辞"的座谈会》一文,记载了日本学者们的许多意见,有些还结合到考古学与民俗学的问题。如关于

---

① 徐公持,周发祥.楚辞研究在国外[J].文史知识,1984(1):110.

《招魂》问题的意见,藤野、松本等先生的发言,还联系日本的风俗及近年来不少人提出的"日本民族是从中国南方移居"之说。这些都很值得重视。综合这些论著可知,日本楚辞相关研究,不再拘泥于训诂、考据、义理等传统经学之研究范式,基于社会学、考古学、文化人类学、传媒学、比较文学等研究理论和方法的跨学科范式备受关注,并开始出现于各类研究之中,呈现出文献分析与实证分析相互印证、相得益彰的局面。无论从深度还是广度上,都对已有研究的视野有所突破和拓展。

综上所论,《楚辞》在日本的发展现状主要呈现以下三个特点:一是研究范围广,成果形式和数量多;二是视角独特,颇具个人风格和现代意识;三是注重实际,善于从细微中抉微发隐。从研究选题来看,主要包括对屈原与楚辞作整体的概述与评介,对楚辞作品的研究偏重细微考证,将《楚辞》与文化相联系的课题等。日本楚辞研究量多而质高,重实证而少义理,视角独特,重视学术纵深挖掘和开拓。然而,对研究对象缺乏宏观把握,选题多出于个人喜好及资料的易得,迄今问世的研究成果中楚辞作品的注译本占比很大,研究专著或论文集相对偏少。

二、国内研究的学术史梳理及研究现状

《楚辞》自产生之日,至今已有两千多年的历史,国内对《楚辞》的研究自汉代开始,绵延至今不曾中断,学界把研究楚辞及其研究史的学科称为楚辞学。[1] 自汉代以来,中国学界的楚辞研究可谓绵延不绝,注家众多,著述颇丰,形成了相当可观的楚辞学史。国内楚辞研究已是一门显学,其研究领域涉及诸多方面,既有专门的楚辞研究,如屈原宋玉作者研究、楚辞作品研究、楚辞史研究、楚文化研究等,也包括跨学科的楚辞研究,涉及楚辞文学与音乐、绘画、建筑、哲学等多学科的综合研究。

《楚辞》译介与传播研究是楚辞研究的一个分支,是以翻译学与传播学等多学科理论知识来研究《楚辞》的领域。[2] 近些年来,学界对《楚辞》这部

---

[1] 夏征农. 大辞海:中国文学卷[M]. 上海辞书出版社,2009.
[2] 刘君.《楚辞》译介的文化立场与海外传播[D]. 武汉:湖北工业大学,2020:1.

中国经典典籍在海外各国的传播与接受情况有了更多的关注，在这一领域也取得了丰富的研究成果，本研究在既往研究的基础上，对《楚辞》在日本的译介历程、传播现状及接受影响情况作系统梳理，以期为中国经典文学的海外传播研究提供新的思路和借鉴。

（一）国内学界的楚辞研究历史

作为一门独立的学科，其研究内容包括诸多分支，例如《楚辞》产生的历史背景、《楚辞》与楚风俗文化、《楚辞》与天文历法、屈原及作品等相关的学术研究，在国内学术界楚辞学研究早已成为显学，通过整理归纳相关论文、专著等研究成果可知，近年来学者关注的领域可以分为屈原生平经历研究、单篇《楚辞》作品研究、中国楚辞学史研究、《楚辞》译介与传播研究、宋玉及其他《楚辞》作家研究、《楚辞》文化及多学科视角研究等几大方面，其中《楚辞》的域外传播与翻译研究是学术界关注的焦点之一。[1]近代以来，中西文化交流频仍，《楚辞》逐渐被译介到欧美国家，以其在中国文学的重要地位，引起了不少海外学者的关注和兴趣。"二战"后，特别是改革开放以来，随着我国国际威望的提升，国外一些学者对中国古代文学的兴趣与日俱增。

追溯海外汉学的蓬勃发展可知，海外楚辞学亦取得了不容小觑的丰硕成果。但是，我国楚辞学专家周建忠教授早在1992年的《当代楚辞研究论纲》指出，由于地域、语言、历史环境等客观条件的制约以及认知的不足，国内学者对于海外楚辞研究的状况知之甚少。然而，直到2008年，香港城市大学洪涛博士仍然慨叹："在当代楚辞学众多的分支学科中，最为薄弱当属海外楚辞学"。[2]

（二）国内学界的日本楚辞学研究历史脉络

国内学界对日本楚辞学的关注始于20世纪50年代。1953年闻宥《屈原作品在国外》第一次向国内学界介绍了国外楚辞学的研究概况，堪称介绍国外楚辞研究情况的首发之作[3]。韦凤娟（1984年）在《日本楚辞研究论文举要》中，将1935年至1980年间的日本《楚辞》相关研究论文，分七类以索引形式加

---

[1] 刘君.《楚辞》译介的文化立场与海外传播[D].武汉：湖北工业大学，2020：1.
[2] 洪涛.英国汉学家于《楚辞九歌》的歧解和流传[J].漳州师范学院学报（哲社版），2008（1）：57.
[3] 闻宥.屈原作品在国外[N].光明日报，1953-6-13.

以介绍。尹锡康、周发祥先生主编的《楚辞资料海外编》（湖北人民出版社，1986年）为我们了解日本的楚辞研究打开了一个窗口。汪耀楠先生的《外国学者对楚辞的研究》对《楚辞》在日本的流布及日本学者的研究特点作了较为翔实的分析[①]。汪文对当时较有影响的藤野岩友、竹治贞夫、星川清孝等日本楚辞学者的论著加以介绍。周建忠教授自20世纪80年代至今开展了长达40年的楚辞研究，成就斐然。1992年周教授在《当代楚辞研究论纲》中首次提出"海外楚辞学"概念，并认为海外楚辞学是楚辞学研究中最为薄弱的一个分支[②]。徐志啸教授于1987年开始致力于该领域研究，发表论文《日本现代楚辞研究评述》《中日现代楚辞研究之比较》等十余篇。

2000年黄震云教授在《二十世纪楚辞学研究述评》中，将"海外楚辞学研究"单列一节着重阐述[③]。2003年徐志啸教授以"日本楚辞研究论"为题，申请了国家社科基金项目，后出版了专著《日本楚辞研究论纲》（北京：学苑出版社，2005年），该书旨在对日本历代的楚辞研究作较为系统的梳理，并作出历史性的概括与总结，这不仅在中国学界，即使在日本本土，迄今也尚无人涉及此类课题。因此，该书可谓填补了海外楚辞学这一学术领域的空白。《日本楚辞研究论纲》依循历史发展的轨迹，对日本汉学界研究《楚辞》的历史，作纵向与横向相结合的分析与描述；对日本楚辞研究分阶段梳理概括，评述了具有代表性的学者的著作，指出其成就、特点及不足，以资中国学者借鉴，为学界深入了解日本楚辞学研究历史和现状具有重要的奠基作用。

2013年月11月25日，全国哲学社会科学规划办公室公布了2013年度国家社科基金重大项目（第二批）立项名单，南通大学周建忠教授为首席专家的《东亚楚辞文献的发掘、整理与研究》获准立项。开题报告结合学术与现实的背景，阐释国家社科基金重大项目"东亚楚辞文献的发掘、整理与研究"的价值和意义，提出对东亚地区的楚辞文献作全面发掘、整理和研究。内容包括编纂书目、撰写提要、点校影印等文献整理工作，并以专题形式论述楚辞文献在东亚的传播与影响，同时对东亚楚辞文献的数据库建设开展应用性研

---

① 汪耀楠.外国学者对《楚辞》的研究[J].文献,1989(3)：266-279.
② 周建忠.当代楚辞研究论纲[M].武汉：湖北教育出版社,1992：467.
③ 黄震云.二十世纪楚辞学研究述评[J].文学评论,2000(2)：14-23.

究。①2014年周教授的国家重大项目开题报告于南通大学学报（社会科学版）公开发表，各个子项目同时启动，具有重要的启发意义和借鉴价值。同年，黄灵庚教授主编的《楚辞文献丛刊》将国内及日本的楚辞文献搜罗殆尽。继而出版的《楚辞文献丛考》在目前"最全的"《楚辞文献丛刊》基础上，考索出了"最真的"楚辞文献。《楚辞文献丛考》总字数约计一百八十万字，先有类别之"综论"，后为各版刻之"分述"，提炼出了两千余年来关于《楚辞》版本传承的两个轴心，考索了楚辞文献版本六大谱系，同类文献之继承与变迁，明晰可辨。而对首次面世的日本、韩国及美国所藏《楚辞》孤本的版本考索，是弥足珍贵的《楚辞》域外所藏文献的提要。因此，《丛考》可谓当前对《楚辞》版本谱系解读最深细、最有体系性的考述。②由此可见，学界对域外汉籍尤其是日本楚辞学典籍之关注。

近年来颇具影响力和关注度的考论还包括：张思齐的《日本楚辞学的内驱力》（2017）；史小华、郑新超的《日本汉学界楚辞研究述评》（2018年）；王海远的《论日本古代的楚辞研究》（2010年）、《日本20世纪50—80年代的楚辞研究》（2017年）、《日本近代楚辞研究简述》（2014年）；施仲贞的《论儿岛献吉郎的楚辞研究》（2017年）；孙金凤的《林云铭〈楚辞灯〉在日本的传播与影响》（2016年）、《日本所藏〈楚辞灯〉文献考论》（2015年）；郑友阶的《海外楚辞学研究评述》（2014年）；倪歌《关于西村时彦治骚成就的研究综述》（2014年）；洪涛的《楚辞学的国际化：日本青木正儿与欧美汉学家之间的学术因缘》（2014年）；方铭、张鹤的《2017年屈原及楚辞研究综述》（2020年）；沈晶晶、彭家海的《〈楚辞〉对日本文学的早期影响浅谈》（2020年）；等等。这些论文主要是对《楚辞》在日本乃至海外的传播、影响以及代表性学者、作品的梳理与评述。

此外，还有三篇相关硕士学位论文值得关注，分别是：刘君的《〈楚辞〉译介的文化立场与海外传播》（2020年）、何佳宇的《论日本汉学界屈原及其作品研究》（2017年）、孙金凤的《林云铭〈楚辞灯〉在日本的传播与影

---

① 周建忠.东亚楚辞文献研究的历史和前景——国家社科基金重大项目开题报告[J].南通大学学报（社会科学版），2014（1）：1-7.
② 龚红林，夏志强.《楚辞》版本六大谱系的考索——评《楚辞文献丛考[J].三峡论坛（三峡文学·理论版），2018（4）：75-78.

响》（2016年）。遗憾的是，国内日本楚辞学相关的博士论文甚少，几乎无人问津。

（三）国内学界日本楚辞学研究的类别特征

综观国内学界既往研究成果，并进行系统性的梳理发现，既往研究大致可归结为以下六大类别：

一是考辨类综述研究，其代表性研究成果包括王海远博士的《日本近代〈楚辞〉研究述评》（2010）、《日本20世纪50—80年代的〈楚辞〉研究》（2017），郑友阶（2014）的《海外楚辞学研究评述》，黄震云（2000）《二十世纪楚辞学研究述评》以及史小华、郑新超（2018）的《日本汉学界楚辞研究述评》等，这些研究主要是对《楚辞》在日本的传播脉络的梳理和评述。

二是文献整理类实证研究，其代表性研究成果包括李佳玉、陈亮的《日本楚辞文献版本的调查与研究》（2014），李佳玉的《日本楚辞文献版本的调查与研究补正》（2017）等对日本楚辞文献版本进行实证点校、勘误，其研究方法较以往研究有所突破。

三是特定学者典型个案研究，其代表性研究成果包括徐志啸的《日本学者石川三佐男先生的楚辞研究》（2014年）、施仲贞的《论儿岛献吉郎的楚辞研究》（2017）、崔富章先生与石川三左男先生合作的《西村时彦对楚辞学的贡献》（2003）、倪歌的《关于西村时彦治骚成就的研究综述》（2014年）、洪涛的《楚辞学的国际化：日本青木正儿与欧美汉学家之间的学术因缘》（2014年）以及孙金凤的《冈松瓮谷〈楚辞考〉析论》（2015）等。

四是译介研究，其代表性研究成果包括：何文静（2010）《〈楚辞〉在欧美世界的译介与传播》通过梳理《楚辞》向西方国家译介的历史，概括了《楚辞》在欧美世界的研究现状，对英语国家的《楚辞》接受情况进行了分析。张淑娟（2011）《"楚辞"在俄罗斯的传播》通过对比《离骚》的四个俄语译本，分析研究了俄罗斯的《楚辞》传播情况。陈亮（2013）《欧洲楚辞研究综述》依据《楚辞》在欧洲的传播历程进行了分时期评述研究，并归纳了欧洲楚辞研究范式和发展方向。严晓江（2014、2016）探究了英国汉学家韦利译本中注释的翻译情况以及卓振英的《楚辞》译本，认为其体现了以读者的文化和接受为导向的翻译理念，能够很好地再现《楚辞》的文化和意境。郭晓春

（2015）分析了《楚辞》在英美国家传播的现状和困境，并提出了改善传播问题的路径。[①]然而，日本楚辞学相关的译介研究相对较少，未成为学界的焦点。

五是国内外热点话题专题研究，其代表性研究成果包括徐志啸教授（2003）的《日本学者的楚辞持疑论》等。

六是传播与影响研究。沈晶晶，潘家海（2020），从比较文学影响研究的方法考察《楚辞》东渐日本后对日本文学产生的早期影响，推断出《楚辞》东渐日本始于奈良时期。此后，日本学者对《楚辞》进行模仿、引用、注释等，足以窥见《楚辞》对日本文学的早期影响之深刻。该论之研究视角令人耳目一新，然而，类似研究甚少，犹如"管中窥豹可见一斑"，未见《楚辞》在日本的传播与影响之全貌。

总而言之，国内既往的日本《楚辞》相关研究主要集中于文献整理、学者著作研究、译介研究、学术争鸣及影响研究六个方面。

三、国内外研究的不足与趋势

综上所述，已往国内外学界的楚辞研究成果卓著，为日本楚辞文献挖掘、整理和研究搭建了一个很好的学术平台，奠定了坚实的学术基础。然而，不足亦不容忽视，其不足之处主要表现在以下四个方面。

一是书目整理方面，所著录的相关文献数量很少，未能反映日本楚辞学的全貌和现状，系统性梳理欠缺。

二是学者著作方面，对日本楚辞学者及其论著的系统研究较少。

三是译介研究方面，已有研究仍处于起步阶段，呈现出相对零碎、分散、粗浅的状态，缺乏全面性和系统性。

四是缺少从文化传播学、媒体学、历史学、社会学、民俗宗教学、伦理学、心理学等跨学科视域，建构立体研究体系，全方位、多视角地对日本楚辞学的渊源关系、发展脉络、文化渗透、影响及未来趋势的综合系统考量。

总而言之，学界对日本楚辞文献的掌握，已有一定的学术积淀。但是，

---

① 刘君.《楚辞》译介的文化立场与海外传播[D].武汉：湖北工业大学,2020: 1-6.

对《楚辞》在日本的传播、发展脉络、社会文化影响等仍然缺乏全面而系统的考察。日本楚辞学研究仍然是当代楚辞学分支学科中较为薄弱的一环,这为本课题研究留有广阔的空间。

第三节 研究的核心概念、议题、框架与方法

一、核心概念界定

本研究的核心概念包括两组词汇:

一组是"日本""楚辞"。"日本"意指本研究的分析对象为:日本本土或者身居海外的日本学者的《楚辞》相关学术论文、著作或其他作品。"楚辞"是战国时期楚国文人基于当时的南方民歌融合神话传说等内容创造出的一种新诗体。西汉时刘向将屈原、宋玉等人的作品编辑成集并命名为《楚辞》,"楚辞"又成为一部诗歌总集的名称。[①]"楚辞"还包括在西汉初期对有楚地特色的作品的泛称。[②③]

我国近代史上伟大的启蒙思想家梁启超曾说过:"吾以为凡为中国人者,须获有欣赏楚辞之能力,乃为不虚此生此国。"梁启超所言"楚辞"一词,最早见于司马迁《史记·酷吏列传》,说明这一名称形成于西汉初年。在漫长的传播过程中,它已具有三重涵义:第一,诗体。指出现在战国时代,楚国地区的一种新诗体。第二,作品。指战国时代一些楚国人以及后来一些汉人用上述诗体所创作的一些作品。第三,书名。指汉人对楚国人,汉人所写诗歌辑选而成的一部书(参见金开诚《楚辞选注》,北京出版社,1980年)。[④]本

---

① 《汉书·地理志》:始楚贤臣屈原被谗放流,作《离骚》诸赋以自伤悼。后有宋玉、唐勒之属,慕而述之,皆以显名。含兴,高祖王兄子子濞,于吴招致天下娱子弟,枚乘、邹阳、严夫子之徒,兴于文、景之际,而淮南王安都寿春,招宾客著书,而吴有严助、朱买臣贵显汉朝,故世传楚辞。
② 《宋文鉴》卷92:屈宋诸骚,皆书楚语,作楚声,纪楚地,名楚物,故可谓之楚辞。若些、只、差、谇、蹇、纷、侘傺者,楚语也;顿挫悲壮,或韵或否者,楚声也;沅、湘、江、澧、修门、夏首者,楚地也;兰、茝、荃、药、蕙、若、苹、蘅者,楚物也;他皆率若此,故以楚名之。
③ 林家骊,译注.楚辞[M].北京:中华书局,2010.
④ 转引自周建忠,贾捷注评:《楚辞(历代名著精选集)》,前言,江苏南京:凤凰出版社,2009.

文所研究的是作为诗歌总集概念的《楚辞》。①

另一组核心关键词为"传播""译介""影响"。其具体是指本研究的重点在于针对日本现有的与《楚辞》有关的文献,包括《楚辞》版本、《楚辞》译本和楚辞研究论著(所采用版本为日本图书馆、各大高校等收藏的中国刻本、日本刻本以及稀见稿本、抄本等;论著包括日本学者对《楚辞》的翻译、注释、研究、考证、评论与改编等)进行综合性搜集、整理与研究的基础上,着重探讨《楚辞》在日本的传播、译介和影响情况的综合性研究。

二、研究的核心议题

本研究拟围绕以下七个核心议题进行探讨。

第一,《楚辞》在日本的传播、发展史梳理与补充完善。结合中日现有的楚辞研究文献,对日本楚辞文献作系统性梳理,并结合近年来网络以及日本学界的最新楚辞研究成果作补充和完善,提高楚辞研究的完整性和实时性。

第二,特定历史时期的楚辞研究。日本社会转型的不同历史时期多方文化冲突与融合并存,《楚辞》传播与接受呈现出不同的特征,而现有研究不够深入。本研究拟对江户时期、昭和时期等特定历史时期的《楚辞》考据、传播与接受作综合分析。

第三,代表性楚辞学者专题研究。选取日本有代表性的汉学家,如青木正儿、儿岛献吉郎等的楚辞学论著进行个案研究,分析他们的楚辞研究特征及其观点的倾向性,并适当外延,以点带面,对日本楚辞学史上的重点人物作详尽的剖析。

第四,《楚辞》重点译介研究。综合比较诸家译本,围绕《楚辞》日译中的语言转换、结构变形、韵律差异、意象对接和意境营造等具体问题展开讨论,探寻中国文学跨文明交流与转换过程的阻滞点,发现中国经典文学传播中的变异及深层原因。

第五,《楚辞》的媒体传播与社会影响研究。当前日本网络媒体及平面媒体等对《楚辞》及相关社会现象的报道倾向性分析。统计、检索获取《楚

---

① 刘君.《楚辞》译介的文化立场与海外传播[D]. 武汉:湖北工业大学,2020:1.

辞》在日本传播的概况，并结合社会学、文化人类学等知识，研究增进《楚辞》在日本影响力的宣传方式，为文化交流机构和政府机关部门提供决策参考。

第六，《楚辞》与日本社会文化互动与影响研究。分析日本各个典型时代的特征与楚辞文献的关联性，从总体上获取《楚辞》与日本社会文化的互动关系。

第七，中国传统文化域外传播启示与建议。研究日本楚辞学所折射出的中国文化印记和中国元素，加深我们对本国文化的理解，增强民族文化自信。

三、研究的总体框架

本研究拟对《楚辞》在日本的传播、接受、影响、文化互动等作综合性整理研究。总体框架分为五个部分：一是日本楚辞文献全面搜集与整理；二是经度方向：日本楚辞学史梳理；三是纬度方向：日本楚辞学者、作品、译介等专题研究；四是跨文化跨学科视域：《楚辞》在日本的媒体传播、《楚辞》与日本社会文化互动、中国传统文化的对日渗透和影响研究。五是中国传统文化域外传播启示与建议研究。具体内容如下所示：

第一部分：日本楚辞学史梳理与专题研究。追溯日本楚辞学历史发端，梳理日本楚辞研究体系。对中日文化交流史和《楚辞》传播史的考察，剖析其传播和接受的来龙去脉。主要研究内容包括两个维度：一是日本楚辞学史梳理研究。结合中日现有的楚辞研究文献，对日本楚辞文献作系统性梳理，提高楚辞研究的完整性和实时性；完成对日本楚辞史料的梳理，检索补充基于日本网络、学术论文库等数字媒体的楚辞资料的收集和整理。二是日本特定历史时期楚辞学研究。考证日本收藏的《楚辞》版本，探求传播路径，并对各个阶段特征进行分析和阐释；针对日本奈良时期、江户时期、明治时期及现代等特定历史时期的《楚辞》考据、传播与接受作综合分析。

第二部分：日本《楚辞》重点译介研究。研究内容包括：综合比较诸家译本，围绕《楚辞》翻译的语言转换、结构变形、韵律差异、意象对接和意境营造等问题展开讨论，深入挖掘中国经典文学传播中的变异及深层原因。

第三部分：日本楚辞学者、作品专题研究。选取若干楚辞学者及作品热点专题，贯穿中日学者的研究思路和学术观点，分析其内在逻辑联系；整理和分析权威学者的论文及专著,力求在学者专题及重点译介研究方面有所突破。主要研究内容包括:选取日本具有代表性的汉学家、楚辞学者,如青木正儿、儿岛献吉郎、竹治贞夫等的楚辞学论著进行个案研究,分析他们的楚辞研究特征及其观点的倾向性。

第四部分:跨文化视域下《楚辞》在日本的媒体传播、《楚辞》与日本社会文化互动、中国传统文化的对日渗透和影响研究。主要研究内容包括两个维度:一是日本《楚辞》的媒体传播研究。当前日本网络媒体及平面媒体等对《楚辞》及相关社会现象的报道倾向性分析。统计、检索获取《楚辞》在日本传播的概况,并结合社会学、文化人类学等知识,研究增进《楚辞》在日本传播与影响力的宣传方式。二是《楚辞》与日本社会文化互动研究。比如:楚辞文献与日本各个典型时期社会文化的融合和关联研究;分析日本各个典型时代的特征与楚辞文献的关联性,从而深入理解《楚辞》与日本社会文化的互动关系。

第五部分:中国传统文化域外传播启示与建议研究。以《楚辞》为载体的中国传统文化的对日影响研究。研究日本楚辞学所折射出的中国文化印记和中国元素,加深我们对本国文化的理解,增强民族文化自信,为探索中国传统文化对日本汉学乃至日本社会文化的影响提供借鉴。

四、主要的研究方法

本研究拟在已有研究基础上,综合运用比较文学、文献学、统计学、传播学、翻译学、历史学、语言学等跨学科的理论,采用文本分析、文献分析与比较分析相结合的研究方法,建构立体化的研究体系,全方位、多视角地构筑日本楚辞学研究谱系,得出切实可信的研究成果。为使研究行之有效,本课题拟采用以下几种研究方法。

(一)文献整理与文学整理研究并举

结合国内中国知网、维普、万方、读秀等论文数据库,南通大学楚辞中心现有文献,日本史料检索数据库,日本国立国会图书馆数据库,日本情报资料馆数据库(CiNii),以及其他24种图书馆官网数据库等开展文献检索。通过资料收集、译介、考证、勘误等方式,从历史经度和世界纬度来考量《楚

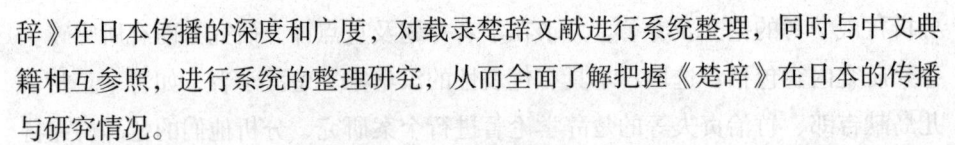

辞》在日本传播的深度和广度，对载录楚辞文献进行系统整理，同时与中文典籍相互参照，进行系统的整理研究，从而全面了解把握《楚辞》在日本的传播与研究情况。

（二）数据库创建与实证研究法同步

综合前述国内外各学术数据库等，查漏补缺，扩充已有日本楚辞文献研究资料，丰富国内有关日本楚辞研究的数字化资源。与此同步，开展实证研究，通过开放式网络检索、专有数据库的文献检索，适当选择关键词和关联关系，以及使用SPSS、Python等数据处理与分析软件对现有文献资料进行统计分析，得出研究现状、分布特征、研究热点等数据信息，为本研究提供数据支撑。

（三）域外汉学视域下的比较研究与个案研究相结合

日本汉学家与中国学者所研究的对象具有同质性，然而采用的理论方法和研究视角却存在较大差异。本研究拟超越传统的《楚辞》本体研究，开拓以域外汉学为背景的比较研究法，将不同时代、不同学者对《楚辞》的接受情况进行比较分析，剖析其各自的特色所在；从跨文化传播视域对《楚辞》在日本的传播与接受，《楚辞》与日本本土文化的冲突与融合、交流与互动，以及《楚辞》对日本民俗文化认同的影响等作深入剖析和探讨。与此同时，注重个案分析法的运用，对特定时代楚辞学研究的代表学者、代表性媒体以及其他载体作针对性的分析。

（四）综合运用跨学科研究方法

坚持多维透视与主线分析结合的研究方法，从跨学科视角，对日本楚辞文献进行综合研究。选取更广泛的跨学科多视角的研究方法，来分析《楚辞》的译介与传播问题，运用翻译学、文化学、语言学、跨文化传播学等学科知识，分析译者的文化态度及译本的文化选择问题；研究《楚辞》在海外传播中文化与文学的复合价值；审视《楚辞》在日本传播与变异的历程及其背后的深层原因；对海外《楚辞》传播状况进行分析，从传播者、传播内容、传播渠道以及传播的受众和效果等方面对已有研究进行整理。

第四节　研究的重点、难点与创新之处

一、研究难点

在研究内容方面，本研究面临如下挑战：一是当代日本楚辞研究现状，与既往中日《楚辞》体系的继承与发展的关系评析；二是特定历史时期社会特征与当时《楚辞》传播特征的关联性研究，牵涉到社会与文化的互动，较为复杂；三是特定楚辞学者的观点的倾向性与其社会、自身经历的关联性研究；四是根据日本《楚辞》发展与接受现状，提出中国传统文化的域外传播策略。因此，本研究的研究难点包括：

第一，文献资料的收集与整理困难。本研究的特色在于异域性，因此受时空局限与环境制约，存在材料收集与整理困难。由于疫情影响，跨国性的资料收集受到较大影响，由于文献载体、分布区域的不同，因而所收集和整理的资料难免有遗漏之处。

第二，对《楚辞》原著的理解和阐释。《楚辞》中大部分作品是古汉语写就，距今已有2000多年的历史，当前语境与历史语境有较大差异，历代楚辞研究者的研究成果在观点上也有一定的差异。一般认为，作者的生平经历及其创作环境、知识结构等无从考证，留给学界诸多未解之谜。日文译本亦然。因此，对相关作品和作者的分析、理解和诠释不可避免会有主观色彩，因此，需要加入社会科学的研究方法加以甄别。

第三，对研究者跨学科综合研究能力的挑战。本研究从跨学科视角来关注《楚辞》在日本的传播与影响，日本学者在研究方面往往注重学科的交叉与融合；本研究的研究领域范围涉及译介学、传播学、比较文学、社会学、文化人类学等多学科。这就要求研究者具有广博的知识，才能得出有深度、有创见的研究结论。

二、研究重点

虽然面临如上研究难点,然而,本研究力求克服重重困难,着力于在四个研究重点方面有所突破,主要的研究难点包括:

第一,当代日本楚辞学的研究特点分析与综合;

第二,特定时期、特定学者的《楚辞》特征研究;

第三,从社会文化视域对《楚辞》发展动态特征的研究;

第四,当代日本《楚辞》文化传播与文化认同现状分析,以及对我国域外文化传播的启示与对策。

三、创新之处

创新是衡量一个研究课题价值的重要尺度,它体现了研究者对研究的严谨程度,据此更能看出研究者是否具有社会责任感和使命感,能够对世界和人生抱着一种负责任的心态,当然也能测试研究者观察问题的敏锐程度。[①]本课题力求在以下五个方面有所创新。

第一,研究视域创新。将日本楚辞学研究成果纳入学术史研究视野,梳理其发展脉络,发掘其文化价值,较之已往研究成果,在研究视域上会有所创新。目前学界对楚辞学在日本的传承和发展,以及中国传统文化的域外影响和渗透研究不够系统全面,相关研究著作数量较少。传播与影响方面的研究成果屈指可数。因此,本研究将有所突破和创新。

第二,学术观点创新。以往的传统楚辞研究多集中于考据、修辞、义理、民俗、美学等层面,本研究充分考虑在东西方文化碰撞融合的社会背景下,日本如何摄取、接受、传承《楚辞》乃至中国文化。因此,本研究是对以往楚辞学研究的域外延伸和拓展,在学术观点上力求有所深化和创新。

第三,研究方法创新。综合运用多学科交叉的方法。涵盖文献学、考古学、历史学、统计学、美学、文化学、比较文学、图书情报学、软件工程学等

---

① 郭晓春.《楚辞》在英语世界的译介与研究[M].北京:中国社会科学出版社,2018:22.

诸多学科的理论方法，因此，较已往研究在研究方法上可能有所创新。

第四，数据库创建的创新。积极开拓渠道，创建和完善日本研究资料数据库，可拓宽以往数据库的规模和内容，在数据库创建上有所创新。

第五，实证研究创新。本研究重视实证，注重研究史料的丰富性与可靠性，力求为日本楚辞学的进一步研究提供可靠的基础与资料来源。

第五节 研究的基本思路及框架结构

本研究围绕"《楚辞》在日本的传播译介与影响"展开研究，主要研究内容包括：《楚辞》在日本的传播、译介、学术研究、社会影响四个维度，同时将其与国内乃至欧美其他国家的《楚辞》传播、译介及影响情况进行对照，借此探讨其国际评价所在，并对今后的研究动态进行展望。通过对日本楚辞文献的归纳、分类、批评和完善，主要就《楚辞》译介和社会功用方面进行研究，尤其是结合我校楚辞中心的现有研究基础，对特定时期以及特定学者进一步作重点研究，力求整个研究既具有系统性，又重点突出，具有实用性。

本书由绪论、本论和结论三大部分组成。各部分涉及的内容、框架思路如下所示：

绪论部分：首先，阐述本课题的选题缘起以及研究目的和意义；其次，在对日本楚辞学研究的学术史进行梳理的基础上，对其国内外研究现状进行文献回顾和述评；再次，阐述本课题的研究对象、主要议题和研究方法；最后述及本研究的重点难点、创新之处以及基本结构思路。

本论部分：第一章至第四章，将从四个方面展开论述。

第一章"《楚辞》在日本的传播"，主要从五个方面展开论述。第一节追溯了《楚辞》东传日本的背景；探讨了日本楚辞学的历史发端，对中日文化交流史和《楚辞》传播史进行宏观考察，剖析其传播和接受的来龙去脉；对日本汉学的兴起、发展、特征、演变进行了宏观的概述，借此探讨日本楚辞学在日本汉学中的定位和价值。第二节分析了《楚辞》在日本奈良时代、江户时代、明治时代、以及现代的传播轨迹；考察传播路线并总结阶段特征，进行特定历史时期研究。考证日本收藏的《楚辞》版本，探求传播路径，并对各个阶段特征进行分析和阐释；针对江户时期等特定历史时期的楚辞考据、传播与接受作综合分析。第三节追踪了《楚辞》在日本传播的载体、人员与渠道，剖析了《楚辞》在日传播的内容、载体、传播人员、传播渠道等。第四节阐述了《楚辞》在日本传播的基本特征；分析了传播所面临的现实困境；此外，还从政治外交、学术交流、大众传媒等视角探究了《楚辞》在日本传播与接受过程中的影响因素。

第二章"《楚辞》在日本的译介及课题"，主要围绕楚辞学者专题及重点译介展开研究。第一、二节综合梳理东西方各国的楚辞译介状况；第三节在此基础之上，对日本早期译介、江户时代译介、明治时代以来的楚辞译介等三个时期的楚辞译介概况进行了系统性整理，并选取其中若干代表性楚辞学者及其译介作品进行了专题聚焦分析；第四节从文化传播视角管窥了当代日本楚辞译介的可能性。

第三章"《楚辞》在日本的学术研究"梳理了日本楚辞研究体系。贯穿中日学者的研究思路和学术观点，分析其内在逻辑联系；整理和分析权威学者的论文及专著，力求在学者专题及重点译介研究方面有所突破。第一节对日本楚辞学文献进行了历史回溯。第二节从宏观视角，基于大规模的质量调查和数据统计分析，对日本楚辞研究的现状及特征进行了宏观梳理；综合分析了现当代日本楚辞研究的阶段特征及研究的热点问题。第三节从微观视角，通过文本分析和内容分析方法，对代表性楚辞研究学者进行了案例研究，与此同时，内容亦对新生代楚辞研究学者有所提及。第四节为20世纪50年代至今的日本楚辞学论著述略，在前人研究的基础之上，补充了三本著作以及30余篇《楚辞》相关论文的基本情况，以资国内外学界参考。

第四章"《楚辞》在日本的接受与影响"，主要围绕《楚辞》在日本的社会文化影响、在日本文学中的接受与影响以及《楚辞》在日本的传播、评价与研究的出路等进行了剖析和探讨。具体内容包括：第一节分析了《楚辞》在日本社会文化中的接受与影响。第二节探讨了《楚辞》东渐及在日本文学中的接受与影响；通过上述研究，以期探索中国传统文化对日本本土文学、乃至社会文化的深层影响。第三节探讨了《楚辞》在日本传播、评价与研究的出路等。

结论部分：第五章"日本楚辞研究的特色与短板、困境与反思"。主要研究内容包括：第一节探讨了日本楚辞研究的四大特色与短板。第二节，反思了日本楚辞传播经久不衰的动因以及楚辞域外传播与影响给我们带来的借鉴。第三节，综合分析了我国学界日本楚辞研究所面临的课题与挑战，并对日本楚辞研究的未来趋势进行了宏观展望。

第一章 《楚辞》在日本的传播

《楚辞》自问世以来就携带超越时代、民族、语言的独特魅力，是历代文人、学者诵读和钻研的不朽之作。与我国一衣带水的邻国日本，凭借其特殊而优越的地理位置条件，与中国有着长久密切交往的历史。自隋唐开始，大量遣隋使、遣唐使入朝，大量典籍流入日本，日本文化也受到中国文化的渗透和影响。本研究着眼于《楚辞》传入日本的背景，历史发展的轨迹，深入考察日本汉学界不同时期楚辞研究的脉络，进而分析总结日本汉学界楚辞研究的基本特征，从中挖掘日本汉学界楚辞研究的新思路，以期为国内学者在楚辞研究方面提供有益的参考和借鉴，拓宽楚辞研究的视域和空间。

第一节 《楚辞》东传日本的背景

《楚辞》是我国优秀传统文化生命力的存续载体，也是世界了解中华文化的窗口，《楚辞》的对外传播，是中国传统文化域外传播的缩影和代表。自古以来，人类社会的发展离不开文化的传播与交流。中国是四大文明古国之一，在这片土地上滋生的中华文化源远流长，中华民族一直以开放包容的胸怀对待异域文化及与外邦的文化交流。其中，由于地理位置相邻，中日之间的文化交流尤为繁盛。中日两国悠久的文化交流史为《楚辞》在日本的传播与接受创造了良好的条件。《楚辞》在日本的传播首先离不开中日古代频繁的文化交流。

一、频繁的中日古代文化交流

秦汉时期，有大量中国人移居日本，带去了中国的先进文明。据《史记》等文献记载，徐福曾经受秦始皇之命前往日本寻找长生仙药，但是一去不返留在了日本，在日本也有大量关于徐福东渡的传说，在历代中日交流史上，徐福一直被视为中日交流的开创者。

而日本进入中国人视野，至少可以追溯到西汉初期。公元前109—前108年，汉武帝灭卫满朝鲜而设立乐浪、玄菟、真番、临屯四郡，《汉书·地理志》记载："乐浪海中有倭人，分为百余国，以岁时来献见云。"[①]东汉时有"倭奴国"、曹魏时有"卑弥呼"、两晋南北朝时有"倭五王"梯航朝贡；据《后汉书》记载，公元57年，"倭奴国奉贡朝贺，使人自称大夫，倭国之极南界也。光武赐以印绶。"1784年在日本九州出土的"汉委奴国王印"证实了这一说法。据《古事纪》记载，魏晋南北朝时期，居住在百济国的儒学家王仁被派往日本，并带去了《论语》十卷和《千字文》一卷，这也成了汉字和汉文化传入日本的开端。

至隋唐时期，日本遣使来华渐成定制，随行的有求法巡礼的留学僧、问学解惑的学问生等。圣德太子（574—621）执政期间，分别于公元600年、607年、608年、610年、614年五次派遣隋使入隋，旨在学习佛法和隋文化，佛教的传播承载着汉译佛教典籍的流入，汉字亦在日本开始逐渐普及。

从7世纪初到9世纪末，日本天皇前后共19次派出遣唐使来到唐朝学习中国文化，其中出现了众多著名的遣唐使，如阿倍仲麻吕。阿倍仲麻吕来唐后改汉名为晁衡，在唐居住多年，并且参加科举中第身居官位，与同时代著名诗人李白、王维等人交往甚密，770年阿倍仲麻吕于长安辞世并葬于长安。同时期还产生了大量留学僧。这些来华学习的日本学者吸取了大量佛教和唐朝文化，为中日文化交流作出了巨大贡献，中日文化交流在这一时期达到了高潮。

至宋代，中日之间文化交流势头不减。以僧人为代表的佛教交流成为两宋时期中日文化交流的主要内容。两宋至元明，日本僧侣不绝于途，或为朝圣祖庭，或为奉命出使，或为磨砺技艺[②]。

蒙古族建元、灭宋后，分别对日本发动了两次战争，元日之间的官方交往规模和数量与前朝相比有所减少，民间贸易日益繁盛，商船往来频繁，在这

---

① 班固.汉书[M].北京：中华书局，1962：1658.
② 王勇.近40年来中日海上交流研究综述与展望[J].海交史研究，2020（1）：5.

样的背景下，僧侣成了两国之间文化交流最主要的使者，不仅产生的日入元僧人数众多，元入日僧的人数也有所增加，尤其在一山一宁禅师（1247—1317）渡日之后，大批元僧前往日本传道、学习。

明政府在明初实行了海禁，明朝嘉靖年间，倭寇横行，后来义满政府为了经济利益并且想借明政府的势力稳固政权，决心恢复中日贸易，双方达成意见采取勘合贸易的形式进行往来，这一时期，日僧作为勘合贸易的使者入明学习并进行文化交流，促进了中日在佛教、汉学、艺术等方面交流。

清朝在日本历史上正处于德川幕府时期，双方都实行了"锁国"政策，但这并没有隔断两国人民的经济贸易和文化往来，当时两国的交往主要依靠清朝商船驶入长崎，随着中日贸易的发展，中国的大量书籍流入日本，明清时期的白话小说《红楼梦》《三国演义》等都有日本刻本盛行民间。

由此可见，古往今来，中日之间来往密切，文化交流经久不衰，这为两国文学的交流与发展搭建了友好的桥梁，提供了重要的途径。中日之间的往来与文化交流历史不仅时间跨度大，涉及的阶层与人物也非常庞杂，这无疑为《楚辞》在日本的传播与接受提供了重要的时间、空间、人缘、地缘基础和保障。此外，《楚辞》在日本的传播与接受更离不开日本汉学的蓬勃发展。

二、日本汉学的兴起与发展

汉学（Sinology）是外国尤其是欧美国家学者研究和介绍中华文化的学问，历经游记性汉学、传教士汉学、学院派汉学以及侧重研究中国现实问题的"中国学"（China Studies）等几大阶段，至今已有600多年的历史。据清华大学国际汉学研究所所长李学勤所言，利玛窦于1582年入华，他所代表的传教士汉学亦有400余年。从1814年法兰西学院设立第一个汉学教席开始，学院式、专业化的汉学已经走过了将近200年的历程。而兴起于"二战"之后，将传统汉学扩展为中国建设的美国汉学，至今也有80多年。

"汉学"不仅包括了不同历史阶段的学术内容，而且涵盖了中国文化与世界文化的触点；它来自中国学术自身演变的轨迹，也来自近代西方研究中国的需要①。面对中国浩瀚的文化和复杂的现实，汉学家们皓首穷经，著书立说，既促进了中华文化的海外传播，也带动了中外文化的交流融合，甚至改写了世界的文明进程。

海外汉学研究由来已久。发展至今日，若单论专门之学，也已经形成了欧洲汉学、美国中国学、日本汉学等几大领域。其中，日本汉学最占地理便利和文化传统相近之优势，欧洲汉学重视从自身的基督教传统观察比较文明间之差异；美国中国学开始最晚，但乘20世纪美国在世界范围内崛起称霸之势，后来居上，成为今日西方中国学研究之主流大观。美国的中国学研究虽脱胎自欧洲汉学传统，但与欧洲和日本重视典籍历史的"古典"倾向不同②。欧美汉学和日本汉学有着本质的不同，而且，汉学概念本身在当今国内外学界均存在称谓之争，且至今仍然悬而未决，长期存在概念混淆、界限不清、相互混用的状况。这种定义之争由来已久，因此，我们有必要在此进行概念界定予以澄清。

（一）"汉学""日本汉学"之概念界定

国内不少学者仍采用"汉学"称谓，从现实情况看，"汉学"一词有广义和狭义之分。李庆教授主张对海外汉学的研究重点放在历史中国传统文化方面，以区别于海外具有政府背景的研究机构对当代中国的研究。然而，亦有学者，如北京大学的严绍璗教授，主张采用"中国学"统称，摒弃"汉学"称谓，将狭义的"汉学"囊括于广义的"中国学"之中，从而警醒国人，关注海外当代中国研究的政治文化寓意。（警惕"汉学主义"、"西方中心主义"等意识形态因素的潜在影响。）

通览既往研究可知，"汉学"（Sinology）的含义主要包括以下三种：一是指汉代学术以及对汉代的学术和思想、文化进行的专门之学。二是指和"宋学"相对出现的，专指以阐述汉代的学术和思想、文化为核心，并以汉代的官方传统的治学方法为工具的一种研究古代文化、思想和学术的专门之学。三是指外国人对中国古代文学、历史、哲学和文化进行专门研究之学。从文化交流的角度来说，"汉学"一般认为是指对中国古代语言、思想、历史和文化的研究。

---

① 孙歌."汉学"的临界点——日本汉学引发的思考[J].世界汉学,1998(1):46.
② 袁先欣.革命及其后：美国当代中国学研究管窥[J].中国图书评论,2014,4(9):38-45.

本书中所指称的"汉学"（sinology）主要是指上述含义中的第三种。根据现代学科划分体系来判断，其内涵主要是指外国学者对中国古代文学、历史、哲学、语言学等人文学科领域的研究，主要集中于中国的传统文化领域。因此，"汉学"在其性质上来说，并非一个单一学科的概念，而是一个非常复杂的交叉学科，属于跨国界、跨文化、跨学科的系统性综合性研究。"汉学"应当与我国本土学者的"国学"研究相区别，为此，既往研究经常出现"海外汉学""国外汉学""国际汉学"等概念。进而，"日本汉学"是指日本学者对中国古典文学、史学、哲学等领域的研究，是一门根植于日本文化土壤的学问。然而，由于特殊的地缘关系以及中日文化交流的文化积淀，日本汉学有别于西方汉学、美国汉学，呈现出独具特色的发展路径。

（二）日本汉学的发展历程

在探讨《楚辞》在日本的传播历程之前，我们首先来回溯下作为其传播土壤的日本汉学发展的来龙去脉。自古以来，中日两国在政治、经济、文化等领域就有颇多交往。早在285年，就有人向日本应神天皇献上《论语》和《千字文》。从而拉开了日本研习汉学的"发轫"[①]。日本文化以其岛国的地理条件和人文条件为基础形成了自己的民族文化，同时又广泛吸收中国文化，并通过变异、改造，形成自己独特的文化体系。日本对中国文化的态度，经历了一种认识、接受、变形、受容的动态进程。日本在14—15世纪开始形成传统汉学，据此则区域性的汉学历史已有700年。

实际上，日本汉学也有其自身的时代特征。日本汉学是世界汉学的重要一支，从其发展来看，可最为粗略地划分为两部分，即明治时代以前的传统汉学和明治时代以来的近现代汉学。

1. 古代日本汉学的肇始期

古代日本汉学跨越了古坟、飞鸟、奈良、平安四个时期。

古坟时代（250—592），《汉书》《魏书》《论语》《千字文》等经朝鲜半岛，随五经博士传入日本，这个时代的汉学刚刚进入日本社会，只有贵族知识分子才能了解中国文化。日本现存最早的书面文献《古事记》卷中"应神天皇"条记载："天皇命令百济国说'如有贤人，则贡上'。按照命令贡上

---

① 张宝三，杨儒宾. 日本汉学史初探［M］. 台北：台湾大学出版中心，2004.

来的人名叫和弥吉师,随同这个人一起贡上论语十卷,千字文一卷,共十一卷。"①这是中国文献典籍传入日本的最早记录。据此记载,早在公元3世纪中国文献典籍已经传入日本列岛了。

在飞鸟时代(592—710),圣德太子制定"十七条宪法",其中"以和为贵""上和下睦"深受中国政治思想的影响,"以和为贵"出自《礼记·儒行篇》。奈良时代(710—794)出现日本第一本文学集《怀风藻》(751年成书),该书深受中国六朝时代汉诗的影响,可以清楚地看出飞鸟、奈良时代汉籍东传对贵族阶层产生的深刻影响,飞鸟、奈良时代开始,日本派遣唐使摄取大陆律令文化。

平安时代(794—1192)是日本封建社会纵深发展的阶段,历时近三百年,相当于中国的中晚唐至南宋。平安时代来源于日本桓武天皇迁都于平安京,平安京即现代的京都。如果说,奈良文化是直接汲取唐代文化的精粹而繁荣的话,那么平安文化则不同,它是在继承、总结、凝练日本文化遗产的基础上,消化唐文化之后而发展起来的独具民族特色的新文化。其贵族及一般文人以汉诗为风雅,白居易在日本深受欢迎,并延续至今;而杨贵妃、唐明皇的故事亦是脍炙人口。平安时期日本天皇大力倡导学习唐文化,因此对中国文化实行全方位的摄取。

公元814年,嵯峨天皇即位,不到四年的时间便敕令编写《凌云集》《文化秀丽集》两部汉诗集。公元823—833年,醇和天皇时期,日本编纂了一部大型的汉籍类书《秘府略》,其中征引了中国典籍不下1000种②。平安时代是日本贵族文化为主流的时代,这个时代贵族知识分子把中国文明作为典范。

2. 中世时代的日本汉学

镰仓时代(1185—1333)、室町时代(1336—1573),是汉学的兼收并蓄期,其特色有以下两点:

第一,刚健有力的武士文学代替平安时代婉曲优艳的女性文学开始登上历史舞台。在中古汉文体的《将门记》的基础上,《平家物语》《保元物语》《平治物语》及描写日本南北朝战乱的长篇《太平记》等陆续在世间流传。其

---

① 史艳玲. 日本汉学研究的三个时期及其特色[J]. 山花, 2008(9): 161-163.
② 张宝三, 杨儒宾. 日本汉学研究初探[M]. 上海: 华东师范大学出版社, 2008.

中，文学成就最高的当数《平家物语》，类似于我国的《三国演义》。《平家物语》开篇是八句四六骈文：

  祇园精舍的钟声，有诸行无常的声响，
  沙罗双树的花色，彰显着盛者必衰的道理。

  文体和汉诗交混，语气铿锵有力。其后，列举了秦之赵高，汉之王莽，梁之朱异，唐之安禄山，汉学典故信手拈来，以此展开人世无常的思想，卷末以人物的出家、悟道、成佛灌顶来结束，首尾呼应，体系清晰。武士文学又借鉴源于我北宋初年的"讲史"的方式，即日本的"口演"，通过琵琶僧的弹唱，广泛深入民间。

  第二，朱子学传入，成为德川时代的官学，后经演变，出现了以"忠"为中心的"大义名分观"。此时，日本荣西渡宋，学得起源于我南北朝的"禅宗"，荣西在日本开宗后，经过后代不断改造和完善，形成了为武士所推崇的"剑禅一如"的思想。所谓的"剑禅一如"有两层意思：一是"世尊拈华，迦叶微笑"，要做到"以心传心"，使自己顿悟；二是"生死一如"，武人不执着于生，不恐惧于死，七生报国为大君。发端于镰仓战记文学的《武家事纪》《本朝武艺小传》《不动智神妙录》等著作，其中都摘录了大量的汉学中的儒、佛用语，在写作手法上，也富有文学色彩。

  3. 近世时代的日本汉学

  江户时代（1603—1867）是日本封建社会末期。因当时首都在江户（今东京），因此称江户时代，又因是德川幕府统治时代，所以又称德川时代。江户时代是儒学传入日本后发展的高峰期[①]。有学者把江户时代的儒学径直称为"宋学"，这是因为以明经训诂为主的日本旧儒学在15世纪逐渐被研习二程和朱熹学说为主的新儒学所代替。至江户时代，人们所谓的儒学已然是指宋学。不少学者认为，宋学作为一门独立的学术，创始人是藤原惺窝。

  江户时代日本的汉学的发展，受到了朝鲜汉学的巨大影响。朱子学就是通过朝鲜传入日本的。江户时代的日本儒学尽管接受了中国的宋明理学，但与

---

① 史艳玲. 日本汉学研究的三个时期及其特色[J]. 山花, 2008（9）：161-163.

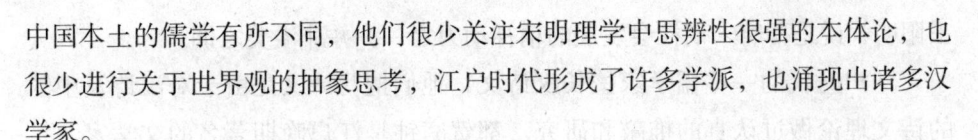

中国本土的儒学有所不同，他们很少关注宋明理学中思辨性很强的本体论，也很少进行关于世界观的抽象思考，江户时代形成了许多学派，也涌现出诸多汉学家。

（1）藤原惺窝、林罗山和朱子学派

藤原惺窝是朱子学派最早创始人，自藤原惺窝开始，儒学从贵族社会走向世俗社会，出现了以儒学为业的学者，日本儒学有了更大的发展。藤原惺窝舍佛入儒后，站在儒家的立场上对佛教进行批判。

林罗山（1583—1657）是藤原惺窝的大弟子，朱子学派的代表人物，他一生致力于整理中国儒家文献。林罗山在极力推崇朱子学的时候，不遗余力地批判老庄思想、佛教思想甚至基督教思想。他批判佛教，认为宗教灭人伦而绝义理，非加声讨不可；对待老庄思想、佛教、基督教的态度，反应了日本江户时代朱子学派为了保持自己的权威地位排斥异己的狭隘性。

（2）伊藤仁斋、荻生徂徕和古学派

江户时代的朱子学派是官方的意识形态，它的唯我独尊的霸道态度和理论上的绝对化，必然导致别的学派的出现并起来与之相抗衡，于是作为朱子学派最大对手的学术流派——古学派出现了。它代表在野的民间势力，反对朱子学官方哲学的垄断地位，企图用复古的名义，打破朱子学一统天下的局面。

伊藤仁斋（1627—1705），古学派之一的古义学派的创立者。在日本古学派思想家中，伊藤仁斋是最有权威性的代表，无论是正确理解孔孟的原典，还是在学术贡献方面，他都超过了同时代的人。

荻生徂徕早年读林氏朱子学著作，后又攻读伊藤仁斋的古义学著作。极力主张"今之学者，当以识古言为要，欲识古言，非学古文辞不能也"。古义学派主张"汉文直读法"。

（3）中藤江树、吉田松阴和阳明学派

中藤江树（1608—1648）是日本阳明学派的创始人。中藤江树37岁看《阳明全书》，反复研读，深入思考，心中豁然开朗，转而信奉阳明学，成为日本阳明学派的开创者。中藤江树试图把王阳明的心本论和日本神道教结合起来，认为心的本体就是"神的实体"，王阳明的"心学"就被中藤江树日本化了。

吉田松阴（1830—1859），力倡"尊王攘夷"，具有实践主义性质，能具体地将其变为幕府末期仁人志士的行动纲领，和王阳明学说有很大关系。说王阳明学说是幕府末期社会发展的精神动力之一，并非溢美之词。

江户时代的一些儒学家擅长汉诗文，他们擅写诗文是由于对汉诗及中国的诗文理论做过认真的推敲和研究。都贺庭钟是江户晚期著名的文学家，是读本这一文学样式的首倡者，先后出版了《古今奇谈英草纸》《古今奇谈繁野话》《古今奇谈莠》三部书。上田秋成的代表作是中短篇小说集《雨月物语》，这部小说集中的作品是在中国文言小说、百合花小说以及日本谈鬼说怪故事的基础上改写成的。

4. 近代：明治时代、大正时代、昭和时代（"二战"前）

明治时代的汉学有一个由盛到衰的过程。在这个过程中，汉学的地位日趋边缘化，西洋文化占据主流。维新学派学者对传统儒学的批判，他们既要在人们内心驱逐儒家道德观念，又想要在社会生活特别是政治经济运作中，将儒家伦理道德的作用和影响消灭干净。

明治时代日本儒学的复苏，以《教学大旨》和《教育勅语》的颁布为发端。1878年，明治天皇亲政，亲政后的首要任务便是加强天皇制政体的力量，打击、压制自由民权运动，这时他又意识到儒学"仁义忠孝"的重要性，于是又把它重新举起来，作为加强皇权的思想武器，来实施皇权的纲领，明治时代儒学的复苏是以恢复道德作为旗帜的。尽管又是办学，又是成立学会，又是祭孔，又是出著述，似乎很热闹，但是要把儒学重新铸造成日本的自我意识形态和社会意识形态，已经是不可能了，经过明治初年的巨大冲击，日本人已经不可能像江户时代那样，把儒家的价值观念作为他们修身、齐家、治国的主要标准。

明治、大正时代的中国文学研究：明治时代的初期，汉诗十分繁荣兴盛，仅明治初年选本便有《明治三十八家绝句》《明治十家绝句》《今世名家是抄》《明治名家诗选》《明治白二十家绝句》等多部。明治时代还常结诗社，如"旧雨社""茉莉诗社""下谷吟社"等。中国文学研究学者坪内逍遥接受儒家文学观，即文以载道，义发劝惩，将文学的功用归结为道德说教。他撰写了小说理论《小说神髓》，此书标志着日本小说家对中国古典小说从仰慕到参照批判的转变，也标志着日本文学创作向近代文学观念的转变，标志资产阶级文艺学原则的确立。

古城贞吉的代表性著作是《中国文学史》，堪称日本第一部中国文学史著作。森槐南（1863—1911）对中国诗学，词曲等有深入研究，中国古典文学《唐诗选评释》《杜诗讲义》《李诗讲义》《韩诗讲义》。儿岛献吉郎主要著作有《中国文学通论》《中国文学概论》《毛诗楚辞考》等。狩野直喜（1868—1947）著有《关于儒学在我国的变迁》《中国学术薮》《中国哲学史》等。

除此之外，日本汉学家还开始搜集甲骨片，展开了甲骨文研究，这对日本近代文化研究的实证主义观念和方法的形成和发展，是有重大推动作用。

昭和时代（战前），这是一个特殊时代，日本的军国主义极度扩张。1926年，昭和天皇即位，在对社会主义思想民主运动严厉镇压的同时，军国主义思想却得到了扶植和提倡，一些法西斯主义思想家被竞相吹捧。这个时期的日本汉学研究机构大多和日本政府对中国和东南亚的扩张政策有着密切关系，例如中国哲学研究学者津田左右吉、武内义雄等。

在近代日本学术界，津田左右吉（1873—1961）被称之为"最大的东洋学者"，著作颇丰。其中国哲学思想相关的主要著作有《道家思想及其展开》《左传思想史的研究》《论语和孔子的思想》《儒教研究》等。津田左右吉对古典资料持有怀疑的态度，这往往是由于古典资料中的记载从现存的史料中得不到证明。

武内义雄（1886—1966），主要从事《论语》和《老子》的研究。他曾到中国学习，更从马叙伦学诸子，回国后曾担任过东北大学教授、日本皇宫的"东宫用挂"，又曾被表彰为日本的"文化功劳者"。

中江丑吉（1889—1942），是日本近代著名的思想学家中江兆民之子，赴日留学的章宗祥、曹汝霖曾先后在他家赁屋居住。他对中国古代思想研究主要集中在《尚书》和《公羊传》上，此外，他对中国社会结构和社会组织也有所研究。

桑原骘藏（1871—1932），中国史学研究者，曾任东京高等学校教授，京都帝国大学教授，主要著作有《中等东洋史》《东洋史要》《东洋史教科书备考》《续东洋史教科书备考》《东洋史教授资料》《东洋史说苑》等。

藤田丰八（1869—1928），他在中国西域、中国南北交通史、东西文化交流史的研究方面用力甚多，其主要著作有《西域研究》《慧超往五天竺国传笺释》《岛夷志略校注》《东西交涉史的研究·西域篇》。

5. 现代：昭和时代（"二战"后）

战后的昭和时代的汉学研究处于调整阶段，这个时期的汉学特点是，通过对战前汉学的批判，改变了把汉学作为政府政策附庸的情况，学术研究和政治脱离的趋势日见明显。汉学研究的分工逐渐细密，过去某个著名学者集中一个问题进行深入研究，而他的周围形成一个研究团体，由许多这样的学术团体支撑日本的汉学界。现阶段综合性研究逐渐增加，由于交通状况大为改善，新干线通车，学者们之间交流日渐密切。

战后的日本中国学界的结构与方法论等均发生了巨大的变化，而有关朱子学研究的主要成果，基本上都是出版于战后。战后的朱子学研究领域，其整体格局、研究群体、研究方法、问题意识均与既往研究有所不同，进入了一个新的阶段。

在战后的一片废墟中，日本中国学界的格局发生了显著的变化。首先是在1947年6月，创立了全国统一的学会——东方学会，其机关杂志《东方学》于四年后的1951年3月创刊。另一个日本全国性的学会——日本中国学会（哲学·语学·文学），在仓石武四郎（1897—1975）的奔走呼吁下，于1949年10月成立，其机关杂志《日本中国学会报》于1950年3月创刊。此外，日本道教学会也于1951年成立，其机关杂志《东方宗教》于同年12月创刊。从中，我们可以窥见日本中国学界在战后为了促进学术研究的发展，相互协力与统合的动向[①]。

潜忍不发的长期积蓄，使日本学界在20世纪60年代步入了朱子学研究的全盛时期，并迎来了朱子学研究专著的第一个出版高峰。70年代是日本朱子学研究的黄金时代。这一时期的日本的朱子学研究，最大的特色就是集体合作与集体研究。中国的文化自古以来就被外国所学习和传播，随着，中外文化与文学交流日益频繁，中国走向世界之势空前强盛，世界需要进一步了解中国，中国需要进一步了解世界，便成了历史的必然。

然而，深入考察和研究中华文明播扬于世界各国的历史与现状，对于我们来说，更是迫切的需要。于是，在20世纪末的最后几年内，渐渐形成了所谓的"汉学热"。继孔子学院在国外遍地开花，各国对汉学表现出浓厚的兴趣之

[①] 参见张宝三，杨儒宾.日本汉学研究初探[M].上海：华东师范大学出版社，2008.

后，汉学这鼓热风也逐渐吹回国内，无论是看百家讲坛于丹说论语，还是去孔府举行古老的成人礼，无一不显示着汉学热在中国乃至世界的不断升温[①]。

三、日本汉学（中国学）的现状特征

如上所述，20世纪90年代，随着我国综合国力的提升，在世界范围内影响日益广泛，日本的中国学研究取得了丰硕的成果，那么，我们来看下日本中国学的发展现状，继而思考作为中国古典文学的《楚辞》何以能在日本当今学术界经久不衰。

日本国立国会图书馆直接隶属于国会，同时也支持一般民众使用。其作为唯一一家收存日本国内全部出版物缴送本的机构，可提供的有效文件数量高达4491万，其中汉学（中国学）相关文献、图片、历史记录、贵重文物、近代发行出版物的图片数据库资料高达77010件。因此本研究拟使用日本国立国会图书馆作为数据来源，以期能够为笔者研究日本汉学构建基础数据框架。

笔者通过对日本国立国会图书馆的海量信息进行大数据处理和有效信息提取，对20世纪90年代以来，日本汉学（中国学）[②]研究的论证进行了计量统计分析。首先，以日本国立国会图书馆数据库作为数据来源，检索关键词"汉学"，时期限定为1989—2019年（平成时代/后冷战时代），获得1576篇"汉学"相关文献。进而，通过主题分析、学科比较分析、文本细读等手段，力求发掘中国文、史、哲等传统汉学（人文学科）领域的研究现状、特征及发展动态。

根据笔者的研究主题如图1-1统计可知，近年来繁荣发展的社会学也在一定程度上体现出由汉学向中国学转型的研究态势，反衬出汉学"知识"生成、传播、接受、衍变之范式变迁进程。人文学科领域中的历史学与社会科学领域中的社会学占比相对较高，凸显出日本学界对于中国历史及现实中国社会民生之研究的高度关注。以中国文学、中国史学研究为例，具体研究情况如下所示：

---

① 何寅，徐光华. 国外汉学史[M]. 上海：上海外语教育出版社，2022.
② 由于当今日本学界，汉学与中国学两个概念仍有交叠使用的现象，因此，为全面客观统计之便，在此亦采用汉学（中国学）表述。

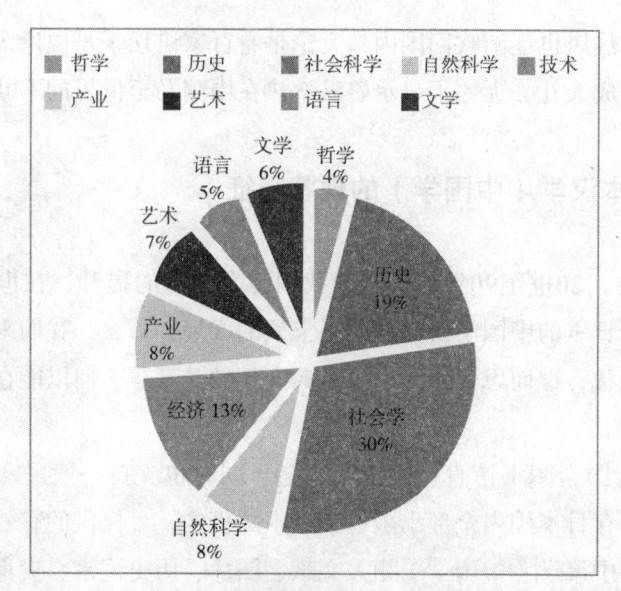

图1-1 1989—2019年日本汉学（中国学）研究主题

资料来源：笔者根据日本国立国会图书馆官网统计数据绘制。

（一）中国文学研究层面

中国文学研究的论著在近30年的汉学研究中所占比例并不高，只有6%。但是，文学作为日本汉学最传统的研究对象，具有悠久的历史。

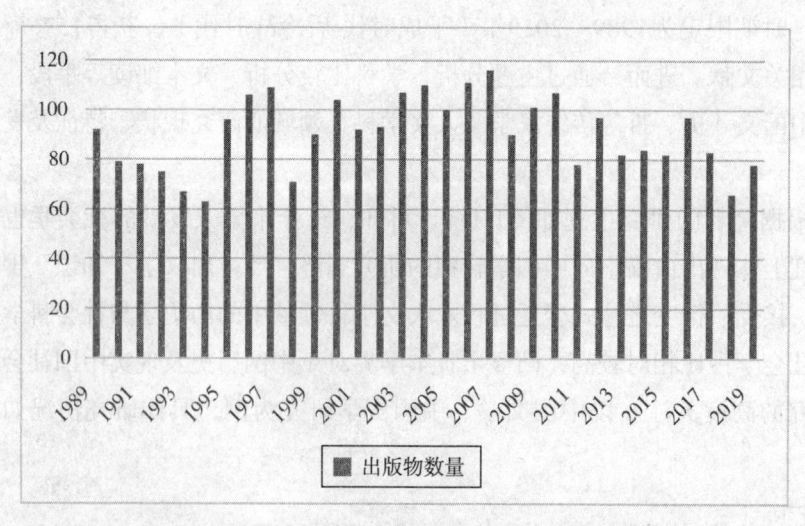

图1-2 1989—2019年日本文学主题出版物年度变化

资料来源：笔者根据日本国立国会图书馆官网统计数据绘制。

中国古典文学研究主要集中在"雅文学""严肃文学"方面,例如对先秦文学中《楚辞》的研究,代表作有小南一郎的《王逸"楚辞章句"研究——汉代章句学的一个面向》、石川三佐男的《楚辞九章"思美人篇"中"美人"的实体》；魏晋文学中关于"建安七子"的研究,例如小尾郊一《真实和虚构——六朝文学》、小南一郎《世说新语的美学——关于魏晋的才和情》；唐宋文学中对白居易及苏轼的研究等在下定雅弘的《白居易志中的老庄和佛教》、宇佐美文理的《苏东坡的绘画论和东坡易传》都可以集中体现。近年来日本学者对于中国"俗文学"的研究,不仅成为文学研究的一个重要组成部分,更始终与国际学术的发展有着紧密的联系。而文学类的出版物更是每年保持在60本以上,根据图1-2可以推断,日本的文学研究并不是一个独立的个体,它也受政治和经济的影响。

总而言之,根据笔者统计分析文学领域研究特征主要表现为:一是仍重视对文献的整理及相关基础的研究；二是运用社会学、文化人类学、阐述学等新方法进行研究；三是将文学与政治学、经济学等紧密结合进行整体研究；四是研究内容趋于大众化,获得广泛受众基础。

《楚辞》在日本的学术研究无疑适应了日本中国研究的特点,因而得以弘扬。

(二)中国史学研究层面

近三十年来,中国史学研究主要分为考古学、先秦史、秦汉史、魏晋南北朝唐五代史、宋进辽史、明清史六个部分,具体如图1-3所示。

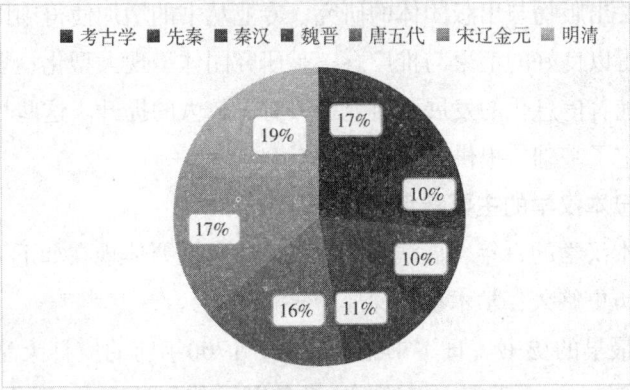

图1-3　1989—2019年史学主题研究占比情况

资料来源:笔者根据日本国立国会图书馆官网统计数据绘制

根据图1-3所得数据并结合中国历史背景可以窥知，日本的中国史学研究有两大特征。一是对中国的研究资料和材料具有相当的依赖性。例如1990年成立的"中国考古学会"就是中国近年来出土的大量文物为其提供了研究可行性基础，才使其更加深入地发展，并逐渐表现出自身特色。二是侧重微观研究。通过对应历史时期的政治制度（皇权、军制、官制、法律），社会经济（土地制度、税收、财政、商贸、漕运、技术生产、边疆治理、中外关系），进行相应历史时期的政治经济制度的微观考察。1989年成立了日本秦汉史研究会，这一领域的主要著作有佐竹靖彦的《中国古代国家的构造》、渡边信一郎的《中国专制国家论》等。中国历史学研究的繁盛，尤其考古学的蓬勃开展，出土文物的问世，对于《楚辞》的实证研究发挥着潜在的助推作用。

四、日本汉学的整体特色及发展演变

20世纪90年代以来，中日经济交往密切，双边经济贸易总额1990年为164.4亿日元，而外交部官网2022年10月更新数据显示，2021年中日双边经贸总额高达3714亿美元（约合40.8万亿日元，根据2021年日元兑美元平均汇率估算）。近年来，中国赴日留学生人数不断攀升，一直居日本外国留学生人数首位。"文明互鉴、人类命运共同体"成为时代之需的全球化语境之下，日本汉学研究的变革主要包括以下三个方面：一是日本学校教育体制的改变。日本在20世纪90年代进行了教育改革，并在1997年将中文考试列入了大学入学考试中。二是相关出版物与出版团体的研究。专业丛书的增加使得中国汉学领域主要研究成果得以良好的汇聚与推广。三是研究团体呈现大型化、多层次与多样化的倾向。随着信息化的发展，研究手段有了较大的提升。这些均为日本楚辞学的开展奠定了基础，提供了保障条件。

（一）日本汉学的主要特色

追溯日本汉学的百年发展演变历程，其特色主要体现在如下五个层面：

1. 研究历史悠久，学术积淀深厚

据日本最早的史书《日本书纪》记载，1700年前的应神天皇时代（公元270年），《论语》《千字文》等汉文典籍就已传到日本[①]。到公元600年日本

---

① 何培忠.日本的当代中国研究与对海外中国学研究的思考[J].国外社会科学,2014(5):104-110.

的飞鸟时代，中日之间开始了正式的文化交流。日本派出遣隋使、遣唐使，学习语言、文化、法律等先进的中华文明。中国的儒学和佛教对日本社会的发展产生了深远的影响。到了江户时代，逐渐发展成为汉学体系，被认为是日本近代中国学的起源。日本收藏有大量的中国学文献资料，内容丰富，其中包括殷商甲骨文片、敦煌遗书等古代珍稀历史资料等。由于日本拥有悠久的中国学研究历史、深厚的学术积累，从而培育出了荻生徂徕、伊藤仁斋、林泰辅等众多的著名汉学家。

2. 资料收集精准，文献整理缜密

日本学者长于广泛而又精准收集大量数据和日本主要中国学研究机构介评信息。东洋文库为了应对当下信息泛滥、出版界和媒体环境的变化，专门设立了现代中国研究资料室，科学系统地收集资料。研究机构重视实地调查，获得一手资料，例如爱知大学图书馆收藏的珍贵文献《东亚同文书院中国调查旅行报告书》。日本学者还善于资料的归纳、整理、分析和总结，在研究的同时，编制了众多方便使用的工具书。譬如"京都大学人文科学研究所编纂的《东洋学文献类目》，此书分类题录所收文献，按一般史、地理、社会史、经济史、法制史、宗教史等十八类排列。每类之下又各分细目。该书收集资料较多，较全，为研究亚洲各国特别是我国社会科学之重要工具书"[①]。研究机构高度开放，极大地盘活了资源，为顺利开展研究工作奠定了坚实的基础。

3. 研究深入，专业性强，术业有专攻

日本中国学研究机构拥有优秀的人才队伍。研究人员常年专注某一领域的研究，潜心钻研，精益求精，从而诞生了精品著作。例如，从事《五经正义》研究的日本学者野间文史，出版了《五经正义校勘研究》，"他还依据自己研究的成果对北京大学出版社出版的《标点本十三经注疏》新版本中的部分内容提出一些批评，他的意见写成长文发表在《中国哲学》第24辑上"[②]。

4. 研究领域广泛，现代中国研究方兴未艾

从20世纪90年代中期起，日本开始出现有组织地进行现代中国研究的新趋势，政府投入了巨额扶持资金[③]。研究内容延伸至现当代中国的政治、经

---

① 冯蒸.近三十年国外"中国学"工具书简介[M].北京：中华书局,1981：193-194.
② 周桂钿.日本的中国学研究[J].哲学动态,2004(1)：45-46.
③ 何培忠.日本的当代中国研究与对海外中国学研究的思考[J].国外社会科学,2014(5)：104-110.

济、法律、军事、宗教、外交与国际关系、文化、艺术、教育、地理、科技、环境等诸多领域。具备深厚汉学功底和国际视野的研究人员,采用跨学科研究方法多角度开展当代中国研究,获得了丰硕的成果;并且积极承担起社会责任,实现学术成果的社会价值。"2012年,面对两国关系空前恶化的困境,现代中国地区研究项目倾尽全力在东京、京都、名古屋、福冈四大城市举办了4次大规模公开研讨会,从政治外交、文化交流、经济合作和地域间合作等角度探讨陷入困境中的中日关系。大量普通市民反应踊跃,积极参加,与学界形成了良好的互动。"①

5. 跨学科融合、跨国界合作空前

加强研究人员与海内外机构之间的交流与合作,通过共建研究基地,举办学术研讨会、讲座、资料互换等方式形成优势互补。研究人员目光长远,计划周详缜密,采用先进的科学方法开展研究。日本著名中国学家毛里和子说:"当代、现代以及近代史的研究者之间进行横向的合作研究不断增多,用百年的长时段来观察现代中国,这方面的成果要比欧美多。"②"近几年,日本出版的有关中国的图书高达数千乃至上万册,这固然是中国影响力增强的体现,但也是日本政府、民间、学界高度重视中国研究的结果和日本研究方法创新带来的现象。"③研究机构依托互联网,将学术成果和数据相互共享。同时,通过召开国际学术研讨会、建设多语言浏览的网站和发行多语种出版物等形式,积极对外推介学术成果,扩大国际影响力。总之,日本汉学虽然历经时代的发展,学者的迭代,传统的汉学研究逐渐式微。然而,"二战"后至今,传统汉学适应了大学学科化、体系化的特征,转而以文学、史学、哲学等新的叙述形态得以承继和复兴,并且研究方向也更加的纤细化、通俗化、泛政治化与国际化。

(二)未来发展趋势:现代中国学的复兴

随着日本政府主导的思想文化"国际化"的不断发展,20世纪90年代以

---

① 天儿慧.通过"现代中国地区研究"项目看日本的中国学,中国社会科学报(特别策划海外中国学),2013-09-06(A05).

② 复旦大学日本研究中心,早稻田大学政治经济系毛里和子教授向中心捐赠一批图书.[EB/OL].(2010-11-21).http://www.jsc.fudan.edu.cn/view.php?id=990.

③ 何培忠.日本的当代中国研究与对海外中国学研究的思考[J].国外社会科学,2014(5):104-110.

来，日本逐渐出现了脱离汉文化的趋势，这不仅表现在生活的各个领域，比如法律、学术、娱乐等方面的国际化趋势，还表现在汉学领域，随着上一代汉学家的退出，新一代汉学家逐渐从此前汉学研究的桎梏中脱离，转而研究与时代相适应的政治、经济、文化等领域，从而形成了汉学的"国际化"，如新东方主义、文明冲突论、新儒家学说等。从近三十年间的数据统计可知，传统汉学与现代中国学的出版物数量差距逐渐扩大。

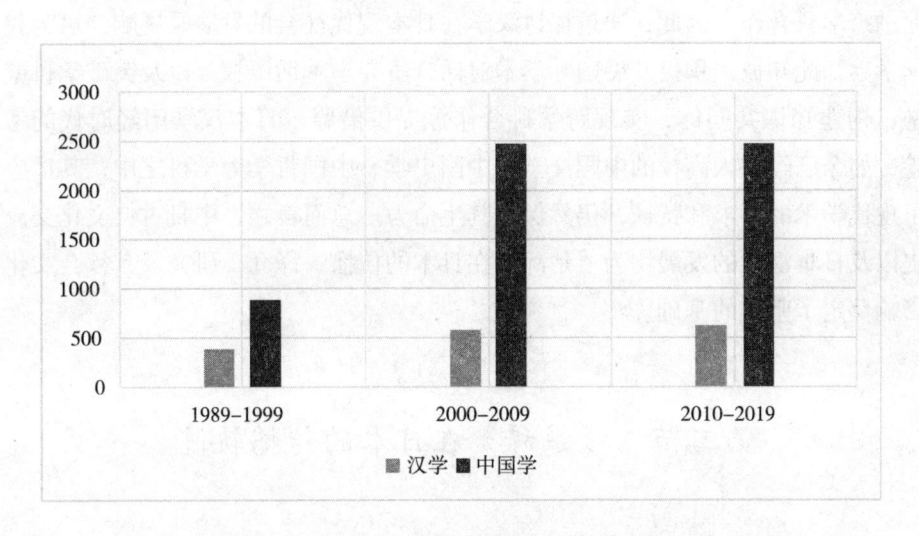

图1-4 近三十年来传统汉学与现代中国学出版物对比（1989—2019）

资料来源：笔者根据日本国立国会图书馆官网数据绘制。

如图1-4所示，传统汉学与现代中国学研究成果呈现出巨大的差异。近三十年来，传统汉学（人文学科）领域1989—1999年出版物为367；2000—2009年出版物为576；2010—2019年的出版物为633，出版物总量随稳步增长，但差距并不太大。然而，现代中国（社会科学）研究领域1989—1999年出版物为875；2000—2009出版物为2402，达到90年代的3倍；2010—2019年出版物总量为2466，基本与21世纪前十年持平。由此可见，21世纪以来，日本中国学界对于现实中国政治、经济、社会问题的关注远远高于传统的文学、史学、哲学等人文学科领域。

总体而言，迈入21世纪，传统汉学与现代中国学研究的差距日趋扩大。日本中国学与过去传统汉学相比，研究领域更加多元化；融入了现代教育体制；研究人员从大师转向规模庞大的组织与学会；研究成果视域进一步扩大；

逐步走出汉字文化圈面向全世界。

综上所述，日本汉学研究成就斐然，却也存在诸多问题和挑战。新老汉学家之研究倾向有所不同。其差异在于新生代汉学家偏于国际化、纤细化、通俗化。究其原因在于心理结构、知识结构、学术背景的差异，新一代汉学家观点普遍较为新颖，能够与时俱进，擅长运用现代化信息技术手段开展中国研究，将纷繁复杂的文献典籍与信息技术相结合，使研究更便捷、高效，有利于促进跨学科合作。因此，通过探讨汉学在日本现代社会的发展及影响，可为我国学界知此知彼，积极开展国际学术对话，争夺学术话语权，以及突破学科壁垒，构建知识共同体，实现跨学科合作等提供借鉴。日本汉学历经时代的考验，如今已经融入高校的中国文学、中国史学、中国哲学等学科之中，其适应了现代学术的要求和特征，仍然保有其生命力。总而言之，中日古典文化交流史以及日本汉学的发展均为《楚辞》在日本的传播、译介、研究及其社会文化影响奠定了坚实的基础。

第二节 《楚辞》在日本的传播轨迹

在本章第一节中，我们回溯了《楚辞》东传日本的历史背景以及日本汉学的发展历史和演变趋势。那么，《楚辞》在日本的传播轨迹是否与日本传统汉学的轨迹如出一辙呢？本节我们将对《楚辞》在日本的传播轨迹进行文献梳理和回顾，厘清其在日本各个历史时段的传播脉络和变迁趋势。

综合既往文献史料以及现当代楚辞学家的考证可知，《楚辞》在日本的传播历程大致可划分为：奈良时代的孕育期、江户时代的肇端期、近代的繁荣期、现当代的鼎盛期等四个历史时期，其在日本各个时期的传播呈现出不同的特征，具体内容如下所示：

一、奈良时代：日本楚辞研究的孕育期

由于地理位置的关系，《楚辞》最早对外传播是在东亚与南亚地区，其中传播最为突出的当推日本。汉学是古代日本贵族摄取和模仿的对象，而《楚

辞》传入日本，时值日本大规模摄取和模仿中国传统文化时期，因此，日本古典文献不乏《楚辞》传播的痕迹。

自遣唐使大量派出，日本深深着迷于唐文明的璀璨，奈良时期不光是在文化方面深受影响，也开始进行政治建构上的模仿，如效仿科举制，对于科考书目也进行了精心设计和挑选。《文选》就名列其间，这也导致《文选》迅速成为其时日本知识阶层的流行读物，《文选》中选录了《离骚》《九歌》（11篇中的6篇）、《九章》（9篇中的1篇）、《卜居》《渔父》《九辩》《招魂》等篇章。并且，《楚辞》以其奇诡精巧而深受日本文人喜爱。

不仅如此，《楚辞》的词句还直接融入日本典籍如《古事记·神代记》《日本书纪》之中。据藤井伦明在《古代日本汉学简史》中的考证，《古事记·神代记》中出现了《渔父》中的词句，《日本书记》中出现了《河伯》的词句，日本最古老的诗歌集《万叶集》中出现了源于《楚辞》的"反歌"，等等。

此外，藤野岩友先生撰《〈楚辞〉对近江奈良朝文学的影响》指出，《楚辞》对7世纪成书的《怀风藻》《日本书纪》等产生了影响。[1]然而，学术界普遍认为《楚辞》最早传入日本的奈良时代，仅仅停留在阅读或是以《楚辞》为出典阶段，从《楚辞》对日本最早的汉诗集《怀风藻》的影响便可窥一斑。下毛野虫麻吕《五言秋日长王宅宴新罗客序》中写有"秋气可悲，宋大夫于焉伤志"[2]。而《楚辞·九辩》首句著有"悲哉，秋之为气也"，通篇文章论述秋天的悲哀。从上述引例中可以看出奈良时期主要以《楚辞》为出典阶段。

稻畑耕一郎在其《日本楚辞研究前史述评》中论及有关于《离骚》的记载，可见《写书杂用帖》，其中有"《离骚》三帙，帙别十六卷"。作者认为此处记载的"离骚"，毫无疑问是一种代指，本意就是指的《楚辞》。因此也可以由此断定日本著录《楚辞》，其最早时间可以推及为天平二年，即公元730年。

从奈良时代的诸多著作中出现的有关《楚辞》的出典等，可以看出奈良时代是日本楚辞研究的孕育阶段，这一时期尚未形成对《楚辞》的专门评价和

---

[1] 藤野岩友，中国文学と礼俗，東京：角川書店，1976.
[2] 藤野岩友著，韩基国编译，巫系文学论，重庆：重庆出版社，2005：447-448.

研究。但不得不承认，奈良时代的仿唐文化风尚成为日本汉学界研究中国《楚辞》的温床，为日本汉学界的楚辞研究夯实了文化土壤。

此后，平安时代，藤原佐世编著的《日本国见在书目录》问世，它是日本现存最古老的记录平安时代前期为止汉籍书目的总目录。其中，记载有六种关于《楚辞》的著作，诗歌中亦可看到《楚辞》的影响。诗人会大量使用"兮"字的长短句来模仿《楚辞》的句式，会引用或借用《楚辞》的语句，会吟咏屈原或题名读《楚辞》中的诗篇抒发忧患或孤高之意。然而，自奈良时代到平安时代，从中世纪的镰仓时代、南北朝时代、室町时代到战国时代，日本汉学界对《楚辞》的研究依旧停留在以《楚辞》为出典的阶段，直至江户时代的到来。

二、江户时代：日本楚辞研究的肇端期

江户时代是《楚辞》在日本真正意义上的发展和研究的开端。至江户时期，出于对《楚辞》的喜爱，日本开始出现《楚辞》翻刻本，且其版本来源是出自朱熹《楚辞集注》本。自其问世后又陆续出现了诸多"训读"本，诸多文人纷纷投身于楚辞研究，推出了诸如《楚辞新说》《楚辞灯》等书籍。

（一）"汉籍和训"开辟研究条件

江户时代楚辞研究进入了新阶段，其时正式的《楚辞》和刻本面世，这既是日本本土对《楚辞》的翻刻，同时也意味着对《楚辞》汉文训读的兴起。这些翻刻本不仅翻刻《楚辞》本身，还像其他汉籍一样标注"和训"。

最早的翻刻本要数朱熹的《楚辞集注》本，著名汉学家藤原惺窝标注题名为《注解楚辞全集》，这是最早的《楚辞》训读版本。其后，浅见炯斋讲解《楚辞》的讲义经弟子整理成《楚辞新说》刊印出版，其中多以朱熹的《楚辞集注》为本，本人的见解甚少，但在当时产生的反响和影响依然不可小觑。

继而，1749年洪兴祖的《楚辞补注》以《楚辞笺注》为名刊印发行，1750年王逸单注本刊印发行，1789年《楚辞灯》"训读"版本刊印发行，此外还有众多版本在此不一一赘述。这些注本的出现使得当时的日本文人、学者能够读懂《楚辞》，对《楚辞》在日本的传播产生了极大的推动作用。

值得一提的是，明治大正年间的著名汉学家西村时彦，他收藏的《楚

辞》类典籍多达100余种，其中有善本（明刻本、清初刻本）20余部，日本刻印本12种，西村手抄本27种，多为中国学者所未见[①]。据日本学者石川三佐男统计，江户时期与《楚辞》有关的汉籍"重刊本""和刻本"达70余种，可见，当时日本直接阅读《楚辞》已然毫无障碍。

正是日本学者对《楚辞》的研究基本上延承了中国古代的研究方法，以训诂、考据、义理来对我国历代的《楚辞》注本加以评论和介绍，使得《楚辞》在日本的研究取得显著成就，这种成就同中日古代文化交流，尤其是《楚辞》文本能够直接在日本传播是分不开的[②]。《楚辞》在日本的研究同中国一样出现了为《楚辞》做注的专门基础性研究，这种《楚辞》注译的传统与中国《楚辞集注》具有相同的功用。《楚辞》和刻本的大量刊行以及《楚辞》训读的标注为日本汉学界日后的楚辞研究创造了有利条件，极大地推动了日本汉学界的楚辞研究迈向新高度。

（二）代表性楚辞研究学者及其成就

就学界已有的共识而言，如果以学术深度来论，日本楚辞学研究真正起源于江户时代。高居实权统治者地位的德川幕府，尤为认可更能适应封建制的朱子儒学，并将之确立为"官学"，使之成为这一时期具有代表性的意识形态。"官学"发端也带动了汉学兴盛，大量知识分子潜心汉学并成为相关领域的翘楚。

江户时期可谓日本楚辞学的黎明期，其代表性的楚辞研究，首先有浅见炯斋的《楚辞师说》，发展《楚辞师说》研究的芦东山[③]的《楚辞评园》、北越董鸥洲《王注楚辞翼》以及龟井昭阳的《楚辞玦》[④]。

[①] 崔富章, 石川三佐男, 西村时彦对楚辞学的贡献[J].浙江大学学报（人文社会科学版），2003（5）：31-39.

[②] 郑友阶.海外楚辞学研究评述[J].学习与实践，2014（4）：135.

[③] 芦东山（1696—1776）是江户时代中期仙台藩（藩相当于中国的诸侯国）的儒学者，出生于仙台藩领地的陆奥国盘井郡东山涉民村（今岩手县一关市大东町涉民）。名胤保、德林，字世辅、茂仲、仲拘。号则有多个，如东山、涉民、玩易斋、东娇、梅隐翁、赤虫、贵明山下幽叟等，其中东山、涉民是由其故乡地名而命名。原姓"岩渊"，之后因祖先移居于下野国芦野（今栃木县那须町芦野）而改作"芦野"。然通常多以中国式的姓氏"芦"称呼。

[④] 矢田尚子，野田雄史，田宫昌子，荒木雪葉，矢羽野隆男，前田正名，谷口洋，大野圭介，日本江户・明治期の楚辞学.中国楚辞学.2019.26.228-248

首先，藤原惺窝是江户时代朱子学的首倡者，堪称日本儒学与汉学研究的开拓者，是对《楚辞全集》标注训读的开山鼻祖。藤原惺窝的训注为基础所刊行的《注解楚辞全集（集注本）》堪称江户时代的楚辞学的起点。

浅见炯斋的《楚辞师说》、芦东山的《楚辞评园》亦是江户时期楚辞研究的重要成果，对帮助读者深入理解《楚辞》和朱注大有裨益。浅见炯斋以藤原惺窝的《注解楚辞全集（集注本）》这本集注为教材，从元禄十四年到翌年的十五年大约一年时间为门下弟子讲解《楚辞》。浅见炯斋在此之前还为代表作《靖献遗言》卷头作诗《离骚怀沙赋》，讲解了以屈原事迹为中心的内容[①]。从崎门学派巨大的影响力来考虑，在江户时代的儒者们对《楚辞》的理解上，浅见炯斋毫无疑问发挥了巨大的作用。

芦东山如此喜爱《楚辞》，也是间接受到了浅见炯斋的影响。不仅如此，在芦东山的时代，宽延二年（1749年）补注本的和刻版、翌年宽延三年（1750年）的王注本的和刻版刊行，成为《楚辞》具有代表性的、比较容易到手的教材，也因此芦东山得以批注王注和补注本[②]。在江户时期楚辞研究的热潮中，芦东山虽然并不能够达到对楚辞学有所贡献的程度，但他对《楚辞》的热爱却值得大书特书。

芦东山在长期的幽禁生活中，撰著了集中国自古以来有关刑制纪录之大成的《无刑录》十八卷，此是曾为其师的室鸠巢所委托之事。《无刑录》在江户时期并未出版，而是以抄本形式流通。至明治时期，明治政府在拟定近代刑法之际参考了此书，进而出版了元老院版《无刑录》。芦东山被幽禁时，除执笔撰写《无刑录》之外，亦研究《楚辞》，其成果整理于《楚辞评园》一书中。此书，是于《批注楚辞全集》（朱熹《楚辞集注》八卷）中，以手写方式加入了许多注，在卷首夹有记《楚辞总评》（抄录四十九家楚辞评之物）、《各家楚辞书目》（王逸楚辞十七卷、楚辞释文一卷、补注楚辞十七卷等之题解）、司马迁《屈原传》与沈亚之《屈原外传》的纸张。且记有许多前贤诸家的注与评，在这之中，见有为数不多的"德林按"，此是东山自己补充前贤诸家注及评之处。芦东山会这般研究《楚辞》，应当是饱尝因谏言而被幽禁之痛

[①] 《靖献遗言》的成稿于贞享四年(1678年)，《靖献遗言讲义》元禄二年序。关于浅见炯斋的楚辞观，向来不见专论，即便是《师说》，朱注的讲义尚且没有完结，在我国的楚辞学上，亦值得重新探讨。

[②] 稻畑耕一郎, 蘆東山と楚辞--「楚辞評園」のことなど, 中国文学研究, 第9期(1983)：134-149

苦，此自身境遇与屈原相似而产生同感①。

秦鼎的《楚辞灯校读》堪称针对《楚辞》的具有研究性质的代表成果。秦鼎在该论著的卷首加上了两篇序，标注了训读，对卷首附录的《屈原列传》进行了少量评注，并载屈复《新注》，采用此种方法以供读者参照并读②。宽政十年（1798年）林云铭的《楚辞灯》分别附上了秦鼎和无名氏的批注刊行。秦鼎的《楚辞灯校读》写有详细的假名，大大降低了日本人阅读的难度，而书中的评注也更容易让读者理解。

至江户时代末期，龟井昭阳著有《楚辞玦》，这是日本汉学家独立地针对《楚辞》所作的第一部注解书，论著中具有自己独到的见解，且注解详细合理。竹治贞夫指出"本书注解的特色，是它具有透彻的合理性，和根据古代文献的恰当而一针见血的提示"③。可以说，《楚辞玦》的问世标志着日本汉学界楚辞研究进入了发展时期。

三、近代：日本楚辞研究的繁荣期

日本史上最具划时代意义的重大历史事件莫过于明治维新，通过变革日本实现了从封建主义社会向资本主义社会的过渡，开启了日本的近代史。到了近代，随着明治维新的发展，日本学者面向了更为广阔的世界，中国对日文化输出也渐趋衰弱，日本学者不再被动接受而是结合西方文明的研究方法和研究视角开展楚辞研究。

（一）明治初期的繁荣发展

明治时代初期，汉学十分辉煌，曾经一度出现"和歌落，汉诗腾贵"的现象。其中有关《楚辞》的研究成果斐然。据不完全统计，专著有二十种以上，论文在二百篇以上④。在这中间涌现了许多汉文楚辞研究之佳作，与既往学界成果相比较，不管是考证方面还是研究规模都远超其上，其中代表作有冈

---

① 矢田尚子, 野田雄史, 田宫昌子, 荒木雪葉, 矢羽野隆男, 前田正名, 谷口洋, 大野圭介, 日本江戸·明治期の楚辞学.中国楚辞学.2019.26.228-248
② 徐志啸.日本楚辞研究论纲[M].北京：学苑出版社，2004：16.
③ 王海远.论日本古代的楚辞研究[J].学术交流，2010（10）：181-184.
④ 郭维森.屈原评传[M].南京大学出版社，1998：342.

松瓮谷的《楚辞考》，对于该论著，后世学者多有美誉，如竹治贞夫就对其评价颇高，认为其是"温雅之中含有卓见的佳作"。而另一位学者稻畑耕一郎则更是认为其具有深远的历史意义，是用汉语进行全文写作且内容主要是《楚辞》注释的"最早"也是"唯一"的论著。

同时代具有影响力的还有西村时彦《屈原赋说》，其成就更高，堪称日本楚辞研究的历史巅峰，并在后世楚辞研究领域一直被列入必备且权威参考。《屈原赋说》较之以往汉籍研究，无论从考证的精密度抑或规模而言，皆可堪称极富卓见的佳作，在楚辞研究深度和广度上都达到了历史最高峰，成为日本楚辞研究的最权威论著。

西村时彦（1865—1924）号天囚，别号硕园，是明治时代著名汉学家，为楚辞研究作出重要贡献。由于其在中国久居两年有余，深受中国端午节文化及人文氛围感染，并且迎合京都帝国大学教学之需，开始从事楚辞研究工作。西村时彦曾任京都大学的兼课讲师，在教授与《楚辞》相关课程的同时，完成了《屈原赋说》上下卷等著作。《屈原·赋说》是日本大正时期出版的有关《楚辞》的概论性研究著作，此书受到了竹治贞夫的高度赞扬，作为具有当时最高水平的楚辞研究著作现在仍受到很高的评价。作为一本解说《楚辞》的典籍，《屈原·赋说》考证规模宏大，大致包含了屈原和《楚辞》相关信息的各个方面。西村时彦还著有《楚辞王注考异》（一卷）、《楚辞纂说》（四卷）、《楚辞章释》（不分卷）三部著作。西村时彦不仅著有《楚辞》相关的四部书籍，更是倾其一生收藏《楚辞》相关的典籍文献。后世学者多将其研究成果归纳总结，并与日本怀德堂藏书紧密关联，展开系列研究[①]。因此其研究为后代学者提供了宝贵的参考和借鉴。

（二）明治维新的冲击

自1868年明治维新起，日本走上了现代化（日语称"近代化"）的道路。这一时代有两个突出特点，一是急追世界先进国家，一是坚守原有优秀传统。一国强梁，其学必显。日本的楚辞研究亦然。明治维新后，日本学术界开始大力提倡西学，但也有人坚守汉学。1881年，在加藤弘之的主持下，东京帝国大学设置了古典科，而楚辞是古典科讲课内容之一。这其实是国际汉学的

---

① 倪歌.关于西村时彦治骚成就的研究综述[J].现代语文.2015（7）：73-75

大势所趋。1852年维也纳出版了普费兹梅尔博士（Dr. August Pfizmaier, 1808-1887）的《楚辞》德文译本。1870年，在巴黎出版了德尔维侯爵（Marquis d'Hervey de Saint Denys, 1822—1892）的《楚辞》法文译本。1879年在《中国评论杂志》第二卷上发表了派克（Edward Harper Parker, 1849—1926）的《离骚》英文译本。1881年翟理斯（Herbert Allen Giles, 1845—1935）在上海出版了英文版《中国文学精华》，其中包含屈原的《卜居》、《渔父》和《山鬼》三篇赋作。世界各国的汉学，或曰中国学，对楚辞研究如此重视，日本焉能弃置其本来就有的楚辞研究根基？因此，随着现代化进程的推演，日本从事楚辞学的人越来越多，成就也越来越大。日本楚辞研究逐渐形成一门专门的学问，即日本楚辞学[①]。至此，日本楚辞学不断导入西方现代学术的理论方法，不断开拓出新的领域。

明治维新之后，受西学东渐之冲击，日本学者开始不局限于接受中国对日本的文化输出，文学界对《楚辞》的关注更多是站在不同角度对《楚辞》进行研究。例如，儿岛献吉郎用自身的文学史知识，对《楚辞》进行研究，虽然不够深入，但是不可否认这为日本后期的楚辞研究奠定了一定的基础。西村时彦不仅留下了大量著作，而且收藏了近百种《楚辞》相关文献，这些资料对日本的楚辞研究有重大的推进意义。在《屈原赋说》一书中，西村对《楚辞》作了注释，并且研究比较深入。

明治时代之后的大正时代（1912—1925），昭和时代（1926—1989），日本楚辞学中，涌现出不少名家和大家，主要代表人物及成果包括：铃木虎雄《论骚赋的生成》（1924年）；青木正儿《新译楚辞》（1957年）；桥川时雄《荆楚岁时记注考》（1937年），《楚辞》（东京：时事评论社，1942年）等。大正年间富山房刊行的《汉文大系》以及手稿本《楚辞王注考异》均极富文献价值。其中有些资料记载为中国楚辞研究者所罕见。

明治维新以来，日本的国家发展方向发生根本变化，其知识界甚至有人提出"脱亚入欧论"，代表人物福泽谕吉（1835—1901）倡导："我国不可犹疑，与其坐待邻国之进步而与之共同复兴东亚，不如脱其行伍，而与西洋各文明国家共进退。对待支那、朝鲜之办法不必因其邻国而稍有顾虑，只能按西洋

---

① 张思齐.日本楚辞学的内驱力[J].大连大学学报, 2016, 02（37）: 35-36.

人对待此类国家之办法对待之。"[1]因此，楚辞学与其国家命运相系，为其国家发展目标服务。例如：内藤湖南在其《中国上古史》中首次言及《楚辞》，将《楚辞》当作史料来运用，论证"战国时代的中国文化中心的转移"这一难题。其学生宫崎市定（1901-1995）发展了其师之学说，精辟地解决了亚洲史上和中国史上的许多难题。因此，从方法论上来说，内藤湖南的楚辞研究是现代日本楚辞学的总的源头[2]。将楚辞学与西方学问体现想融合，开拓出新的研究领域，成为日本楚辞学的一大突破。

四、现当代：日本楚辞研究的鼎盛期

通过对日本楚辞研究相关文献进行梳理，我们不难发现其研究成果发布时间多集中在20世纪50年代之后的现代日本，其研究的广度、深度及涌现的成果在全世界楚辞研究领域都位列前茅，仅次于《楚辞》诞生地——中国。

（一）楚辞研究范围和特点

日本楚辞学研究的范围、成果形式和数量堪称除中国之外的全世界范围内楚辞研究中的佼佼者。从研究范围来看，当代日本汉学家将目光从《楚辞》作品本身转向《楚辞》作者的身世、人生的丰富经历和楚地的民俗风情，以及历史文化等方面。研究视角方面同样发生了转变，汉学家采取全新的研究视角对《楚辞》展开全新的诠释。

迈入当代，楚辞研究依然在日本持续进行，涌现出一批青年才俊，他们以自身独特的本土视角和文化特色开辟了楚辞研究的多元内容及形式。对于当代汉学家而言，他们已经放大和放宽了既往研究范围，从基于《楚辞》而进行的作品研究，逐步发展并延伸到了《楚辞》作者及作品中涉及的地方风土人情、历史人文等等领域。同时伴随的还有研究视角的变化，对《楚辞》进行了新探索、新诠释。

（二）代表人物及其成就

现代日本楚辞学的代表人物众多，其中较为出色的有青木正儿、赤冢

---

[1] 吴廷璆.日本史[M].天津：南开大学出版社，1994.
[2] 张思齐.本楚辞学的内驱力[J].大连大学学报，2016，02（37）：39.

忠、桥川时雄、藤野岩友、星川清孝、目加田斌等。青木正儿一生都在进行着有关《楚辞》的研究，到了晚年更是将其思想散播于学生，在他的研究中也就《楚辞》研读提出了若干看法，认为应以《楚辞集注》本打下根基，再兼及其他。其著作有《新释楚辞》（1957年），其内容和见解颇有独到之处，为该时期日本楚辞研究新动向和新高峰。对于《楚辞》而言，青木正儿从学生时代的阅读到晚年阶段的讲解和教授历经漫长的时期。青木正儿对中国戏曲颇有研究，因此，他得以以戏剧为立足点，对《楚辞》展开别具特色的研究，如其在《楚辞九歌的舞曲结构》中的论点与戏曲颇多关联，并认为《九歌》本是以祭祀歌舞为主题所作。

赤冢忠也是日本《楚辞》领域知名人物，其专业领域为中国古代哲学与楚辞学，论著颇丰，代表著作为《楚辞研究》（1988），由于其专业所及和涉猎所学，将哲学与文学联系起来，并融入历史，从而在论述中做到了点面结合，同时也达到了纵横捭阖的高度，使得楚辞学进入新境界。

吉川幸次郎曾撰写《诗经与楚辞》一文，谈及了他对《楚辞》的研究论述，并将《楚辞》与《诗经》对比，阐释了《楚辞》的文学特点和历史背景。他还指出，《楚辞》具有强烈的时代特征与政治倾向，其见解在楚辞研究史上是具有独创性和开拓性的。

论文方面的成果更为凸显，代表性成果包括：藤野岩友《楚辞九辩考》（载《汉文报》14号，星川清孝的博士论文《楚辞研究》）崔富章、石川三佐男的《西村时彦对楚辞学的贡献：兼述中国人心目中的屈原形象》；鸟羽田重直的《楚辞九辩小考：名称与分章》；阿部正和的《关于楚辞中的自然之音》；藤原尚的《关于楚辞集注的忠君爱国》；大野圭介的《楚辞中的南国意识》；等等。上述论文从不同视角对《楚辞》展开了全方位的研究，这些学者及其成果使得楚辞研究视角更为多元。

此外，以矢田尚子等为代表的"日本楚辞学基础研究小组"以全面系统地研究江户、明治时期日本汉学者的楚辞学、明确其学术价值为目的，以芦东山的《楚辞评园》、龟井昭阳的《楚辞玦》、北越董鸥洲的《王注楚辞翼》、西村时彦的《屈原赋说》和《楚辞纂说》等为研究对象，开展了系列研究活动。

（三）面临的困境和挑战

近年来，《楚辞》在日本的传播态势良好，成绩斐然，但仍存在发展的瓶颈。据近年来盛冈大学的矢田尚子挂帅的"日本楚辞学基础研究小组"的调查[①]可知，这些江户、明治时期的楚辞学成果，尽管是出自具有丰沛汉学知识的学者之手，由于其大部分仅以抄本和草稿流传于世，现今闲置于日本各地的研究机构，中国学者自不待言，就是日本的研究者亦难以阅读到，因此陷入了难以系统研究的窘境。此外，日本大部分的楚辞研究者，一向只关注中国的楚辞研究，并不知上述书籍就存在于本国。而且，大多数的日本汉学研究者，仅以中国和日本的思想为专门研究，对于文学作品《楚辞》则不纳入研究对象中，敬而远之。因此，江户、明治时期的日本楚辞学，不论是在楚辞研究领域亦或日本汉学研究领域，均一直被等闲视之。如何最大限度地发掘出这些文献的研究价值仍然成为当今时代的一大课题。

综上所述，自奈良时代开始，中日之间就已经架起了一座直接交流的桥梁，借此通道让大量中国典籍流入日本，而《楚辞》就是其中之一，其影响随着《文选》的推广也逐步加深，到江户时代，朱子学被列为显学，成为官方学说并为学界推崇，这使得楚辞研究日益兴盛。从影响来看，我们既需要意识到《楚辞》在日本早期文学中留下的深刻烙印，同时也需要看到在《楚辞》影响下，日本早期文学绽放出了更为光华的色彩。

通过对如上所述的四个特定时期《楚辞》在日本的传播与接受的发展轨迹的考察，我们不难发现，日本汉学界在楚辞研究方面涵盖以下两个重要特征：

其一，研究选题面广而切实。日本汉学家的楚辞研究注重研究视角的独特新颖，具体表现在选题涉及面广泛，既有针对作品本身的研究，也有针对作者生平、世系、忧愁以及楚地历史文化等方面的研究，并且摒弃高谈阔论的倾向，多数为具体而有针对性的专门研究。

其二，侧重细微考证，善于把握细节。日本汉学家针对论证的问题，大都侧重掌握翔实的资料，力求保证考据的充分。中国学者在对《楚辞》进行考

---

① 矢田尚子, 野田雄史, 田宫昌子, 荒木雪叶, 矢羽野隆男, 前田正名, 谷口洋, 大野圭介, 日本江户·明治期の楚辞学.中国楚辞学.2019.26.224-225

察研究之际，既要从本土文学的发生发展这一实际出发，同时也需要具备以异国视角拓展研究的思想，将二者有机结合能够发现更多问题，引发更多思考，为丰富楚辞研究的宝库提供有益的启迪。

虽然总体来看，日本楚辞研究不管是影响还是规模还是远逊于中国，但其成果和价值也不容小觑，其所带来的多元视角和重要成就彰显了《楚辞》历久弥新的魅力，也扩大了《楚辞》在世界文化中的影响。

第三节 《楚辞》在日本传播的载体、人员与渠道

在上述章节中，我们宏观考察了《楚辞》东传日本的背景以及在日本各个时期的传播轨迹，那么，《楚辞》经由何种载体，经由哪些人员之手，又是通过何种渠道远播日本的呢？本节将对《楚辞》在日本的传播载体、人员与渠道进行溯源，分析其跨文化传播活动中的特点以及存在的问题，以便于我国学界深入了解其在日本传播的来龙去脉。

一、传播内容与传播载体：汉籍的东传与流布

（一）汉籍的东传

自古以来，中日两国就跨越茫茫大海的阻隔，开展各领域交流和往来，对日本文化进行追根溯源不难发现，其是以本土文化为土壤，在此基础上对中华文化进行大规模的出自自身文明进化所需的吸收和改造，进而融合并构建成了独特的文化体系。而日本对于中国古文化的吸收，其主要路径和典型手段就是对于汉籍的引入。

（二）朝鲜化的汉籍

在开始阶段中，中日两国之间还没有建构起直接联系的桥梁和渠道，需要经由百济作为中途，其间引入大量朝鲜化的汉籍，使得此一阶段的日本汉学也具备了浓郁而鲜明的朝鲜化风格，该阶段历史久远，从公元3世纪末一直持续到公元7世纪中期，此时朝鲜和日本之间交流极为频繁，互派学者成为常态，日本的学问僧及朝鲜儒学博士几乎都在异国交流过。朝鲜化时期的结束通

常认为是以中日之间以遣隋使、遣唐使为代表的直接交流作为标志,这也被认为是日本汉学的中国化阶段。

(三)传播内容:译介作品

在传播内容方面来看,译文译作是《楚辞》走出国门的主要途径,也是一直以来海外传播的主要媒介,而相关的学术研究论文[①]虽然数量不多,但是也起到了显著的传播作用。成书于平安时代的《倭名类聚钞》共24部128门,可以认为是当时视域下的百科全书类作品。据其记载,传入日本的汉籍有250类,囊括经、史、子、集以及天文、地理等各个方面。自奈良时代起,日本汉学不断蓬勃发展,对促进中日文化交流产生了深远的影响。据考证,《文选》在奈良时期是非常重要并且流传广泛的典籍,当时日本仿照唐朝实行科举制度,《文选》被选入科考的必读书目,因此,随着《文选》在日本知识分子中的传播,《楚辞》也在日本文人之间广为流传。

二、传播人员:遍布日本社会各阶层

藤井伦明在其《古代日本汉学简史》一书中指出,日本各时代的汉学特征为:古代汉学的受众以贵族为主体,在学习方式上以摄取和模仿为主;中世汉学的受众以僧侣为主体,对中国文化处于消化和研究的阶段;近世汉学以儒者为受众主体,在这一时期,日本学者已能自由地应用中国文化,并能将中国文化与日本本土文化有机融合;到了近现代,日本学者是从研究者的角度来看待中国文化的,并将这一学问提高到具有科学性、客观性、学科化的高度[②]。严绍璗先生在其《日本中国学史稿》中也曾提及:日本汉学发展历程受到汉籍东传的深刻影响,日本飞鸟时代的遣隋史,奈良、平安时代的遣唐使、达官显贵、武士社会的学问僧侣,江户时代的朱子学大儒,以及明治以来的汉学家是汉学传播的中坚力量。

日本各个时期的《楚辞》传播人员与从事日本汉学的主力军是一致的。参与汉籍传播的各个阶层,同时也是楚辞文献的主要传播者和受众群体。也就

---

① 刘君.《楚辞》译介的文化立场与海外传播[D].武汉:湖北工业大学,2020:14.
② 王海远.论日本古代的楚辞研究[J].学术交流,2010(10):181-184.

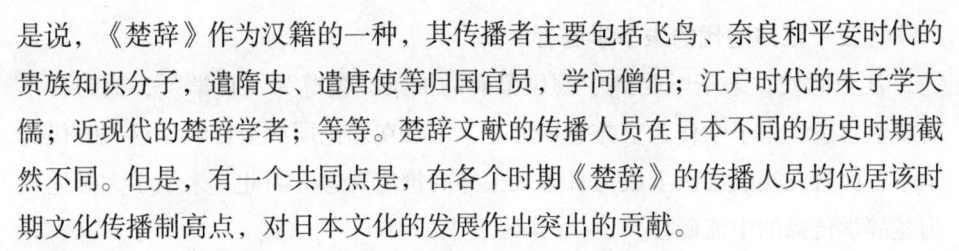

是说,《楚辞》作为汉籍的一种,其传播者主要包括飞鸟、奈良和平安时代的贵族知识分子,遣隋史、遣唐使等归国官员,学问僧侣;江户时代的朱子学大儒;近现代的楚辞学者;等等。楚辞文献的传播人员在日本不同的历史时期截然不同。但是,有一个共同点是,在各个时期《楚辞》的传播人员均位居该时期文化传播制高点,对日本文化的发展作出突出的贡献。

（一）飞鸟奈良和平安时代的贵族知识分子、僧侣

飞鸟、奈良时代,重要知识分子都来自贵族阶层,《文选》在其中备受关注,由于其中有数篇《楚辞》作品,如《离骚》《九歌》（前四篇）、《九章》（第二篇）等,同时也有其他作者的《楚辞》篇章,其中就有宋玉的《九辨》。从研究来看,可以认为《文选》的流传和推广,让《楚辞》在日本得以传播。

平安时代,以贵族知识分子为主体的文化传播者,在汉籍东传中发挥了重要的作用,这是平安时代中日文化交流的重要特色。僧侣在这个时期汉籍东传的过程中也发挥着不可忽视的作用。但是,僧侣主要是传播佛教典籍。例如:日僧空海编撰的《文镜秘府论》,收录了中国南北朝直至中唐时期诸多诗歌作法、诗歌理论著作,而其中许多材料已不见于中土,所以在20世纪初转抄回国之后,一直受到中国文学批评史研究者,尤其是魏晋南北朝隋唐文学理论研究者的重视。

从文化交流的角度来看,日本文化具有较强的内驱动力,且善于吸收和学习。平安时代,日本多次向中国派遣遣唐使以及留学人员,学习中国的文化和科学技术,一度出现"唐风化"现象。诸多遣唐使以及留学人员归国后官居要职,利用种种机会,大力推广中国文化。也正是这一时期大量的汉籍流入日本社会,加之归国人员的大力宣讲和传播,致使日本社会出现了空前的汉学研究高潮。

（二）中世时期（五山时代）的学问僧侣

五山时代由僧侣阶级主宰文化,非但佛教文化,世俗文化也归于佛门僧侣,一改平安朝贵族知识分子垄断文化的态势。中国文献典籍东传的主要传递者也由贵族知识分子变成了佛教僧侣。五山时代的日本僧侣以内外典兼通为尚,对中国儒学采取兼容并包的态度。

（三）江户时代的朱子学儒者

江户时代，朱子学受到了德川幕府的推崇，被尊为"官学"，成为日本的统治思想。朱子学作为官方意识形态，不仅在理论层次上影响了这一时代的学术，而且在实践层次上成为日本人主导的价值观念。因此，朱子学大儒遂成为楚辞学传播的中流砥柱。

（四）近现代的楚辞学专家学者

至明治时代以来，尤其近现代以来，随着汉学的衰落，近代学科的建立，汉学出现分类，独立的中国文学学科逐步建立，楚辞教学研究在大学教育中得到普及和推广，楚辞学的壁垒逐渐被打破。不仅精英知识分子，进入高校的学习者、研究者、爱好者都成为楚辞译介、学习、研究等的主力军。

"二战"后，随着现代学科的建立，《楚辞》逐步走入大学课堂，《楚辞》在日本的接受方式发生了极大的转变，研究范式逐渐融合到现代学科之中，楚辞学者也从以往的书斋型汉学大儒转变为大学教授、专家学者或研究人员。

综上所述，日本古代的遣隋使、遣唐使、贵族知识分子、文人士大夫以及留学生群体；中世时期的学问僧侣、近世时期的学者大儒、以及近现代以来的汉学家、楚辞研究学者以及弟子们对于《楚辞》在日本各个时代的历时传播、译介、研究发挥着主力军的作用。

三、传播渠道：从书籍流通到学术的薪火相传

7世纪以前，中国文化典籍的东传，主要是通过人与人的交流来实现的。这是中日文化关系原初时期的通道。在日本第一本书面文学集《怀风藻》里，可以清楚地看出在飞鸟、奈良时代汉籍东传的生动局面。《怀风藻》是日本最早的汉诗集，集64位日本诗人的120首作品，其中，引用中国诗的典故成语达141处之多，且充满了六朝诗风。

在很长一段历史时期，《楚辞》传播的主要渠道均是依靠传统媒介，例如：简帛、汉籍、文学作品、日记、讲义、图谱以及研究性质的论文和著作。但是，随着时代的发展，科技的进步，《楚辞》传播亦有开拓新渠道之动向。

（一）多元媒介的传承与推动

在当代中国，由于经济全球化的发展、信息技术的提升，大众传媒得以普及。从传播学视角来看，《楚辞》不再是故纸堆里的"旧籍"，而是以话剧、歌剧、电影、电视连续剧、大型神话传奇史诗、长篇小说等多元化形式被广泛传播和演绎，谱写出新的篇章。例如：郭沫若《屈原》；广州话剧团创作、排演的《春秋魂》，于1995年9月10日首演，荣获第四届中国戏剧节优秀演出、导演、舞美设计、灯光设计、服装设计、表演等十一个奖项。越剧《屈原》，由冯允庄根据郭沫若话剧《屈原》改编，共十场，司徒阳导演，芳华越剧团首演，尹桂芳饰屈原，获1954年华东区戏曲观摩演出大会优秀演出奖。1988年11月，中国音像大百科出版社出版了演出实况盒式原声带。歌剧《屈原》，根据郭沫若话剧《屈原》改编而成，剧作家韩伟创作，"人民音乐家"施光南作曲，总政歌舞团、武警文工团演出。鲍方主演，香港拍摄的《屈原》；李约拿、陈书良的电影文学剧本《屈原与婵媛》等。参见：李约拿.陈书良.屈原与婵媛[Z].电影文学，1991（12）：19-28。吴傲君、罗石贤编剧的20集电视连续剧《屈原》。参见：张宗.一代诗圣屈原再现荧屏.光明日报，2000-1-27（B1）。胡鸿延的《屈原诗传四部曲》。参见：胡鸿延.屈原诗传四部曲[Z].贵阳：贵州民族出版社，1991.9。宁发新的《屈原》；吴傲君、罗石贤的《屈原》；穆陶的《浪漫的先知——屈原》等。

《楚辞》对于中国古典文学，乃至传统文化的影响深入骨髓。我国《楚辞》传播的形式的多元化，推动了海外楚辞学传播媒介的转变。例如，龚琳娜的《楚辞》曲目的演绎，为世界各国带来了新的《楚辞》视听盛宴。因此，《楚辞》的传播媒介日趋呈现出多元化态势。

1. 报纸期刊与书籍的出版发行

古往今来，报纸期刊及书籍的出版发行是承载《楚辞》传播的重要载体和媒介。报纸期刊凭借其发行量大、传播范围广的优点，成了《楚辞》传播中不可或缺的一环，不仅仅《楚辞》的译本、译介相关著作，包括对《楚辞》的研究著论都会通过报纸期刊这一途径得以发行，流入日本。因此，出版行业是文化传播的重要渠道，报纸期刊凭借发行量大、传播范围广等优势，成为《楚辞》传播的重要选择之一，大量的《楚辞》注本、译本、研究论文、著作等通过出版发行，得以问世，为海外国家《楚辞》传播提供了便利条件。

值得一提的是我国国家发行的China Daily（《中国日报海外版》），其海外发行的数量日均十万多份，读者遍及一百多个国家和地区，依靠其权威性和影响力成为世界了解中国的重要窗口，在历年端午节到来之际都会发表相关文章对端午节、屈原以及《楚辞》进行介绍宣传，让屈原这一文化名人的形象在世界文化土壤中不断扎根，China Daily是一个能够让世界人民了解《楚辞》的良好平台[①]。由此可见，报纸期刊的发行与相关论著的问世是《楚辞》传播的重要文字载体。

2.海内外楚辞学者的师承交游

近代以来，随着交流沟通的便利，海内外楚辞研究学者之间的师承交游日趋频繁。如表1-1所示：

表1-1　"海内外楚辞研究的传承"年表[②]

1915年，王国维：《楚辞》是"后世戏剧之萌芽"	
1922年，青木正儿拜访王国维	
1925年，青木正儿再访王国维	
1925年，铃木虎雄《九歌》日译	
1930年，青木正儿出版《中国近世戏曲史》	
1933年，青木正儿论《九歌》舞曲的结构	
1933年，胡浩川译青木的文章，见于《青年界》4卷4期	
1936年，孙作云（闻一多的学生）翻译青木的文章，见《国闻周报》13卷30期	
1942年，青木的文章，收入他个人文集中行世	
1946年，闻一多的《〈九歌〉古歌舞剧悬解》脱稿	
1948年，《国文月刊》刊出纪庸译文《楚辞九歌之舞曲的结构》	
1955年，阿瑟·韦利（Arthur Waley）的《九歌》译本，推许青木学说	
1959年，戴维·霍克斯（David Hawkes）出版《楚辞》英译本	
1961年，孙作云论《九歌》谈及"对唱对舞体"	
1961年，星川清孝《楚辞研究》提及青木学说	
1969年，藤野岩友《巫系文学论》多处提及青木之说	
1978年，竹治贞夫《楚辞研究》介绍戴维·霍克斯的英译本	
1985年，戴维·霍克斯译文新版本，讨论青木学说	
1993年，现代舞蹈表演团体"云门舞集"上演舞剧"九歌"	
2012年，夏克胡（Gopal Sukhu）的论著《离骚新解》面世	

---

① 刘君.《楚辞》译介的文化立场与海外传播[D].武汉：湖北工业大学，2020：14.
② 洪涛.楚辞学的国际化：日本青木正儿（Masam Aoki）与欧美汉学家之间的学术因缘[C]//中国屈原学会.中国楚辞学：第二十四辑.北京：学苑出版社，2016：189.

从上表1-1可以看出，进入20世纪以来，《楚辞》更新了域外传播模式，侧重于学术交流、研讨，并形成了具有影响力的论著、论述；青木正儿、铃木虎雄、星川清孝、藤野岩友等日本楚辞学的杰出学者，与我国学界学者王国维、闻一多，乃至他们的弟子胡浩川、孙作云，甚至海外楚辞学者戴维·霍克斯、夏克胡等学者之间，存在的频繁的楚辞学交流和师承交游。这些学者在其各自所在国家均具有较大的影响力；并且，《楚辞》的传播形式也不再局限于文字、书记，而是采用了舞台剧、歌剧等多种形式，极大地推动了《楚辞》在海外的传播与发展。

3. 网络、数字媒体的助力

进入21世纪以来，随着科技的高速发展，以往的报纸、杂志、书籍等传统媒体的传播方式，已经无法满足民众对于学习《楚辞》、深入了解《楚辞》和深入研究《楚辞》的需要。数字媒体的发展日新月异，推动着《楚辞》传播渠道的推陈出新。因此，网络媒体、邮件及其他数字传媒逐步成为《楚辞》传播的新媒介。网络、电子邮件、线下讲座、会议等适应了新时代的发展，成为《楚辞》传播的崭新的平台和选择。

随着楚辞文献资料的数字化工程，我们可以足不出户，便可通过中日各大搜索引擎登录各大汉学资源网址或者楚辞研究中心网站，直接检索《楚辞》相关文献和学术会议资讯；各大院校、科研机构也相继建立了自己的线上图书馆、微信公众号等，可以随时查找图书馆中的《楚辞》相关馆藏图书，甚至可以线上借阅阅览；对于权威论著、学术动态等，除了通过传统的书籍、杂志、报刊等获取知识和信息，还可以借助微博、微信公众号平台等进行查阅，促使《楚辞》不单在学术圈得以传播，更是以数字形式，在广大民众间迅速转载、普及，由此使得其传播力和影响力成几何倍数增长。

此外，一些新媒体为《楚辞》的传播也作出了重要贡献，例如凤凰国学网、国际学术会议等新媒体不断涌入，这都为《楚辞》在日本乃至海外的传播提供了广阔的便捷的平台。总之，网络平台数据库的搭建，在线杂志、在线会议等新媒体的惊人发展，促使《楚辞》在日本乃至海外的传播途径开始呈现出多元化发展态势。

（二）新渠道的开拓：从书斋传承到大学课堂讲学

《楚辞》在日本的传播还历经了从门槛较高的私塾、书斋到在大学创设汉学学科，将其内容作为课堂讲义进行讲授的模式转型。这一转型为《楚辞》由上层贵族知识分子向大众普及作出了巨大贡献，为近现代以来楚辞学研究的繁荣发展奠定了一定的基础。

1. 江户时代门可罗雀的书斋

《楚辞》课程讲授可以追溯到江户时代。江户汉学家、朱子学大儒们的师承和宣讲为《楚辞》在江户时期的传播与接受作出了重要贡献。例如，日本楚辞学者野田雄史在对江户末期福冈儒者龟井昭阳的考证中指出，"龟井昭阳从讲课到附注，再加上创作了辞赋体的东游赋，由此名声大噪。可以说他的辞赋创作能力是相当高的。"由此可见，龟井昭阳不仅工于辞赋创作，还有"传道、授业、解惑"的师者之功。

在考证同时期的其他学者和《楚辞》的关联时，野田雄史调查了当时其他日本学者的日记。例如：广濑淡窗的日记。广濑淡窗是日田（现在九州岛大分县山间部）的学者，他开的私塾咸宜园很有名。广濑曾跟龟井昭阳和其父龟井南冥学习过，也善于吟诗作文，文化背景和立场很相似。从1831年到1847年的17年间的广濑日记中，可以看到有很多讲课的内容涉及汉籍，主要包括：

经：周易、孟子、论语、大学新注、古大学、大学、中庸、诗经、礼记、左传、尚书、小雅、孝经；

史：史记、汉书、国语、宋名、臣言行录；

子：庄子、老子、家语、世说、蒙求、王阳明文录、伤寒论、朱子家训、近思录、汇善编、阴骘录；

集：苏文、赵云松诗、陶诗、杜律、唐宋诗、文选、唐诗选、高青邱诗、古文真宝、苏诗、白诗、李白诗、杜甫诗、韦苏州、柳々州、韩诗、黄山谷诗、杨诚斋诗、陆放翁诗、盛明百家诗、沈德潜诗、赵瓯北诗、张船山诗、随园诗、百家诗、白香山诗、柳诗、古诗十九首、古今诗抄、古今杂抄、赤壁赋、琉球佛兰西往复书；

其他：远思楼诗集、约言、析玄、义府、小学、诗触、无逸、自监录、五种遗规、诗醇等。

上述汉籍体现了其讲课内容基本沿用了我们所认同的经典古籍，其中有不少明清时代的文学作品。明清时代的诗文作为当代文随时代流传进来，很受大家的欢迎。而在咸宜园成为讲义的内容，这表明江户时代的文人对明清诗文抱有广泛而浓厚的兴趣。

然而，广濑淡窗没有把《楚辞》作为讲义的对象。讲授唐诗和明清诗文，却没讲重要的文学作品《楚辞》，究其原因，其认为"《楚辞》比《诗经》还要难解得多"[①]。由此可见，江户时代的文人相较于明清诗文并不重视《楚辞》，这也从侧面说明《楚辞》对于江户时代大部分文人来说其学习难度之高，同时也印证了龟井昭阳楚辞学功底之深厚。

2. 明治时代的大学课堂

至日本明治时代，时值中国清末，虽然两国国运不同，可是都面临着西方文明的冲击，来往日趋频繁。中日学人也多有直接交流，沟通信息，学术风气于此大变。明治末期在京都设立了第二座帝国大学时，狩野直喜担任第一代中文教授，开创了基于清代考证学、加以西方近代科学精神的新汉学。由于狩野的聘任，西村时彦自大正五年（1916年）开始在东京帝国大学讲《楚辞》，此时撰写了《屈原赋说》。《楚辞纂说》撰写年代不得而知，但应与《楚辞》讲学有关，其内容也反映出当时东京帝国大学的学风和"明治精神"[②]。这一案例再次印证了讲学乃楚辞学在日本传承与发展的重要渠道之一。

（三）跨国学术交流活动：学术团体的组建及研讨会的召开

大型学术团体的组建以及跨国学术会议的定期召开为《楚辞》在海外的传播发挥着重要的影响。最具权威性和影响力的当属中国的中国屈原学会及其楚辞学会国际研讨会。21世纪初日本的楚辞学会日本分会开始崭露头角。

1. 中国屈原学会

中国屈原学会是国家一级学会，成立于1985年6月，经中宣部科技局备案批准成立，1992年，2001年，又经民政部审核重新登记。原由中国社会科学院主管，秘书处挂靠在湖北省社会科学院。2000年开始，改由中华人民共和国教育部主管，秘书处挂靠在北京语言大学。学会办有会刊《中国楚辞学》，每年

---

① 矢田尚子, 野田雄史, 田宮昌子, 荒木雪葉, 矢羽野隆男, 前田正名, 谷口洋, 大野圭介, 日本江户·明治期の楚辞学.中国楚辞学.2019.26.228-248

② 矢田尚子, 野田雄史, 田宮昌子, 荒木雪葉, 矢羽野隆男, 前田正名, 谷口洋, 大野圭介, 日本江户·明治期の楚辞学.中国楚辞学.2019.26.228-248

出版一至二辑。截至2015年12月，会员人数达300人以上，其对楚辞研究的推动力和影响力首屈一指[①]。以中国屈原学会为中心，隔年会举行"楚辞国际学术研讨会暨中国屈原学会年会"，众多学者汇聚一堂参与楚辞研究讨论，每届会议都有大量日本学者参加，这为中日之间的楚辞文化交流以及《楚辞》的传播提供了学术平台。

2. 楚辞学会日本分会

已故日本楚辞学者石川三佐男先生（秋田大学名誉教授），多次参加中国屈原学会国际研讨会，并深感以学会的形式在日本构建楚辞研究相关学术平台，共享楚辞学术资讯、互相切磋探讨的必要性。因此，在石川先生的呼吁和感召下，2005年夏，发起成立了"楚辞学会日本分会"。楚辞学会日本分会并非中国屈原学会的下属机构，虽然给人一种楚辞学会的印象，但是实际上，并非学会性质，而是集楚辞或楚文化爱好者、有志者于一堂的学术活动团体组织，不收取会费，也不发行学会杂志。

该学会利用每年召开"日本中国学会"的时机，分享和探讨学术成果，并通过电子邮件、网站主页等交换楚辞研究相关资讯。最初创办时期，会员只有石川三佐男先生（时任秋田大学教授）、谷口洋先生（时任奈良女子大学教授）、大野圭介先生（富山大学副教授）、田宫昌子先生（宫崎公立大学副教授）、吉富透先生（青山学院大学非常勤讲师）、野田雄史先生（时任佐贺大学非常勤讲师）、矢田尚子（当时为东北大学大学院博士生）等7人。事务局长为石川先生（2014年病逝后，职位一直空缺），事务副局长为田宫先生，执行主任为野田先生[②]。其成员的研究领域包括：传世文献研究、出土文献研究、音韵学研究等。

不仅如此，大型科研项目的开展也是推动《楚辞》在日本传播与研究的重要途径之一。具体内容将在本书的第三章第四节中详细论述。此外，中国高层互访、官方交流活动的开展以及全世界范围内对屈原作为世界名人的纪念活动的助推亦不容忽视。

---

① 矢田尚子,楚辞学会日本分会（研究会通信）,中国研究集刊61 15-17, 2015-12-18：15-16.
② 矢田尚子,楚辞学会日本分会（研究会通信）,中国研究集刊61 15-17, 2015-12-18：15-16.

第四节 《楚辞》在日本传播的基本特征及现实困境

《楚辞》是具有开创性意义的中国文学，对后世文学有重要的作用和深远的影响，无论高官贵族、隐居的文人雅士，还是市井贫民、说唱艺人、梨园伶优都可以通过查阅文献典籍、大量阅读著作、口耳相传、了解民俗风情等形式对《楚辞》有不同程度的认识和了解。由于阶层不同，对《楚辞》文字、文学、艺术、精神方面的理解与研究不尽一致，但可以肯定的是，正是不同阶层群体的介入更加扩大了《楚辞》的传播，也丰富了《楚辞》的传播形式[①]。本节首先述及《楚辞》日本传播的基本特征，其次分析《楚辞》在日本传播与接受面临的现实困境，进而探讨其深层的影响因素。

一、《楚辞》在日本传播的基本特征

《楚辞》深受日本各界关注，且不同时期呈现不同程度的发展态势，古往今来，日本既是《楚辞》对外传播的良好受众，也是发展《楚辞》对外传播的优秀合作伙伴。《楚辞》在日本的具体传播特征[②]如下所示：

（一）古代：摄取、模仿、译介为主

从圣德太子派遣隋使来中国为始，日本对汉文化的接触和认知逐渐加深。奈良时代，日本的"慕唐之风"达到顶峰。幕府时代，崇尚儒学，政府将"朱子学"奉为"官学"。由此可见，当时中国文化对日本文化的形成和发展发挥了极大的导向作用。中国传统文化在一定程度上满足了日本古代文人学者提升文学涵养的需求，拥有广阔的市场，因而，包括《楚辞》在内的汉学被广泛推崇和接受。由此可见，《楚辞》在日本的传播起步较早，且传播迅速。

（二）江户时代：本土《楚辞》译本诠释为主

基于中日文化间的渊源和共通之处，中国的《楚辞》译本源源不断地输入日本，日本诞生了众多本土《楚辞》译本，这为《楚辞》在日本的传播奠定

---

① 熊良智.楚辞研究的价值定位[J].四川师范大学学院学报，1999(10)：49-57.
② 郑新超，唐梦婷.《楚辞》在日本的传播现状、特征及展望[J].汉字文化，2021(11)：77-82.

了良好的基础。江户时代以来浅见㶸斋、青木正儿等楚辞学者的师承交游以及国际学术交流,为楚辞研究的继承和发展作出了巨大贡献。同时,《楚辞》对日本文化界、文学界产生了极大影响。早在江户时期的汉诗中,诗人会大量使用"兮"字的长短句来模仿《楚辞》的句式,甚至借《楚辞》诗篇抒发忧患或孤高之意,这足以表明《楚辞》对日本文坛的影响。

（三）明治维新以来：走出模仿创作，迈入学术研究

明治维新之前,日本学者不仅重视中国文化,而且一直延续中国文化发展本国文化,他们读汉书、写汉字,甚至将中国文化作为母体文化对待,在这个过程中,中国文化已然融入了日本文化之中。《楚辞》作为中国文化的代表作之一,在日本文学界也一直占据着一席之地。明治维新之后,日本学者不再一味学习中国,开始有了自己的文化立场,这一时期关于《楚辞》的研究大多源于日本学者对中国文学史的研究。

至20世纪中叶,日本学者认为《楚辞》是与自己民族文化密切相关却又独立的文化客体,[1]他们开始从民俗学、宗教学等多维视角研究《楚辞》。日本学界对《楚辞》的研究延续至今,并且收获颇丰。

总之,日本学者对《楚辞》的研究从古代之当作自我文化的吸收,到20世纪上半叶,进入意在以其优势对一种文化客体作科学研究化的阶段,至下半世纪,更进至见解迭出并力图上升到整体性理解的阶段。

二、《楚辞》传播与接受的现实困境

近年来,《楚辞》的传播途径已经突破了传统,更加多样化,中日学者的楚辞研究已呈现出取长补短、互相借鉴启发的新面貌。日本汉学家的楚辞研究选题面广而切实,注重研究视角的独特新颖,侧重细微考证,善于把握细节。国内学界的《楚辞》传播相关研究亦呈现出不断深入拓展、视角日渐多元的发展态势。研究主要集中于历史考辨、文献整理、学者著作和译介研究四个方面。然而,由于《楚辞》本身语言艰涩难懂,因此其在传播过程中,专业

---

[1] 王海远.日本学者眼中的屈原及楚辞[N].光明日报.2017-08-28.

化、学术化以及受众面较窄等传播与接受过程中的现实困境[①]亦显而易见,具体表现如下:

(一)楚辞研究偏于专业化

江户时代以前,日本的楚辞研究停留在译介、注释阶段。至江户时代,《楚辞》"翻刻本"问世,并标有汉文"训读",如《注解楚辞全集》《楚辞玦》等注解本。明治维新后,楚辞研究领域包括文本探究、作家研究、翻译研究、文学典故研究等,如西村时彦的《屈原赋说》、冈松甕谷的《楚辞考》都极具特色。近现代以来,青木正儿的《楚辞九歌的舞曲结构》、藤野岩友的《巫系文学论》、石川三佐男的《楚辞新研究》等成果颇丰,但其内容所涉知识艰深,需要深厚的古文功底和文学素养。因此,其研究仍止步于学术圈。

(二)《楚辞》传播难以大众化

《楚辞》的传播不仅限于"传播"二字,受众的接受和理解同等重要。然而,在全球化语境下,当今社会快餐文化泛滥,新老学者青黄不接,年轻一代日趋功利化,潜心研习古文的氛围削弱。因此,《楚辞》在日传播面临社会阶层壁垒,大众层面的推广步履维艰。

(三)《楚辞》传播受众面狭窄

随着互联网和新媒体的发展,多元大众文化渗透到民众的日常生活,人们选择的空间日益增大。《楚辞》的专业化、学术化特征决定了其对受众的学术底蕴、时间精力等存在一定的要求,面对较高的门槛,普通民众即使感兴趣,也只能敬而远之。因此,其受众仍以相关专业领域的学者和学生群体为主。

总之,近现代楚辞学以学术研究为主要特征,运用西方研究方法,注重实地调查,以资料考证取胜,楚辞研究呈现出明显的科学化和学科化特征。这既是楚辞传播的特征,也成为其向大众层面推广的制约因素。

三、《楚辞》在日本传播与接受的影响因素

近现代以来,随着大学学科、研究机构、学会的相继成立,大型研讨会

---

① 郑新超,唐梦婷.《楚辞》在日本的传播现状、特征及展望[J].汉字文化,2021(11):77-82.

的召开,促使《楚辞》交流互动的平台逐渐形成并扩大,楚辞研究实现学科纵深发展。当今信息时代,网络传媒的推动、报纸杂志的发行、跨国界线上会议的举办,将《楚辞》传播与学术交流推向新的高潮。《楚辞》在日本的传播之影响因素[①]表现在以下三个方面:

(一)政治外交关注

1949年中华人民共和国成立之后,周恩来十分重视发展中日友好关系致力于恢复中日两国关系、延续中日两国之间的友好往来,为这一时期内中日两国之间的文化交流起了重要的推动作用。1972年,当时的日本首相田中角荣访华,毛泽东主席在与田中首相会见结束之时,将《楚辞集注》赠予他。以此为契机,《楚辞》再次被日本学术界高度关注。

(二)学术交流频仍

近年来,中日学术组织、国际学术组织举办大量楚辞相关的国际学术会议。中国屈原学会自1985年成立以来致力于屈原和《楚辞》相关研究,该学会不仅拥有自己的学术丛刊,且每两年举行一次年会,除国内专家学者外,还吸引了来自日本、韩国等国家的专家、学者共同探讨相关学术议题。该学会至今已举办十八届研讨会,每届研讨会均有多达数百人的海内外楚辞专家参与。2019年研讨会共有280余人出席,收集论文200余篇,论文内容涵盖《楚辞》作品、楚辞文献及学术史、屈原与楚辞文化、海外楚辞学、楚辞影响、楚辞数据库建设研究等六个层面。谷口洋、矢田尚子、野田雄史、田岛花野、大野圭介、田宫昌子等6名日本知名学者出席了该会议。

(三)网络媒体支持

传统媒体中的报纸、杂志一直是《楚辞》对外宣传的主要手段。随着网络传媒的发展,网络在人们生活中发挥着越来越重要的作用,雅虎、谷歌等各大搜索引擎均可检索到《楚辞》译本、论著的馆藏信息等相关资料。现代媒体对《楚辞》的关注度热度不减,无论是报纸杂志还是互联网,均可发现《楚辞》的踪迹。此外,LINE、微信、腾讯会议、ZOOM会议等线上交流平台的发展和完善,为《楚辞》的跨时空交流提供了更为宽广的平台。

此外,社会文化认同因素也不容忽视。日本的诸多制度、习俗、传统节

---

① 郑新超,唐梦婷.《楚辞》在日本的传播现状、特征及展望[J].汉字文化,2021(11):77-82.

日均受中国文化的影响，中日之间深厚的历史渊源为《楚辞》在日本社会的传播奠定了基础。《楚辞》之所以能够在日本得到繁荣发展，一个重要原因是学界对《楚辞》超越现有文字记载的楚文化溯源。日本学者大宫真人在对《史记·屈原列传》的考证中认为，屈原被逐出郢至魂归汨罗这段时间内，屈原的行踪有很大一段时间是空白，没有明确的记载，据其考证这段时间屈原在日本九州；尽管该考证值得商榷，但是也从侧面反映其对屈原及《楚辞》的认可。因而，《楚辞》在日本的传播有其特定的文化土壤。

综上所述，《楚辞》在日本的传播与接受之影响因素除中国国际地位、意识形态、学术环境及学者自身的知识储备、学术背景之外，对楚文化的社会认同尤为重要。囿于楚辞研究对传播者和接受者深厚文化积淀之要求，学术化、专业化较强，难以向大众全面推广之瓶颈问题将长期存在。

第二章 《楚辞》在日本的译介及课题

近年来，《楚辞》在欧美世界的译介与传播情况备受瞩目，相关论著层出不穷，但是，相比之下，探讨《楚辞》在日本译介情况的论著并不多见。本章将主要围绕《楚辞》在日本的译介问题展开讨论，在宏观把握东西方各国译介概况的基础上，梳理日本各个时期《楚辞》译介的发展特征；进而，选取近年来具有代表性的楚辞学者的译著进行专题聚焦分析；最后，从文化传播视角探讨当代日本楚辞学译介的可能性。

第一节 《楚辞》在东西方各国的译介概览

《楚辞》作为中华民族优秀的文化遗产，作品蕴含的文化魅力、理想追求和精神观念具有普适性价值，值得向世界人民推介，结合我国推进文化经典"走出去"的时代背景，很有必要对《楚辞》这一经典文学在海外各国的译介与传播情况进行梳理[①]。同时，在梳理《楚辞》在日本的译介之前，也很有必要对《楚辞》在世界范围内的传播与译介情况进行宏观的爬梳，进而，为我们理解《楚辞》在日本的译介历程的定位和价值，提供宏观的视角和国际视域。

因此，我们首先将对《楚辞》在西方的译介特征进行梳理。《楚辞》创作于两千多年前，但是，直到19世纪末才有英语译本，其中多数是由西方汉学家翻译的，并且以节译和选译为主。从19世纪起，《楚辞》开始了在西方传播的历程，迄今已有超过一百五十多年的历史，在此期间，《楚辞》不断被翻译为多种语言文字，如德语、法语、英语、意大利语、俄语、西班牙语等，这些

---

① 刘君.《楚辞》译介的文化立场与海外传播[D]. 武汉：湖北工业大学, 2020: 1.

不同语言的译本是西方国家《楚辞》传播的主要内容和研究的主要对象①。

《楚辞》英译是连接古今、祁通中西的跨文化、跨时空对话活动，正如方铭所言："需要我们有站在传承世界优秀文化遗产的高度，体现出传承屈原精神和建设屈原文化的大视野和大气度。"②立足于海外各国楚辞学研究实际状况的基础来归纳海外楚辞研究特征并将之与国内楚辞学研究进行对比，真正掌握海外楚辞学概貌，旨在为促进国内外楚辞学交流与对话奠定基础。因此，海外楚辞学研究必须将《楚辞》翻译作为研究前提和出发点。对于国内楚辞学界来讲，对各语种《楚辞》译本进行全面的比较、修订甚至重译应当作为海外楚辞学的基础性工作，亦是《楚辞》、楚文化以及中华文化典籍走向世界的关键所在。

近百年来，西方汉学家陆续翻译出版了《楚辞》的各种英译本，为推动中西文学的交流和发展作出了积极贡献，总结他们的翻译成就和影响，是目前典籍翻译研究的热门话题之一，但现有的研究对汉学家的译本注释关注不够。《楚辞》的译注不仅是重要的翻译策略，而且反映了译者对中国文学翻译叙述的弥补功能、阐释功能、延伸功能、传承功能和重塑功能，译本的注释对中国文化经典外译的传播和接受具有重要启示意义。③

早期的楚辞研究萌生于《楚辞》的英译活动。以庄延龄（1879）的离骚翻译为起点，理雅各（1895）、翟理斯（1883）和阿瑟·韦利（1918）都翻译了《楚辞》中的部分篇章。他们的翻译活动引起学界的评述，从而推动了英语世界《楚辞》的研究。总的来看，楚辞研究论文多是夹杂在英美汉学或者翻译学研究之中，是同《楚辞》的译介活动紧密相连的。就目前情况而言，《楚辞》的译介工作是真正探讨英美楚辞学研究现状和制约英美楚辞学研究的关键所在。④

2000年以后，国内出版了杨宪益与戴乃迭、孙大雨、许渊冲、卓振英的《楚辞》英译本⑤，包括旧译再版和新译初版，这四种较为完整的译本是翻译

---

① 刘君.《楚辞》译介的文化立场与海外传播[D].武汉：湖北工业大学, 2020: 14.
② 文化传承要有大视野大气度——屈原文化建设笔谈[N].光明日报, 2013-2-18 (015).
③ 魏家海.《楚辞》翻译注释的文化功能[J].西安外国语大学学报, 2017, 25 (1): 121-126.
④ 郑友阶.海外楚辞学研究评述[J].学习与实践, 2014 (4): 139.
⑤ 杨宪益、戴乃迭译. 楚辞选[M]. 北京：外文出版社, 2001；孙大雨译. 英译屈原诗选[M]. 上海：上海外语教育出版社, 2007；许渊冲译. 楚辞[M]. 北京：中国对外翻译出版公司, 2009；卓振英译. 楚辞[M]. 长沙：湖南人民出版社, 2006.

家们向世界推介中国典籍精品、弘扬中国传统文化精髓的体现。杨宪益与戴乃迭、孙大雨、许渊冲、卓振英虽然翻译方法不尽相同，其译文也各有特色，但他们都站在民族世界观的高度，凭着拳拳爱国之心、顽强的毅力、精湛的译笔，为《楚辞》走向世界作出了重要贡献。虽然这四种《楚辞》英译本在文本理解、文化诠释、意境再现、思想传译等方面还存在某些局限之处，但是翻译家们都以自己的方式和特色致力于典籍精品的对外传播，在弘扬《楚辞》的核心价值观和中华民族深层的精神追求方面是相通一致的。

杨成虎、余燕、冯斗、缪经、郭晖等学者或选取《楚辞》中的某个篇目总结翻译特色，或选取其中的两三个版本概括译者的翻译观点等问题，或将《楚辞》的某个译本与西方汉学家的译文对比，目前尚未有学者将这四种英译本放在一起进行比较研究。

严晓江教授聚焦这四种《楚辞》英译本，从思想性、审美性与经典性的角度，以《哀郢》《离骚》《橘颂》《怀沙》《天问》中的译文为例，透视了本土翻译家们在向英语世界译介《楚辞》中的共性与特性。严教授指出，《楚辞》英译与传播主要突出了三方面的意义：一是思想意义，这是文本中渗透的情感和智慧而产生的强大精神力量；二是审美意义，即这部传世之作所具备的独特艺术魅力；三是经典意义，也就是《楚辞》在世界文学史上的重要地位和传承价值。可以说，这三方面的意义不仅对于《楚辞》的英译，对世界各国的译介均具有同样的意义和价值。近年来，《楚辞》在欧美国家的传播与研究情况，涌现出郭晓春、陈亮等诸多学者的专论，在学界具有一定的影响和借鉴价值。

《楚辞》在韩国以及东南亚各国的传播与影响在周建忠教授的专论中已有翔实的阐述，堪称《楚辞》在韩国的传播与影响的奠基之作。

张淑娟（2011）对俄罗斯的楚辞研究进行了梳理，从其综述可知，俄罗斯的楚辞研究成果也是同《楚辞》的翻译紧密相连的。最早翻译和讲解《楚辞》的阿理克只翻译了屈原的《卜居》《渔父》。在阿理克影响之下，1954年由费德林翻译、阿赫玛托娃润色的《楚辞》的第一个俄文译本《屈原诗集》出版。第二个是1959年在《中国文选（古代、中世纪与近代）》中刊登的巴林的《楚辞》译本。1975年诗人夏云清在德国的法兰克福刊登了《楚辞》的第三个译本。直到2000年才出版翻译家吉托维奇的离骚译本。《楚辞》在俄罗斯的不同翻译版本出现的时间主要集中在20世纪五六十年代，这同当时俄罗斯出现大量《楚辞》的研究成果是十分吻合的。由此可见，俄罗斯在20世纪五六十年代出现的大量《楚辞》论文都是同当时《楚辞》翻译活动相关的。

总而言之，从跨文化传播的角度来看，《楚辞》译介是传播活动的起点，译本是《楚辞》文化的有效载体，各国翻译家笔耕不辍地译介《楚辞》，其价值通过译本承载的内容和出版传播得以体现。海外楚辞学整体上体现出国别化、时段化和离散性特征。国别化体现出各国对楚辞研究的本国特色；这种国别化的楚辞研究随着时间的进程而体现出不同志趣和价值取向的时段化特征；海外楚辞学研究的国别化和时段化导致楚辞研究内容、方法以及成果的离散性。海外楚辞学的这三种特征是由海外楚辞学译介活动层次的水平所决定的。有什么样的《楚辞》翻译就有什么样的海外楚辞学成果，相对于国内楚辞学而言，当前海外楚辞学的基础与关键在于海外《楚辞》译本研究[1]。海外各国从事《楚辞》译介活动的译者也是海外楚辞研究者，因此，做好《楚辞》的海外译介乃是目前海外楚辞学研究的基础工程。

第二节 《楚辞》在日本的译介历程

日本之所以成为海外楚辞研究最有成果的地区，这与日语与汉语的关系是分不开的[2]。日语与汉语的渊源已久，这无疑为《楚辞》文本在日本的译介提供了优于世界各国的得天独厚的便利条件，这是除日本之外的其他国家所难以实现的。

据徐志啸教授所言，"大约17世纪开始，伴随着《楚辞》在日本的流传，便有了翻译介绍的注译本，19世纪下半叶以后，涌现了一批学者，他们不光是翻译注解，还进行专门研究，并撰写了不少研究专著，形成了20世纪日本的楚辞研究热"[3]。由此可见，17世纪（江户时代）为日本《楚辞》译介的巅峰期，19世纪下半叶（明治时代）出现了汉学的衰弱，楚辞学兴起。20世纪以来则逐渐步入学术争鸣的研究鼎盛期。

---

[1] 郑友阶.海外楚辞学研究评述[J].学习与实践，2014(4)：135.
[2] 郑友阶.海外楚辞学研究评述[J].学习与实践，2014(4)：139.
[3] 徐志啸.日本楚辞研究论纲[M].福州：福建人民出版社，前言，2015.

一、早期译介：从词句引用到注本翻译

汉学是古代日本贵族摄取和模仿的对象，而《楚辞》传入日本时当值日本摄取和模仿汉学时期，《楚辞》的词句能够直接进入日本典籍，如《古事记·神代记》中出现《渔父》的词句、《日本书记》中出现《河伯》的词句以及古诗集《万叶集》中源于《楚辞》的"反歌"等。为了满足本国日益增长的需要，日本对《楚辞》的几个主要版本都陆续作了翻刻，其中包括王逸"章句"本、洪兴祖"补注"本、朱熹"集注"本、林云铭《楚辞灯》等。为便于日本人学习诵读，后来还出现了"和训本"，即以日语的独特发音来释读《楚辞》的版本[①]。"汉籍和训"将"汉文直读"变为"汉文译读"，因此，《楚辞》在日本的研究中同中国一样出现了为《楚辞》做注的专门基础性研究，这种《楚辞》注译的传统与中国《楚辞集注》具有相同的功用。正是日本学者对《楚辞》的研究基本上延承中国古代的研究方法，以训诂、考据、义理来对我国历代的《楚辞》注本加以评论和介绍，使得《楚辞》在日本的研究取得显著成就[②]。

二、江户时代的《楚辞》译介

至江户时代（即公元17世纪后），日本学者注释《楚辞》开始出现，《楚辞》正式的日译本得以问世。这种译本不仅翻刻了《楚辞》的具体内容，有的部分甚至还在原文的汉字旁边标注了详细的日文训读。江户时期具有代表性的《楚辞》注本有浅见炯斋的《楚辞师说》、芦东山的《楚辞评园》、冈松瓮谷的《楚辞考》等。其中以龟井昭阳的《楚辞玦》最富有创见。龟井昭阳的《楚辞玦》是日本学者独立地对《楚辞》所作的第一部注解书，其论释虽然多有依傍中国各注本之处，但注者能在融会贯通的基础上，提出一些自己的见解，并非人云亦云、随声附和，可以说是"一家之言"[③]。

---

① 徐公持，周发祥.楚辞研究在国外[J].文史知识，1984(1)：108-109.
② 郑友阶.海外楚辞学研究评述[J].学习与实践，2014(4)：139.
③ 徐公持，周发祥.楚辞研究在国外[J].文史知识，1984(1)：109.

最早的译本是日本宋明理学大师兼著名汉学家藤原惺窝标注。藤原惺窝（1561—1619）是日本战国时代至江户时代前期的儒学者，被称为近世日本儒学之祖。该译本是《楚辞》全书标注出训读的开山之作。在此之后，公元1701年前后，浅见䌹斋将朱熹的《楚辞集注》作为讲义，向学生传授《楚辞》，经后人整理，将其讲义印成《楚辞师说》进行发行，虽然在书中浅见䌹斋的个人见解很少，但在当时仍影响很大。他的另一著作《离骚怀沙赋》，详细论述了屈原的生平经历。公元1749年，洪兴祖的《楚辞补注》出现，又名《楚辞笺注》，但书中只有句读。之后公元1750年，王逸的注本发行，这一版本被刘师培称赞是精本，校勘者是庄田允益。公元1798年，刊行了带有训读的林云铭的《楚辞灯》。这说明江户时代，最具代表性的《楚辞》注本已被日本学者广泛阅读。

龟井昭阳是江户时期的儒者，筑前福冈（今日本福冈市）人。龟井昭阳少注经书诸子，颇显才华。昭阳继承父亲家塾专心教学与著述，培养了很多弟子。著述除《毛诗考》《左传缵考》等四书五经的注释之外，还有赋集《东游赋》等文学作品。《楚辞玦》以龟井家塾的《楚辞》讲义为基础而著成。田宫昌子《龟井昭阳〈楚辞玦〉解题及〈离骚〉篇定本（附校勘）》（《宫崎公立大学人文学部纪要》2017年第25卷第1号）指出，昭阳日记《空石日记》记载了昭阳从1821年（文政三年）3月至4月讲授《楚辞》，从1834年（天保五年）至翌年执笔《楚辞玦》的情形。据《空石日记》记载，因家塾学生请昭阳讲授《楚辞》，所以昭阳向弟子香江道革借《楚辞灯》而彻夜阅读，翌日开始讲授《离骚》，一个月后便讲完了《楚辞灯》所收录的诸篇。不过《远游》《卜居》《渔父》，虽收录于《楚辞灯》，但未见讲授的记录，可见昭阳似乎不太重视这三篇。《楚辞玦》未付梓，只有抄本流传。京都大学、庆应义塾大学、大阪大学、国士馆大学、二松学舍大学的附属图书馆，九州大学中央图书馆逍遥文库等均藏抄本。此中，阪大本、国士馆本与京大本，黄灵庚主编的"楚辞文献丛刊"均有收录[①]。

龟井昭阳与其父龟井南冥同属"萱园学派"。"萱园学派"所主倡的"古文辞学"，取名于主张"文必秦汉，诗必盛唐"的明古文辞派，力主学习

---

① 大野圭介. 龟井昭阳与《楚辞玦》. 光明日报. 2020-04-20（13）.

秦汉以前的古文措辞而使之成为个人掌中之物，不依注释直接精读经文，从而接近圣人之意。《楚辞玦》注解也基于古文辞学，竹治贞夫《楚辞研究》（风间书房1978年版）指出其特色为"透彻的合理性"，"用古代文献征引确切的证据"，修辞方面也多"确切而锐利"之指摘。书中多见其治学的严谨态度，如竹治贞夫举《天问》"该秉季德，厥父是臧。胡终弊于有扈，牧夫牛羊？"四句之例，本是《天问》中最为难解的迷题。王逸注前两句为"该，苞也。秉，持也。父，谓契也。季，末也"，释为商汤王兼具先王末德而继承父祖的伟业，后两句解为"有扈氏灭夏后相之后，相之遗孤少康为牧正而牧牛羊，终于灭有扈氏，恢复夏朝"。洪兴祖《楚辞补注》则把前半与后半连起来，释为"夏后启兼具禹的末德，禹善之而与天下，有扈氏嫉妒而欲伐启，反被启伐，结果成了牧竖"。朱熹引《补注》之说认为"该"字或是"启"字之误，但对此章整体却言之"未详"。林云铭《楚辞灯》依《补注》之说提出新解，认为"有扈氏因战争疲弊而亡国，其后裔变成了牧竖"。昭阳则说："自此四章，故事全灭，不可臆说，并阙疑可也。古注断断支离，林氏亦凿，而曰无疑可阙，咄将以谁欺乎？朱子皆曰未详，是真实无妄。"王逸自不必说，连《楚辞灯》之说也不取，支持朱子却不取"该"为"启"之说。后来，王国维把"该"断为见于殷墟卜辞的王亥，至今已成定说。昭阳在此之前便已看破旧说失诸正鹄，别具只眼，令人惊叹[1]。

令人遗憾的是，《楚辞玦》并未全面完成。尽管如此，作为汇集日本儒者独特见解不可多得的《楚辞》注释，作为了解日本江户时期《楚辞》教学的原始文献，龟井昭阳《楚辞玦》的价值弥足珍贵。《楚辞玦》今已收入黄灵庚先生主编的"楚辞要籍丛刊"中，由上海古籍出版社于2020年出版，是第一次以整理方式在中国面世，相信会受到中国学者的欢迎[2]。

三、明治时代以来的《楚辞》译介

近代（明治时代）以来，日本也出现了为数颇众的译注和论著。明治时

---

[1] 大野圭介. 龟井昭阳与《楚辞玦》. 光明日报. 2020-04-20（13）.
[2] 大野圭介. 龟井昭阳与《楚辞玦》. 光明日报. 2020-04-20（13）.

代的主要代表学者及其贡献在第一章第一节中已作重点论述。

近代以来至今，代表性《楚辞》译注有：

（1）浅见炯斋的《楚辞师说》，这是解释朱熹《楚辞集注》的，帮助日本读者深入理解《楚辞》及朱注。

（2）冈田正之的《楚辞》，此书收入王注、朱注，并加眉注，附有《楚辞后语》《楚辞辩证》，持论客观，给读者综合了解《楚辞》的几种最重要古注提供了方便。此书编入富山房出版的《汉文大系》第二十二卷。

（3）桥本循的《译注楚辞》，是普及本，注释简明扼要，收入"岩波文库"中。

（4）青木正儿的《新释楚辞》，它在《楚辞》日文注释本中，代表了新的水平，有不少独到见解。

其中，浅见炯斋的《楚辞师说》与冈田正之的《楚辞》均为明治大正年间的力作。桥本循的《译注楚辞》于1941年东京岩波书店出版，青木正儿的《新译楚辞》则是现代楚辞译介的代表成果。上述四部注释作品被称为20世纪以来最具代表性的注释作品。此外，代表性的注释作品还包括：牧角悦子、福岛吉彦《诗经·楚辞》（东京角川书店，1989），目加田诚的《楚辞译注》（东京龙溪书社，1983）等。当代著名楚辞学者竹治贞夫的《楚辞索引》、谷口洋的楚辞文献目录的编撰，也为日本学界的楚辞研究作出了奠基性的贡献。

四、《楚辞》在日本译介过程中的优势和陷阱

虽然日本和中国同属于汉字文化圈，通用一套文字，但是词汇的使用和语法表达却有显著的不同。因此，《楚辞》在日本的译介过程存在双刃剑，在将《楚辞》进行日文翻译时，由于语言文化上的相同点和不同点，既有得天独厚的优势，也有难以避免的困境和陷阱。

（一）现代日本《楚辞》翻译中的优势

据说现在全世界范围内使用的语言有7000种以上。语言体现了一个民族的文化，同一个词用不同的语言翻译，所传达的意义也有差异，这是因为文化内涵的不同，使得原语言与翻译语言的物象有所不同。为了在文化传播过程中不产生"文化缺失"，译者需要考虑语言与文化的一致性问题，在翻译中字斟

句酌，使翻译更加精准。《楚辞》的翻译亦是如此。

据曹大中统计，《楚辞》中出现的植物（包括花草树木）名称达235次[①]。根据李金坤的研究，《楚辞》中各种动物的物象（鸟兽虫鱼）多达222种[②]。不仅如此，《楚辞》中还援引了大量的神话传说和历史典故。那么，翻译《楚辞》文本时，要充分理解其物象在日本本土的文化意蕴，并选择恰当的词汇来表达。

由于日语的确立和发展曾经深受汉语的影响。随着时代的发展，汉字文化渗透到日本民众社会文化的方方面面，成为其日常生活之中不可或缺的组成部分。因此，相比英语来说，《楚辞》翻译成日语的过程中，有着其他国家无与伦比、得天独厚的语言文化优势。主要表现在如下两点：

1. 语言素有渊源，词义或可相通

首先，由于中日语言方面渊源颇深，即便不懂汉语的日本人，亦能够通过汉字和"汉文训读"的独特阅读方式，理解古代汉语的诗句。这大大方便了包括《楚辞》在内的汉籍在日本的推广和普及。这一优势是世界上其他任何语言所无法相比拟的。

其次，《楚辞》在翻译成日文时，可以采用独特的翻译方法。例如，《离骚》中有句话叫"前望舒使先驱兮"。"望舒"是指"拉月亮车的御者"。日语中没有"望舒"这个词，但是这个词用日语直接翻译成"望舒"，在译文的最后加上注释。相比之下，用英语翻译成"pale moon's charioteer"。因为找不到与"望舒"相契合的英文译词，所以必须进行词义的解释。又如，用日语翻译"宿莽"的时候也是如此，但是英文有所不同。"宿莽"是生长在水边的冬天枯萎的芒草，用英语解释的话既啰唆又缺乏味道，因此，只能用意思相对应的词sedge、winter-thorn等来表达。再比如，"芳椒""申椒""菌桂"等词也是如此。由于汉字在日语中占据着重要的位置，因此，虽然词不达意，但是只要稍加注解便可像日文词汇一样畅通无阻。

2. 相似的文化认同基础

中日两国在文化基础上亦有着诸多相似之处。由于日本古代对中国传统

---

① 曹大中.屈原的思想和文学艺术[M].长沙：湖南出版社，1991.
② 李金坤.《楚辞》自然生态意识审美[J].毕节学院学报，2010，28（2）：62-68.

文化的摄取、传播和普及，许多中国的历史典故、成语谚语、传统节日习俗等在日本已然家喻户晓。因此，在《楚辞》的日文翻译过程中，出现历史典故时，翻译成日文并无违和感。例如，"指九天以为正兮"的"九天"意味着"九重天、天界"。日语中也有"九天"这个词，意思是相通的。而在英语中则被翻译成"celestial"，也有"天"的意思，但是很难让人联想到"九天"一词所包含的深层文化意蕴。

（二）《楚辞》日译中的困惑与陷阱

日本属于汉字文化圈的一员，《楚辞》日语译注、集注早已有之。正因为如此，对日语译注的质量有着更严格的要求和更高的标准。但是，由于同形异义词、特殊历史典故等的存在，所以在日文翻译中，译者需要谨慎推敲。

1. 同形异议词的误译

在汉语和日语中，有诸多同形异义词容易造成谬误。因此，在日语翻译处理这些文字、词汇的时候，需要加以甄别，小心排雷。例如，《离骚》中"朝搴阰之木兰兮"一文中的"木兰"日文翻译，直接翻译成了"木兰"。但是，此"木兰"不同于彼"木兰"，《楚辞》中的"木兰"多指兰草[①]，而此处的"木兰"则是指落叶庭木。

此外，"恐美人之迟暮"中的"美人"，在日文翻译时，也直接翻译为"美人"，但是，原文中的"美人"是指"屈原"，而翻译成日文之后的"美人"则是"美女"的意思，如果不假思索地直译，不加注释的话容易望文生义，造成曲解和误读。因此，要求译者在精通两国文字的同时，还要有深厚的楚辞学文学素养。

2. 中国特有历史典故的曲解

日本《楚辞》译者，不仅要有古典文学的造诣，还要通晓中国特有的历史典故。由于《楚辞》中的历史典故非常之多，如果对历史典故和古典文学没有深入的了解，就很难找到精准的词句去翻译。

例如，《山鬼》中的"采三秀兮于山间"（摘山上长寿的灵芝）一文中的"三秀"乍一看是植物，有人将其直译为"三秀"，但是由于日语本身并没有"三秀"一词，因此读者往往不知所云。其实，"三秀"指的是灵芝。因

---

① 刘君.《楚辞》译介的文化立场与海外传播[D].武汉：湖北工业大学, 2020: 26.

为，灵芝一年开三次花，故在中文里被称为"三秀"。如若不知道这一词汇的深意的话，直译为"三秀"是词不达意的不合格的译法。

又如，《东君》中的"举长箭兮射天狼"（弓对着天狼星）是指举长箭射天狼星的意思。在中国历史典故中，古人认为天狼星是恶星，是侵略的象征，因此"射天狼"指的是打倒敌人。若将其直译为"天狼"，显然容易造成误解。

总之，中日两国的文化交流史源远流长，但是，语言文化的相同和差异，在翻译过程中是把双刃剑，优势显而易见，困惑也不容忽视。因此，现当代日本《楚辞》的译介仍然面临诸多挑战。梳理古今中外的译介研究史，不难发现，对于《楚辞》在日本译介的研究要远远少于《楚辞》的英译。为何会出现这种情况，本人认为大概是因为日本汉学与西方汉学相比，有其独特性，这与日本自古学习和汲取中国典籍文化的特质有关。或许从某种意义上说，《楚辞》与其他中国古代文化典籍一样，曾经融入日本文化的骨髓，因此，汉文训读、汉文直读等为其习得《楚辞》典籍发挥着重要作用。

（三）从译介到学术争鸣

明治时代以前，《楚辞》在日本的传播均是以译介为主的，而近现代以来，真正的学理层面的研究开始层出不穷。近年来，《楚辞》相关译介或者注解版本仍在推陈出新，但是这些译介成果多为相关楚辞研究的史料或文献的补充，主要是服务于研究，而非日本楚辞学界主流。

1985年之后，中国屈原研究学会得以创建，日本楚辞学者开始不断涌入中国，且积极参与该学会的多次活动，其中有任职于早稻田大学的稻畑耕一郎教授。之后大宫真人先生在临汾举行的研讨会上提出了屈原曾经被流放到日本的九州。此后，日本的学界泰斗冈村繁教授和秋田大学的石川三佐男教授等均积极加强与中国楚辞学界的对话和交流。由此可见，20世纪80年代以来，中日两国学界掀起了学术互动和交流的热潮。

21世纪以来，日本新生代楚辞学者也开始了对《楚辞》的研究，而且在每次研讨会上均提出了颇有创见的研究成果，日本现代楚辞学研究的现状、成就以及发展趋势的盛况，参见本书第三章第二、三、四节部分的论述。学术争鸣的时代已然来临。

第三节　著名译家作品赏鉴

一、青木正儿和他的《新译楚辞》

青木正儿（1887—1964）是日本著名的汉学家，文学博士，国立山口大学教授，日本学士院会员，日本中国学会会员，中国文学戏剧研究家。明治二十年二月十四日出生，明治四十一年（1908年）进入京都帝国大学文科大学读书，专攻中国文学，明治四十四年毕业。大正十二年（1923年）担任东北帝国大学新设的法文学部助教授，大正十四年（1925年）作为文部省在外研究员赴中国游学，第二年归国升任为教授。昭和五年（1930年），著作《中国近世戏曲史》，昭和十年（1935年）被授予文学博士学位。昭和二十五年（1950年）任山口大学文学部教授，并当选为日本学士院会员。青木是铃木虎雄（长于诗文研究、文论等）和狩野直喜（1868—1947，长于通俗文学尤其是戏曲研究等）在京都大学的学生。关于青木的师承，读者还可以参看严绍璗的著作。

青木正儿对于中国的文学、音乐、美术等都有广泛的思考与研究，侧重于研究中国古典文学，著作有《中国文艺论述》《中国文学概说》《华文风味》等。《新译楚辞》一书就是他研究《楚辞》而著写的详细的注释本。《新译楚辞》全书分为两大部分。第一大部分为《序说》，第二大部分则是按照《楚辞》的篇目分为《卜居》《渔父》《九歌》《九章》《离骚》《天问》《招魂》《大招》《远游》《九辩》《惜誓》《招隐士》《哀时命》十三个篇章，每一篇章中又分为数个小篇章。纵观全书洋洋洒洒近百万字，我们可以看到青木对于《楚辞》内容研究之详细，客观地注释了内容，解决了专业以及非专业的读者在阅读《楚辞》过程中的理解障碍。

（一）《新译楚辞》的主要内容及特点

青木《新译楚辞》一书的序言分为《解题》《注释书目录》《屈原列传》三个部分。第一部分《解题》中，青木主要为读者阐释了《楚辞》相关的最重要的四点内容。具体如下所示：

第一，《楚辞》的总体概述。《楚辞》是楚国诗人屈原以南方民歌为基础，采用楚国方言创作的一种新的诗歌体裁。屈原的后辈宋玉、景差、唐勒等人在此基础上进行创作，使得《楚辞》逐渐成为汉代韵文的最重要的体裁并流传至今。屈原作品的风格以抒情为主，其后辈作品的风格以叙事为主。《楚辞》的广泛传播主要得益于热衷于《楚辞》阅读的君主和精通《楚辞》的臣子。

第二，《楚辞》中"篇目顺序"和"著者为屈原的篇目数量"从古至今存在很大的争议。围绕这两个问题，青木参考众多历史文献，集合广大学者的观点，总结出以下观点。就《楚辞》篇目顺序而言有两个版本，后汉王逸注释本和现在版本。主要区别在于，王逸注释本中《九章》为第四篇，《九辩》为第八篇。现在版本中《九章》为第五篇，《九辩》为第二篇。就《楚辞》中著者为屈原的篇目数量而言，主要有二十五篇、二十六篇、二十七篇、十一篇这四种说法。

第三，区别于《诗经》的诗形句法，《楚辞》主要分为甲乙丙丁四种基本句法，并且阐述了其各不相同的句法形式和特点。甲式袭用了楚国民谣的原形，乙式在甲式的基础上去掉了连接上三言和下二言的无意义的"兮"字，使用有意义的接续词"之""而""以"，并且在前一句的末尾使用"兮"字，来连接前后两句。丙式受到北方句法的影响，使用和《诗经》相同的句法。丁式合用了北方的四言句和南方的三言句。

第四，述及《楚辞》的章法。总体来说，《楚辞》的章法是整齐的，一章四句比较普遍，偶尔也有一章六句的。押韵法是偶数句，即一般第二、第四、第六句末尾押韵，偶尔第一句也押韵，也有四句都押韵的。并且，每一章中韵变化的情况也有很多，偶尔篇章中的段落和韵的变化会存在不一致的情况。

该书第二部分《注释书目录》中主要就本书的具体参考书目、书目的内容以及著者等进行了大致的介绍。

第三部分青木对《史记·屈原传》进行了翻译及评价。青木认为，司马迁在写《屈原传》时，花费了大量笔墨来责难楚怀王的昏庸，却极少记述屈原生平事迹。青木猜想，可能是由于在汉代知道屈原的人很少，司马迁对此表示同情而故意润色了屈原的事迹。青木甚至对屈原因向君主谏言而被流放这一事件产生了怀疑。同时，青木列举出刘向所撰《新序》中的内容，将其与《史记·屈原传》以及其他史料中的相应内容进行对照、考证和推测，发现关于屈原的记载内容有所出入，进而得出"《新序》中内容的真实性存疑"这一结论。

此外，青木用批判的眼光审视《史记》和《新序》，通过简略年谱推测出屈原在三十一岁因张仪的谗言而被怀王流放，三十三岁复职，四十六岁被顷襄王流放。通过《史记》和《新序》的内容推测出屈原的流放路线以及最终在汨罗江（今湖南长沙东北）投河自尽。

青木还指出，根据汉邯郸淳的《曹娥碑》中记载，农历五月初五划龙舟这一习俗是为了迎接伍子胥的灵魂。五月初五屈原投河自尽的传说始于六朝，在这之后唐代的沈下贤才集合了关于屈原的若干传说撰写了《屈原外传》，继而推断出除了吃粽子之习俗外，其他的习俗是与屈原无关的。最后，青木指出，屈原的宅邸在舆兴县，即过去的楚国郢都的西北部。

（二）《楚辞》篇目的注释

《卜居》是屈原因谗言而被流放后，"三年不得复见"，为此心烦意乱，不知所从，就前去见太卜郑詹尹，请他决疑之作。篇中多用譬喻，如"蝉翼为重，千钧为轻。黄钟毁弃，瓦釜雷鸣"等，形象鲜明，而且音节嘹亮，对比强烈，体现了激愤的情绪。王逸认为屈原所作，近世学者多认为非屈原所作，尚无定论。

《渔父》是收录在或称《南方歌》的《楚辞》中的一部作品。其是在楚顷襄王执政时期，屈原遭到流放，政治上遭到重大打击，个人和楚国面临着厄运的情况下，诗人心情忧愤苦闷，来到汨罗江畔，边行边吟而成的。全文中的人物有两个——屈原和渔父。全文采用对比的手法，主要通过问答体，表现了两种对立的人生态度和截然不同的思想性格。

《九歌》共十一篇：《东皇太一》《云中君》《湘君》《湘夫人》《大司命》《少司命》《东君》《河伯》《山鬼》《国殇》《礼魂》。汉王逸认为《九歌》是屈原自己创作而成的作品。过去楚国的郢都往南的地方，人民有信仰鬼神的习俗，祭祀时必定会唱歌跳舞。屈原流放到这里，在其基础上创作了《九歌》，上篇讲述对鬼神的供奉，下篇讲述了自己的冤屈，以讽刺的口吻来寄托自己的感情。南宋朱熹认为《九歌》各篇通过讲述供奉鬼神来比喻屈原自己想要侍奉君主，通过制作祭神乐歌，以寄托自己的思想情感。《九歌》是以娱神为目的的祭歌，它所塑造的艺术形象，表面上是超人间的神，实质上是现实中人的神化，充满着浓厚的生活气息。

《九章》包括《惜诵》《抽思》《思美人》《哀郢》《涉江》《橘颂》《悲回风》《惜往日》《怀沙》。关于《九章》各篇的写作时、地问题，王逸认为它们都是屈原流放于江南时所作，朱熹则认为"非必出于一时之言也"。《九章》中各篇的具体写作时间及其排列次序，清代林云铭等楚辞学者各有考订，说法不一。

《离骚》中成功地塑造了中国文学史上第一个形象丰满、个性鲜明的抒情主人公的形象，体现了屈原的伟大思想和崇高的人格。作品倾诉了对楚国命运和人民生活的关心，"哀民生之多艰"，叹奸佞之当道。主张"举贤才而授能"，"循绳墨而不颇"，提出"皇天无私阿"，对天命论进行批判。诗中大量的比喻和丰富的想象，表现出积极浪漫主义精神。

《天问》通篇是屈原对于天地、自然和人世等一切事物现象的发问。诗篇从天地离分、阴阳变化、日月星晨等自然现象，一直问到神话传说乃至圣贤凶顽和治乱兴衰等历史故事，表现了屈原对某些传统观念的大胆怀疑，以及追求真理的探索精神。

《招魂》是一首杂言古诗，结构分为序引、招魂辞、乱辞三个部分。招魂辞中又分为"外陈四方之恶"与"内崇楚国之美"两大部分。它是模仿民间招魂习俗写成的，其中又包含作者的思想感情。作者存在争议，一说宋玉"哀屈原魂魄放佚"，因而作。但是多主张为屈原作。"外陈四方之恶，内崇楚国之美"呼唤楚王的灵魂回到楚国来。

《大招》相传为屈原或景差所作。此诗在内容上可分两部分，一是极力渲染四方的种种凶险怪异，二是着意烘托楚国故居之美，最后又大力称颂楚国任人唯贤、政治清明、国势强盛等，以诱使灵魂返回楚国。

《远游》主要写想象中的天上远游，表达了作者对现实人间的理想追求。全诗围绕"远游"这一主线展开，先交代了主人公远游的动机，然后介绍远游前的准备工作，最后写远游的过程。诗中出现了大量的神仙怪异之物，迷离惝恍，反映出楚文化富于想象的特色。

《九辩》是屈原的弟子宋玉所作，表达了作者对老师被流放的惋惜痛心，并抒发了作者会一直忠诚地追随老师的心情。题目取自《离骚》的"启九辩与九歌兮"和《天问》的"启棘宾商,《九辨》《九歌》"。它把秋季万木黄落、山川萧瑟的自然现象,与诗人失意巡游、心绪飘浮的悲怆有机地结合起来,人的感情外射到自然界,勾起人们对自然变化、人事浮沉的感喟。

《惜誓》的作者未知,王逸认为是汉代文学家贾谊所作。抒写屈原被放逐而离别国都的悲愤和欲高蹈远游却牵念故乡的情怀,同时寄寓了作者自己被疏离而将远去的愤慨。强调神德之人,应当远浊世而自藏,不要受制于小人,徒伤身而无功。

《招隐士》是汉代淮南王刘安门客淮南小山的作品。其主要内容为陈说山中的艰苦险恶,劝告所招的隐士(王孙)归来。全赋生动地描绘出荒山溪谷的凄凉幽险,渲染出令人触目惊心的艺术氛围,显现隐士幽居的寂寥艰危,急切地表达"王孙兮归来,山中兮不可久留"的意向。

《哀时命》是汉代辞赋家庄忌的作品。作者以屈原一生遭遇为主线,自哀像屈原一样生不逢时,怀才不遇,高度概括了作者的身世经历和人生体验,表达了追求功名和远离祸患以保全身的思想,强烈地表现出一个文人的苦闷和抗争,以及一个知识分子对人生道路的迷茫。

综上所论,青木主要围绕"《楚辞》中著者为屈原的篇目"这一问题,参考了众多历史文献,集合了广大楚辞研究学者的观点,对《楚辞》每一篇章内容进行了研究。在面对较大的争议时,并不盲从他人意见,而是结合众多见解,通过引用有理有据的记载,提出自己的推测和看法。并且单独在《序说》部分列出注释书目,可见青木的博学和治学严谨。该书对《楚辞》的每一篇目都详细地进行了注释,为专业和非专业读者扫清了在阅读《楚辞》过程中的障碍,尤其给非专业读者带来了极大的便利,能够让更多的人细细品味出《楚辞》艺术的精妙之处。

二、稻畑耕一郎译《郭沫若选集⑧》之《屈原研究》
——屈原否定论及屈原作品考

译者简介:稻畑耕一郎(1948—),出生于日本三重县,早稻田大学大学院中国文学专业毕业,现为日本早稻田大学文学学术院教授、文化构想学部系主任,同时担任该校中国古籍文化研究所所长。著有《皇帝们的中国史:连锁的"大一统"》（中央公论新社，2009年）等书，稻畑教授以《楚辞》为开端，研究范围包括古代中国的文字学、考古学、文学以及民俗学等。

中文版作者：郭沫若（1892—1978），出生于四川乐山，日本九州帝国大学毕业，当代著名学者、文学家、历史学家、古文学学家，著有历史剧《屈原》，楚辞研究专著《屈原研究》《屈原赋今译》，研究范围涉猎极广，包括诗歌、话剧、甲骨文、中国古代文学和社会学，在中国文学史上占据举足轻重的地位。这两部专著是郭沫若运用社会学方法研究《楚辞》的一次成功实践，具有宏阔的视野和充实的历史分析，在楚辞研究史上具有重大意义。

《屈原研究》（稻畑耕一郎日译版）一书分为三个篇章，分别是"屈原的身世及其作品""屈原的时代"和"屈原的思想"。在出版此书之前，前两部分均已作为单独的论文各自发表，此书中已经进行大幅度删减和修改，其中第三章"屈原的思想"补充了前两篇中的观点，对楚辞研究和对屈原本人的研究都具有重大意义。

（一）屈原的身世之谜

1.屈原的身世

在第一部分，作者坚定地驳斥了所谓的"屈原否定论"，引经据典、有理有据地批判了屈原身世疑问说。此书一开头就引用了一段史学大家司马迁在《史记·屈原贾生列传》中对屈原的评价："余读《离骚》《天问》《招魂》《哀郢》悲其志。适长沙，观屈原所自沉渊，未尝不垂涕，想见其人。"从这短短一行字中透露出许多信息：一是屈原的确是在长沙汨罗江（今湖南省岳阳市境内）投江而死；二是司马迁将《天问》《招魂》等诸篇与《离骚》一样均认为是屈原所作。三是屈原确乎是一个品行高洁、值得世人称赞的爱国诗人。

然而在近代，有学者却对屈原身份问题提出质疑。"屈原真的存在吗？"《屈原传》中的屈原形象到底可不可靠？四川廖平、谢无量在《楚辞新论》中指出：并没有屈原这个人。所谓的"楚辞""骚体"实际上是始皇帝命秦朝博士所作，其作品出处与年代也无法考证，无法确认此人存在。两位先生也列举了《史记》相关内容，认为《屈原贾生列传》文意有不通之处，前后矛盾。又从经学的角度看，认为《楚辞》是《诗经》的分支，且《诗经》《楚辞》中都有神鬼，是"天学"，非凡人能够企及。最后从诗中内容本身来看，"帝高阳之苗裔兮"简直是秦始皇自序，由此断言《离骚》根本不是屈原所作,也没有屈原这个人。

著名学者胡适在《读楚辞》中提出质疑:屈原到底是谁?胡先生也不信屈原此人确乎存在。胡适先生从《史记》内容对屈原的存在说进行质疑,提出了五大质疑,确实值得深思。这个学说很大程度上给予了廖先生观点支撑,几乎否认了《屈原传》的真实性,因此郭先生首先对胡先生的质疑逐条进行了解释和批判:史记流传至今,几经辗转抄印,难免有些错漏之处。不能因为这点错误就否认这篇传记的真实性,更否认了屈原的存在。

这里郭先生提出了一个很有意思的哲学观点:古人说天圆地方,在现代人看来是无稽之谈,却也不能否认地球确实存在。那么,《屈原传》虽有纰漏之处,但也无法否认屈原此人的存在。具体应该讨论的是《楚辞》中几篇作品是为屈原所著。

郭先生毫不留情驳斥廖先生所谓的《楚辞》"天学"说,认为是"乱说",从屈原《离骚》中证明屈原不仅存在,还留下了自己的生卒年月。但是从现存的《楚辞》作品中已经无法推断出屈原的确切家族谱系和任职经历,只是大概知道他应该是与楚王同姓,是"屈、景、昭"姓(楚国贵族姓氏)之一。

而刘师培认为"昭雎"二字与"屈原"古音相近,因此是一个人,这种看法更是荒谬。至于《史记》各传中描述有详有略,这并不是证据不足的胡编乱造或司马迁的臆想,而是详略交互的写作方法,避免使文章赘述。但是屈原距今实在太遥远了,更像是一个虚无缥缈的神话人物形象,也因此,只有和屈原的生卒时代相去不远的古人之著述才能令人信服。

司马迁并非是第一人,早在之前便有长沙太傅贾谊、淮南王刘安来凭吊屈原,召集门客研究屈原并模仿《楚辞》的骚体写诗。屈原就是这样通过一篇篇的锦绣词句鲜活地存在于后世诗人的笔下。

虽然现如今已经证明《卜居》《渔父》并非屈原所作,但这不正是屈原存在的证明吗?正如前文所说,我们不该质疑地球是否存在。我们需要做的是证明《离骚》以及其他《楚辞》文章是否为屈原所著,切不可本末倒置。

综上所述,屈原的确是存在的,《离骚》或《楚辞》也并不是始皇帝命秦朝博士所作,屈原时任楚国的三闾大夫,生于巫峡临近,是真正钟灵毓秀的荆楚大地孕育出的诗人,所以他才能写出气魄宏伟又端直委婉、文辞雄浑却不失绮丽的词句。

2. 屈原的作品

古往今来，古今中外，关于《楚辞》作品之作者的论争绵绵不绝，至今仍众说纷纭。该书第一部分是关于"屈原存在与否"这个根本性问题的探讨，而第二部分则是关于"屈原的作品问题"的论争。司马迁认为，《离骚》《天问》《招魂》《哀郢》《怀沙》俱为屈原所作。然而，西汉的《楚辞》大家王逸在其《楚辞注》中，指出《离骚》《九歌》《天问》《九章》《远游》《卜居》《渔父》等共二十五篇作品为屈原作品，《招魂》被认为是宋玉之作品，这一观点显然与司马迁之观点有悖。对此，郭氏认为重点在于确认这些作品是否均为屈原所作，而不应该拘泥于篇数的问题。在该书中，作者沿用的是王逸的分类，对每篇文章进行了独到的阐述和考证，具体考证论断如下所示：

（1）《离骚》

《离骚》作于屈原被流放时，是屈原晚年的作品，诗中语言风格已经成熟，感情收放自如。关于诗名"离骚"的解释，郭先生对游国恩先生的观点倍加推崇。游先生认为"离骚"即古音的"发牢骚"，郭先生进一步补充认为"离骚"是秦朝的一种曲名，并非屈原或者说楚人独创，即屈原之前已经有离骚。

（2）《九歌》

《九歌》共十一篇，并不是说"九"歌就有九篇，"九歌"是夏启王的歌曲，因九冥而得名。郭先生对胡适先生的观点并不赞同，认为胡适所想浮于表面，光看到了《九歌》与《离骚》情感的细微差别就将其区划开。郭先生重新考证《九歌》中《河伯》等篇，具体论证了时代和发源地，最终确定《九歌》还是屈原所作，与《离骚》有一脉相承的痕迹，只不过所作时期不同，《九歌》作于早年屈原尚且鲜衣怒马之时。

（3）《天问》

《天问》也被确认为屈原之作品。郭先生对其创作时期进行了猜测，阐述其在文学研究史上的深远地位。《天问》文理艰深，许多传说已经不可考，使人无法理解，王逸评价其"文义不次序"是有道理的。郭先生言辞激烈地批判了胡适的观点：《天问》是拼凑起来的下等之作，毫无文学价值。与之相反，他认为《天问》格调高远，实在是神作，在文学史上更是具有深远意义。

（4）《九章》

《九章》的"九"与《九歌》《九辩》意义不同，它并不是一时所作，郭先生赞同朱熹的观点，即后人辑录得之。郭沫若认为这个"后人"就是刘向父子。而因为恰好九篇，便仿《九歌》的名字取名"九章"。郭先生对这九篇的次第做了一番考证，认为时间最早的是《橘颂》，毫无后期悲愤、郁郁不得志的激烈情感，因此排在九篇之首。后八篇气象、格调大变，大约是被流放后所作，并在此提出了全新的见解：屈原在楚怀王时期并没有被放逐。郭先生根据作品中蕴含的情感色彩，将作品分为流放初期：《悲回风》；流放后感情稍加平复：《惜诵》《抽思》《思美人》；而《哀郢》应该是楚国被秦兵大败、国破家亡的哀思。在秦兵攻破后，屈原被赶至江南，作《涉江》《惜往日》。最后的《惜往日》就是屈原的绝笔。在年老无助、国破家亡的悲惨状况下，屈原才选择自杀，并非是单单因为被流放而怀才不遇致死。

（5）《远游》《卜居》《渔父》

郭先生认为上述三篇作品的作者并非屈原。其中，《远游》篇，郭先生认为其文章结构与司马相如的《大人赋》有异曲同工之妙，因而推测是《大人赋》的初稿；《卜居》和《渔父》作者均是"宋玉、景差之徒"，表达真情实感，对屈原存在言之凿凿。

（6）《招魂》

《招魂》是屈原追悼楚怀王的作品。招魂，招的不是自己的魂魄，而是君王之魂。郭先生对本篇中的发音与古音进行了对比考证，推断《楚辞》乃当时的白话文，对文末的"兮"进行了论证，从古文角度，对古人的楚辞研究用字进行了考证。

此外，郭先生将屈原作品分为三期：第一期为作于楚怀王时期的作品，即屈原四十几岁以及之前的主要作品，主要包括：《橘颂》《九歌》《招魂》。例如，《招魂》之创作有确切时间，为襄王三年，屈原四十六岁的作品。第二期为屈原五十岁至六十二岁之间的作品，主要包括：《悲回风》《惜诵》《抽思》《思美人》《天问》等。这一时期，屈原被流放至汉北十一二年。第三期为屈原六十二岁，即公元前278年的二月至五月之间的作品，主要包括：《哀郢》《涉江》《离骚》《怀沙》《惜往日》等，这一时期屈原燃尽了自己的生命和灵魂。

（二）屈原的艺术与思想

楚文化、《楚辞》文化是一种有本土基础的多元文化，可以用"西源东流，南下北承"来概括它的演化脉络①。殷商时代是中华文化的起源，周灭商后，继承了商文化，后世逐渐分为两大派系：周朝统治之下的北部和楚人（殷商同盟）居住的南方。因此，中华文化渐渐被分为南北两大文学派系。《楚辞》显然属于南方文学，而北方文学的代表是《诗经》的《雅》和《颂》，但是，作者调查了许多出土铭文发现，实际上两者并没有太大的差距。楚人的许多古器大都属于春秋年间，与北方出土文物对比可以发现这些铭文一脉相承。作者通过考证这些铭文，得出以下结论：一是南方文学在春秋以前已经高度发展，并非周朝人口中的"蛮夷"；二是南北文学也有重合的相似点，与《楚辞》风格相异。

《楚辞》中大量使用"兮""些""也"等方言口语并非"南方人"独创，包括《诗经》中也出现过这些字眼，《楚辞》中的方言在当时看来就是白话入诗，可以说是一种伟大创新，同时屈原改变了诗体。屈原之前的诗人大多用四言格律，典型的比如《诗经》，而《楚辞》是一种诗体的解放，打破了刻板的格律，诞生出一种新诗体，由此可见，屈原伟大的革新意识、深厚的思想渊源与文学艺术的特异性。一旦诗歌的体裁、载体发生了变革，诗的篇章与格调也发生了拓展，因此骚体诗歌逐渐孕育而生。

屈原的思想具有超现实性，由此反映至诗歌中，诗歌便富有奇瑰的意境。比如《招魂》等许多作品中都有神鬼巫的存在。这种超现实性，来自殷商自由豪放的性格，来自南方自由富饶的肥沃土地，来源于楚国人神秘的宗教信仰，才能孕育出屈原这样惊才艳绝的人物。这是屈原生活的环境对他的思想造成的影响。屈原处于战国时期，是百家争鸣的年代，屈原也理所当然地开始怀疑一切，但出生的环境决定了他思想仍然具有局限性，文章出现了前后矛盾的现象，更像是一个蹒跚学步的孩童跌跌撞撞在文学这条路上前行。屈原的思想具有多重性，一方面他渴望寻求知己，游历山川和先古遗迹，另一方面，他无疑是爱国的，一直以来都是怀揣着爱国之心的，这一点在他许多作品中都有体现。这一点与北方儒家思想不谋而合。儒家强调"入世"，也强调"克己复礼"，屈原是皇室正统血脉却被流放，内心仍然是自负的，也是清高、廉正的，渴望寻求同盟驱逐小人，根本目的还是希望积极"入世"达成一统天下的

---

① 萧兵.楚辞文化[M].北京：中国社会科学出版社，自序，1990：3.

大业。但儒家倡导"以天下为己任",希望国家统一,并不是为一国服务,而是"兼济天下",屈原从头至尾只心系于楚国,希望楚国完成统一大业,也因此他的词句特别受楚人欢迎,因为他说出了楚人的心声。

然而,屈原并没能在政治上获得成功。或许正因他政治上的失败,我们今天才能在这里对这华美的《楚辞章句》啧啧赞叹。文学是不朽的,文学中蕴含的作者的意志也必定会流传百世。

(二)屈原的时代

商殷时代社会性质仍属于奴隶社会,如今已经被绝大多数人认同。周朝处于奴隶制还是已经进入封建制度,这一点对研究屈原思想和时代精神至关重要。郭先生对周朝以及春秋战国的文献进行了考证,从"耕田制"这一点出发,通过《诗经》《书经》等典籍反证周朝仍处于奴隶制中,此外还有种种铭文以及其他资料证明周朝主要生产关系确实仍处于地主、农奴这种形式下。由此可见,奴隶制土崩瓦解并不是从周朝开始的,时间要往后推移至春秋战国时期。

郭先生将春秋末年到秦朝统一这三百年誉为中国文化的黄金时代,在这种社会大变革下,经济、阶级、思想都发生了巨大动荡。首先,便是中国完成了奴隶制到封建制的转换,屈原出生于这个黄金时代后半期,因此,作品中完整地反映了时代风貌,意义非凡。这种动荡对屈原的思想产生了巨大影响。

周朝末期,王室衰微,当时墨家学派与儒家学派占主导地位,代表"奴隶的子孙"阶级,他们否认周人的绝对权威,通过主张使用口语体现其思想。此时,文体变革悄然开展。百年后的南方学派,屈原身为正统贵族却排除偏见,吸纳儒家思想,彻底完成了文体变革,创造了一种新的文学体裁——骚体。在奴隶解放的潮流影响下,屈原用贵族身份反映民众歌声,将时代划分出新起点。

郭先生对屈原唯一的批判大概就是他选择自杀这一点吧。明明已经有勇气开展文学变革,改变流传几百年的诗歌格律,却懦弱地选择投水而死,实在是遗憾。但不可否认的是,屈原的精神、屈原的时代已经完完整整通过他的作品保留下来,这何尝不是一种永垂不朽的功绩呢?

侯外庐认为,屈原思想的秘密在于世界观与方法论之间的矛盾。这话没错,郭沫若最终也得出了这个结论,但两人观点却大相径庭。侯外庐认为屈原拥护皇权，因此，他的世界观是保守的，在诗体上屈原又对格律进行了解放，因此，他的方法论是先进的。而郭沫若从唯物史观分析，认为屈原的世界观是进步的、革命的，但他作为诗人的构思与措辞却仍然略显保守。两个人矛盾的来源，在于古代中国的社会形态和生产方式上。

首先，二人都肯定西周仍处于奴隶社会，郭沫若引用许多文献，从生产方式和生产者的地位变动说明了屈原思想的性质。在殷商和西周，"庶人""黎民"是从事农耕的生产奴隶而已，而到了春秋末期，庶人成为生产者主力军，并且分化出新的阶层：工商阶层。庶民阶层有了明显的提升，在这个时期，庶民的解放悄然而生。这种变革是十分温和的，不同于激烈的革命，但确确实实，秦以前的中国社会和秦以后的社会完全是两种风貌了。在如此潜移默化的社会变革中，意识形态也理所当然发生着巨变。可以说人道主义在这个时代渐渐凸显，"奴隶"像牲畜一般贱卖的例子极大减少，人的价值提升了。从辩证史观来看，儒墨道三家都是围绕着"仁"展开，进行各自的思想革命，主题都是把人当人看。

另一个发生巨变的就是政治思想了。保护人民的德政思想成为主流，同时这些思想也为统一中国作出了巨大贡献：极力消弭氏族传统作为统一基点。社会变革同样影响着许多其他方面：商周的"上帝"到春秋末年已经消失无踪，文字也从贵族垄断普及至人民群众中，从神秘的语言变得语体化、大众化。这种由社会变革生出的意识形态变化，作者称之为思想革命。屈原的思想很明显是带有儒家"德政"的色彩，"哀民生之多艰"是他念念不忘君国的理由，并非班固之流可比拟的，屈原是一位真正的民本家，他不出逃楚国，是因为楚国各方面实力雄厚，可以与穷兵黩武的秦军一战，因此他想以楚国一统天下，并不是因为他是楚国的贵族。上文说到儒道墨致力于大公祖，消除氏族传统，而屈原明显是继承这一体系的思想，是革命的、前进的民本思想，是把握时代精神的第一人，并不是过去"氏族统治"下的"旧时代之魂"。

那么，屈原作品中充斥大量神鬼巫又作何解释呢？郭先生认为屈原首先是一位卓越的艺术家，再是一位伟大的思想家。在思想上他吸取北方儒道精髓，艺术上却继承南方的细腻优雅，奇瑰华丽，是一位超现实主义的、浪漫主义的诗人，这之间并无矛盾，简直是天衣无缝。他在诗歌中推崇使用方言，扩展了诗歌的民间形式，和他先进的思想性是合拍的。天才和疯子比邻，屈原的许多诗歌中展现的奇诡幻想，或许也与他长期抑郁下精神异常有关，但这或许正是他成功之处。

三、稻畑耕一郎译《郭沫若选集⑧》之《屈原赋今译》

（一）屈原简述

诗歌创作与诗人的心境以及人生经历是分不开的，郭沫若详细介绍了屈原所处的时代、楚国的政治地位和内部结构，分析了屈原思想和作诗的时代背景。屈原的故事大家都耳熟能详，作为政治家，屈原无疑是失败的，但作为诗人，屈原虽出身贵族，却有着一颗赤子之心，怀抱着对祖国最热忱的爱意，能够站在人民立场上为人民考虑问题，也因此其作品能够引起人们的共鸣。他的诗歌采用民间的歌谣体，白话入文，让古代诗歌文学掀起了一场大风暴，诗中的语言力量，即便经过翻译仍能窥见一二。

屈原用他奇妙的想象力带领我们鉴赏了森罗万象的宇宙，他在自己的文学幻想中驰骋，巧妙运用各种神话传奇，却并不崇拜神鬼。屈原仔细观察自然现象和天体构造，展现了对未知事物的好奇心，对大自然的敬畏和人对天的想象力。屈原的时代是文学史上的黄金时期，屈原是中国诗史、世界诗史的瑰宝，他的思想、他的情怀永垂不朽。

（二）屈原作品翻译及解题

1.《九歌》

《九歌》共十一篇，均是祭祀神明的乐歌，"九歌"是古代流传下来的一种乐曲，屈原将粗鄙的内容进行改良，歌词清新，曲调欢快，可以推测是屈原失意前所作。全篇共运用六种描写手法：（1）叙述祭祀仪式。（2）主人公向女神求爱。（3）男神向女神求爱。（4）叙述女神失恋。（5）主人公将神抛弃，不想离开欢乐的祭场。（6）直接礼赞。十一篇中只有"国殇"不含任何恋爱要素。

古代祭祀是男女发展爱情的绝佳机会，《诗经》中也有类似的例子，所以祭祀歌中大多是叙述男神与女神之间和神与人之间的关系。郭先生并不赞同有些学者将这种关系引申屈原和楚怀王之间的君臣关系，读诗本身也是一种创作，古诗词中的词语与现代语有很大差别，郭先生自认为是大胆派，勇敢对前人的解释进行了修改，希望能对读者流畅阅读有所帮助。

2.《天问》

《天问》的确是个难题。许多传说至今已经失传，问题就完全无法解答，而且容易错解内容，载体的竹简又脱落、顺序错乱。郭先生赞成整理"天问"，但这是个大困难，无法完全复原，而且神话传说的时代性需要去伪存真。原作一口气提出了170多个问题，几乎没有重复的，上至天文，下至地理，充分显示了屈原的才华。

3.《离骚》

《离骚》是屈原晚期的作品，没有充分的阅历和先进的思想性是无法写出来的。作品中现实和幻想交织，将屈原的怀疑精神具象化。文中词句着实艰深，需要读者配合读音和注解。

4.《九章》

前文已经提到过"九章"名字的来源，除了《橘颂》让人无法理解歌颂主题，其余八篇均和"离骚"一脉相承，均是失意后的自述。

屈原的思想基础就是儒家思想，但同时也汲取了各家之长，在作品中均有体现。郭先生翻译全文后十分能理解屈原的遭遇，诗歌同时还具有音韵美，令人陶醉。翻译是一种再创作，重要的是用自己的语言将原著再创作，并且最大限度地保留原著的意境。

关于二十五篇屈原赋的内容，历代学者众说纷纭，其作者究竟是不是屈原也不可究。而这二十五篇的次序也是一个大的问题，需要仔细推敲探究屈原的人生经历，揣摩他从青壮年到花甲老人的心路历程。郭先生将屈原赋重新排序，即《九歌》《招魂》《天问》《离骚》《九章》，《卜居》和《渔父》放在最后，作为附录补充。

总的来说，《楚辞》作品里值得推敲的词句实在太多，时至今日也未能完全解释清楚。翻译是一门艺术，将语言进行加工美化，肯定是带有偏向性的，因此，翻译就是再创作，必然需要译者将相关所有论文研究透彻才能理解其精髓。

第四节　文化传播视角下当代日本楚辞译介管窥

《楚辞》作为中国文学的源头，不仅在国内受到广泛关注，在日本的汉学研究领域也占有举足轻重的地位。《楚辞》是我国古代优秀传统文化的核心经典之一，其在日本的传播也是文化传播的重要环节。在19世纪德奥传播学派的理论中文化传播已成为核心概念。此后结合传播学的理论，文化传播理论渐渐成熟并成为学术研究中举足轻重的理论依据。概括地说，文化传播是文化从一个地区到另一个地区，从一个群体到另一个群体的迁移和散布。《楚辞》在日本的译介与研究无疑推动了文化传播的进程。

通过本书第一、二章节的论述可知，《楚辞》在日本的传播与译介历经传入、沉寂与兴盛三个主要阶段，漫长的历程中，日本的《楚辞》译介取得了丰硕的成果，尤以现代的发展最为显著。尽管日本楚辞学研究日渐成熟，但仍停留在文化传播过程的选择阶段，存在文化传播的对象、媒介较为单一的问题，《楚辞》在日本的译介与研究仍存在较大的拓展空间。

日本的《楚辞》译介与研究，是中国以外的世界楚辞学研究中最为重要的力量，同时其研究方法，又受中国传统楚辞研究的深刻影响，因此中日之间的楚辞研究并不是相互孤立的，而是相互影响的。探讨《楚辞》在日本的译介与研究情况既是推进《楚辞》走向国际化的方式，也为国内《楚辞》的研究提供新的视角，推动楚辞研究的进一步发展。

美国社会学家拉尔夫·林顿（Ralph Linton，1893—1953）关于文化传播过程的点已得到较广泛的认可，他认为文化传播的过程分为三个阶段：一是接触与显现阶段：一种或几种外来的文化元素在一个社会中显现出来，被人注意。二是选择阶段：对于显现出来的文化元素进行批评、比较，决定采纳或拒绝。三是采纳融合阶段：把决定采纳的文化元素融合于本民族文化之中。[1]

从奈良时代《楚辞》传入日本开始，日本便开始阅读并以其为出典进行

---

[1] 中国大百科全书出版社编辑部. 中国大百科全书: 社会学[M]. 北京: 中国大百科全书出版社, 2002: 411.

文化活动，《楚辞》在日本社会得以显现；近千年的沉寂过后，江户时代日本开始真正地研究《楚辞》，取得了一系列的译介与研究成果。现代尤以"二战"后的成果最为显著，且日本的楚辞研究呈现出一定的倾向。例如，田宫昌子与矢田尚子的研究一定程度体现出日本学者现阶段研究中的回溯倾向。这显然已进入文化传播的选择阶段。而第三阶段即所谓的采纳融合阶段仍未抵达。

从前文分析也可得知，日本的楚辞学虽发展势头迅猛并在世界楚辞学研究中占有一席之地，但其在日本的传播仍有很大的局限性，《楚辞》元素与日本文化之间尚有未能逾越的壁垒。

媒介是人的延伸，媒介本身也是一种信息。文化传播依靠媒介完成从传播者到接受者的传递过程。从语言媒介到文字媒介再到电子媒介，文化传播的媒介愈加多样。日本的《楚辞》译介与研究普遍借助文字媒介，成果皆为论文和专著，而广播、电视、电影等大众传媒涉猎不多。调动多种感官的媒介更有利于文化的传播，从该方面说，《楚辞》在日本的传播媒介有待拓展。

文化传播的对象在传播过程中扮演着重要的角色。虽然日本学界对楚辞研究倾注越来越多的心血，但是《楚辞》在日本的传播仅限于研究学界，对普通民众来说仍是遥不可及。在日本的主要购书网站亚马逊检索"楚辞"并按照好评排序，排在前三位的为《詩経・楚辞　ビギナーズ・クラシックス　中国古典》（角川ソフィア文庫、2012）、《诗经》（目加田诚，1991）、《诗经・楚辞 初学者・中国古典》（牧角悦子，2012）。仅牧角悦子所著的《詩経・楚辞　ビギナーズ・クラシックス　中国古典》可见三条读者的评价。"或许可以说是汉诗的全貌，但是对读者来说需要点本事（才能读下去）""非常良心的适合诗经初学者的解说书籍……内容很详细很真挚。由汉诗原来的语言编写而成，对于鉴赏学习是必读书。很推荐！""孔子参考的书籍"。

由此可见，一方面《楚辞》并不是亚马逊畅销书，以其为关键词检索，好评排行榜里未见真正的《楚辞》译本；另一方面，日本的大众读者并未将《楚辞》视为经典，相比之下，只是《诗经》的附庸，仅有的评价里也皆以《诗经》为主。长期以来，日本的《诗经》研究，有着远比日本的楚辞研究更卓著的建树。黄遵宪的《日本国志》是一部影响广泛的日本史著作，该书卷三二和卷三三为《学术志》，其中著录了大量的《诗经》类著作，而未言及

《楚辞》类著作。由此评论也可看出,现阶段日本民众对《楚辞》的接受度仍落后于《诗经》。

文化传播存在一定的过程与规律。日本楚辞文献的译介、研究历程与成果展现了《楚辞》传播的路径及特色,先是全盘接受,而后是有所借鉴并为我所用,这正是文化传播的一般规律。但文化传播是持续而且巨大的课题,《楚辞》现阶段的传播仍以学界研究为主,其成果以文字的形式呈现居多,受众也存在局限性。因此,以《楚辞》为载体的中国传统文化在日本的传播,其深度与广度上仍有很长的路要走,任重而道远。

综上所述,《楚辞》是中华民族优秀传统文化中的珍贵遗产,是中国文学的源头之一,对中国文学的发展产生了深远的影响。两千年来,《楚辞》以其独特的魅力赢得了文人学者的青睐和赞誉,不仅在国内受到广泛关注,而且早已走出国门,走向世界。《楚辞》在日本的译介,有助于弘扬中华民族优秀传统文化,加强中日文化间的交流;《楚辞》在海外的传播是文化自信的体现,是文化强国的重要途径。

就目前来说,日本的楚辞研究成果可谓海外楚辞学研究成果中最为丰富,且延续时间最长。

然而,日本的《楚辞》译介与研究同样存在不可忽视的问题。从内容上来说,国内主要以宏观的方式来研究《楚辞》,从中国文学史的大视野之下,探讨《楚辞》产生的原因及对中国文学的发展所起的作用。而日本主要是微观研究,刻意忽视这些问题,实际上就等于割裂了中国文学史,从而便于将《楚辞》基因移植到日本文化中去[①]。文化传播重在传播与融合,但也要提防此类试图割裂中国文学史的行为,让文化在包容且有边界的环境中传播。

此外,在消费社会思潮席卷全球,快餐文化日益博取眼球,充斥世界各国的大街小巷的当今时代,如何实现《楚辞》传播与时俱进,让更多的年轻人主动去接受,实现代际传递,融合与共生,恐怕不仅是日本楚辞学的课题,也是我国楚辞学,乃至海外楚辞学所面临的共同课题和挑战。

---

① 王海远.日本20世纪50—80年代的楚辞研究[J].南京师大学报(社会科学版),2017(5):117-124.

第三章 《楚辞》在日本的学术研究

在第二章中,本书探讨了《楚辞》在日本的译介情况以及所面临的现实课题。本章将回溯对日本楚辞学文献历史的基础上,对《楚辞》在中国国内的研究概况、在日本本土的研究现状,以及现当代楚辞学研究的阶段特征和研究轨迹、研究热潮进行系统的统计分析,最终尝试探讨并揭示日本楚辞学研究轨迹呈现的深层原因。

第一节 日本楚辞学文献历史回溯

楚辞文献传入日本,可以追溯到平安时代以前的奈良时代。但是,楚辞研究在日本的萌芽能够确证的却是江户时代之后。而楚辞研究取得极大进展,则是如西村时彦在《楚辞百种》(怀德堂文库藏)中所指出的明治时代以后。此后,在江户、明治时代研究成果的基础之上,藤野岩友、星川清孝、目加田诚、竹治贞夫等日本杰出的研究者致力于楚辞相关研究,并作出了突出的贡献[①]。

以具体时段划分,梳理楚辞研究的学术史,不同的楚辞研究学者有不同的看法。例如,徐志啸教授在其《日本楚辞研究论纲》中,援引了吉川幸次郎关于日本汉学的阶段划分,关于日本的楚辞研究论及"早期、20世纪、现代、当代"等时期的楚辞研究,然而未对其进行明确的阶段划分。早期的楚辞研究,"日本学者对于包括《楚辞》在内的中国古代典籍的研究方法,基本上延承中国古代的研究方法,以训诂、考据、义理为主,同时还对我国历代的《楚

---

① 矢田尚子,楚辞学会日本分会(研究会通信),中国研究集刊61 15-17, 2015-12-18: 15-16.

辞》注本加以评介"①。王海远博士在其文章《近当代日本楚辞研究之鸟瞰》中，提出日本的楚辞研究的二分法，大致将日本的楚辞研究分为两个阶段。第一阶段是从秦鼎开始到西村时彦，也就是江户时代和明治时代。第二阶段大致是从"二战"后开始到现在为止。②由此可见，王海远博士认为真正意义上的楚辞学术研究集中于近代和现代两个阶段。

然而，据周建忠教授考证"9世纪末的平安时代，藤原左世于公元891年左右奉召编纂《日本国见在书目》，著录有'楚辞家卅二卷'，其中《楚辞集音》注明'新撰'，由此可见，此时的日本学者在接受、传播《楚辞》文本的同时，已经开始从事对《楚辞》的研究工作。"③因此，楚辞研究的分期颇为值得推敲。

本人综合上述学者观点，认为日本楚辞研究大致可划分为古代、近代、现代三个阶段。第一阶段是近代以前主要为《楚辞》的模仿和学习期，主要存在个人层面，多为书斋式的研究工作；第二阶段是近代以来，真正成规模的、学科化、体系化的楚辞研究。但是，我们的楚辞研究不仅要注重中国本土的传统视角，同时也需要异域视角、国际眼光。需要在研究中注入国外学者对《楚辞》的接受与阐释，并将二者相结合，有助于我们更为全面、客观、多元地审视《楚辞》在国际诗歌史上的定位，有助于深入理解《楚辞》作为中国传统文化的一个支脉是如何在日本进行传播、被接受，并与其本土文化进行融合的。第三个时段是现代以来。

第一阶段：古代的《楚辞》传入期和注释期。即日本自古至江户时代自上而下的传播与推广期。此阶段内容在本书第一章已作了详细的阐述，此处不再赘述。江户时代为注释期。这一时期具有代表性的研究者当数西村时彦，他对《楚辞》的研究细致入微。这一时期，学者人数不多，但研究成果不可小觑，主要代表人物有浅见烱斋、芦东山、西村时彦等。此阶段主要是延用中国古代的训诂、义理、考辨等研究方法，注重对中国历代《楚辞》注本进行考究、整理和归纳。当时日本楚辞学并没有被广泛研究，主要是因为相关资料并

---

① 星川清孝，楚辞の研究，東京：養徳社，1961．
② 王海远．近当代日本楚辞研究之鸟瞰[J]．苏州科技学院学报（社会科学版），2005（1）：69-72．
③ 周建忠．东亚楚辞文献研究的历史和前景——国家社科基金重大项目开题报告[J]．南通大学学报（社会科学版），2014，30（1）：1．

未被发掘,只有少数抄本闲置在部分研究机关,陷入极其受限的窘境中。

第二阶段:近代楚辞研究的低谷期(明治维新至"二战"结束)。其时日本国内欧化倾向明显,汉学逐渐被边缘化,楚辞研究几乎处于停顿状态。

第三阶段:现代楚辞研究的高潮期("二战"后至今)。随着战后日本文化研究的广泛开展,《楚辞》也重新受到学界的关注。此时日本学者已不满足于沿承中国传统的研究方法,而是开拓了具有日本本土特色的系列新视角、新材料和新方法。日本学者努力尝试从新的角度和使用新的方法(例如考古学、民俗学、文化人类学、比较文学等)来阐述《楚辞》,并取得了一定的成绩。(论著数量较之前两个阶段出现井喷式突破。)[1]涌现了一批专门研究楚辞的学者,主要代表人物有稻畑耕一郎、藤野岩友、星川清孝、竹治贞夫、石川三佐男等。

第二节 日本楚辞学研究现状及特征梳理

在上述章节中,我们回顾了日本楚辞学研究的历史脉络和主要发展阶段。本节主要通过计量统计、数据处理和可视化分析等手段,力求呈现我国国内以及日本本土对于日本楚辞学研究的整体现状和特征。

一、中国国内日本楚辞研究的总况概观

笔者选取知网(CNKI)中的论文,检索日期为2021年11月25日,文献类型语种规定为中文,获取的文献数据信息包含作者、年份和关键词等信息,检索式为AB=(日本)*(楚辞+楚辞学+汉学+辞赋学)*(屈原+楚文化),获得文献信息共计166条。根据知网可视化数据(如图3-1所示)分析结果可知:

(1)知网收录的国内学术界日本楚辞学研究相关的课题最早刊发于1980年,20世纪90年来对日本楚辞学的研究始有量的突破(1991年、1993年各有5篇文章公开发表)。

---

[1] 王海远.近当代日本楚辞研究之鸟瞰[J].苏州科技学院学报(社会科学版),2005(1):69-72.

（2）进入21世纪以来，国内有关日本楚辞方面的研究呈现出更为繁荣的发展态势。突出表现为2004年公开发表期刊论文13篇；2014年更是高达18篇。随着互联网的发展，国际交流的深入，日本楚辞相关研究逐渐进入国内学术视域，并取得了骄人的成绩。

（3）近十年来，国内《楚辞》传播的相关研究呈现出不断深入拓展、视角日渐多元、成果逐渐涌现的态势。

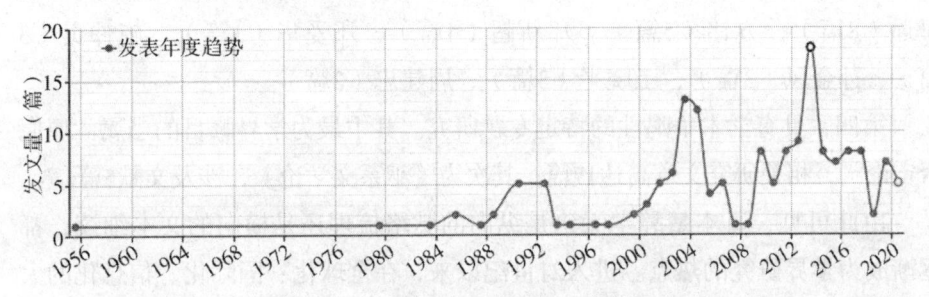

图3-1 日本楚辞研究的年度总趋势示意图

资料来源：中国知网文献数据可视化分析统计数据，访问日期：[2021-11-25]。

从研究主题来看，如图3-2所示，日本楚辞学相关研究视角涵盖《楚辞》译本比较分析、翻译策略研究、作品个案研究、对外传播与接受研究等。近40年来研究议题逐渐拓宽，主要包括：

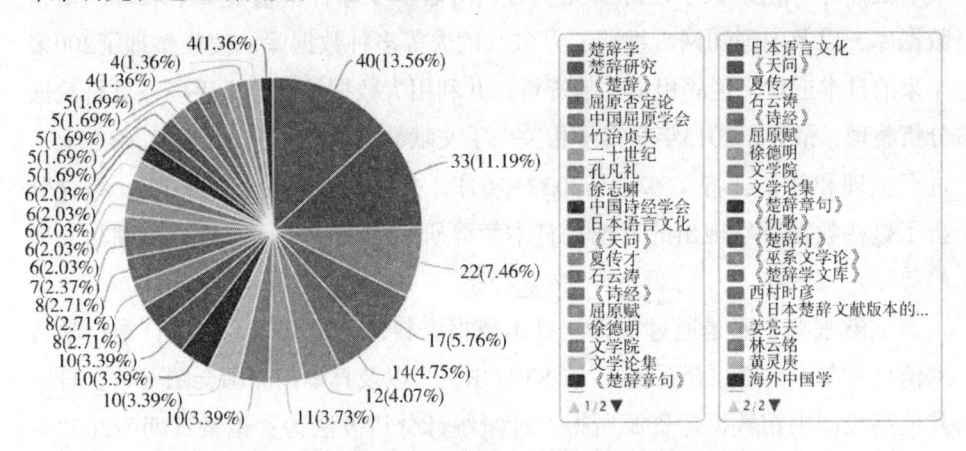

图3-2 中国知网日本楚辞相关研究主题可视化分析

资料来源：中国知网文献数据可视化分析统计数据，访问日期：[2021-11-25]。

第一，宏观层面、纵向经度的楚辞学梳理、楚辞研究综述等，数量多达40篇，约占总文献的13.56%。

第二，横向维度的微观研究。主要聚焦于楚辞文献学研究，其中包括：楚辞研究33篇，《楚辞》作品研究19篇（《天问》8篇、《楚辞章句》6篇、《九歌》5篇），《楚辞灯》5篇，屈原研究（屈原赋6篇），《楚辞学文库》5篇，等等。

第三，特定学者的楚辞研究，主要涉及竹治贞夫、西村时彦等日本学者。近年来发文数量排名前十位的中国学者包括：石川三佐男（11篇）、王海远（8篇）、方铭（5篇）、郑新超（4篇）、郑爱华（3篇）、施仲贞（3篇）、孙金凤（3篇）、王晓平（3篇）、周建忠（2篇）。

第四，具有学术争鸣性的特定专题研究。其中最为学界瞩目的当属"屈原否定论"，相关研究文章高达17篇；其次为《巫系文学论》，涉及文献5篇。

由此可见，日本楚辞学无论是纵向的脉络梳理还是横向的文本细读，都逐渐成为学界研究的热点。进入21世纪以来，在全球化、国际化、信息化的大环境下，日本楚辞学研究依然生机勃勃，研究成果遍地开花，研究前景广阔。

二、日本本土楚辞学研究现状概观

近年来，南通大学楚辞研究中心，历时多年综合检索了日本42种图书馆数据库，以及中国知网、维普、万方、读秀等多种数据库，搜集整理了200多年来的日本近现代楚辞相关文献资料，并利用大数据统计分析手段，进行数据分析整理，最终于2015年获得了相关一手文献数据信息。笔者在此基础之上，进行整理和补充，将文献增至2022年6月，并通过计量分析的方法，综合分析了这些数据所呈现出的近现代日本楚辞研究的现状特征、研究热潮与发展趋势。

文献来源主要是通过检索"日本情报资料馆"（cinii）、"日本科学技术信息发布·交流综合系统"（J-STAGE），以及日本国立国会图书馆、日本其他高校图书馆数据库资源所得。计量统计分析方法为：检索日期为2022年6月，检索到的日本楚辞学相关论文条目580条，相关著作条目108条。主要包括：日本学者的期刊论文、会议论文、书评、专著、翻译著作，日本学者合著的论文、专著，中日学者合著的论文、专著，留日他国学者的日语论文，日本学者在中国的演讲和会议论文等。其中，论文分期刊论文、会议论文、学位论文三种，著作有楚辞研究专著83部，文学史著作37部。这些论著视角独特、量多而深入，不仅有《楚辞》整体或篇章本身的研究，还有屈原、宋玉等相关作者研究。不仅有对楚地民风、巫系文化的研究，还有对出土文物、画像等的研究。此外还有述及中日学者论著的研究以及文献梳理的研究等。

以下将从研究关键词、核心议题、文献来源、代表学者统计等四个维度，对所收集的文献数据的统计结果汇报如下，借此把握日本近现代楚辞研究的总体特征，变迁轨迹及发展趋势，以期为后续的深入研究提供参考。

（一）研究三大热词："楚辞""屈原""离骚"

从题名关键词来看，排名前三的关键词有"楚辞"、"屈原"、"离骚"。印证了古今中外楚辞研究的主要方向和研究热点。从年份方面来看，已收集的578篇论文分布主要分布在79个年份，论文数量整体处于上升趋势。论文高产的两个波峰分别是20世纪50年代（1950—1959）和21世纪初（2000—2009）。1950年之前论文数量较少，1950年只有28篇，而1950年后共计518篇。已搜集的83部著作具体分布为：20世纪上半叶11部，下半叶共51部，21世纪（前22年）15部。著作产生的高峰期在20世纪60—80年代的30年间，共41部，约占著作总数的二分之一。

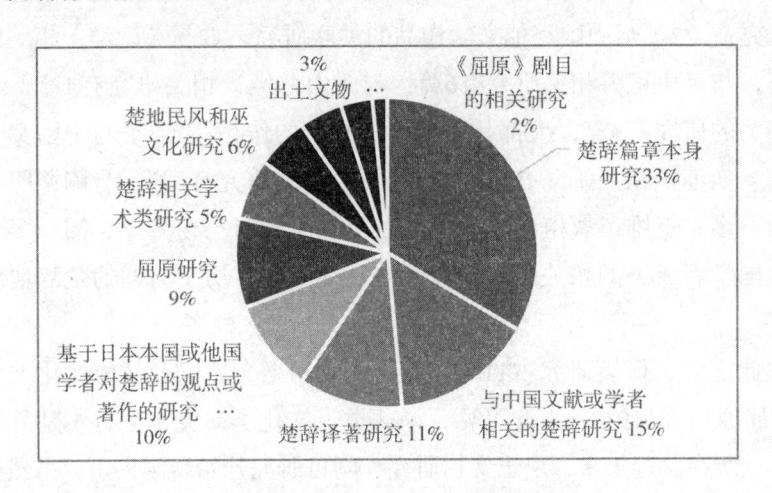

图3-3 楚辞研究相关论文主题统计

资料来源：在南通大学楚辞研究中心相关调研统计数据基础上，整理绘制而成。

从图3-3中，可以清晰看出，日本楚辞研究的论文中，具体研究对象主要包括：楚辞的押韵、句式分段、诗句人物意象等。其中，主要以楚辞篇章之研

· 107 ·

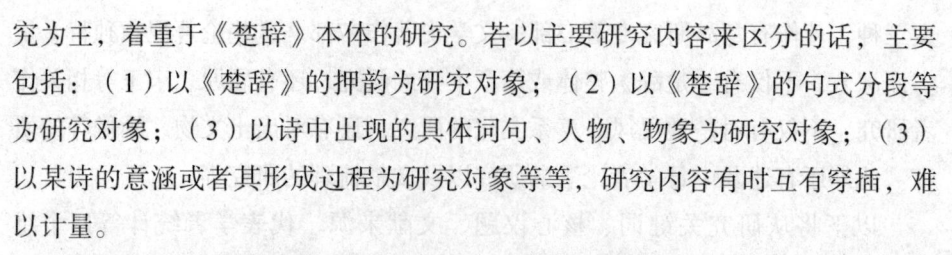

究为主，着重于《楚辞》本体的研究。若以主要研究内容来区分的话，主要包括：（1）以《楚辞》的押韵为研究对象；（2）以《楚辞》的句式分段等为研究对象；（3）以诗中出现的具体词句、人物、物象为研究对象；（3）以某诗的意涵或者其形成过程为研究对象等等，研究内容有时互有穿插，难以计量。

（二）研究核心议题：以本体研究、译著、学者研究为主

从研究的核心议题来看，根据已搜集文献资料，可将日本楚辞研究论文分为以下十大研究主题，按发文数量由多到少分别为：一是楚辞篇章本身研究；二是与中国文献或学者相关的楚辞研究；三是楚辞译著研究；四是学者著作相关研究；五是屈原研究；六是楚地民风和巫文化研究；七是其他文化类研究；八是《楚辞》相关学术类研究；九是出土文物类研究；十是《屈原》剧目的相关研究等。

从具体篇章来看，日本楚辞学研究所涉及的《楚辞》篇目大致包括：《离骚》《天问》《九歌》《九章》《渔父》《九辩》《招魂》《远游》《大招》《卜居》《七谏》《九怀》等。据统计数据可知：（1）论文主题中占比最大的是对《楚辞》整体篇目的研究，其次是中国文献典籍或者学者、学术关联研究；（2）与中国其他文学作品的关联研究，如与《诗经》相关的研究有12篇，与《史记》相关研究有6篇，与《山海经》相关研究有4篇，与《庄子》有关的研究有3篇，大都是先秦两汉时期的作品；（3）与中国文人的关联研究，如苏轼相关研究有4篇，与谢灵运相关研究有3篇，与陶渊明、柳宗元、闻一多、王维、曹植有关的各2篇；（4）还有与杨万里、闻一多、郭维森等中国学者成果的相关研究，或者涉及中国某一历史时期的楚辞情况研究之研究。

除此之外，译著研究占11%，楚地民风和巫文化以及其他文化类研究占11%，屈原研究占9%。由此可见，译著类、文化类研究也是日本楚辞研究的关注热点所在。近年来，出土文物研究、剧目研究开始崭露头角，虽然数量不多，分别占3%和2%，但研究选题新颖、特色突出，成为日本楚辞学研究的新亮点。

表3-1 楚辞篇章研究中涉及篇章相关统计

序	篇目	数量	序	篇目	数量	九歌			九章		
						序	篇目	数量	序	篇目	数量
1	楚辞整体	63	8	招魂	6	1	九歌整体	19	1	九章整体	7
2	离骚	34	9	远游	5	2	山鬼	3	2	橘颂	3
3	天问	28	10	大招	3	3	湘君	2	3	涉江	2
4	九歌	27	11	卜居	1	4	湘夫人	1	4	怀沙	2
5	九章	16	12	七谏	1	5	东皇太一	1	5	思美人	1
6	渔父	9	13	九怀	1	6	河伯	1	6	抽思	1
7	九辩	7									

资料来源：在南通大学楚辞研究中心相关调研统计数据基础上，补充整理绘制而成。

在日本楚辞研究著作统计（见图3-4）中，楚辞本身研究及楚辞相关注解两个主题占62%，按著作所论及的主题来看，可划分为六大类别：一是楚辞篇目本身的研究26部，占32%；二是楚辞相关注解24部，占30%；三是与中国典籍或学者相关的楚辞研究16部，占20%；四是屈原研究9部，占11%；五是楚地民风和巫文化相关研究5部，占6%；六是楚辞索引1部，占1%。此外，还有楚辞与《诗经》、赋、神话等的比较关联研究。

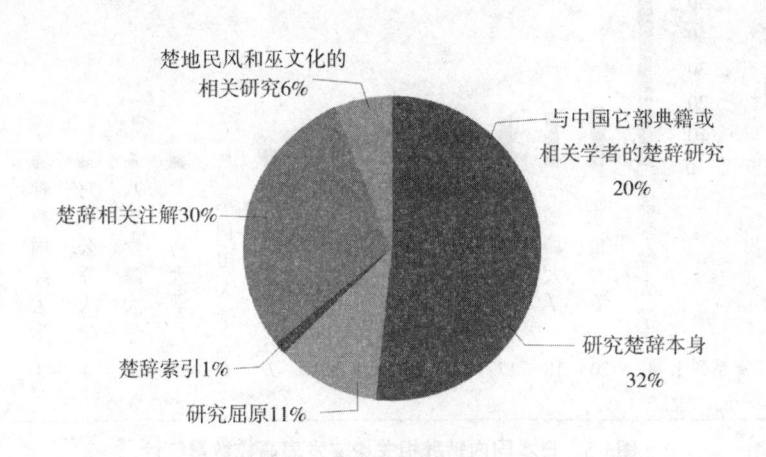

图3-4 日本楚辞研究相关著作主题统计

资料来源：在南通大学楚辞研究中心相关调研统计数据基础上，整理绘制而成。

由此可知，近现代日本楚辞研究十大主题涉及范围广泛，其中，最主要的主题是《楚辞》篇章本身研究、译著研究以及学者著作相关比较研究。

(三)文献来源三巨头:高校、期刊、出版机构

从文献来源来看,大致可分为四类,一是高校285篇,二是报刊类373篇,三是出版机构13篇,四是会议演讲类25篇,其中互有重叠。高校和报刊类论文是最主要的文献来源。其中,日本高校论文发表量在十篇及以上的有7所大学,分别为国学院大学、东北大学、德岛大学、大东文化大学、九州大学、秋田大学、立命馆大学,五篇及以上的5所,两篇及以上的18所,一篇的23所,共涉及日本高校53所。另涉及中国高校11所,共涉及中日高校64所。

在所有高校中尤以国学院大学、东北大学、德岛大学、大东文化大学论文数量居多,国学院大学更是高达85篇,占总体的30%,是论文发表的主要阵地(参见图3-5)。高校之所以成为文献来源重镇,因为有权威的楚辞研究学者,一脉相传的师承关系,基础雄厚的研究团队,日益高涨的研究热情等。

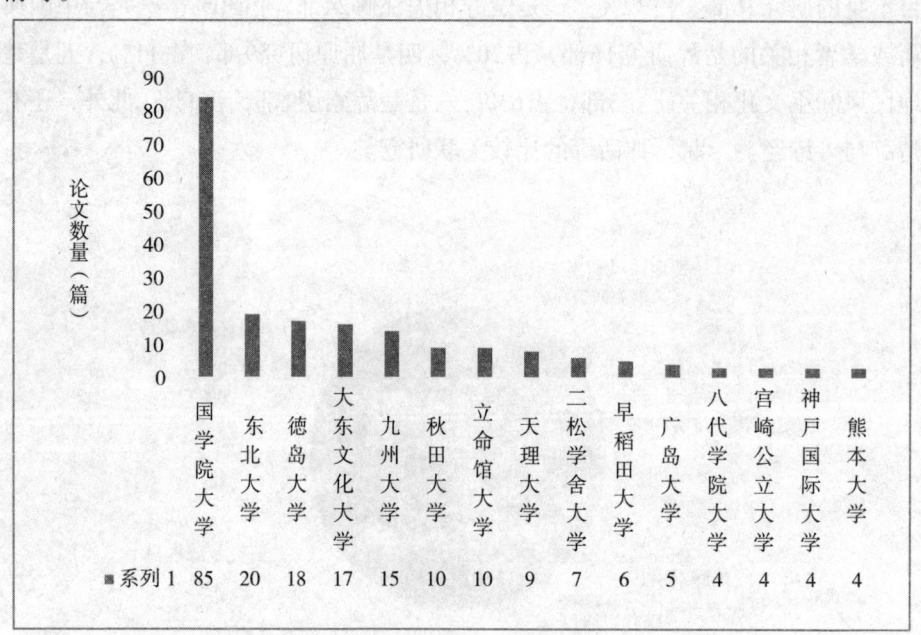

图3-5 日本国内楚辞相关论文发表高校数量统计

资料来源:在南通大学楚辞研究中心相关调研统计数据基础上,整理绘制而成。

其次,报刊类来源共涉及161家,有高校学报、杂志,有中国文化研究相关报纸、杂志,也有著名学者的合集论丛或纪念号。此外,涉及出版机构39个,大都位于东京,主要包括:明德出版社、东京平凡社、集英社、筑摩书

房、岩波书店、明治书院、角川书店、汲古书店、大学书房、春秋社、中央公论社、大日本图书（株式会社）、日本评论社、同朋舍、武藏野书院等。其中明德出版社出版7部、东京平凡社6部、集英社6部，两部及以上的14家，出版一部的22家。

（四）代表性学者统计

从作者统计来看，所收集的论文中单独发文涉及220位作者，合著共13篇，作者不详的31篇。单独发文十篇以上的有10位学者，分别为：石川三佐男64篇、竹治贞夫29篇、藤野岩友16篇、桑山龙平15篇、矢田尚子13篇、三泽玲尔11篇、野田雄史11篇、稻畑耕一郎10篇、田宫昌子10篇、浅野通友10篇，十位都是日本楚辞研究中极具影响力的学者。楚辞研究成果尤为卓著的是石川三佐男和竹治贞夫。著作出版总量排名前五的学者有11位，具体包括：藤野岩友9部、星川清孝6部、目加田诚6部、吹野安5部、青木正儿4部、竹治贞夫4部、小南一郎4部、黑须重彦3部、桥本循3部、牧角悦子3部、西村时彦3部。

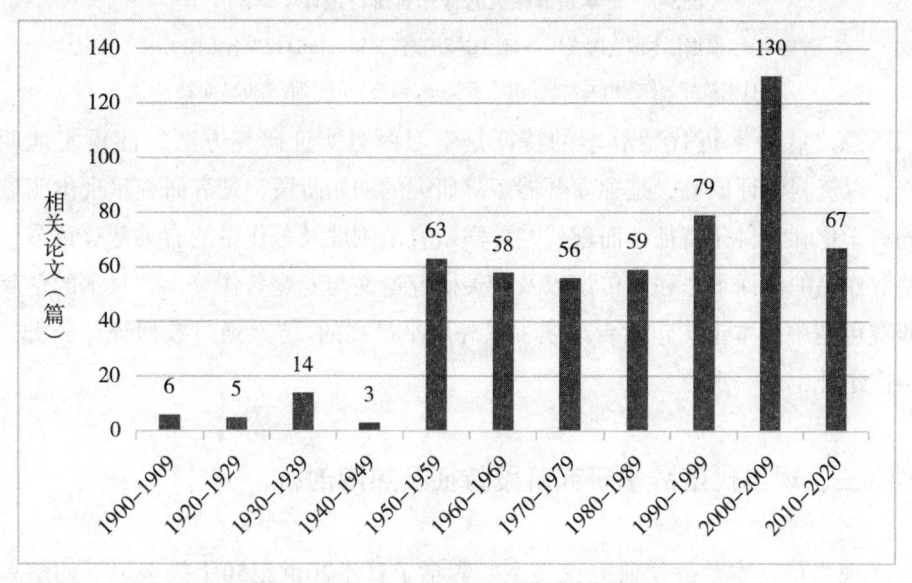

图3-6　发文数量10篇以上学者统计示意图（≥10）

资料来源：根据日本国立国会图书馆、日本情报资料馆（cinii）以及各大图书馆官网"日本楚辞著作"相关数据，由笔者绘制，最终访问日期：[2022-6-25]。

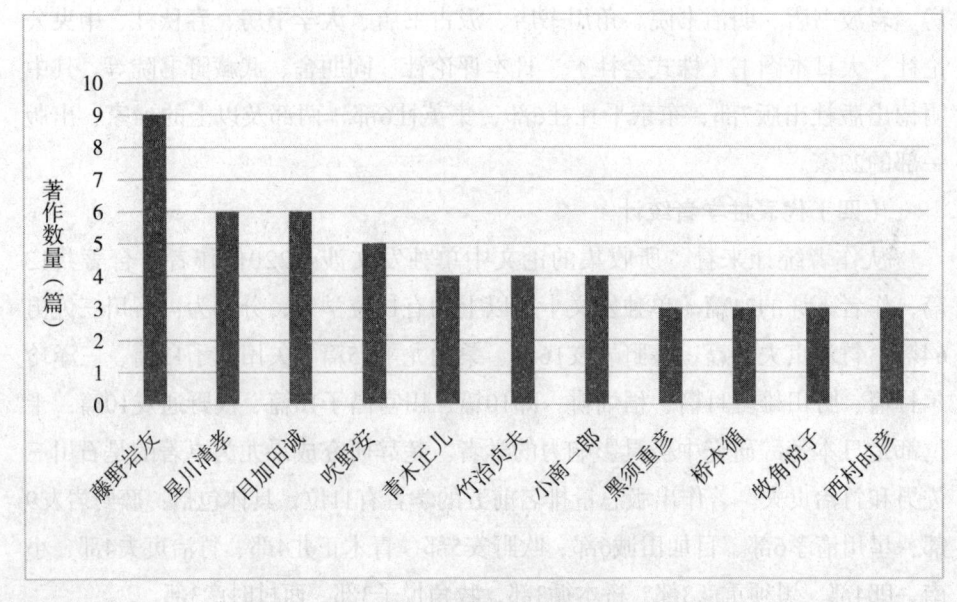

图3-7　日本楚辞相关著作作者排行统计（≥2）

资料来源：根据日本国立国会图书馆、日本情报资料馆（cinii）以及各大图书馆官网"日本楚辞著作"相关数据，由笔者绘制，最终访问日期：[2022-6-25]。

总之，日本近代楚辞学的特征是学习西方实证研究方法，注重实地调查，以资料考证取胜，是独立开展楚辞研究的初始阶段，楚辞研究呈现出明显的科学化和学科化特征。而现代楚辞学研究范围波及著作中的有关楚辞章节、楚辞作品的注译本、屈原传记以及相关研究论文与专题著作等。"日本的楚辞研究可谓中国本土（包括台港澳）以外水平最高的。"[①]通过数据统计分析，再次论证了这一观点。

三、现当代楚辞学研究阶段特征及热潮剖析

现当代日本楚辞学研究论文主要囊括了日本20世纪50年代至当下的楚辞研究。基于计量数据进行深入分析可得出日本各年代的研究热潮、研究特征以及部分作者的研究方向流变等。从时间的纵深特征来看，日本楚辞研究的发展，以80年代为分界线，研究方向、特征和范式转换显著。

---

① 徐志啸.日本现代的楚辞研究述评[J].江海学刊，2005（1）：178-183.

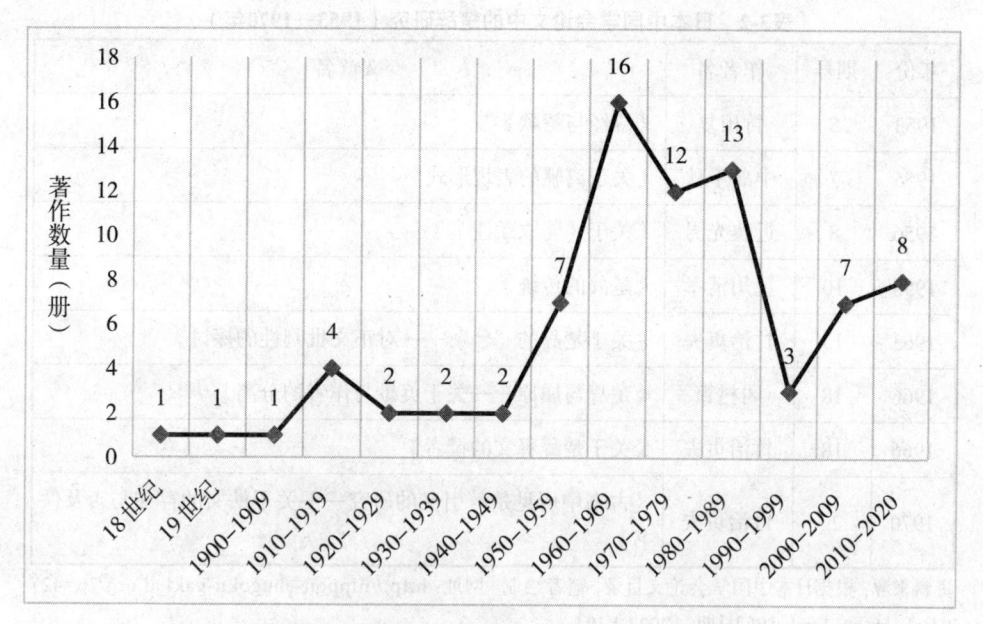

图3-8　日本国内楚辞相关论文历年流变示意图

资料来源：根据日本国立国会图书馆、日本情报资料馆（cinii）以及各大图书馆官网"日本楚辞著作"相关数据，由笔者绘制，访问日期：[2022-6-25]。

（一）"二战"后至70年代末的楚辞研究

"二战"后，日本楚辞研究经过一段时间的沉寂，于20世纪50年代处于起步阶段。这一时期发文量较高的具有代表性的学者包括：竹治贞夫、藤野岩友、白川静、吹野安、桑山龙平等。楚辞研究所涉及的主题大致有九个，范围较为广泛。发表楚辞研究论文的学者有37位，共计63篇，其中29篇是关于楚辞本身篇目的研究，研究内容以《离骚》《九歌》《天问》以及屈原研究为主。以日本中国学会论文集中的楚辞研究论文为例，这一时期的主要论文如下表所示：

表3-2　日本中国学会论文中的楚辞研究（1953—1970年）

年份	期号	作者名	文章名
1953	5	竹田复	《诗经与楚歌》
1955	7	中岛千秋	《关于离骚的表现形式》
1956	8	近藤光男	《关于〈屈原赋注〉》
1958	10	星川清孝	《楚辞的传统》
1963	15	竹治贞夫	《关于楚辞的"兮"——对正文批判性的探讨》
1966	18	冈村繁	《楚辞与屈原——关于英雄与作者的分离》
1966	18	竹治贞夫	《关于楚辞释文的撰者》
1970	22	竹治贞夫	《古书中所见楚辞引文的研究——关于佚文的存在与否及佚书》

资料来源：根据日本中国学会论文目录，笔者绘制。网址：http://nippon-chugoku-gakkai.org/?p=427&lang=zh-cn, html, 访问日期：[2022-1-19]。

由上表可知，20世纪50年代以来逐步进入迅猛发展阶段。以楚辞篇章本身和楚辞注本研究为主，考证成了这一时代的热点。

20世纪60年代，发文作者有34位，共计58篇。发文量较高的学者有：竹治贞夫、桑山龙平、浅野通有、冈村繁、藤野岩友等。这一时期的楚辞研究已经深入楚辞的句法、段落考证的研究，主要有《渔父》《离骚》等篇章，更是开拓了楚辞注解方面的研究，包括王夫之的《楚辞通释》、朱熹的《楚辞集注》、王逸的《楚辞章句》。

20世纪70年代，日本楚辞研究仍然以楚辞本身篇章和屈原相关，首次出现了对出土资料的研究，成为一大突破。主要研究主题依然延续了楚辞注解的研究，并开始更为注重楚辞与诗经等其他文学作品的横向比较研究，发文作者36位，共计56篇。对屈原的研究中首次出现了"屈原否定论"，开辟了新的研究领域。对楚辞篇章的研究中开始增加了对诗中意象的研究，如"鸟""月""太阳""美人"，以及楚辞影响和形成过程研究。1978年改革开放以来，由于中日关系进入蜜月期，学术界的往来交流日趋频繁，楚辞研究呈现出新的特征。

（二）20世纪80年代至今的楚辞研究

20世纪80年代以来，楚辞篇章本身及屈原相关比较研究和影响研究成为主流。例如，对于中国的相关学者及作品与楚辞的关系研究，比如相关学者有苏轼、谢灵运等，作品有《文心雕龙》《史记》等。热门研究作品为《九歌》和《天问》，发文作者34位，共计59篇。具体如表3-3所示：

表3-3　日本中国学会论文中的楚辞研究（1987—2015年）

年份	期号	作者名	文章名
1987	39	宫野直也	《王逸〈楚辞章句〉的注释态度》
1992	44	石川三佐男	《关于〈楚辞〉九章思美人篇中"美人"的本质——以九歌与镜铭中"美人"之本质的解明为着眼点》
1997	49	野田雄史	《从押韵法探讨〈楚辞〉离骚篇的成书状况——以奇数末韵、句中韵为线索》
1998	50	石川三佐男	《〈楚辞〉学术史论考》
2000	52	佐川茧子	《关于郭店楚简〈兹衣〉与〈礼记〉缁衣篇的关系——对先秦儒家文献形成的考察》
2005	57	矢田尚子	《对楚辞〈离骚〉中"求女"的探讨》
2008	60	高芝麻子	《对炎热的恐惧——〈楚辞〉〈招魂〉及汉魏的诗赋中所见署热与凉爽》
2015	67	浅野裕一	《孤立的灵魂——楚辞〈卜居〉与〈渔父〉中的屈原像》

资料来源：根据日本中国学会论文目录，由笔者绘制。网址：http://nippon-chugoku-gakkai.org/?p=427&lang=zh-cn, html，访问日期：[2022-1-19]。

20世纪90年代，以楚辞篇章和楚辞与其他中国作品或学者的关系为主题的研究地位更为凸显。热点涉及较多的是《九歌》《九章》以及神话作品的相关研究，同时还增加了对楚地风俗、巫文化、祭祀方面的研究力度。出土资料相关实证研究异军突起，达到了4篇。发文较多的学者有石川三佐男、竹治贞夫、野田雄史、三泽玲尔、黑须重彦等，发文作者共计33位，论著79篇。

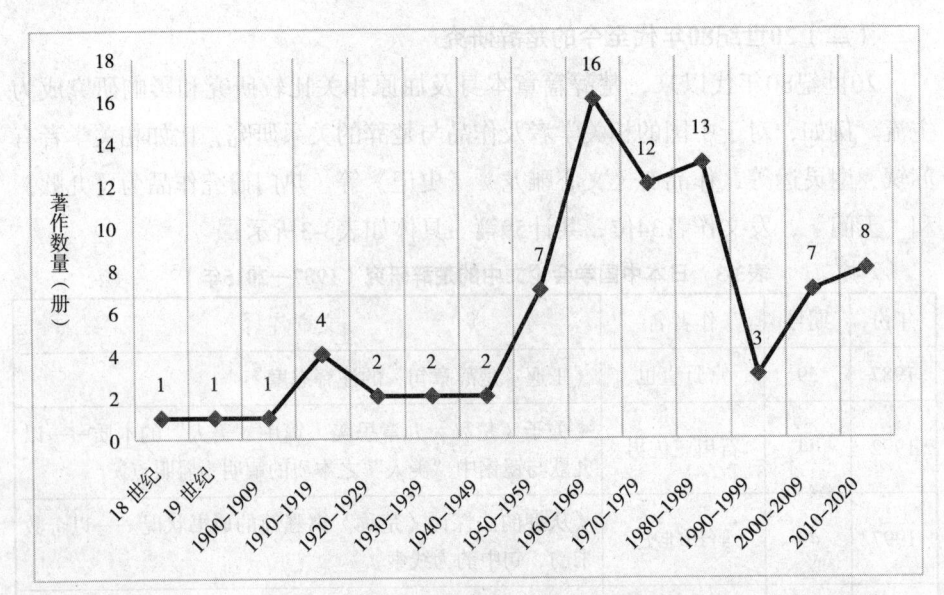

图3-9　日本国内楚辞相关著作各年代统计图

资料来源：根据日本国立国会图书馆、日本情报资料馆（cinii）以及各大图书馆官网"日本楚辞著作"相关数据，由笔者绘制，访问日期：[2022-6-25]。

21世纪以来，研究主题以楚辞篇章和楚辞与其他中国作品或学者的关系研究为主。发文作者和发文量都得到很大提升，主题广泛，篇目众多。研究热点主要在文化方面，包括楚辞研究的传承、中国文化、日本文化、楚地文化、端午节文化等方面，且互有穿插。综合上述计量调查结果可知，具体结论体现在如下三点：

其一，从学者角度综合衡量来看，成果卓著且在中日乃至国际学界都有影响力的日本知名楚辞学者有：石川三佐男、竹治贞夫、藤野岩友、黑须重彦、稻畑耕一郎、吹野安、白川静、小南一郎、桥川时雄、青木正儿等。其中发文数量位居前三的学者包括：石川三佐男、竹治贞夫、藤野岩友等。铃木虎雄、青木正儿、吉川幸次郎等注重楚辞的文学史地位，并非专门的楚辞论著；藤野岩友、星川清孝、冈村繁、竹治贞夫等专门论述楚辞，致力于楚辞篇目本身的研究；而石川三佐男、桑山龙平、浅野通有等侧重考古资料、出土文物和内容的考证。

其二，从年份统计来看，楚辞研究自20世纪50年代始有量的突破。

其三，从各个阶段的研究内容来看，20世纪50年代至今，楚辞本身篇目研究贯穿始终；50-70年代偏重屈原研究，60年代楚辞注本研究突出，70年代首次出现"屈原否定论"研究，80年代首次出现《屈原》剧目研究。80年代以来中国学者及作品与楚辞的关系研究成为热潮。21世纪以来，日本学者研究方法的整理和讨论成为研究热点。

总而言之，日本楚辞研究量多而质高，重实证而少义理，视角独特，重视学术纵深的挖掘和开拓。然而，对研究对象缺乏宏观把握，选题多出于个人喜好及资料的易得，迄今问世的研究成果中楚辞作品的注译本占比很大，研究专著或论文集相对偏少。近40年来，相关论著有明显的上升趋势。

（三）研究热潮发展变迁轨迹及其动因剖析

基于上述研究可知，近现代日本楚辞研究呈现出由低谷到两个波峰的发展轨迹，即：19世纪上半叶日本楚辞研究热度不高，20世纪50年代之后逐渐步入楚辞研究的高潮，21世纪之后的高潮。具体如图3-10所示：

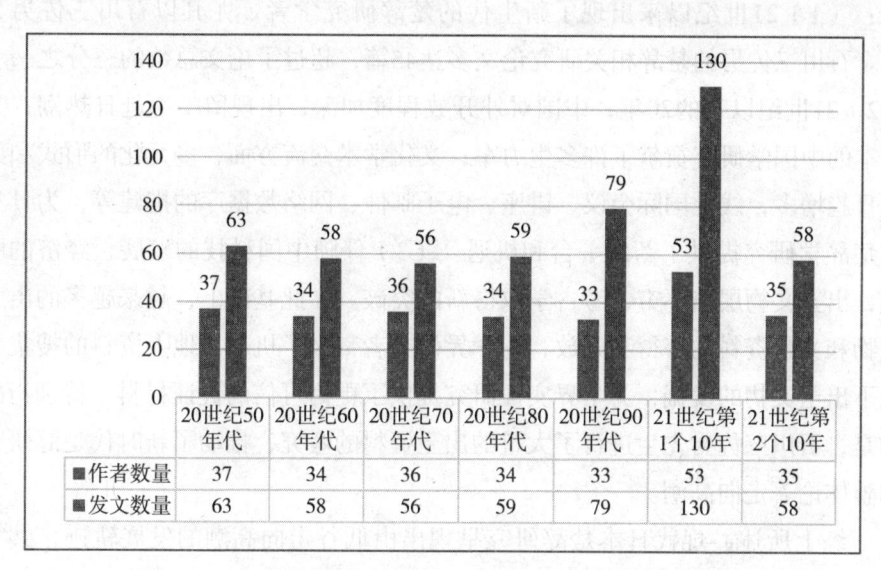

	20世纪50年代	20世纪60年代	20世纪70年代	20世纪80年代	20世纪90年代	21世纪第1个10年	21世纪第2个10年
■作者数量	37	34	36	34	33	53	35
■发文数量	63	58	56	59	79	130	58

图3-10 日本国内楚辞研究各年代作者数量及发文数量演变

资料来源：根据日本国立国会图书馆、日本情报资料馆（cinii）以及各大图书馆官网"日本楚辞著作"相关数据，由笔者绘制，访问日期：[2022-6-25]。

1.日本本土楚辞研究流变轨迹

第一，19世纪上半叶的低谷期。日本楚辞研究热度不高。19世纪后，日本主张脱亚入欧，对中国文学兴趣减退，主流研究出现西化倾向。时值战争时期，日本国内政治、经济、军事等均不稳定，文化处于低谷时期。

第二，20世纪50年代之后的第一个波峰。具体表现为：（1）这一时期世界格局风云变幻，随着"二战"结束，中日战争结束，日本各界开始恢复生机。（2）文化层面，据浅野通有所说，日本人对楚国、楚民族有着特殊的情结，有着深刻的文化认同的共识，《楚辞》相关研究大振，开始备受学界青睐。（3）世界和平理事会推选屈原为世界文化名人，掀起了其他国家的研究热潮。（4）政治方面的高层互访，《楚辞集注》万众瞩目；1955年以郭沫若为团长的中国史学访问团访日，促进了日本的汉学研究；70年代中日开始建交，实现邦交正常化。1972年日本首相田中角荣访华，毛泽东主席赠送了田中角荣首相《楚辞集注》一书，激发了日本对《楚辞》的好奇与兴趣，掀起了研究热潮。

第三，21世纪后的再度翻红，研究活动生机盎然。主要表现在三个层面：（1）21世纪以来出现了新生代的楚辞研究学者，尤其以石川三佐男为最。石川三佐男的楚辞相关研究论文多达45篇，超过了论文总数的三分之一。（2）21世纪以来的20年，中国对外开放程度加深，出现留学生赴日热潮，为日本的中国学研究贡献了许多生力军；文化学术交流方面，多元化的形式和渠道日趋增多，线上国际会议、讲座、电子邮件、网络数据库的搭建等，为日本的楚辞学研究提供了新的平台和机遇。（3）伴随中国科技的发展、经济的腾飞，出土文物层出不穷，考古学取得新的突破。在此基础上，越来越多的出土文物和文献资料的获得和开放，为学界研究者带来了机会。地上资料的搜集与地下出土文物的发掘，为学界实证研究提供了更为可信的佐证材料。特别指出的是，石川三佐男先生进行了大量的出土资料的考究，推动了新时代楚辞研究的整体论著走向高潮。

综上所述，现代日本楚辞研究呈现出由低谷走向高潮的发展轨迹，共有两个高潮，20世纪50年代楚辞研究出现第一高潮，21世纪之后出现第二高潮。21世纪以来，全球化语境的风云变幻，数字媒体的蓬勃发展，促使日本学术界将研究焦点由欧美转向中国，研究理念日益出现由西方中心主义向多元文化融合共生理念转换；楚辞学研究亦在这一国际化的学术范式转型中，备受关注，与此同时，研究视域、方法论体系以及跨学科共同体合作倾向凸显。

2. 现代日本楚辞学研究发展轨迹的动因分析

日本楚辞学研究轨迹的演变因素并非无迹可寻，演变的走势与国内国际环境有着密切的关联，具体原因大致可归结为以下三点：

一是全球化的冲击。曾几何时，在西学东渐的国际大背景影响下，日本学术圈一度出现全面西化倾向。然而，全球化浪潮的冲击，中国的崛起，促使楚辞学在日本乃至海外汉学（中国学）领域高潮迭起。

二是政治层面的推动。随着二战的结束，世界格局急剧变化，20世纪50年代，中日关系进入新的历史时期，日本学术界尤其汉学界重新恢复生机；50年代以来，尤其70年代以来实现中日邦交正常化，中日政府首脑及知名学者的互访，促进了日本汉学的研究，掀起了楚辞研究的热潮。由此可见，政府官方层面的沟通和交流推动为楚辞学研究在日本的开展发挥了重要的推动作用。

三是文化层面的交流。日本人对楚文化有着特殊的情结，有着深刻的文化认同。世中日文化交流、文化认同对日本楚辞学的发展功不可没。此外，21世纪以来，对外开放、文化交流增多，科技的发展、信息高速公路的搭建使得越来越多文献资料、出土文物出现，为学界研究提供了更为多元的资料、方法以及学术交流的平台。

在日益开放的当今社会，随着中日交流的愈加频繁，楚辞在日本的传播范围更广，影响更为深远，逐渐成为中国传统文化"走出去"的传播媒介和桥梁。本研究，是基于既往研究之丰硕成果的基础之上，不断搜集整理和研究成果的阶段性总结。

通过对日本学者的楚辞研究论著进行整理，可以呈现日本楚辞研究的发展动态，可为宏观上系统地把握楚辞在日本的传播与接受情况提供参考，从而为今后楚辞学界的研究提供一些新的思路和借鉴。本研究是基于前辈学人的智识支持及成果积淀基础上的梳理。在把握现当代日本楚辞研究的发展动态的同时，以期为今后楚辞学界的研究贡献一份绵薄之力。

第三节　日本代表性楚辞研究学者及其成果鸟瞰

从当前日本楚辞研究成果来看，整体上形成了自己的特色，但内部也是呈离散特征。铃木虎雄、青木正儿、吉川幸次郎等注重楚辞的文学史地位，并非专门的楚辞论著；藤野岩友、星川清孝、冈村繁、竹治贞夫等专门论述楚辞，致力于楚辞篇目本身的研究；而石川三佐男、桑山龙平、浅野通有等以考古资料、出土文物和内容的考证来研究楚辞。

一、日本楚辞代表性学者及其成果整理

以20世纪80年代为时间分界线，80年代前期以竹治贞夫、桑山龙平、藤野岩友的研究为重镇。竹治贞夫撰有八篇论文，从语言结构方面考察了诸如楚辞的诗形、"兮"字、方言性、三言的要素、二段的构成等等，在版本研究方面，探索了楚辞的和刻本、庆安版以及散佚状况，研究成果基础性比较强。桑山龙平撰有六篇相关论文，着重研究楚辞中的意象，如落英、鱼、鸟等，列举有关楚辞的疑问，试图探索楚辞中的"天道""长生"，抓住了楚辞的重要表现手法。藤野岩友撰有三篇相关论文，分别为《自序传的性格——以楚辞为中心》《楚辞里"叹老"的系谱》《楚辞和论语》，此外有座谈会论文《关于楚辞》一篇，藤野岩友研究楚辞侧重于思想纵深之挖掘。

80年代后期以石川三佐男、黑须重彦、三泽玲尔等学者为代表，呈现出一些新的研究特征。80年代之后，日本学者的楚辞研究表现为以下三方面的特征：

一是注重吸收我国学者的研究成果。例如饶宗颐与周建忠先生的论文登载于日本刊物。论文『中國語文學習の周辺3-趙逵夫《〈戰國策・楚策一〉張儀相秦章發微》—『楚辭』とその作者をめぐる議論について』从赵逵夫先生的论文出发探讨与楚辞作者有关的课题。又如三泽玲尔的『楚辭の生成過程の展望—陳守元・郭維森・黄中模・李世剛・廬文暉・呂培成・曲宗瑜・張国光の各先生に答える』列举了重要楚辞专家的问答，有助于日本学者从中借鉴和

吸收我国优良的研究成果与研究方法。

二是注重考辨旧文献兼获新资料。例如水原渭江的四篇论文从文献角度概述楚辞资料间的关系，起到了关键的索引功能。楚辞研究发端于文献的整理与考辨，日本学者以科学的态度、实证的精神深入楚辞的天地。

三是注重考古学与楚辞学的综合研究。论文多从文物考察结果入手。发掘铭文与楚辞之间关系的论文，如三泽玲尔的『楚辞と漢鏡銘』、佐伯春惠的『福岡県立岩遺跡「清白鏡」銘文と屈原の文学——《楚辞》の〈離騷〉、「九章」、「九弁」の引用から』、石川三佐男的『「蟠チ紋精白鏡」の銘文と「楚辞」』，皆有文物可证，研究方法更具实际操作性。"考古出土资料学研究的是同时代、同一地域之原始资料，所以与文献学研究相比，在不少情况下更具科学性实证性。因此，从事楚辞研究的学者，除了进行文献学研究外，还需要精通相关诸学科之知识。"

关于"二战"以后日本的楚辞学发展，奈良女子大学的谷口洋等人整理了日本的楚辞研究成果，并编撰了《国内辞赋研究文献目录》[①]。该目录为谷口洋等人的科学研究费补助金基盘研究"早期辞赋的传承与作者的传说——以司马相如和宋玉为中心"的阶段性成果，收录的年份截止到2012年，其中图书收录范围为1899—2012年（"二战"以前的也有所收录），论文收录范围为1948—2012年，除此之外还收录了自1952年楚辞书籍相关的书评。

其文献资源主要出自日本的国立国会图书馆数据库、中国文献研究要览数据库及各大图书馆。文献分为楚辞、辞赋及图书三大部分，楚辞部分以楚辞内容分类，按照离骚、九歌、天问等划分排列文献，辞赋部分主要以时间为分类标准，按照两汉、六朝、隋唐以后等时间段列举文献，图书部分则列举了楚辞相关的重要书籍（详见下图3-11）。

---

① 西川ゆみ、横やまきのみ、谷口洋，科学研究費補助金基盤研究 (C) 22520363 (研究代表者：谷口洋) 成果報告国内辞賦研究文献目録（稿），2014.

目　次

まえがき ················· 1

論文の部
I. 楚辞
　I-i. 総論 ················· 3
　I-ii. 離騒 ················· 6
　I-iii. 九歌 ················· 7
　I-iv. 天問 ················· 8
　I-v. 九章 ················· 9
　I-vi. 遠遊 ················· 10
　I-vii. 卜居・漁父 ········· 10
　I-viii. 九辯 ················· 10
　I-ix. 招魂・大招 ·········· 11
　I-x. その他の模擬的作品 ··· 11
　I-xi. 楚辞の注釈・研究 ···· 12
　I-xii. 屈原 ················· 14
　I-xiii. 楚辞の周辺、後世への影響 ······ 16

II. 辞賦
　II-i. 総論 ················· 18
　II-ii. 荀子・宋玉ほか ····· 19
　II-iii. 両漢 ················· 19
　II-iv. 六朝 ················· 23
　II-v. 隋唐以降 ············ 30
　II-vi. 日本 ················· 32
　II-vii. 設論・七 ··········· 33

図書の部 ················· 34
　附：書評 ················· 37

图3-11　《国内楚辞文献研究目录》的目录

若对上述目录下列举的文献分类加以量化整理，其结果如下图所示：

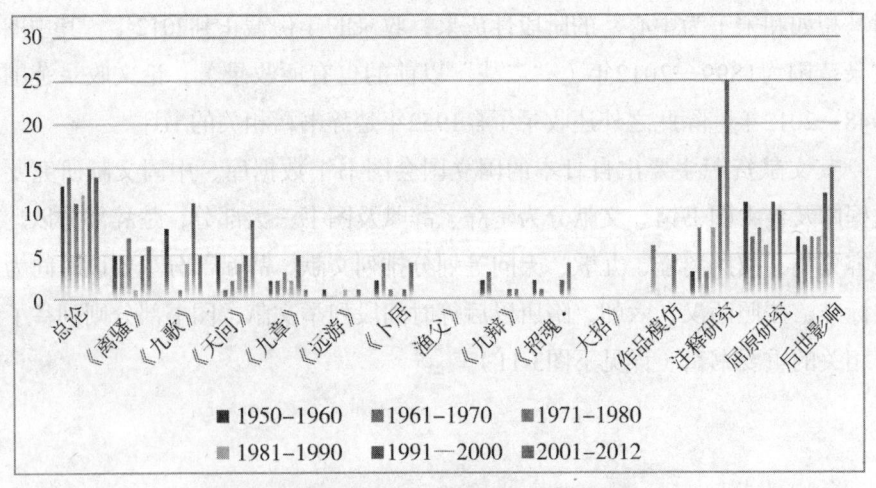

图3-12　《楚辞》各个篇章发文数量历时统计

资料来源：根据谷口洋《国内辞赋研究文献目录》笔者制作，访问日期：2021-12-10。

由图3-12可知，随着时代的发展，《楚辞》各个篇章在日本不同时期的研究成果差别较大，20世纪90年代以后，发文数量比较集中于本体研究、屈原研究、注释研究以及后世影响研究。21世纪以来，注释研究成果最为丰硕，其次为本体研究、后世影响研究、总体研究、屈原研究以及《天问》《离骚》研究。总体来看，注释研究、后世影响研究、《楚辞》整体研究的文章梳理最多。从辞赋相关论文成果（参见下表3-4）来看，日本学界针对两汉、六朝时期辞赋的相关研究成果较为集中。

表3-4 日本辞赋相关论文成果统计

数量：篇

	1948—1960	1961—1970	1971—1980	1981—1990	1991—2000	2001—2012	总计
总论	6	2	5	3	5	5	26
荀子·宋玉	1	2	6	2	2	4	17
两汉	8	10	12	17	11	34	92
六朝	15	21	15	23	63	65	202
隋唐以后	2	4	8	12	26	15	67
总计	32	41	48	61	124	130	436

根据日本《国内楚辞文献研究目录》，笔者绘制，访问日期：[2021-12-30]。

	1950以前	1950—1960	1961—1970	1971—1980	1981—1990	1991—2000	2001—2010	总计
书籍	9	7	12	18	15	7	17	85
书评	0	3	5	3	1	3	5	20

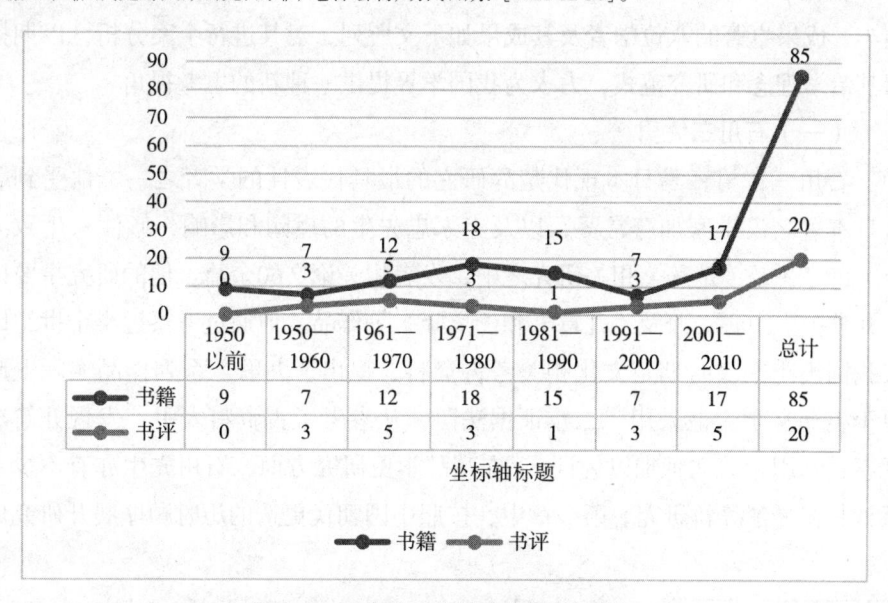

图3-13 日本楚辞相关著作与书评统计

根据谷口洋：《国内楚辞文献研究目录》著录书目内容，笔者绘制。

根据上述图表数据可知,"二战"以后,楚辞相关的论文共计389篇、辞赋相关的论文共计436篇、书籍共105部(1950年之前也有所收录)。无论从成果数量还是研究的覆盖范围都有可圈可点之处。

21世纪以后,日本的楚辞学研究除了上图所示的成果数量的激增,在研究方式上也有一个显著的变化,即从个人分散式研究开始转向团体集中式研究。日本相继成立了"楚辞学会日本分会",定期举办年会,并通过邮件、网页等方式交流学术信息。石川三佐男、谷口洋、大野圭介、田宫昌子等曾为学会成员。虽然学界的研究都统一称为"楚辞研究",但其中有以传世文献为主要对象的研究,有挖掘出土资料、地上与地下相结合的研究,也有从音韵学出发另辟蹊径的研究,从学科领域到研究方法呈现出百花齐放的态势。同时,也获得了多项研究经费的资助。[①]由此可见,21世纪以后日本的楚辞学研究正在向新的方向迈进,楚辞学有待成为日本中国学研究的重点。

二、现代日本楚辞学者案例分析

根据本章第二节的统计数据,从日本楚辞学者角度综合衡量来看,著作颇丰、成果卓著的八位学者及其成果如下文所列,对其进行个案分析,以期把握其治学理念和研究范式,力求为我国学界提供一种新的思考视角。

(一)石川三佐男

石川三佐男,是日本现代楚辞研究的最具代表性的学者之一。他受到著名日本著名汉学家加藤常贤,以及赤冢忠先生的熏陶和影响,倾注一生致力于《诗经》及《楚辞》相关研究之中,发表相关论文60余篇。他的研究主要以《九歌》为中心,兼及《九章》和《离骚》等作品。他通过考察近半个世纪以来我国出土秦汉时期楚文化相关考古资料,提出《九歌》系列作品实际上起源于丧葬文学。他采用"二重证据法",从参考考古资料入手,发现并解决疑惑,利用相关文献加以佐证。[②]在楚辞学史研究方面,石川先生亦有不少贡献,其在《楚辞新研究》第一章中,按照中国朝代更迭的历时顺序展开研究成

---

① 矢田尚子,楚辞学会日本分会(研究会通信),中国研究集刊61 15-17,2015-12-18:15-16.
② 郭素英.石川三佐男《九歌》研究评述[J].南京工程学院学报(社会科学版),2018,18(3):40-45.

果的梳理，并对既往研究之观点进行了中肯而切实的评述。

据笔者统计，石川三佐男是近四十年来研究成果最为卓著的日本楚辞研究学者。其单独发文量高达63篇，还有1部著作，其中有学术论文、会议论文、演讲、合著论文等，发表于中日两国刊物，涵盖面广，涉及中日两国高校较多，为中日楚辞研究的交流分享作出了巨大贡献。与此同时，石川三佐男还是中国屈原理事会常务理事以及中国出土资料学会理事，曾多次与中国学者进行广泛而深入的合作，发表了极具贡献价值的学术论文。

石川三佐男是当今日本楚辞学者中最具代表性的学者。其论著主要包括以下类别：一是侧重意象解读之研究，例如：传说中的"人物""鬼"以及典型的"香草美人"意象之探究；二是根据考古资料开展楚辞研究；三是关注楚辞研究的学术史及最新研究动态之研究。其研究方法更注重实证化、时代化、更具代表性。石川三佐男先生在楚辞研究中，采用了把战国秦汉时期长江流域、楚地等出土的考古资料与《楚辞》诸篇进行比较研究这一前所未有的方法，通过这种方法开拓出仅靠文献资料和文献学不能进入的领域。

从整体研究主题来看，石川的研究主题兴趣广泛、视野开阔，涵盖了日本学者的楚辞研究情况梳理、楚辞篇章本身研究、出土文献资料研究等各个领域。他从宗教信仰、民俗的角度去钻研楚辞中出现的意象，从文化人类学着眼于文学作品的研究，并转移到更加宏观的视角，提出进一步的阐述与理解。不仅如此，其在楚辞研究上的创新之举是将考古学与文献相结合，并将两者进行对比分析，他搜集了大量的中国出土文物资料，例如长沙马王堆出土的《升仙图》等。文献学与考古资料学相结合的"二重证据法"是石川楚辞研究方法上的重要特色。

从统计数量来看，其对《九歌》的整体和部分篇章的研究最多；从研究流变来看，20世纪80年代后期是其楚辞研究的起步期，90年代是其楚辞研究的上升期，开始深入篇章下面的一些意象研究。21世纪初有46篇论文，一部著作，是其楚辞研究的鼎盛期、爆发期，此时已将研究视点转向出土文献资料。此外，石川还开始梳理日本学者楚辞研究的方法、作品、注疏等，开始研究作品与朝代的关系，更是贡献了不少中日比较文化研究的论文，而且开始和中国楚辞研究者有了更多的交流。2010年以来的论文有4篇，除了延续之前的研究方向，还开始总结近年来的楚辞研究动向。

在个案研究方面，其研究颇具创新意识和日本特色。在《〈楚辞·九章·橘颂〉篇的真正含义》中，其参考了汉代尚方仙人镜的铭文，长沙砂子塘一号西汉墓外棺侧板彩绘漆画等考古资料。[①]石川教授的诸多见解打破了历代楚辞研究者的固有思维，体现出不破不立的探究精神，为后代学者进一步探索《楚辞》指明了一条崭新的、富有日本特色的研究之路。

总而言之，石川三佐男在20世纪末到21世纪初这二三十年的研究中，从内向外扩展，除对楚辞本身进行大量研究，还结合出土资料和国内外其他学者的研究进行挖掘。不仅重视实证研究，还注重学术交流。不仅研究方法独特，而且治学严谨、研究能力杰出。因此，他成为迄今楚辞研究论著数量最多，研究贡献最大的日本学者。

（二）竹治贞夫

竹治贞夫，倾注毕生精力和心血，投身于楚辞研究之中，研究硕果颇丰，有《楚辞研究》《楚辞索引》《忧国诗人屈原》等代表著作。其发文最早为1955年，最近为1996年，共29篇，著作4部。他提出的"三型说"和"三言说"均为之前学界未曾听闻的独到见解。因此，竹治贞夫可以称得上是20世纪下半叶日本楚辞研究飞速发展时期的主力学者。

从总体研究主题来看，关于楚辞篇章本身的研究有18篇，占近三分之二；其次是对屈原的研究有4篇，还有2部著作。其他主题研究、比较研究等篇目较少。从研究流变来看，其研究的初期阶段主要研究楚辞的结构、形式、主题等；研究的高峰期主要是对楚辞的语言、作者、结构、某字某句以及释文的研究，研究范围有所扩大。20世纪七八十年代开始致力于屈原研究、篇章研究。90年代根据出土的包山楚简作相关研究。然而，总体而言，竹治贞夫的楚辞研究风格是其主要投身于楚辞著作本身的研究，与外界的交流与合作较少，这一特质与石川三佐男恰恰相反，是现代日本楚辞研究学者中截然不同的两类代表。

从研究成果来看，首先，竹治贞夫编制的《楚辞索引》，对之后的楚辞研究影响巨大。其次，竹治贞夫的《楚辞研究》一书，将他关于楚辞研究的

---

① 王锺陵.评石川三佐男教授的《诗经》楚辞研究[J].苏州铁道师范学院学报（社会科学版），2000（1）：49-51.

所感所想进行了详实的阐述，梳理了《楚辞》的详尽脉络。此外，他对《楚辞释文》也有详细的考察和阐释。此书在中国早期只被少数学者寥寥引用，而竹治贞夫之贡献体现在如下几个方面：一是他认为此书保留了旧本楚辞的篇章顺序，与现今流传的《楚辞》的文本完全不同；此书文字的音注和异同具有重要价值，对于校对当下楚辞文献内容具有重大意义。二是他对于历来存疑的《楚辞释文》的作者进行了考证，并提出了自己独到的见解。通过考辨宋代《离骚集传》所引用的"陆氏释文"四条，通过缜密的对比分析之后，他认为该文章的作者"陆氏"，是指唐代的陆善经，而不是陆德明；也非中国学者余嘉锡先生认为的南唐王勉。三是他认为《楚辞释文》里所遗留残存的古本篇章，具有巨大的研究价值。

竹治贞夫在首届"屈原学术研讨会"上指出：在日本楚辞研究领域内，谁都相信伟大诗人屈原在历史上是真实存在的，都认同《离骚》是他的代表作，屈原否定论并不是日本学界的主流。由此可见，其不赞成日本学界部分学者所提出的"屈原否定论"，与中国学界的主流观点保有一致性。

（三）藤野岩友

藤野岩友堪称20世纪中后期较为活跃的重要的楚辞研究学者。其发文共计16篇，著作有7部之多，论文和著作数量都位于前列。从总体研究主题看，有关于楚辞本身篇章的研究，楚辞对日本文学的影响研究，以及楚风文化的民俗宗教研究。藤野岩友独辟蹊径，从民俗学视角开展楚辞之研究，他的代表性著作《巫系文学论》就是这一研究方向的产物。

从研究流变来看，由基于中国本土的研究到巫系文学、巫文化研究，由以楚辞本身为主的研究、楚辞译著类研究到楚风文化研究、楚辞对日本文学的影响研究。可见，其主要研究特色是巫系文学研究和楚辞对日本文学的影响研究。

（四）白川静

白川静是日本著名的汉学家、汉字学者，日本京都立命馆大学文学博士，立命馆大学名誉教授，他的研究立足汉字学，横跨考古学与民俗学，旁及神话和文学。他透过卜辞金文的庞大研究业绩，对汉字的体系与文化源流系统性、独创性地提出丰富又生动的见解，在日本汉学界产生了巨大的影响，对中国本土的文字学研究也有着独特的借鉴作用[1]。

白川静1910年出生于日本福井县,1943年毕业于日本京都立命馆大学,1948年发表首篇论文《卜辞的本质》,1962年以论文《兴的研究》获文学博士学位,1969年至1974年陆续发表《说文新义》15卷,其间开始为一般读者出版《汉字》《诗经》《金文的世界》《孔子传》等普及性读物,1984年出版《字统》,1991年出版《字训》,1996年出版《字通》,2004年因其在古文字领域研究的杰出成就而被日本政府授予"日本文化勋章",2006年10月30日病逝。其主要著作包括《说文新义》15卷、《金文通释》9卷、《白川静著作集》12卷,以及《字统》《字训》《字通》等字书[2]。《说文新义》根据已出土的甲骨文金文以及其他资料,对《说文解字》进行了全新的考释和解说。自从甲骨文发现以来,孙诒让、王国维、郭沫若、于省吾等古文字学家都尝试运用新出土资料对《说文》进行互证性研究,但是白川静首先完成了这项艰巨的工作。白川静致力于中国文学研究,达到了痴迷程度。白川教授的白川研究室总是灯火通明到每晚的11点。白川曾说过:"学者80岁后才能成为真正的学者。"从73岁到80岁编著出版了《字统》《字训》《字通》三部辞书。92岁时《白川静作品集》副卷开始发行。

中国内地学界对白川静著作的翻译和研究非常少,据统计只有以下几种:《日本的中国学家》有简短介绍;著作的翻译有《西周断代和年历谱》《金文通释选译》;研究论文有《白川静〈金文的世界〉的翻译与校补》《白川静〈金文学史〉的汉语文字学成就》等。台湾的语言文字学界则对于白川静给予了更多的关注,翻译出版的著述有《诗经研究》《甲骨文的世界》《中国古代文化》《对于训诂的思维形式》《说文新义》《金文通释》以及《怀念董作宾教授》。

白川静之楚辞学研究:白川静在他的中国古代文学研究著作中,有论及楚辞的专门章节,如《中国的古代文学》第八章《楚辞文学》,论述了《九歌》《离骚》《九章》,以及巫祝者的文学和屈原之徒等。他的《屈原的立场》一文由东方氏族制度及儒教的性格,联及屈原的思想及其创作,颇有独到之处,而《楚辞天问小笺》则依据闻一多《天问释天》《楚辞校补》和姜亮夫

---

[1] 刘海宇.日本汉学家白川静及其文字学思想[J].语言文字学术研究,2007(4):59-64.

[2] 刘海宇.日本汉学家白川静及其文字学思想[J].语言文字学术研究,2007(4):59-64.

《屈原赋校注》，提出自己的见解，应该属不无可参之说。他的《楚辞丛说》涉及的方面较多些，首先是论述屈原的身世及其作品的产生年代，这方面，他赞同郭沫若的"三期说"，即屈原的作品分别诞生于三个时期，但他的分期与郭沫若有所不同——他划分为汉北时期、陵阳时期和江南时期；其次论述"离骚"的名义，即《离骚》诗题名的解释与评说，对此，他完全赞同郭沫若对游国恩观点的评价，认为"离骚"乃牢骚之义和楚歌《劳商》音转的说法"的确是一大发明"；此外，《丛说》中还认定《远游》应为屈原所作，对《招魂》的解说表示赞同藤野岩友的观点，对楚辞作品和先秦典籍（《尚书》《论语》《庄子》《山海经》等）中多处出现的彭咸（巫咸、巫彭）人物，作了较系统的梳理。值得一提的是，白川静在他的《中国古代民俗》一书中，写了"楚辞文学的发展"一节，特别提出，楚辞文学是由巫俗诞生的，这个观点与藤野岩友有不谋而合之处。书中，他认为：《天问》取材于楚王陵墓的壁画；《九歌》是楚王室进行祭祀的舞乐曲，歌曲中所祭之神非楚地原有，而是北方诸国传来；《离骚》中的"灵均"大概是巫祝之名，这首诗是在保守的巫祝者参与政治遭到拒绝，其集团组织陷于崩坏的危机时，向神所作的陈辞诉说；《楚辞》之辞，是向神诉说的讽诵文学，辞体文学是向神诉说自己的心情，具有主观倾向，赋体文学是以外部描写为主，具有客观倾向；《九章》的《橘颂》与巫祝集团无关，这一篇是为了凑"九"之数而加上去的，它可称作振魂文学，以赞颂橘的美而赞颂国家，其多流于外表的描绘，含义及表现手法近于赋。白川静为日本当代中国古代文学研究领域的著名学者，楚辞研究是他整个研究体系中不可或缺的重要组成部分，理所当然地受到学界重视，他的上述论及楚辞的见解，很有可以启发我们的地方，值得中国学者参考（当然也有不少随心所欲的说法，尤其是对楚辞乃巫文学的判断认识）[1]。

　　日本学界对白川静之评价：白川主张草创期的汉字，例如甲骨文、金文等，其构成的背后有着宗教性、咒术性要素。白川将这些难以证实的要素直接作为学说，这一点受到了以吉川幸次郎、藤堂明保为首的当时主流的中国研究学者的批判，阿辻哲次也继承了这一观点，对白川持批判态度。但是，白川提出的殷周代社会的咒术要素的探究却被平势隆郎等古代中国史咒术性的研究者

---

[1] 徐志啸.日本现代楚辞研究述评[J].江海学刊，2005(1)：178-183.

们继承和发扬。白川静虽然也曾对万叶集等日本古代歌谣的咒术背景进行过论述，但很难说此观点得到专家们的支持。据说古代中国研究学者、东京大学名誉教授加藤常贤（1894—1978）在晚年的讲义中曾经对白川的《汉字》提出了严厉地批判。

（五）小南一郎

小南一郎，是日本汉学界研究中国古代小说的重要学者，且在青铜器研究、楚辞研究、唐代传奇研究等领域都有重要贡献。正由于其在中国古代神话和先秦文明起源方面做过研究，且出版过著作，为他研究《楚辞》奠定了坚实的基础，因为这二者是相互渗透、相辅相成的。

除发表多篇论文之外，小南一郎另有《楚辞及其注释者们》的著作问世。该书是其专题论文的集合。这部书前半部分注重于楚辞研究，楚辞的时间意识就包含于其中，也收录了《楚辞》及后期的诸多作品；后半部分是对具有代表性的楚辞注本和作者的评价。

所谓时间意识，是指《离骚》中作者多次描述时间飞逝，表现出作者对时间流逝的焦虑和忧愁，也从侧面体现出当下作者对生命与理想之间充斥着忧虑，在时间的角度上表达出作者的爱国情怀[①]。此著作是其博士论文《楚辞とその注釈者たち》，主要是比较各类《楚辞》系列作品，考辨其中古代和后代增补之处，进而分析《楚辞》的生成时代背景。楚人虽生活自给自足，但随着时代的更迭，他们在怀想古代生活的同时，也显现出对现实生活抱有不满情绪以及疑惑情绪。

（六）青木正儿

青木正儿撰写了《楚辞九歌的舞曲结构》一文。文章开始青木先提出中国学者胡适的怀疑论（载《胡适文存·读楚辞》），然后就中国古代的民间歌舞祭祀谈及作者的看法。作者在引述了中国历代多家楚辞注本的说法后，将《九歌》定位于祭神歌舞的主题，认为诗篇内容显示了祭者对神的至诚和有关神的事迹、习性等。

值得一提的是，青木正儿对《九歌》各篇的旨意按上述两类内容作了区分：第一类：向神致以祭者的至诚，其中，表现宗教至诚的共三篇，分别为

---

① 徐志啸.日本现代楚辞研究述评[J].江海学刊,2005(1)：178-183.

《东皇太一》《云中君》《礼魂》；表现恋爱情感至诚寄托的也是三篇，分别为《湘君》《湘夫人》《少司命（小司命）》；第二类：演示神的事迹习性者，其中，显示宗教教训目的者，共两篇分别为《大司命》《国殇》；显示宗教的兴味与目的者，共三篇，分别为《东君》《河伯》《山鬼》。

青木正儿的文章同时对《九歌》系受巫风影响的产物谈了看法，其所引证的材料，均为我们中国学者所熟悉，说明青木在这方面的认识见解与中国学者一致。继之，青木正儿对《九歌》的具体祭祀歌舞表演提出了看法，他认为，十一篇歌舞表演样式可分为独唱独舞式、对唱对舞式和合唱合舞式三种。

（七）赤塚忠

赤塚忠是日本著名的楚辞研究专家，长期从事中国古代哲学以及楚辞学研究。他著有《楚辞研究》一书，善于打通哲学与文学的关系以及历史与文学的关系，注重点面和纵横结合的论述，以此促进楚辞学的深入研究。

赤塚忠早期专注于研究中国古代哲学，后接触汉魏六朝的文学，延伸至先秦的楚辞，建立起《楚辞》与汉魏文学之间的联系，且将哲学与其相互贯通。他有对中国古代哲学的独特眼光，阐述围绕着《楚辞》引发的对中国古代哲学与古代文学之间的关系，开创了这一角度的先河。他认为，文学与哲学的文化范畴是同宗同源的，指出先秦时期的学术特点，同时也提出自《楚辞》开始的文化作品，展现出文学与哲学相分离的特点。

赤塚忠认为，《楚辞》汇总了《诗经》、《九歌》和《九章》等篇章中的思想文化与艺术表达方式——抒情，记叙等。此外，他还提出《楚辞》所表现的追求人生价值与理想而无法实现的情节，是屈原渴望自由但无法实现的表现，是主人公屈原，更是剧情诗的悲剧。因此，赤塚忠认为，《离骚》是一个悲剧，采用了剧情诗的形式表现出这个悲剧的中心思想，不仅表现了哲学的观点与思想，也说明了文学与哲学表达的区别。之所以用剧诗的手法记述这一悲剧，是因为在西周末期社会追求神明，屈原亦祈求和祭祀神，另一方面又坚持对祖国的热爱，这导致在个人内心产生冲突，而促使他著成《离骚》，且奠定了悲剧的基调。但是，这一悲剧的根本原因并不在此，而是因为以屈原的个人力量无法打破楚国的世俗潮流，这也是悲剧的客观事实。这些观点，并没有仅仅停留于前人的研究成果，勇于从《楚辞》本身着手于研究，从中提炼出自己的观点，特别是将文学与哲学思想相结合，对《楚辞》进行了准确评价，为后代中日学者研究《楚辞》提供借鉴与参考,明确指出了《楚辞》在中国文化史上的重要地位。

(八)儿岛献吉郎

儿岛献吉郎,是明治时期著名汉学家,与其同时期的学者铃木虎雄、青木正儿等人,对楚辞研究都有一定影响。在明治维新之后,日本政府开始施行欧化政策,亲欧情绪泛滥,日本众多学者对于我国的传统文化开始抵触和排斥。此时包括《楚辞》在内的中国文化考究受到冲击,走向低谷。然而,儿岛献吉郎并未受时代思潮的影响,而是将欧洲文学理论的精粹,运用到对《楚辞》的研究之中。

儿岛献吉郎对骚与赋的区别与联系进行了分析,他认为,"骚"是"屈原创作的新调","骚体"得名于屈原的《离骚》,是指忧愁怨慕的境遇里的诗人,发泄幽思的一种韵文。他将"骚体"与民间流传的歌谣进行了定义并清晰地区分开,"骚体"是指,有该文章特殊的文法,而像楚国的民谣等等更类似于《诗经》中的文体,与"骚体"有巨大区别。

儿岛南吉郎与中国的楚辞学者的研究手法和学术思维不同,而是采用了西方学者常运用的精准调查、科学分析等手法,仅仅对《楚辞》的词汇和具体文法进行研究。也正是因此,儿岛献吉郎界定了"骚体"的定义和区分,提出了《九歌》的文体与《楚辞》不同,并不是"骚体"。此外,他在文章《诗人屈原论说》中认为:"屈原并非圣人,离骚并非经文,离骚并不是通称的二十五篇,楚辞并非只有名目上的二十五篇。"[①]儿岛的观点大致如下:

第一,屈原并非圣人。就这一观点,儿岛阐释道:"把屈原视作圣人,无视其自沉汨罗江一事,并且排斥司马迁各家的定论的,不过是明代学者汪瑗的妄想和日本学者斋藤拙堂的谬论而已。"[②]

第二,离骚并非经文。将离骚称作经文,始于汉代,并非出自近代学者的论断。这在后汉王逸的《楚辞章句》中有所体现,即"离,别也。骚,愁也。经,径也"。由此可以看出,王逸当时已经将离骚称作经文。此后,宋代的洪兴祖亦将《离骚》称作经文,并分辨其中不当之处。清代儒学者李光地、

---

① 兒島獻吉郎,詩人屈原:論説,熊本大学龍南会雑誌,第87卷(1901):1-8.
② 兒島獻吉郎,詩人屈原:論説,熊本大学龍南会雑誌,第87卷(1901):1-8.

方楘如、顾成天、林仲懿等人不仅将《离骚》看作是经文，并按照经文解释的方式来阐释《离骚》，并且体察屈原的情思所在。然而，儿岛认为"离骚不是天下的经纶书，不以人才的教育为目的，不是谈论道理，后世维持彝伦纲常的工具。"[①]古人引用《离骚》并将它作为经文，后世的学者对其词进行继承和发展，仅仅将他作为尊贵的经文，然而这绝非屈原的本意。

第三，《离骚》并非通称的二十五篇，《楚辞》也并不是对于屈原一人作品的命名。朱熹将屈原的二十五篇作品统称为《离骚》，并将宋玉作品《九辩》以后的十六篇作品作为《离骚》的续集。朱熹采用了《离骚》最广义的内涵，然而，形成鲜明对比的是，林云路却采用了《离骚》最为狭义的内涵，即认为《离骚》只是其中一篇的名称，绝不是二十五篇的通称，但是，司马迁却认为《离骚》全篇贯穿着作者的忧思哀愁，因此，也将《离骚》看作是二十五篇的通称。《四库全书》中如此说道：

> 考史迁称"屈原放逐，乃著离骚"，盖举其最著一篇，《九歌》以下，均袭《骚》名，则非事实矣。

儿岛比较赞同《四库全书》的上述说法，认为司马迁在《屈原传》的论赞中有"余读《离骚》、《天问》、《招魂》、《哀郢》，悲其志"之句，从这句话来看，其并没有用《离骚》来总括《天问》、《招魂》、《哀郢》这些作品，也就是说，他将《离骚》看作是与《天问》、《招魂》、《哀郢》等相对的作品，因此，儿岛认为"朱子将离骚用于总括所有的作品乃谬论。"

第四，其认为《楚辞》是由屈原及弟子共同撰写而命名。儿岛对屈原的性行、楚辞与诗经的比较，以及楚辞作品与汉代以后作品的关系，尤其是与六朝文学的关系进行了考辨。关于"楚辞"命名的渊源，儿岛分别考证并比较了陈仁锡、刘向、王逸、朱熹的《楚辞集注》以及林云铭《楚辞灯》的观点，认为"楚辞"是由屈原和弟子所撰写的辞而命名。他认为，任何文学都是有实际章法可遵循的，文学研究的意义在于将其写作手法、规律进行归纳、考证后并可以灵活应用。儿岛指出，《楚辞》这一称呼是从前汉的刘向开始，屈原当时

---

① 兒島獻吉郎，詩人屈原：論説，熊本大学龍南会雑誌，第87卷（1901）：1.

没有具体的称呼，于是刘向第一次树立"楚辞"的名声，但绝不是仅仅给屈原一人的作品命题，刘向校定的目的是以屈原作品为主体，同时对宋玉、景差、贾谊、淮南小山、东方朔、严忌、王褒等人的作品进行收录，并将其命名为《楚辞》。也就是说，将楚国诗人屈原的影响进行传播，以及屈原之外的人的作品，作为楚声进行采集。将其称为"楚辞"完全正确，如若仅收集屈原一人的作品，加上所谓的别册，那么将它称作"屈子全集"即可，绝不会将它称作"楚辞"。因此，儿岛认为"林氏将屈原一人之作品称为'楚辞'，实在失之偏颇[①]"。

第五，其认为《离骚》的文章结构有章法可循。司马迁在《史记·屈原贾生列传》中说《离骚》是屈原忧愁幽思而作，也说《离骚》由怨而生，这是他著作的实际原因。司马迁在《史记·屈原贾生列传》中评价《离骚》是"上称帝喾，下道齐桓，中述汤、武，以刺世事，明道德之广崇，治乱之条贯，靡不毕见。其文约，其辞微……举类迩而见义远"，王逸亦称《离骚》"上述唐虞三后之制，下序桀纣羿浇之败，冀君觉悟，反于正道而还己也"。这些都是对于《离骚》内容的讨论。王逸又曰："《离骚》之文，依《诗》取兴，引类譬喻。故善鸟香草以配忠贞，恶禽臭物以比谗佞，灵修美人以媲于君，宓妃佚女以譬贤臣，虬龙鸾凤以托君子，飘风云霓以为小人。其词温而雅，其义皎而朗，凡百君子，莫不慕其清高，嘉其文采，哀其不遇，而愍其志焉。"这是对于其文体的论断。

关于《离骚》是否有规范的行文规则，中日的众多楚辞学者都有不同的观点。儿岛认为"《离骚》的文章，看似没有文法但其实是有文法的，不只是字有字法，句有句法，而且是章有章法，篇有篇法。并且章节之间首尾呼应，中腹之处有波澜，有曲折，有起伏，有继续。"进而，他依据篇章结构，将《离骚》分成了五段。正如司马迁所说，屈原的离骚亦是诞生于忧愤的境遇而作。他的著作可谓观之如大海里的汪洋，但是其情意缠绵且一意反复的妙处，有着溪流喷薄的韵味。他的诗与司马相如的作品相比胜于幽怨曲折之妙趣横生，然而在叙述场面的铺开方面却稍逊一筹。谈及楚辞中的其他作品，儿岛认为，"可以确定的是其赋有二十五篇，在《汉书·艺文志》上可以看到，在班

---

① 兒島獻吉郎，詩人屈原：論説，熊本大学龍南会雑誌，第87卷（1901）：1-8.

固的时代，作为屈原著作存在的仅仅是二十五篇，如今在《楚辞》中被认为是屈原的作品的有《离骚》、《九歌》（十一篇）、《天问》、《九章》（九篇）、《远游》、《卜居》、《渔父》这二十五篇，这是王逸、朱熹等人所说，但是明朝的黄文焕以及清朝的林云铭将《招魂》《大招》两篇也加入屈原的作品中，这竟然比起《汉书·艺文志》所说的篇数又增加了两篇。难道是汉书有误吗？还是黄林二人的说法有谬？"由此可见，儿岛对楚辞作品的部分篇章的质疑和严谨的治学精神。

第六，关于楚辞与后世文学的关联。儿岛认为，"虽然汉魏以后的赋体发源于楚辞，但却面目全非，仅有汉魏以后的贾谊、王褒、刘向、王逸等的二十五篇遗响流传，屈原的遗风在遥远的唐宋以后才风靡起来。屈原开创了《诗经》之外的另一种风格，成为自发文学性创作的主体，千载后其统不绝，然而，汉魏以后的骚体，总的来说，其词平弱，其意亦散漫。"陈振孙谓以"《七谏》（东方朔作）以下，词意平缓，意不深切，如无病呻吟者"。儿岛认为，这句评语可谓是直击要害，况且《离骚》以外的赋，试见后汉班固《两都赋》以及张衡的《两京赋》、晋代左思的《三都赋》，其辞虽不靡丽眩曜，不啻如自其口出讽刺之意，更何况也是忠爱之情、温柔之旨这般轻易能够代替的。又见晋代木华的《海赋》和郭璞的《江赋》，其辞亦不宏丽铺畅，毕竟也不过只是文和辞，情思之切原本就远不及宋玉之《风赋》的万分，故汉魏以后的骚赋，只仿了屈原的皮相。对于欠缺其精神的批判，扬雄有云："诗人之赋丽以则，辞人之赋丽以淫"，可谓完全看穿其弊窦。然观班固以后的文章，全然深陷积弊之中，令人惋惜。

儿岛献吉郎高度赞扬屈原的品性，反驳了司马迁的观点"及见贾生吊之，又怪屈原以彼其材，游诸侯，何国不容，而自令若是"。在他看来，《楚辞》是带有政治色彩的，"中国的文学可称之为政治的文学，而同时中国的政治可称为文学的政治"。因此，儿岛献吉郎着重于分析楚辞的文法，认为楚辞的真正价值在于其写作手法。注重实事求是的研究视角，不提出空论，而是从具体问题入手，通过细微之处的比较、总结，而得出自己独到的见解。儿岛认为，"若论屈原的学统，他博闻强记的能力是从师于谁现已无从得知，毫无疑问的是作品中带有南方诗人老庄的趣味，这既与风土有一定的联系，另一方面也是境遇使然。然而他也不单单受南方文学的影响，同时汲取北方文学中的精华，从《离骚》等二十五篇中可以看出，有很多从尚书而来还未成型的句子。只是屈原的时代离孔孟太过遥远，并且当时孔孟的思想还并未在南方进行大范围的传播，因此，在《离骚》中列举尧舜禹汤以后的圣贤时，并没有提及孔孟。的确孔孟推尊的意思在文中并没有体现，不过在《九章》中能够看到对于接舆、桑扈的同情，并且二十五篇中从《老子》《庄子》二书转化而来的语句并不少，由此可见，屈原的学统渊源。"（儿岛献吉郎，1901）

关于屈原的著作和《诗经》的比较，儿岛援引孔子之言，孔子曰："《诗》可以兴，可以观，可以群，可以怨，迩之事父，远之事君，多识于草木鸟兽之名。"《诗经》不仅有兴群观怨的作用，还可以领会人伦的大义，而且方便认识很多草木鸟兽的名字，这是三百篇的功德。那么二十五篇又有什么样的功德呢？儿岛认为，"二十五篇接触物体寓以兴怀之意，激励事情致以感慨之情，忠君爱国之情跃然纸上。因此，反复朗诵其文辞，好好品味其情思之时，令人潸然泪下。"汉代淮南王品味离骚、小雅、国风的品质时，称"国风好色而不淫，小雅怨悱而不乱，离骚则两者兼备"。"二十五篇也有兴观群怨之功德，突显人之大义的同时也使人明事理。"因此，儿岛认为，这一点可以说明《诗经》三百篇与《楚辞》二十五篇具有同等的功德。屈原的作品中可以认识很多草木鸟兽的名字，这一点决不输于诗经。

总而言之，学界对其研究的评价正如施仲贞（2017）在《论儿岛献吉郎的楚辞研究》中所言，儿岛献吉郎于楚辞研究，不发空论，不纯谈义理，研究视角注重实际，对楚辞的文体属性、篇目数量、文法特色、创作时地、作者意旨等具体问题进行全面细致的比较、引申和归纳，于细微处抉微发隐，或辨析，或诠释，或考证，据此得出自己独到的见解，从而开创出一条楚辞研究的新思路。

以上是笔者对八位高产学者的生平经历、治学理念、主要成果及其观点的梳理。当然，"二战"后涌现出大批楚辞研究的学者，国内徐志啸、王海远、周建忠等学者已对儿岛献吉郎、目加田诚、竹治贞夫、青木正儿以及铃木虎雄等的成果作了全方位的解读和剖析，在此不作赘述。此外，还有诸多学者，由于篇幅所限，未能述及，择期另行探讨。

三、新生代楚辞研究学者举隅

除上述楚辞学权威学者之外，当今日本楚辞学界亦涌现出一批年轻有为的青年才俊，为日本楚辞学的薪火相传和发展作出了一定的贡献。其中，成果较为突出的比如田宫昌子、矢田尚子、大野圭介等楚辞学者逐渐在日本楚辞研究界占据了一席之地。以田宫昌子、矢田尚子为代表的研究独树一帜，二者都注重回溯前人的研究，清晰地展现了日本楚辞学的传承性与范式的演进。

（一）田宫昌子

根据日本宫崎公立大学官网信息，田宫昌子现为宫崎公立大学人文学部国际文化学科教授，其主要关注中国文化史上"悲愤慷慨的系谱"（以屈原形象、楚辞传承为中心），参与课题《魏晋南北朝时期〈楚辞〉文学的变形与影响——屈原·诗歌意象·游行》（2021年4月—2026年3月）、《日本楚辞学的基础研究：以江户、明治时期为研究对象》（2013年4月—2017年3月）、《传统的〈楚辞〉解释再探究》（2017年4月—2021年3月）、《楚辞及楚文化的综合研究》；主持课题《国际汉学中日本楚辞学的定位与意义》（2019年4月—2022年3月）。获得"日本学术振兴会·科学研究费助成事业（基础研究B）"（2013年）、"中国古代战国时期楚文化的国际研究"（2009年4月—2012年3月）等基金资助。与他人合著《〈楚辞〉与楚文化的综合研究》（汲古书院、2014年），发表《浅见炯斋讲〈楚辞师说〉研究序说——埼门派的学说与思想》（《宫崎公立大学人文学部纪要》第28卷、2021年3月）、《〈楚辞〉三大注的注解比较——王逸以《离骚主题》为中心》（《宫崎公立大学人文学部纪要》第27卷、2020年）、《〈悲愤慷慨的体系〉的现在：从屈原"像"诸现象及讨论出发》等论文。

《王逸〈楚辞章句〉全卷中〈离骚〉主题的展开》一文为考究屈原形象变迁、探究中国文化史系谱问题的一环。该文意在从王逸的《楚辞章句》探究屈原形象的原型。值得大书特书的是，田宫昌子将屈原及楚辞中的词汇作为媒介非常具有开创性，针对意识及形象等难以量化的抽象对象，田宫在文中以汉字为切入点，在电子文献中搜索关键词并考察使用频率，收集了大量的数据并以表格的形式呈现，清晰明了。该方法使考察文化系谱性这一难题成为可能。

《〈悲愤慷慨的体系〉的现在：从屈原"像"诸现象及讨论出发》一文中，作者认为失意之人用来咏志的"悲愤慷慨的体系"是具有中国文化传统的要素，以楚辞的传承体系尤其是作为中心的屈原"像"为切入点进行考察。该研究的主题源自对中国知识分子的思维模式以及现代社会生活的传统要素的关心并受到20世纪80年代中国以忧国忧民为特征的社会辩论和90年代中国人文精神大讨论的启发。

《浅见絅斋讲〈楚辞师说〉研究序说——崎门派的学说与思想》一文是对浅见絅斋的《楚辞师说》的初步研究。该文旨在讨论浅见絅斋是以何种心态讲授朱熹的《楚辞集注》，为何是楚辞、为何是屈原以及在读楚辞时的心态和目的，为此考察了浅见絅斋的学说与思想渊源，即日本朱子学、山崎暗斋及其所属学派——崎门派的学说和思想，包括形成和发展以及以"忠"为核心的思想特征。

《〈楚辞〉三大注解书的注解比较——以王逸《离骚主题》为中心》。田宫指出首先三大注的基本关系为：《楚辞章句》是从先秦到汉代的楚辞相关知识与理解的集大成之作；《楚辞补注》在《楚辞章句》的基础上有所补充，《楚辞集注》吸收二者的成果，在概括的基础上加以抑扬。其次，《离骚》为《楚辞章句》的经典篇目，《楚辞补注》中有所继承的内容在《楚辞集注》中变得稀疏，或者是《楚辞补注》中未继承的在《楚辞集注》中有所传承。龟井昭阳的《楚辞玦》为江户时代末期日本汉学研究项目的一部分，田宫指明《楚辞玦》与中国三大注——王逸的《楚辞章句》、洪兴祖的《楚辞补注》以及朱熹的《楚辞集注》间有密切的关联，是日本近世较为新颖的注解。并与林云明的《楚辞灯》作了比较研究，在探析《楚辞玦》注解特征的过程中也表明，三大注虽各有特色，但与明清时期的新注相比，三大注之间有所相通。其中《楚辞章句》为理解楚辞以及屈原的原点，该文主要从与《楚辞章句》注解立场的共鸣和距离方面考察了三大注释的特点。

（二）矢田尚子

根据日本东北大学研究生院官网信息矢田尚子简介可知，矢田尚子现为东北大学研究生院文学部副教授，主要从事汉代楚辞作品、屈原像的形成与变革、日本楚辞学的形成与发展、唐代女性服饰等研究。发表著作《〈楚辞〉和楚文化的综合研究》（合著，汲古书院，2014年）《历史上的异性服装》（合著，勉诚出版，2017年）。主要论文有《论楚辞〈卜居〉中郑詹尹的台词》（《东北大学中国语文学论集》第14号，2009年）《莞尔而笑的指导者——论楚辞〈渔父〉的解释》（《集刊东洋学》第104号，2010年）、《"无病呻吟"——关于楚辞〈七谏〉等五部作品》（《东北大学中国语学文学论集》第16号，2011年）、《汉代屈原评价的变迁》（《中国楚辞学》第19辑，2013）等[①]。

矢田尚子在其论文《论楚辞〈卜居〉中郑詹尹的台词》中，就《卜居》和《渔父》是否为屈原的作品展开了论述。国内外学者围绕该问题争论不休，矢田在梳理了游国恩、陆侃如等人的观点，在此基础上提出，若不将《卜居》与《渔父》看作是屈原的作品，而视为是描述屈原的"物语"（故事、传说之意），便可将其作为构建屈原形象即"屈原传说"的新素材，具有重要的研究价值，因为《卜居》与《渔父》中反映了屈原去世到汉代为止，人们对屈原的印象。矢田将重心置于《卜居》的问答形式，重新评估此前屈原作者论的说法，试图重新理解战国末期到前汉时期的屈原形象。

《莞尔而笑的指导者——论楚辞〈渔父〉的解释》一文同样围绕《卜居》和《渔父》展开。矢田认为即便《卜居》和《渔父》的作者不是屈原，也不能否认其作为"描写屈原的故事"的文献价值。矢田尚子梳理了此前学者的注释，致力于《渔父》尾段中"莞尔而笑"的解析，认为"笑"中别有深意。具体来说，是登场人物对交谈对象的取笑，登场人物试图以指点的方式压倒对方，是相当于"指导者"的存在。前人曾同情屈原并感叹其怀才不遇，但也有人批判屈原的行动，矢田便是站在批判的立场上解析了"莞尔而笑"的言外之意。

《"无病呻吟"——关于楚辞〈七谏〉等五部作品》也是透析屈原形象的文章。矢田尚子认为，虽然《七谏》等作品大多模仿汉代骚赋写作方式，从修辞到内容都具有模式化的特点。但是，从中也能反映出汉代民众对屈原的印象以及民众的楚辞观，是楚辞研究不可或缺的珍贵材料。矢田选取了被前人忽视的《七谏》《哀时命》《九怀》《九欢》《九思》，从写作模式即咏叹屈原怀才不遇的手法出发，考察汉代屈原形象的形成过程。

[①] 详见东北大学研究生院官网：矢田尚子简介，书籍及论文标题等为笔者所译。https://www.sal.tohoku.ac.jp/jp/research/researcher/profile/id-115.html，访问日期：[2021-12-1]。

田宫昌子与矢田尚子楚辞研究的共同点在于回溯之前的研究，重新解读先前的译注本及学者的观点。田宫昌子旨在再探究，重新解读"三大注"等广受关注的文献材料；矢田尚子聚焦于《七谏》等易被忽视或是《渔父》等饱受争议的材料，从反应屈原形象的角度出发挖掘其中新的价值。

从上述论证分析可知，日本的楚辞学已经从一味求新转入回溯过往的阶段，从中可以窥见日本楚辞研究的传承性与研究范式的演变，日本学界不仅将楚辞作为"新鲜"的外来文化，而且对其百般琢磨，从充满新奇到回顾深究。这一方面体现了日本学者对楚辞研究的热情，另一方面也可见《楚辞》在日本的传播程度，日本学者已不再将楚辞视为新文化，而是可以回溯重读的"旧"文化。

通过上述论著可以发现，日本学者重视对实际的考证，遵循实证主义，对出土文物抑或传世文献进行考辨，从而得出经得起推敲的结论，不谈空论。与国内学者不同，日本学者对于《楚辞》的学术研究更多是微观的、局部的、细致的研究，日本学者的楚辞学研究方法及其成果值得中国学者参考和借鉴。

第四节 20世纪50年代至今日本楚辞学论著述略

在徐志啸教授《日本楚辞研究论纲》中辟有专章论述了20世纪日本楚辞学界的重要论著，本节尝试在该著作的系统整理基础之上，检索近年来日本亚马逊官网《楚辞》相关著作畅销榜单，入围的相关《楚辞》图书并不多，仅有6本，如下所示：

牧角悦子：《诗经·楚辞 初学者·中国古典》，东京：角川学艺出版，2012年。

江原正士：《读汉诗1 诗经·从屈原到陶渊明》，东京：平凡社，2010年。

星川清孝：《新译汉文大系34 楚辞》，东京：明治书院，1970年。

竹治贞夫：《中国的诗人——其诗作和生涯1 忧国诗人屈原》，东京：集英社，1983年。

小南一郎译著：《楚辞》，东京：岩波书店，2021年。

目加田诚：《中国古典文学大系15 诗经·楚辞》，东京：平凡社，1969年。

上述6本图书均为日文版，中文书名为笔者译，最终访问日期为［2022-6-29］。《日本楚辞研究论纲》中已述及的著作，在此不再赘言。仅选取三本本人手头已有著作，进行案例分析，希冀能够对国内楚辞学界继往开来之研究略有助益，疏漏之处，另行补充完善。

一、著作类成果举隅

由于篇幅以及资料所限，本书著作类成果仅在徐志啸教授的《20世纪日本楚辞著作述略》的基础上，列举了黑须重彦的《〈楚辞〉和〈日本书纪〉——从声音到文字》、《中国的古典20 楚辞》以及宇野直人的《读汉诗——从汉诗发展研究楚辞渊源》等三部著作，日本楚辞学著作提要将另辟专著进行阐释。

（一）黑须重彦与《〈楚辞〉和〈日本书纪〉——从声音到文字》

序言

《古事记》主要记载了神代到古朝时代的事迹。其中，神代的部分内容虽为伪撰，却无人察觉，恐怕由于它是经典的缘故。黑须重彦通过伪撰产生的原因以及一系列问题，以声音传统和文字表记为着眼点去探求真相。从声音转换成文字记载的过程中又能发现什么呢？该书从上述视角追溯了《日本书纪》和《楚辞》成立的历史，考证了二者之间的渊源。

1. 《日本书纪》的成立过程

依《古语拾遗》所述，"上古之世，未有文字，贵贱老少，口口相传，前言往行，存而不忘"。在编纂《日本书纪》之前，并没有正式的文献记载，仅有口耳传说，天武天皇欲宣示皇统下令编成，由舍人亲王等人所撰，描述上代所传承之传说。全书用汉字写成，采用编年体，共30卷，另有系谱一卷，系谱如今已亡轶，多半借用中国典籍上之文字，其作为日本流传至今最早的正史，位于六国史之首，从口头文学到文字文学的过渡阶段中，它与《古事记》

起到了不可磨灭的历史作用。

黑须以《古事记》为例，提出其并不是以《旧辞》和《帝纪》作为史料编撰而成，而是《旧辞》和《帝纪》是没有文字时代的历史的记录。记录的方式除文字外，还有声音，例如"本辞""旧辞"中的"辞"，便包含声音的意味。另外，《古事记》是在公元712年由太安万侣将稗田阿礼的口述内容汇编整理成册，可以称其为进入全部文字记录阶段的里程碑，结束了最原始的声音记录。从"记"到"纪"，也表现了声音到文字的变化。

当时已有《古事记》等各种书籍传世，比照其记录，或有重叠，或有相违，是记录口传文学时必定产生之现象。由此可以想象，当时的传说已有多种版本，非一时、一地、一人所造。编纂者在编撰《日本书纪》的过程中，毋庸置疑也参照了《古事记》《先代旧事本纪》等书籍，譬如《帝纪》中常出现，"一书曰"字眼，恰恰又体现了它的特殊性。其目的，即在编列出为准之"定本"。

2. 关于《日本书纪》的书名

《源氏物语》中记载，"《日本书纪》只是历史的一部分"，但《源氏物语大成》中却将其表记成《日本记》。另外，目前市面上所有书籍也毫无缘由的都将"记"写成"纪"。关于"记"的表记，黑须重彦作为重点进行了考证。这必定要回到"日本记"这个角度上，去研究《源氏物语》作者的文化论——"记录"和"国际性"。

首先，阐释一下"记""书""纪"这三个字基本的意思。"记"是记录，不一定是视觉，但"书"必须是通过视觉才完成的文字，"纪"则是按时间顺序整理的事情。这样来看的话，"书记"反而很自然，叫做"书纪"就有点不协调了。但是，神田喜一郎认为，《日本书纪》是本纪传体的史书，更应该叫做《日本书》，也许在传承的过程中，后人不知不觉在后面加了"纪"。青木和夫则认为，《日本书纪》的编者们不知道"纪"和"记"这两个字哪个好，便都用上了。

关于名字的议论很多，但无疑的是，命名的根据则是"记录"和"国际性"这两点。根据记载，舍人亲王曾带领太安万侣等学者齐聚一起，共同商议如何命名。在"日本书""日本记""日本春秋""日本史记"等名字中，一位老人大抒己见，认为"日本记"虽然记录了日本从声音文化开始的特殊历史，但不如"日本书纪"能对外宣扬我国国威。

3.《楚辞》的前世今生

根据前章的讨论，黑须重彦下文着重研究了"楚辞"这一名称的前世今生，以及存在于《楚辞》、《诗经》以及少数民族文学这三者间千丝万缕的内在联系。

黑须在对于《楚辞》成立这个问题的探讨上，主要从以下四个方面入手进行了分析：一是《史记》中初现"楚辞"；二是《汉书》中的"楚辞"与"楚词"；三是《史记》中的"楚辞"；四是《楚辞》成立。在《楚辞》的成立一章的分析中，又援引《汉书·地理志》、《史记》等相关文献，从屈原、淮南王以及司马迁等人的角度进行了探讨。在《史记》中初现的"楚辞"一章中，黑须认为《楚辞》具有深刻的方言烙印，同时记录事物虽简单，但用汉字传递情感却颇为不易，更不必说以其保存并记录日本传统诗歌了。由楚歌演变而来的《楚辞》，由于在《史记》中没有具体的记载，"楚辞"之名也只在《汉书·酷吏传》中出现过一次，故常有后人质疑楚辞作者存在的真实性。《汉书》关于《楚辞》的解说记录也寥寥无几，《朱买臣传》与《地理志》中仅有其断片式的记述，据此黑须以《史记》中"以楚辞，读春秋"和《汉书》中"言楚辞，说春秋"相比较，从语言文字的角度，认为《史记》中的"楚辞"之辞非今日大家对"辞"作品群的理解，《汉书》由于是宋范晔所撰，其"辞"之古义更靠近今义。此外，从对太史公的解读中，黑须认为：（1）"楚辞"名称在司马迁时代尚无；（2）可以确定《离骚》、《天问》、《九歌》、《哀郢》篇的存在；（3）《怀沙》全文的记录无误；（4）《渔父》以《怀沙》篇之序存在；（5）《哀郢》、《怀沙》为《九章》中的两篇，但《史记》中未有《九章》之名；《九歌》（11篇）不见于《史记》，在屈原原作性上仍有待商榷。

对于《楚辞》的成立，正如上文所述，黑须是以相关人物的记录加以着手的。对于"楚辞"之"辞"，《汉书·朱买臣传》有评语"文辞并发"，黑须认为"辞"者，以"文"记之，"发"，阐发所言之物中的道理。不可以言尽志，只能在一定程度上无限接近。《楚辞》的成立，言（辞）、志、文三者必不可少，他们分别代表了"诗魂、语学、汉字素养"。由于《汉书》中淮南王刘安篇中"安入朝，献所作《内篇》新出，上爱秘之，使为《离骚传》"

的记载，后人何天据此以"新作以传冠名""《内篇》的依据""《离骚》出现的突然性""淮南王对异域文学《离骚》的翻译再加工"等对《楚辞》提出质疑，认为《屈原传》乃刘歆所作，《离骚》是淮南王刘安的作品，日本学者桥川时雄也对这一说法表示赞同。从黑须的观点来看，可以说司马迁时代《楚辞》汉字的表记化工作尚未完成，当然《史记》中仅记四篇也不是偶然，同属于《九章》的其余篇目应该尚未完全翻译或未传至司马迁之手。司马迁之后史书上再度出现"楚辞"之名又到王褒和九江被公处，刘向时《楚辞》的翻译工作已经全部完成。班固、王逸时对屈原原作的看法普遍有以下三种：（1）《离骚》《九歌》《天问》《九章》《远游》《卜居》《渔父》；（2）《离骚》《九歌》《天问》《九章》《远游》《卜居》《渔父》《大招》；（3）《离骚》《九歌》《天问》《九章》《远游》《卜居》《渔父》《大招》《招魂》。今人陆侃如又出新见，认为仅有《天问》《九章》《离骚》三篇为屈原原创之作，黑须深以为然。游国恩、闻一多、郭沫若、林庚则考证有《离骚》《九歌》《天问》《九章》《远游》《招魂》数篇。经过以上学者的努力，《楚辞》逐渐融入汉赋重赋新的生命力，在中外文学的交流中趋向世界性。

4. 古典作品《楚辞》

《楚辞》是最早的浪漫主义诗歌总集及浪漫主义文学源头。"西汉末年，刘向将屈原、宋玉的作品以及汉代淮南小山、东方朔、王褒、刘向等人承袭模仿屈原、宋玉的作品汇编成集，计十六篇，定名为《楚辞》，是为总集之祖。后王逸增入己作《九思》，成十七篇，分别是：《离骚》《九歌》《天问》《九章》《远游》《卜居》《渔父》《九辩》《招魂》《大招》《惜誓》《招隐士》《七谏》《哀时命》《九怀》《九叹》《九思》，这十七篇的篇章结构，遂成为后世通行本。

《楚辞》运用楚地（今湖南、湖北一带）的方言声韵，叙写楚地的山川人物、历史风情，具有浓厚的地域文化色彩。全书以屈原作品为主，其余各篇也都承袭屈赋的形式，感情奔放，想象奇特。与《诗经》古朴的四言体诗相比，楚辞的句式较活泼，句中有时使用楚国方言，在节奏和韵律上独具特色，更适合表现丰富复杂的思想感情。

《楚辞》的版本系统是比较复杂的，由于其在中国文学史乃至中国社会的独特地位，使其从辑录之前到流传过程，几乎每一个环节、细节都产生或曾经产生不同的歧说——在"五四"前后疑古思潮泛滥情况下，甚至连屈原的存在与否，也曾引起争议，亦有全盘否认《楚辞》有先秦作品的。

刘向《楚辞》的原貌早已不见，但约100多年后成书的王逸《楚辞章句》，一直公认是首部完整注疏《楚辞》的版本，也是最完整的注本，因为刘安的《离骚传》，刘向、扬雄作的《天问》注解，东汉的班固、贾逵作的《离骚章句》，都只是"楚辞"或《楚辞》的某一篇作品而已。因此，后人几乎仅能凭借王逸《楚辞章句》为主，了解刘向的《楚辞》。

5.《楚辞》是翻译文学的佐证

廖序东的研究确定了传统的人称代名词。武鸣造字法阐明了汉字文化圈的语言用汉语表记的时候，不管是字形还是语序都深受汉语影响。而用汉字表记瑶语里的人称代词时有混用现象，说明了代名词在移入异国语言中时一般的方法是行不通的，会使用新的造字。因为人称代名词带有微妙的感情色彩，根据场合、年龄、身份等的不同要区别使用。从某种意义上来说，代名词的翻译是最难的。通过瑶歌和武鸣歌谣的汉字表记，说明了受近代汉语的巨大影响，即使是少数民族的歌谣，都必须翻译成汉语才能传达。古代的楚国诗人不可能用中原的古汉语来吟咏诗歌，《楚辞》是楚国的文学，是异域传来的翻译文学，其中有大量的译语。作为翻译的一种方法，《楚辞》中当然有新的造字。例如"苏"这个代名词。他认为"苏""予""我"等代名词的用法和"芳"等虚饰词的存在都是《楚辞》是翻译文学的证据。通过对比发现，《楚辞》中人称代名词的使用有自己的特色。通过对比楚辞各篇中的人称代词的使用频度和用法，发现《离骚》里"我"的频度很低，没有作为主格使用的用法，这可能是因为翻译的过程中有改易的现象。黑须认为《楚辞》中，屈宋作品的成书经过以及解释中有古代楚域语翻译成的古典汉语，这是文字文化传统传承的必然。

总之，黑须重彦通过楚人鄂君子皙的例子，说明语言也具有封闭性。由于文学作品是某个地方的语言，对于其他国家人民来说仍然难以理解，譬如《越人歌》必须经过"越语—楚语—汉语"这样的翻译过程才能够被接受。不过，梁启超认为，像《越人歌》这样翻译文学的优美不亚于《诗经》《楚辞》，但由于传承过程的复杂性，能遗留下来的越语也是凤毛麟角。

由于地域不同，语言不通，从"音声言语"到"文字言语"的过程非常复杂，而《楚辞》恰恰将声音世界的事像，通过翻译+改易所得。但《日本书纪》的译者们，很少注意到声音（汉字表记和文字）问题。明治之后，日本翻译文学泛滥，日本近代文学史受其影响而成立，黑须重彦自从大学开始就一直怀抱"《楚辞》是翻译文学吗？"的疑问，对声音世界的兴趣浓厚，因此，论证了"《楚辞》与《日本书纪》从声音到文字"这一课题。

小结

在《楚辞与日本书纪——从声音到文字》这部著作中，黑须重彦主要讨论了存在于《日本书纪》与《楚辞》两者间的关系。黑须先生植根于受汉字文化影响深远的日本文化环境中，把楚辞作品成立的条件放置于宏观汉字文化圈背景中进行讨论，提出楚辞乃"楚语汉译"的观点，论证了楚辞文学作为翻译文学的可能性，并推论了楚辞作品群形成和古典化的过程。其以《史记》的记载为出发点，通过对相关史料的分析，推论了楚辞作品成立的过程，给我们提供了较多启示[①]。黑须先生这一结论虽略显轻率，但他从《楚辞》成立、发展、演变这一变化视角分析楚辞文学的研究方法值得我们思考和借鉴。诞生于无文字社会且身为纪实性文学作品的《日本书纪》一书在黑须之眼中，是作品接纳汉字的产物。汉字作为一种记录载体，传入日本后对口头传承的传统史诗故事加以记录，在此过程中传统汉字也被赋予了独特的日本本土化印记，同时对古代日本文化的传播起到了极大的作用。而身处文字社会的楚辞成立的方式与其恰恰相反，则以汉字接纳作品的方式，将传统诗歌固定于《纸张》书本之中并加以内化，促进了汉字的发展。

（二）黑须重彦与《中国的古典20 楚辞》

黑须重彦的《中国的古典20 楚辞》全书可分为三大部分：一是《楚辞》与屈原简介，二是黑须对《楚辞》的见解，三是附录部分。其中黑须对《楚辞》的理解按《楚辞》的内容分为《天问》《九歌》《招魂》《九章》《渔父》《远游》《离骚》，每篇都有其独特的见解，纵观全书可见黑须对《楚辞》分析之细致。关于《楚辞》的注释，自古以来都有各自的说法，黑须推崇的是王逸的注释。

[①] 郭素英.楚辞研究新视角——解读日本学者黑须重彦的"翻译文学论"[J].辽东学院学报（社会科学版）.2018, 20（2）：13-19.

1. 《楚辞》与屈原简介

关于《楚辞》的介绍，黑须重彦首先对其作者屈原进行了重点论述，认为屈原的自我表现欲很强。黑须通过《史记》知晓战国时期的历史，才有了对屈原及其对《楚辞》的认知，认为《楚辞》包含了一个民族的精神，而核心就是屈原的爱国思想。

黑须认为屈原的姓是楚国的国姓，这是考虑其与《楚辞》的关联性的重要因素之一。屈原是王室贵族，曾在君王身侧担任要职，有着楚国灭亡的危机感及对楚国的忧愤之情怀。屈原博闻强识，博古通今，然而却被罢免官职，由此也成为《楚辞》诞生的成因之一。

怀揣对楚国命途多舛的忧愤之情，因救国无望，屈原作《怀沙》，自沉汨罗江，至死不渝。黑须认为屈原的志气在日本人心中都很震撼，接着又就日本学界的"屈原否定论"论争，阐述了自己的观点，具体如下所示：（1）《史记》以前没有屈原之名存在；（2）《史记》中只提过一次屈原的名字，几乎可以忽略；（3）《史记》的其它部分也只出现过一次屈原之名。但是，黑须先生认为正是基于上述三个理由证明了屈原的存在，从汉字文化来看，没有必要把《楚辞》作为异国诗歌来看待。

2. 对《楚辞》的见解

黑须先生认为《天问》大概是这个世上最不可思议的诗篇，是歌颂最普遍主题的诗篇。《天问》是全篇以疑问形式写的长篇诗。《天问》从创世之话题开始接连发问，涉及了天地的形成、传说、历史等全部领域，问题推陈出新，拓宽了人们的视域。

对于天地的发问。首先，《天问》就与"天"有关的问题发问，继而逐渐转移到"地上"世界。从中国大地有着什么样的历史和地形，问及中国周边的国家。

对人类历史的发问。黑须认为：（1）《天问》采用耐人寻味的神话传说勾起了读者的兴味，紧接着从后羿射日开始，展开对人类历史的发问。《天问》描绘了鲧的事业的失败，对他抱以同情，然而，对于楚国人来说，鲧是否存在有待考究；（2）涉及学仙术的崔子文故事的歌颂，后续传说是否属实存疑，有隔靴搔痒之感；（3）涉及殷王朝故事的歌颂，描写桀纣的时间顺序不统一，并且楚人对待殷王朝和周王朝的心态存在差异。

学界普遍认为《天问》描绘了对周王朝命运的同情和惋惜及其对殷纣王朝的指责和批判。黑须感兴趣的却是，果真如此的话，在楚国人心中的殷王朝是怎样的存在。《天问》中每节问题后是否有解答，并不清楚。与其说没有条理不如说是对这个大千世界的讴歌。《天问》不仅抒写了这个世界上存在的现象，还提及其现象背后所蕴含的真理。从古至今的疑问，作为现代人的我们对于其答案还是一无所知。

《九歌》是祭祀之歌，是献给掌管这个世界的最高神明之歌。那个神明叫东皇太一。《九歌》是迎接东皇太一降临、表演供奉的歌舞的歌词。《九歌》分为两大部分，前半部《云中君》象征了光明的憧憬的世界，后半部《东君》象征了难以忍受的现实世界。《九歌》是《楚辞》中最美的诗，其中凝聚了楚国人的喜怒哀乐。

《湘君》和《湘夫人》是互相爱慕的灵魂最终结合的爱情赞歌，而与此不同，大司命和少司命的爱，相互保持绝对的距离。黑须认为人们真诚的爱能超越时间，引起共鸣。

《国殇》是为国奉献的英雄的赞歌、镇魂歌。

黑须认为，在日本人眼里《离骚》是难以理解的，"离"有遭受之意，"骚"是忧愁。《离骚》是咏叹忧愁的诗，也是《楚辞》的中心。《离骚》的忧愁是忧国的感情，可通过诗来体味屈原的志向。诗中以"兰"为主的香草是人才的具体象征也是《楚辞》的显著特色。

3. 附录部分

补注是对《楚辞》中不理解的句子做的详细注释。

第一，《楚辞》和汉字文化圈：（1）《楚辞》的诞生地楚国是蛮荒之地，楚语是该地方言，相对于中原楚国可谓异国之语。《史记》之前并未见过描写楚辞、屈语之文。（2）在《史记》中，"楚辞"作为普通名词，即楚国的方言被使用。（3）《楚辞》的文和辞，在歌谣中，是按照一字一音的原则记录的。

第二，《楚辞》中的香草香木：（1）扎根于楚国人美意识的香草香木长于古代楚地，成为楚人生活中不可或缺的一部分，是《楚辞》中不可缺少的传达诗人的情感媒介。（2）作为读解关键的香草香木有着文学的价值，象征着不同意义。（3）香草香木的象征性，基本都是象征着美好。

第三，附录中还有楚氏谱系图和《楚辞》关联地图值得学界推敲琢磨。

（三）宇野直人与《读汉诗——从汉诗发展研究楚辞渊源》

该书作者：宇野直人（1954—），出生于东京，毕业于早稻田大学大学院文学研究专业，文学博士，现任国立女子大学国际部教授。著有《中国古典诗歌的手法和语言》《汉诗的历史》《汉诗事典》等。2007年担任NHK电台《古典讲读——汉诗》节目讲师，2008年担任《读汉诗》节目讲师。

江原正士（1953—），出生于日本神奈川县，演员、声优、旁白，活跃于各类商演舞台，多次担任配音、声优工作，担任富士电视台《两种国语》节目的电视解说员长达八年。

该书基本信息：该书由宇野直人和江原正士共同完成。全书共分为十三个部分，包括序言和后记、附录，其余九章分别为《诗经》、《楚辞》、汉代英雄诗、后汉的乐府诗、《古诗十九首》、三国时期、西晋、最后是陶渊明的理想诗歌世界。

序言

该书作者希望通过此书能够让更多的人了解到汉诗的魅力，探寻背后的历史文化背景。该书主要按照朝代年表，介绍了自上古歌谣至魏晋的著名诗人，通过两位作者的对话形式，从政治形势、文学思潮、交友关系等各方面把握诗人的风格和个性，找寻东洋诗人与西欧诗人的共通之处，藉此激发读者学习历史的兴趣。

1. 歌谣的起源——《诗经》

汉诗起源最早可以追溯至《诗经》时代，所谓"诗经"就是一部歌集，描述了四五千年前黄河流域的农耕生活，主要表现手法合称为诗六义：赋、比、兴、风、雅、颂，最重要的是"兴"，这种修辞方式现代人较难理解，如将女性比喻为鱼，因为鱼产卵丰富，象征多子多福，还有将婚姻与恋爱比作比翼鸟。古往今来有许多人对《诗经》进行注解，不断推进诗歌的思想启蒙与教育。该书以古注为基准，站在汉诗历史的立场上，对诗歌进行新的解读。

首先是《诗经》中关于情爱的歌谣，包括《静女》、《东门之杨》、《苯苢》等，歌词富含韵律，一句四字，分为几个短章，常有太鼓、笛子等弦乐器伴奏，读起来朗朗上口，内容质朴，非常贴近生活，大多是农耕、祭祀结束后男女之间表达爱意的歌谣，与日本的《万叶集》有异曲同工之妙，这种诗歌形式对日本的文化影响深远，比较典型的例子就是日本的四字熟语。

另外一类就是讽刺诗和时事诗，最鲜明的例子就是《硕鼠》，表达了农民对赋税徭役的不满，体现了人民的反抗精神，对国家、生活的热爱。诗歌中有反复出现的句子，方便区分章节，也使节奏更加分明，是《诗经》的一大特色。

《诗经》中个人感情十分强烈，情感色彩浓厚，时常出现瑰丽奇妙的想象，让人不禁感叹先人对自然的奇妙理解和强烈的好奇心、求知欲。书中古代中国民众的讽刺精神、反骨精神成为后世汉诗的一大特色，影响了日本等多个亚太国家的文化，是世界文化宝库的瑰宝。

2. 诸神黄昏——屈原、宋玉和《楚辞》

《楚辞》与《诗经》并称中国两大歌谣集，是战国末期楚地文学作品选集，同时也是中国文学史上首次作者署名的歌谣集。作者屈原是一个充满悲剧色彩的人物，普遍认为是被帝王流放、怀才不遇后投水自杀，而由于秦朝焚书坑儒，大量典籍付之一炬，后世人只能通过残缺的文献，加上自己的作品再创作出《楚辞》。

《诗经》代表了典型的北方风格，《楚辞》则是代表了南方文学，但是屈原也融合了儒家思想，一身反骨，在腐败的政治下和奸佞小人诋毁中始终保持高洁品质，在两种情感激荡下，《渔父》这部作品应运而生，并非是屈原所作，但却是描绘出屈原一身凌然正气的廉洁形象。

屈原是一位才华横溢的诗人，他独创了《离骚》，首创采用第一人称，创新了诗体——骚体。所谓"骚"就是心中幽怨郁愤之意，《离骚》中大量运用楚地方言，与同一时代的作品相比充满了生机。不光是诗体创新，诗的内容方面同样具有极高文学价值。先秦诗歌内容难懂，屈原却使用易懂的楚地白话文入诗，大量使用"美人"等词隐喻，毫不掩饰自己对君王的忠心和劝谏，其心怀天下，与唐代的诗圣杜甫有奇妙的共鸣，甚至经历也有类似之处。屈原在诗中也运用了大量自然现象，如打雷、下雨等等，同时加入了自己的想象，使整个意境变得神秘又震撼，这也是《楚辞》的一大特色，极尽所能寓情于景，描述了自己心中的忧愤和绮丽的幻想，对后世诗人产生了巨大影响。

除此之外，还收集了楚地祭祀时的歌谣，创作了《九歌》这种祭祀歌谣集，内容也大多是神与人类的恋爱故事，充分体现了自由、反抗精神。在战国时期，诸子百家争鸣，人类理性思想也逐渐萌芽，屈原作为时代精神的先驱，此处的神明并非是传统的宗教信仰，而是对传统无声的反抗。

《楚辞》不只有屈原的作品，同时收录了后世骚体诗体系的作品，佼佼者如宋玉就创作出许多脍炙人口的名篇。宋玉深谙楚国宫廷文化，作品诙谐幽默，《高唐赋》辞藻华美，富有情趣，《九辩》意境高远，充分体现中国文人悲秋思想，富含人文情怀，《登徒子好色赋》巧妙运用烘托手法描写一位女子之美，表明自己的爱情观，生动形象，寓理于事，在战国时期这种思想站在时代前列，具有很高的艺术价值。而宋玉这两篇赋也开创了后世"赋"的潮流。

3. 楚调之歌——汉代英雄群豪

在秦国统一天下后，天下很快大乱，进入汉朝后，南方的"楚调"开始流行。因为处于动荡时代，豪杰辈出，出现了很多有志之士抵抗强权。《史记·刺客列传》中荆轲所作"风萧萧兮易水寒"体现了英雄末路的悲壮无奈和坚决，也是楚调流行的佐证之一。同样出名的还有名将项羽的《垓下歌》，整首歌悲壮凄美，句末也同样大量使用"兮"，这种语言习惯与《楚辞》大同小异。项羽的对手刘邦也曾作楚调《大风歌》，与项羽的悲壮不同，这首歌气势磅礴，志得意满的情绪跃然纸上。

刘邦是楚人，在秦朝灭亡后，实力最强盛的楚人，最终获得了统治权，也因此楚调得以传承延续至汉朝，壮大了新的文学体裁——赋。汉朝最有名的赋者当属司马相如，他与夫人卓文君的故事也是一段传奇。赋在宋玉时期就已经萌芽，宋玉是宫廷文学代表，赋对作者要求极高，要对各种文学典故烂熟于心，辞藻也要华美精致，句式上也有严格规定。赋是《楚辞》的另一种体现，尤其卓文君的《白头吟》中，这种相思相爱、自由追求的果敢思想正是对楚辞思想的诠释。

汉武帝时期的李陵、苏武风格又有不同。在抵抗匈奴的恶劣环境下，二人境遇都很坎坷，辞赋中表达出的坚韧、悲凉让人为之动容，这两位的作品同样沿袭楚辞文体，每句五字，五言诗在当时并不常见。汉武帝时期多民族融合开始，出现许多新乐器，新的歌谣也由此诞生，推动了诗赋谣的发展。李延年的《北方有佳人》不拘泥于一句五言，而是伴随新的乐器改变诗歌的句式，成为新的宫廷文学和音乐文化。内容方面也有改变，从单纯的宫廷歌曲转变为现在具有思想性的、对君王有所劝谏的歌谣。

前汉时代女性在诗歌上同样有所建树，相比于男性诗歌的悲凉雄浑，女

· 151 ·

性的诗歌内容虽然有所局限，基本为描述和亲、嫁娶内容的叙述诗和男欢女爱的怨体诗，但在情感方面更加细腻。比较著名的有乌孙公主的《悲愁歌》和王昭君的《怨诗》，作为外交政策的一环，和亲对于国家来说是利国利民的，但对于当事人却是远离故土的思念之情和与家人天各一方的悲痛。还有一个代表是班婕妤，她的《怨歌行》是怨体诗的先驱，借物抒情，情感真挚。这些诗是女性悲剧的象征，塑造了坚忍不拔、意志坚定的女性形象，也是女性思想觉醒的先驱。

4. 民之诉——后汉古乐府

乐府诗真实鲜明地反映了民间生活，有助于统治者体察民心，巩固统治，也对后世研究风俗和文化有重大意义。

古乐府内容主要分三种：（1）反映生活疾苦。比较典型的是《东门行》，斗争性和反抗性最为强盛，采用第一人称，叙述了极端困境下的无可奈何。（2）抒发对战争和赋税徭役的不满。（3）男欢女爱。《有所思》中描述了一位未婚夫出轨的女子，诗歌叙事简洁，情感层次分明，层层递进，将感情直观表达出来，有戏剧一般的效果。

在乱世的背景下，权力更迭频繁，思想碰撞激烈，贫富差距拉大，各阶层迎来新的价值观洗礼，人民将心中所愿寄托给神明，在后汉末期，道教、佛教发展鼎盛，乐府诗中也大量出现歌咏神仙、描述时代更替的诗。《长歌行》中就直接描述了"仙人""白鹿"灵芝等物，也反映了中国农民固有的、对自然的崇拜。

5. 知识分子的挫折——《古诗十九首》

后汉末期，以五言诗为中心的变革悄然发生，其作品群就是《古诗十九首》，由萧统选录19首编入《文选》而成，是乐府古诗文人化的显著标志，语言风格质朴，描写生动真切，浑然天成。

《古诗十九首》创作时代处于后汉晚期，此时朝政由外戚、宦官和读书人，即官僚三方把持，读书人在太学读书来考取功名进而升官参政，三足鼎立下，最终宦官势力强压知识分子，大量官员被投入狱中，或被追杀。在这种极端的情况下，民怨沸腾，以五言诗的形式抒发心中愤懑，批判政府统治。

诗人假借生别离、悲相思之情，用联想的手法隐喻朝事，隐晦表示了内心激荡的忧愤。诗中有许多内容融合了道教、佛教思想，整体表现出一种无常

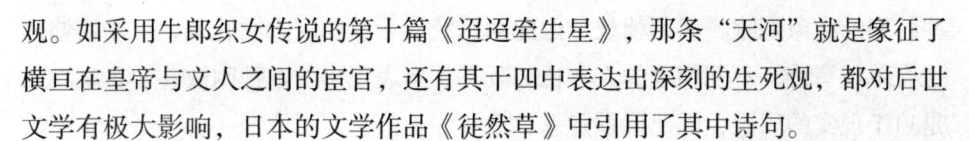

观。如采用牛郎织女传说的第十篇《迢迢牵牛星》，那条"天河"就是象征了横亘在皇帝与文人之间的宦官，还有其十四中表达出深刻的生死观，都对后世文学有极大影响，日本的文学作品《徒然草》中引用了其中诗句。

汉朝已经出现了闺怨诗，在这人人自危的年代，文人们把自己比喻成弃妇，将君王比喻成无情的丈夫，这种手法最早应该体现于屈原作品中，不过屈原是把君王比喻成美人，此处略有不同。《诗经》中也有闺怨诗，但《古诗十九首》中的闺怨诗更像是文人互通心意想法的暗号，细细品味别具深意。

在这种混乱的年代下，男子尚且不能自保，更遑论女性，女子的生活更加悲惨。东汉著名的女诗人蔡文姬一生坎坷，虽然有才有德，在乱世中身不由己，被匈奴绑架后幸得曹操相助才得以回归故里。或许因此，蔡文姬作品言辞悲愤激烈，其中《悲愤诗》、《胡笳十八拍》反映了胡人的生活，是女性文学中杰出的作品。

6. 抵抗与逃避之间的游走——三国时期

三国时期，有一位诗人，也是军事家、政治家不得不提，那就是曹操。三国时期有三曹，曹家父子的文学造诣都极高。曹操并没有受到儒学的影响，其父辈与知识分子之间有不共戴天之仇，也间接影响了曹操的文学风格。历史上曹操常被称呼为奸雄，但他在文学上的成就不可磨灭。在曹操执政时期，涌现出如"建安七子"等一大批有才之士，极大地拓宽了文学题材和创作技巧令文坛焕然一新。目前曹操有20余首诗传世，大部分都是反映时代背景抒发自己的感慨，其中《苦寒行》流露出厌战思想和诗人积极向上的精神，《龟虽寿》中体现出的知足常乐的平常心与"残暴""血腥"的曹操判若两人。

曹操的四子曹植被誉为杜甫之前中国品第最高的诗人，他吸取了前人经验，把自身经历和愤慨化为力量写进诗中，开拓了诗歌的新题材和新手法，确立了汉诗的形式，为后世传承，其诗歌之精妙，甚至被誉为文学界的孔子。

曹植作品的风格之一是"主题与变奏"，《七哀诗》表面写思妇诉说被丈夫遗弃的哀怨，实际上是曹植隐喻自己被兄长排斥疏远的苦闷与抑郁。这种以弃妇自比的例子不算少见，曹植的兄长曹丕写了一首《寡妇诗》，读起来感情比曹植和曹操更加细腻，缠绵悱恻，抒发了寡妇的悲伤。

三国时期邺都的建安七子也是中国文学史上浓墨重彩的一笔。七个人均是少年天才，才华横溢，各有所长，不畏强权，颇具文人风骨，诗歌中通过一些特别的意象隐喻、讽刺朝政，因此触怒统治者，在权力倾轧下，下场凄惨。也有单纯写诗、不问朝政的人，比如阮籍，但表现出的这种闲散并非真实，而是迫于现实的屈服，因此诗歌隐忍，意味深长。

其他还有程晓、傅玄等诗人，写作内容风趣，结合季节和时令作诗，通过暑热、风雪等意象来隐喻，也抒发了自己的气概，这是文人不可摧的傲骨和风气，也被称为建安风骨。

7. 百人百性——西晋诗人

诗书列举了西晋政治家张华、文学家潘岳、名将陆机、寒士左思四人，四人皆是西晋文坛举足轻重的人物，各具特色。

张华既是一位文人，同时还涉及朝政，在混乱的时代里仍能保有文人的风骨，十分不易。张华文采斐然，文学功底深厚，工于诗赋，辞藻华丽，同时经常帮助有困难的文人，其中有些人成为后世"太康文学"的代表人物。张华作品中展现出一种理想主义，表达了愿为天下奔走的勇气，同时开创了新的题材。以往都是女性视角的闺怨诗，张华开创了男性对女性表达哀怨情愁的先例。潘岳受其影响，留给后世三首悼念亡妻之作，也对后世产生了极大影响。

在张华帮助的学生中，陆机成为"太康文学"文武两道文坛的支柱之一，与潘岳合称"潘江陆海"。陆机接受的是南方文学，他的诗歌氛围厚重，比较伤感悲壮，抒发了自己的孤寂之情。陆机还创作了《文赋》，主张自省、批判，很有见地。

至于左思，他出身于寒门，其貌不扬，与上述三人完全不同。虽然有很高的才华，但是在门阀制度下郁郁不得志，因此诗中始终怀有对贵族的蔑视，表达自己的抱负。关于他最著名的典故大概就是"洛阳纸贵"，由此可见才华惊艳。左思也受到竹林七贤的影响，主张顺承内心的老庄思想，向往隐居生活，但这大抵也是迫于世事的无奈之举。

8. 动荡年间——西晋至东晋

西晋末年，外戚专横，导致八王之乱。西晋的王族、贵族、政府高官全部南迁，这种大规模迁移，历史罕见。在乱世之中，军人的职责更重，需要守备、作战。刘琨就是一位将军，有闻鸡起舞的典故。他的诗反映了军旅生活，读起来慷慨悲伤，同样抒发了对朝政的不满和深沉的忧患，闻者戚戚。

在这种情况下，儒教式微，竹林七贤崇尚的老庄思想也渐渐只剩下躯壳,变成单纯抽象、神秘的"玄言诗"流行起来。郭璞是有名的大家,是正一道教徒,精通易经和算术推演,是有名的方术士,擅长占卜、历算等,因此诗中常出现仙人、蓬莱、隐居等意象。这种抛弃现实、追求成仙的诗歌大部分都是对现实不满,暗含对现实世界的批判,也表达了诗人的绝望和无力,只能求助神佛,被称为"游仙诗"。

9. 唯求豁达——陶渊明的世界

西晋末年,开始流行在诗中展示、描述自己的形象。这种题材的集大成者是陶渊明,代表作《五柳先生》,前人并非没有写过自己,但是堂堂正正没有假借任何意象的,陶渊明还算是第一人。

至东晋,政权渐渐由贵族转移至军阀手中,陶渊明的父辈就是有名的将军,这对陶先生的思想也有一定影响,作为南方人,陶渊明思想基础就是儒学,在接触到北方竹林七贤的老庄思想后两者产生了摩擦与融合。他的诗不仅完整反映了时代潮流,还引用了许多《论语》内容。

陶渊明虽是贵族,但是在他的自传《五柳先生传》中却自称是一位隐者,在当时虚荣的社会中实在是太嘲讽,有很强烈的反俗精神。从自传中可以看出,陶渊明崇尚自由,鄙视官场上的虚与委蛇,宁愿忍受物质上的清贫,也不愿接触社会污浊,比物质充足更重要的是精神充实。诗中也经常出现酒、菊意象,反讽贵族,自证高洁。

陶渊明的田园诗数量最多,成就也最高,可以说是开创了一个流派。受到竹林七贤的老庄思想影响,他热爱田园生活,为了避世,选择隐居,从诗中确实可以看出他在农作中发现了乐趣。陶渊明也受佛教影响,诗中流露出无常观和时间更迭的超然思想。在日本,知识分子普遍认同陶渊明的形象,用酒逃避现实人生,融入自然来充实自我,洒脱、豁达,令人敬佩。

但是,陶渊明不仅是单纯的隐者形象。陶渊明《杂诗十二首》中表达了他对政治的失望和对官场的厌弃,也有对自己怀才不遇的愤懑,更多的是知音难觅、抱负难成的孤寂感。于是他在诗中为自己构建了一个奇妙的"山海经""桃花源"世界,任思想遨游,是一个理想的乌托邦。陶渊明与屈原有许多相似之处,单从《渔父》中便可以看出,二人都是"举世皆浊我独清"的高洁之士。

如果说早年陶渊明的生活还只是清贫,那么晚年可谓是穷困潦倒。在封建社会下，贵族耽于享乐，农民的生活却如此艰难，也是陶渊明想向读者传达的。最后回到他刚开始所做的《归去来兮》，也是承袭《楚辞》创造出一种理想的、乐天自然的意境，寄托了所有在现实无法实现的生活理想，大概只能在这方自然里找回本我、洗涤心灵吧。

二、论文类成果述略

本书旨在基于前辈之研究，抛砖引玉，给读者一些启发，为我国楚辞学界提供第一手的日本楚辞学研究资料，因此，重点选取了近年来日本知名汉学家、楚辞研究学者的楚辞研究论文30余篇，整合我校团队力量，翻译成译著两部，共计30万余字，并将译介成果汇集成书，介绍给中国学界，以资互融互通，中日互鉴。在此基础之上，笔者将上述30余篇楚辞研究文献进行了系统的考证梳理和文本细读，以期理清其楚辞研究脉络，为国内学界了解日本楚辞学的动态前沿贡献一份绵薄之力。若对上述30余篇楚辞学研究论文进行分类的话，大致可归结为两大系列：

（一）作家、作品、读者：日本楚辞学文献研究系列论文

该系列主要是本体研究，包括屈原研究和屈原作品研究。主要代表成果包括：日本汉学家儿岛献吉郎、稻畑耕一郎、成家徹郎、藤野岩友、小南一郎、桥川时雄、田宫昌子、藤原尚、武者章、竹治贞夫、朴美子等11位日本汉学界代表性学者的楚辞研究论文共14篇。作品内容主要关涉针对楚辞文本及作家开展的注释、研究、品评、赏鉴、考证等。具体包括以下三大类别：

第一，屈原研究。例如：儿岛献吉郎的《诗人屈原论说》《诗人屈原（二）》《诗人屈原（三）》；稻畑耕一郎的《屈原否定论的系谱》；成家徹郎的《屈原的生辰——根据出土资料的解密》等5篇。关于儿岛献吉郎的《诗人屈原论说》《诗人屈原（二）》《诗人屈原（三）》在本章第三节第二部分中已做专论探讨，此处不再赘述。

第二，屈原作品研究。主要代表性成果包括：藤野岩友的《自序传的性质——以楚辞为中心》；小南一郎的《楚辞的时间意识——从九歌到离骚》；桥川时雄的《离骚是什么》；稻畑耕一郎的《颛顼及其后代的传说笔记——离骚首句试解》；田宫昌子的《王逸《楚辞章句》屈赋注中《离骚》主题的展开》；藤

原尚的《〈天问〉的视点》；朴美子的《林椿的〈渔父〉诗考》等7篇。

第三，基于出土文物的实证研究。其代表性成果包括：武者章的《卜辞所见咸戊与咸》；竹治贞夫的《包山楚简确解的离骚占卜章节》等2篇。

由于篇幅所限，在此抽取两篇极具话题热度的案例，与大家共同探讨，其余篇章具体内容将另行讨论。

1. 屈原"否定论"的谱系与治学反思

曾几何时，屈原"否定论"甚嚣尘上，成为席卷中日楚辞学界的一股飓风。如今，这一思潮，随着时间的推移，不攻自破，偃旗息鼓。但追溯和反思其发展历程，对当今楚辞学界仍极具价值。

稻畑耕一郎先生在《屈原否定论系谱》一文中，系统梳理了廖平《楚辞新解》、胡适《读楚辞》、何天行《楚辞新考》、卫聚贤《〈离骚〉的作者——屈原与刘安》、朱东润《楚歌及楚辞》等屈原"否定论"的发展脉络，认为：

（1）廖平在《史记》的不完备之上，结合自己的把经学分为天学和人学的经学说，得出"凡古人文中人名皆属寓言""汉初人，恶其秦出，乃有以屈子之名，遂归之"这样的陈述，并无明确的主张。

（2）胡适的"否定论"，在其基本部分存在被误解和讹传的地方。虽然胡适被当成是"否定论"的领袖，实际上他并不是完全否定屈原的存在。严格意义上，甚至可以说他不是"否定论"者。

（3）否定论当中，最周到并且最成体系的当属何天行的《楚辞新考》。其"否定论"特色在于，从《史记》屈原传记述的不完备和《楚辞》一书始于刘向之作这两点出发，把它们和刘向、刘歆父子的古书校勘事业结合起来，再进而考察淮南王刘安的生涯和思想，从而得出"屈原=淮南王刘安"这一观点。其论证的过程，虽有思维跳跃亦或判断草率之处，但与廖平以及胡适的"否定论"相比，要周到得多，系统得多。而且，其作为论据的支撑材料即便与屈原"否定论"无关，迄今而言仍具有重要的学术参考价值。何天行的实证分析研究方法，在当今学界也极为推崇，值得加以充分运用和引人深思。

（4）卫聚贤的主张大体上和何天行的主张重合。他赞同何天行的"屈原=刘安"的说法，补充了何天行提出的论据。与何天行不同是，他认为伪造屈原名字的是前汉的贾谊。他不把《史记》屈原传当作是后人的伪作，而是持有司马迁故意粉饰捏造的立场。这是和何天行的主张稍有出入的地方。

（5）朱润东的论文，随处可见"可能"、"大致"、"似乎"等语，可见行文上的慎重的考虑，但是，给人模棱两可的暧昧之感。

稻畑耕一郎追溯"否定论"的系谱发现，他们都有一个共同的基础：那就是受到了清末开始盛行的所谓"疑古派"的学问的影响。屈原"否定论"不仅是针对屈原，或者是《楚辞》的批判，而是和清末到民初的学问整体的动向紧密相关。它是从比较考核现存的古代文献、判断矛盾部分的真伪（多为伪作）这种疑古派的思考方式和方法生发出来的。

但是，近年来，积极的"否定论"的声音逐渐变小了。这自然是因为"否定论"自身的缺陷和矛盾逐渐显现出来，更重要的原因是，作为古代学问整体的动向，疑古学逐渐衰退，考古学逐渐抬头。屈原"否定论"是由所谓疑古派的学风触发衍生出来的，结果却发挥了其作为近代楚辞学的出发点的作用。由此可见，随着时代的发展，屈原"否定论"虽不攻自破，但是这种近代楚辞学风的演变思潮发人深省。

2. "屈原生辰"解密

成家徹郎的《屈原的生辰——根据出土资料的解密》[①]一文，结合既往文献资料，对比了《史记·历书》的岁星纪年法、马王堆汉墓帛书"五星占"、藏语起源，以及传入楚地的印度文化，对于屈原的生辰问题，进行了严密而审慎的考辨。其将屈原《离骚》中有关自己生辰的记载"摄提格年，正月庚寅日"的记述和出土帛书"五星占"中获取的信息结合起来，最终，断定屈原的生辰为"公元前340年（夏历）正月8日庚寅日（西历2月28日）"。继而，虽然与郭沫若得到的日期一致，但是，他认为郭沫若的研究方法是错误的，并分析了其原因。成家徹郎之研究，综合运用了天文、地理、历史、考古等多学科的知识和研究方法，重视基于史料分析与出土资料的实证主义研究方法，让人耳目一新，叹为观止。

通过对作者时代背景和作品内容、风格的把握，以及作品内容的反复推敲、打磨、比照，力求突破中日语言障碍，为国内学界探知日本楚辞学研究的动态提供一个窗口和途径。跨文化语境下，不同文化土壤滋养下，两国楚辞学

---

① 成家徹郎，出土資料で解き明かす：屈原の誕生日，人文科学，第9巻（2004）：27-56

者的治学理念和研究范式必然会有所不同，通过这些研究，我们可以窥见当今日本楚辞学者对屈原及其作品研究的视角、理解和领悟，以期为我国学界提供一种思考。

（二）创作与接受：日本楚辞文献研究系列论文

该系列日本楚辞研究文献，突出特点为：材料新、内容新，方法新，可为国内学界了解当代日本楚辞研究的前沿、发展动态和主要观点提供借鉴。其内容主要关涉《楚辞》相关热点话题研究以及《楚辞》的传播、流变以及影响研究。从研究主题和内容来看，可分为以下三类：

第一，《楚辞》相关热门话题探讨。《楚辞》相关热门话题日趋多元，日益成为近年来的研究热点，其代表性成果包括：権五名明的《戏曲〈屈原〉是怎样进化的》、稻畑耕一郎的《芦东山与楚辞——〈楚辞评园〉二三事》、羽仁协子的《批评与介绍：中国挽歌的诞生——屈原及其所处的时代》、田宫昌子的《屈原形象在中国文化史上的作用：汉代祖先原型的出现》、大矢根文次郎的《历代屈原观与〈离骚〉》、安藤信广的《〈九歌〉笔记（一）——屈原以前有关〈楚辞〉的笔记》等。

第二，《楚辞》与中国典籍《诗经》、《汉诗》、《淮南子》、《山海经》等中国经典典籍的关联性研究。相关研究成果丰沛，体现了日本汉学家、日本楚辞研究学者深厚的文学积淀和学术功底。近年来比较具有代表性的成果包括：野平宗弘的《特辑·亚洲中的日本：越南诗人阮攸19世纪初之汉诗作品中的屈原》、矢田尚子的《〈淮南子〉中的天界云游之表现——以俶真训为中心》、松田稔的《〈楚辞〉与〈山海经〉——神话记述的考察》、竹田复《〈诗经〉与楚歌》等。

第三，文化影响类研究。文化影响类楚辞学研究文献，成为21世纪的热点之一。代表性研究包括：藤野岩友的《楚辞对日本近江奈良朝文学的影响》、桥川时雄的《从秦法看离骚之美：关于"弃灰者刑"》、好并隆司的《中国古代祭天思想的发展：巫祝与医术》、工藤元男的《从简帛资料来看楚文化圈的鬼神信仰》、石原清志的《巫山仙神女续考》等。

由于篇幅所限，难以将上述文章一一述评，下文选取近年来在日本楚辞学界较为活跃的田宫昌子、矢田尚子两位学者之文章，作为分析案例，探讨她们的楚辞学治学方法和路径思考。

1. "悲愤慷慨"的屈原形象之原型

自汉代以来至今，屈原形象作为"悲愤慷慨"英雄形象，经历了极长的传承周期，成了一个形象谱系。田宫昌子在《屈原形象在中国文化史上的作用：汉代祖先原型的出现》一文中，将屈原形象作为考察中国文化特质的切入点，追溯了汉代屈原形象原型诞生的来龙去脉。

田宫之研究的整体计划由古典期、近现代两部分构成。古典期又分为汉代屈原形象的形成和之后王朝的传承两个部分。该文章第一部分讨论了从先秦时期到汉代流传的对屈原及其赋的理解的文献史料，第二部分则是对将各种价值观原型注入中国文化史的司马迁《史记》中的屈原形象的探讨。文章开篇整理了诸多相关史料以及既往研究的相关学说，而后围绕"屈原形象"进行史料分析和内容分析，列举了大量例证，得出了如下结论：

（1）作为屈原评价核心的屈原人格是在由衷体会屈原赋代表作《离骚》意境的前提下确立的；

（2）贾谊"为赋以吊屈原"之行为促成了前汉统一的文学传统，奠定自后汉早期的班固、杨雄等人开始，后世不断出现的屈原批判的基调。"为赋以吊屈原"之句出自汉代文学家贾谊的作品《吊屈原赋》。屈原自沉于湘水支流汨罗江，贾谊触景生情，作此凭吊屈原同时亦以自伤。田宫认为"为赋以吊屈原"是指用悼念屈原，进行言辞创作的行为，将自身社会生活遭际（主要是官场不遇）比作屈原，从而抒发内心感悟的思想核心。

（3）王逸《楚辞章句》解释其拥护和称扬儒学的立场，这也成为后世对屈原评价的基调。史料分析和实证研究是该文的主要特色。

2.《离骚》之天界云游思想在《淮南子》中的表现

成书于汉武帝前期的《淮南子》是记载汉初道家政治思想的书，但是，这本书也含有大量的文学要素，其文章中也能看到《离骚》中的天界云游思想。但是，关于该思想在《淮南子》中的体现以及其中的必然性问题，以前似乎不被关注。

矢田尚子在《〈淮南子〉中的天界云游之表现——以俶真训为中心》[①]一

---

① 矢田尚子，『淮南子』に見える天界遊行表現について—俶真篇を中心に，言語と文化，第16期（2007）：63-78

文中，选取《俶真训》的天界云游思想。分析首先，通过分析出现该思想的文脉来看该思想的作用；其次，通过上述结果来考察以下问题：（1）《楚辞文学》和道家思想在《淮南子》中是如何被融合的？（2）《淮南子》使用天界云游思想有什么样的必然性？（3）《淮南子》的《俶真训》，虽然被认为与《庄子》关系密切，但是，《庄子》中的天界云游表达与《俶真训》的这种表达存在不同之处，这一点也值得一并探讨。

通过解读该思想在文脉中的体现，矢田尚子得出如下结论：（1）《淮南子·俶真训》中反复阐明，不为外界贪欲刺激所动摇，保持内在精神安定，坚守自身本性的"养性"的重要性。（2）圣人和真人被描述为通过"养性"而掌握了"道"的人物，并被设定为统治者应当追求的理想形象。只有通过"养性"使本性和"道"融为一体的人物，才能如"道"统御万物一样治理天下。

矢田尚子认为，这是《庄子》外、杂篇中的观点，是当时十分盛行的《庄子》研究和统治论解释融合的结果。于是，《淮南子》为了描绘道家式统治者的理想形象而引用了与《离骚》相通的天界云游思想。汉武帝中后期之后，由于儒教兴起而被拉下政治思想中心的道家思想，改变了以"无为"和"养性"作为个人处世之道的姿态，通过与神仙思想结合来延续其命脉。因此，由于被《淮南子》引用而与道家思想紧密关联的天界云游思想，也从描写道家式统治者的手法，化身为楚辞"远游"中那种个人得道登仙的手法。

综上所述，我们可以窥知，日本历代楚辞学者的治学严谨，对楚辞文学以及中国文学典籍、传统思想的学养深厚；注重史料分析和出土文物相佐证；注重跨学科研究方法的综合运用；注重文本分析和审慎推敲，几乎可以说将微观研究做到了极致。

三、21世纪日本楚辞科研项目

进入21世纪以来，日本楚辞学者越来越注重集团作战，随着楚辞学会日本分会的组建，研究队伍不断发展壮大，学者们凝心聚力，成功获得日本文部省的科研经费资助，一系列的系统性综合性研究项目得以付诸实施。通过检索日本科研经费检索官方网站可知，20世纪90年代至今，日本《楚辞》间接相关科研项目48项，直接相关项目8项，除了小南一郎的《楚辞の思想史的研究-道

家思想との関わりを中心にして》（1991—1993）；黑须重彦的《『楚辞』における植物の文学的表象性—特に「九歌」を中心にして》（1989—1990）之外，其余6个项目均为21世纪以来近20年的项目，并且研究经费由八九十年代的90万日元（约合人民币4.43万元）激增到400余万日元（约合人民币19.69万元）。《楚辞》直接相关的主要研究项目如下表3-7所示，其中较为有国际影响力的是以下两项：

（一）大野圭介团队：中国古代战国时期楚文化的跨学科研究——着眼于楚文化与中原的关系

2009年度日本文部省科研费基础研究（B）一般项目："中国古代戦国期における楚文化の学際的研究——中原との関わりに着目して"。此项目由大野圭介挂帅，项目组成员包括：石川三佐男先生、涩泽尚先生（福岛大学副教授）、谷口洋先生、田宫昌子先生等。

日本国内的合作支撑包括：田岛花野先生（东北大学大学院博士生）、中村贵先生（华东师范大学博士生）、野田雄史先生、吉富先生、矢田尚子先生等。研究成果为：大野圭介主编的《〈楚辞〉与楚文化的综合性研究》（东京：汲古书院，2014年）。除此之外，项目组还配置了海内外的一流的专家学者提供合作支持，其中，海外合作专家学者包括：黄灵庚先生（浙江师范大学教授）、徐志啸先生（复旦大学教授）、汤漳平先生（漳州师范学院教授）等。日本近年来楚辞研究呈现出大型化、综合化、跨学科化的发展趋势，并且取得了可喜的成果。

（二）矢田尚子团队：日本楚辞学的基础研究——以江户、明治时期为对象

2013年度基础研究（C）一般项目："日本楚辞学の基礎的研究—江戸・明治期を対象に—"。此项目的研究视点与2009年的项目完全不同，主要聚焦于日本江户、明治时期的日本楚辞学文献资料的整理与研究层面。不论是在楚辞研究领域抑或日本汉学研究领域，由于历史久远，往往被等闲视之。例如：江户时期芦东山的《楚辞评园》、北越董鸥洲的《王注楚辞翼》和龟井昭阳的（1773—1836）的《楚辞玦》；明治时期的西村时彦的《屈原赋说》上下卷、《楚辞纂说》等著作。尽管江户、明治时期的楚辞学成果及文献资料出自具有丰沛汉学知识的学者之手，但是，由于大部分仅以抄本和草稿流传于世，现今闲置于日本各地的研究机关，中国学者自不待言，就连日本的研究者亦难

以阅读，因此，陷入了难以系统研究之状况，亟待解决，这也是石川先生的多年夙愿。

鉴于此种状况，以矢田尚子（盛冈大学）为代表，集合了石川三佐男（秋田大学）、大野圭介（富山大学）、谷口洋（奈良大学）、田宫昌子（宫崎公立大学）、矢羽野隆男（四天王寺大学）等人，并且获得了日本学术振兴会科学研究费助成事业学术研究助成基金的助成金支持，组成了阵容庞大的"日本楚辞学的基础研究"小组，以系统性地研究江户、明治时期日本汉学者的楚辞学、明确其学术价值为目的，展开了综合性研究活动。

该项研究活动的研究对象为著于江户、明治时期的楚辞学资料，包括：芦野东山的《楚辞评园》、龟井昭阳的《楚辞玦》、北越董鸥洲《王注楚辞翼》、西村时彦的《屈原赋说》和《楚辞纂说》等，这些数据基本上为抄本及草稿。把这些资料加以印刷出版并使其系统化，对于楚辞学以及日本汉学研究来说是必要且不可缺少的基础工作，但由于此项工作费时费力，凭借个人之力很难完成。于是，该研究小组汇集了长期以来一直从各个角度致力于楚辞研究及日本汉学研究的研究者的见解和经验，来推进日本楚辞学资料的刊行以及系统研究[①]。

该团队在研究这些数据的同时，也进行了活字数据化，将来予以印刷出版，便于作为研究资料加以利用[②]。其研究成果不仅在日本学界得以发表，而且还在2015年中国淮阴屈原暨楚辞学国际学术研讨会中公开发表，并辑录于该国际会议论文集中。除上述两大在中国国内知名度较高的项目，还有六个重要项目，基本情况如下表3-7所示：

[①] 矢田尚子, 日本楚辞学の基礎的研究—江戸・明治期を対象に—, 中国屈原学会, 中国楚辞学, 第二十二辑. 北京: 学苑出版社, 2013: 412-414.
[②] 矢田尚子, 野田雄史, 田宫昌子, 荒木雪葉, 矢羽野隆男, 前田正名, 谷口洋, 大野圭介, 日本江戸・明治期の楚辞学. 中国屈原学会, 中国楚辞学, 第二十六辑, 北京: 学苑出版社, 2015: 228-248.

表3-7　21世纪以来日本楚辞学相关科研项目统计

项目名称	研究期限	负责人	成员	所属机构	项目经费（元）
1.日本楚辞学在国际汉学中的定位与意义	2019.4.1—2022.3.31	田宫昌子	矢羽野隆男、谷口洋、矢田尚子	宫崎公立大学	21.22万
2.魏晋南北朝时期《楚辞》文学的演变与影响——楚歌、屈原形象、游行	2021.4.1—2025.3.31	大野圭介	野田雄史、矢田尚子、谷口洋、田宫昌子、田岛花野	富山大学	19.93万
3.汉代楚辞作品的多视角研究——以文学、思想、文化研究资料的再评价为目标	2018.4.1—2022.3.31	矢田尚子	塚本信也 狩野雄	东北大学	21.87万
4.对传统《楚辞》解释的再探讨	2017.4.1—2022.3.31	田岛花野	大野圭介、谷口洋、矢田尚子	东北大学	21.87万
5.日本楚辞学的基础研究——以江户·明治时期为对象	2013.4.1—2017.3.31	矢田尚子	荒木雪叶、田岛花野、野田雄史、前川正名、大野圭介、谷口洋、石川三佐男、田宫昌子、矢羽野隆男	新潟大学 盛冈大学	23.15万
6.中国古代战国时期楚文化的跨学科研究——着眼于楚文化与中原的关系	2009—2012	大野圭介	谷口洋、石川三佐男、田宫昌子、涩泽尚、矢田尚子、野田雄史、吉富透、田岛花野、中村贵、徐志啸、黄灵庚、汤平	富山大学	36.66万
7.日本楚辞学在国际汉学中的定位与意义	2019.4.1—2022.3.31	田宫昌子	不详	宫崎公立大学	21.1万
8.中国古典文学中异文化形象的形成	2009—2011	大野圭介	无	富山大学	6.88万

资料来源：根据日本情报资料馆官网数据，由笔者绘制，原文为日文，中文为笔者译。网址：https://cir.nii.ac.jp/crid/1420845751147454080，html，访问日期［2022-6-30］。

由上表3-7可知，21世纪以来，日本楚辞研究学界呈现出新的学术气象：（1）团队作战，大型科研资金资助，甚至与中国学者联合，呈现出跨学科、跨国界进行学术合作的新趋势。（2）田宫昌子、大野圭介、矢田尚子、田岛花野为首的新一代楚辞学者，接过楚辞学研究的接力棒，成为近年来活跃在日本楚辞学学术研究一线的中流砥柱。（3）矢羽野隆男、谷口洋、野田雄史、塚本信也、狩野雄、荒木雪叶、前川正名、涩泽尚、吉富透、中村贵等来自日本各大学的学者也跻身研究团队之中，有些学者同时参与了多个研究项目。（4）这些团队不仅局限在其国内，而且还整合了中国楚辞学界的中坚研究力量。我国学者徐志啸教授、黄灵庚教授、汤漳平教授也参与了项目合作，标志着中日两国楚辞学界学者相互交流与融合的程度加强。

上述科研项目不仅在日本国内，也在海外楚辞学界引起巨大反响。可以说，这标志着日本楚辞学研究逐步从书斋型单打独斗到跨学科、体系化、科学化的方向迈进，其崭新的学术面貌、扎实的研究方略对于我国学界之研究亦不无裨益。

第四章 《楚辞》在日本的接受、影响与出路

楚辞不仅在中国有着源远流长的影响和研究史，在东邻日本，也有着漫长的历史影响，日本学者对它有着浓厚的兴趣[1]。《楚辞》很早就传入朝鲜半岛、日本、越南等国家和地区，由于地理位置、政治因素和语言文字等便利条件的支持，《楚辞》在日本、朝鲜、越南等汉学文化圈国家得到迅速的传播与普及，并引起广泛的关注和研究，对传入地的文学、文化、社会等层面的发展进步产生了深远影响[2]。在前三个章节中，本书主要围绕《楚辞》在日本的传播、译介与研究，进行了详细的分析和阐述。那么，其在日本本土的融合度如何？取得了哪些影响呢？本章将从《楚辞》在日本社会文化中的接受、《楚辞》在日本文学中的接受与影响等层面，阐述《楚辞》在日本社会的接受和影响情况，进而探讨《楚辞》在日本传播、译介与研究拓展的出路。

第一节 《楚辞》在日本社会文化中的接受

《楚辞》随中国传统文化典籍传入日本，对日本社会典章制度的确立与发展、文化传递与人文交流、本土社会文化的融合、信息技术迭代升级与资源共享、学科纵深的开拓与发展等各个层面均产生了潜在的重要影响。

---

[1] 徐志啸.日本楚辞研究论纲[M].福州：福建人民出版社，前言，2015：1.
[2] 刘君.《楚辞》译介的文化立场与海外传播[D].武汉：湖北工业大学，2020：14.

一、《楚辞》在日本古代典章制度中的接受

在日本历史上，飞鸟、奈良时期是日本全面摄入中国文化的高峰。当时中国先进的政治制度与思想文化，对日本确立国家制度给予了极大的帮助。在日本历史上，占据重要地位与影响的飞鸟文化，其产生与形成也正是得益于中国南北朝时期的文化与佛教思想的传入。

据竹治贞夫先生之论著《楚辞研究》可知，日本最早受到《楚辞》影响的文献，当数飞鸟时期圣德太子颁布的《十七条宪法》，从中可以窥见儒道佛法诸家思想的印迹，内容出自诸多中国古代文献典籍，成为后来的大化改新精神的先驱，影响深远。其第十四条说：

> 群臣百僚，无有嫉妒。我既嫉人，人亦嫉我。嫉妒之患，不知其极。所以智胜于己，则不悦。才胜于己，则嫉妒。是以五百岁之后，乃令遇贤，千载以难待一圣。其不得圣贤，何以治国。

在这段不长的文字中，谆谆告诫群臣认识嫉妒之害，进而言及人才对于治国的重要，力戒嫉妒的思想，其与该宪法第一条的"以和为贵"的基本思想是一致的。中国典籍中有不少说明嫉妒之害的文字，但既早而又反复申说的，则要数屈原的《离骚》了。言"嫉妒"之风首，如"羌内恕己以量人兮，各兴心而嫉妒"等，只言"嫉"或"妒"者，如"众女嫉余之蛾眉兮""世溷浊而嫉贤兮"，都是对朝廷内令人生畏的嫉贤妒能之风，表示痛心疾首。在屈原的其他作品中，也有直陈"嫉妒"或"嫉""妒"之弊的诗句。竹治贞夫认为，《十七条宪法》有关"嫉妒"的条文当中，就有楚辞这些字句和思想的影响。竹治的说法言之有理，得到了中日楚辞学界的普遍认同。同时，《十七条宪法》第十条：

> 绝忿弃瞋，不怒人违。人皆有心，心各有执。彼是则我非，我是则彼非。我必非圣，彼必非愚，共是凡夫耳。是非之理，讵能可定。相共贤愚，如环无端。是以，彼人虽瞋，还恐我失。我独虽

得，从众同举。

其中的"人皆有心，心各有执"，与《离骚》中的"民各有所乐兮，余独好修以为常"，"民好恶其不同兮，惟此党人其独异"，《九章·怀沙》中"民生禀命，各有所错兮；定心广志，余何畏惧"有相通之处。

《十七条宪法》堪称治国最根本的方针，其中出现如此多与"防止嫉妒、消除怨恨"有关的内容，实属罕见，从中可以洞见日本早期政治文化的特点：日本人讲求"内""外"之别的界限，对于集团内部成员，以和为贵之"和"便成为最高准则；嫉妒与怨恨被视为"和"的障碍，因而消怨防妒的目标便被提上议事日程，要求其成员务必遵守。这与我国"君子和而不同"的思想存在一定的距离，与屈原的生活态度和处事原则也并不完全相同。由此可见，《十七条宪法》中"防止嫉妒、消除怨恨"的意识，因应其政治生态的需要，得以空前强化。这种"以和为贵"与"和而不同"的理念差异，并不影响圣德太子在《宪法十七条》中对楚辞词句的借用。

《十七条宪法》规定新社会秩序下的"君、臣、民"关系准则，反映了中国儒家"德治""仁政"思想的影响。其中"王土王民"思想后来日渐扩大影响，成为日本皇室与贵族斗争的理论依据，最终在"大化改新"中变为现实。大化改新是日本古代最重大的变革，标志着日本进入封建制社会。其主要推动者中臣镰足和中大兄皇子都深受中国封建思想和文化，尤其是儒家思想的影响。大化改新领导集团根据中国儒学的政治理念和唐帝国的范例实行各项改革，其中最主要的改革措施是将皇室和贵族所有的土地和人民一律收归天皇所有，成为"公地公民"，然后实行"班田收授法"和租庸调制，"王土王民"的儒学思想即是支撑这些制度的理论支柱。

根据《大日本古文书》卷一，日本天平二年（公元730年），《楚辞》已传入日本，在这之后问世的日本汉诗集《怀风藻》里也有运用《楚辞》的诗句，说明此时日本的众多知识分子已经知道或者直接阅读过，亦或通过《史记》和《文选》等系列书籍读到中国的《楚辞》。至公元前9世纪末，《日本国见在书目录》出现后，其中内容表明，王逸等人的楚辞著作已传入日本。其中，科举选拔的有关内容，均有《楚辞》相关词句或思想的影响痕迹存在。

二、《楚辞》在日本的文化传递与人文交流

回溯日本楚辞学的发展历程可知,《楚辞》在日本的主要受众包括:奈良、平安贵族知识分子阶层、达官显贵遣隋史、遣唐史;中世时期的学问僧侣阶层,主要文化阵地是基于五山汉文学;近世时期(江户时期)的朱子学大儒阶层;近代(明治时期)以来的学者阶层;现代大学、科研院所的学者、学生、研究人员等。由上述受众可以发现以下规律:一是由官方到民间;二是由个人师承到课程教学;三是由小众到大众;四是由高端知识精英到普罗大众。此内容,在之前章节已有提及,此处不再赘言。

基于本书上述章节的论证可知,楚辞文献与日本各个典型时期社会文化有着充分的融合和关联,通过典籍传播、人员往来、学术交流、媒体报道等多元渠道渗透到普通民众的日常生活中。从中我们可以窥知,《楚辞》作为中国传统文化的瑰宝,对日本汉学以及日本社会文化等方方面面均发挥着深远的影响。

三、《楚辞》信息资源在日本信息化时代的接受

随着全球化浪潮的冲击,信息技术的发展,大众传媒渗透到各国民众社会文化生活的各个领域,普通民众亦可以"足不出户便闻天下事"。由于腾讯会议、ZOOM会议、网络平台、电子数据库等资源的搭建,为跨国际的楚辞学研究和国际研讨会的召开提供了技术支持。此外,楚辞相关电子书籍、影视作品、文化艺术活动逐渐走出大学象牙塔,进入普通民众的日常生活。因此,网络媒体的发展为楚辞学由高门槛的学术圈外溢到普通民众爱好者提供了便利条件。

四、日本楚辞学研究的学科纵深开拓

《楚辞》随典籍传入日本之后经历了从文献传播到系统研究,其在日本的不同时期,不同社会阶层中,所产生的接受度、融合度和影响程度均有所

不同，且这种接受随着时代的发展，在不同阶层之间有自上而下，由官方向民间，由贵族阶层向普通民众流动的态势。主要特征如下所示：

第一，从律令典章、科举考试中导入到译介、研习、模仿、创作、学术研究的发展。

第二，在各个典型历史时期的发展中，传播人员涉及社会各个阶层，体现了楚辞学知识在日本的阶层流动和代际传承。

第三，传播具有方向性。呈现出自上而下，由政府到民间，由上层统治者到普通民众流播与推广的特征。

第四，传播的载体和受众日趋多样化。传播载体涉及典章制度、文学作品、研究论著、影视作品、新闻媒体、文艺活动等。

由此可见，楚辞在日本的传播日益国际化、多元化和平民化，日益受到国内外多重因素的影响。《楚辞》在日本的受众阶层呈现出自上而下，由精英到民众、由官方到民间的发展流动，逐渐趋于学科化、世俗化、平民化、大众化、国际化和多元化。究其原因，这一接受和影响趋势，与时代语境、国际环境以及日本本土社会文化变迁均有一定的关联。

第二节 《楚辞》东渐及在日本文学中的接受与影响

楚辞何时东渐，确切的年代虽难考订，但一千多年来，其对日本本土汉文学的影响却是有迹可循，证据确凿的。梳理分析日本的文学传统和学术传统，有利于我们理解楚辞对其文学创作的影响。

王晓平先生在其文章《楚辞东渐与日本文学传统》中，认为直到明治维新期间，日本文学大致可分为"汉文学"和"假名文学"两大系统。汉文学是"公"的系统，类似"修身齐家治国平天下"，辨理言志，或者讲佛理做佛事，其内容多为汉诗汉文；"假名文学"是"私"的系统，抒发个人的感性、感悟，演绎日常事情，游戏笔墨。当然，这种划分不是绝对的，文学之间也会有潜在的交叉和融合。

但是，由于汉文学社会功用较为显著，显然其首先还受到中国文学的影响，日本独特的文化环境和传统审美也以汉文学为载体得以体现；通常认为，楚辞中的忧患与孤高意识影响了汉文学,而悲秋叹寂则影响了假名文学。楚辞东渐的过程,恰逢我国盛唐时期,实际上,我国各朝代都有其独特的文体,而盛唐携其文化优势,对日本汉文学的影响不可小觑。[①]

一、《楚辞》在奈良汉文学中的摄取

《楚辞》传入日本之后,即同其他中国典籍一样,受到官方和学者的重视,《楚辞》中的部分篇章被当作官方取士的必读篇目,具有教科书性质,对日本社会方方面面发挥着重要的作用和影响,尤其是对日本本土文学发挥了巨大影响。

(一)教科书性质的《文选》

《文选》在奈良时代(710—784)传入日本,这时间相当于我国盛唐时期。《文选》中选录了《离骚》、《九歌》(十一篇中的六篇)、《九章》(九篇中的一篇)、《卜居》、《渔父》、《九辩》、《招魂》等,可以说包括了楚辞的多数重要篇章。据此计算,则日本接触楚辞已有一千二三百年之久。《文选》在奈良时代初期就被当作官方取士(类似中国的科举考试)的必读书,《楚辞》的一部分篇章也就连带地具有了教科书性质。

我国学者王晓平指出,在日本古代史书《古事记》的上卷(神代卷)中,就出现了楚辞《渔父》的词句。日本学者藤野岩友认为,日本古典诗歌集《万叶集》(产生于313—759年)里的"反歌"就起源于楚辞里的"乱"辞[②];藤野岩友(2005)在其《巫系文学论》以及《楚辞给予近江奈良朝文学的影响》等文章中,通过对《日本书纪》《怀风藻》《万叶集》三部著作的考察,认为《楚辞》对7世纪成书的《怀风藻》《日本书纪》等近江奈良文学产生了一定的影响[③]。

(二)《日本国见在书目》的证据

《大日本古文书》第一卷(续十六所收)的写书杂用帖(正仓院文书)中有这样的文字:

---

① 王晓平.楚辞东渐与日本文学传统[J].职大学报,2003(1):26-30.
② 藤野岩友著,韩基国訳,巫系文学論,重慶:重慶出版社,2005:447-448.
③ 藤野岩友,中国文学と礼俗,東京:角川書店,1976:185-212.

> 离骚三帖，帖别十二卷，天平二年（730）7月4日，高屋连赤麻吕

该句中所指的《离骚》，是王逸注《楚辞》十六卷，即与平安时代的《日本国见在书目》所载录的"《楚辞》十六卷，王逸"是同一个版本。因此，我们可以推知，平安时代贵族学士们基由其中辑录的《楚辞》作品，涉猎到屈原与宋玉相关代表作的可能性甚高。

（三）最早的汉诗集《怀风藻》

日本最早的汉诗集《怀风藻》（成书于公元751年）中，收录了64位诗人的120篇作品，其中的一些诗篇，也可以看到《楚辞》影响的痕迹。

例如，下毛野虫麻吕《五言秋日长王宅宴新罗客序》："夫秋风已发，张步兵所以思归。秋天可悲，宋大夫于焉伤志……草也木也，摇落之兴绪难穷；觞也咏也，登临之送归易远。"其中可以看到宋玉《九辩》悲秋主题的变奏。藤原万里《五言过神纳言墟》："君道谁云易，臣义本自难；奉规终不用，归去遂辞官。放旷游嵇竹，沈吟佩楚兰；天阊若一启，将得水鱼欢。"运用了《离骚》香草喻高德的手法和上叩天阊的典故。

藤原宇合《五言游吉野川》："野客初披薛，朝隐暂（暂）投簪"，藤原史《五言游吉野川》："飞文山水地，命爵薜萝中；漆姬控鹤举，柘媛接鱼通"，移用了《九歌·山鬼》中对山中女神形态的描写[①]。

由此可见，奈良朝的贵族诗人们通过家喻户晓的《文选》通晓并吸收楚辞典故与诗语的可能性。当然，贵族诗人们通过六朝、初唐诗来汲取这些典故与诗语滋养的可能性更高。因此，我们可以推知，《楚辞》通过对六朝、初唐诗歌作品的影响间接影响了日本奈良朝的诗歌创作。因此可以认为，《楚辞》很早就在日本奈良汉文学文坛上占据着不可忽视的地位。

---

① 王晓平. 楚辞东渐与日本文学传统 [J]. 职大学报, 2003（1）: 27.

二、《渔父》在日本文学中的变异现象刍论——以《土佐日记》为中心

成书于公元720年的《日本书纪》是仿照中国《汉书》《后汉书》以编写"日本书"为标准的日本最早的敕撰史书，成书于720年，记述了从所谓神代一直到持统天皇时代的历史。其叙史多有根据中国文献改编的故事或细节。书中记载兄弟二神，因交换所有，各不得其利，而不合，弟弟彦火火出见尊被哥哥紧紧追逼，到海神之宫的一段文字："故彦火火出见尊忧苦甚深，行吟海畔，时逢盐土老翁。老翁问曰：'何故在此愁乎？'"彦火火出见尊见到老翁及其对话之情节设计，显然改编自《渔父》中，屈原赴死前行吟泽畔的形象[①]。

虽然，《渔父》中渔父与屈原探讨的现实与理想剧烈冲突下的人生哲学，以及屈原行吟泽畔的痛苦，与《日本书纪》中后来与海神之女丰玉姬结合的神彦火火出见尊的忧苦大相径庭，但是，《日本书纪》编者对楚辞作品《渔父》的摄取和模仿仍然显而易见。

《渔父》篇中屈原与渔父分别作为无辜遭遇贬黜的有志之士与在野乡民的人物代表。在《土佐日记》中，作者纪贯之笔下的屈原与渔父的人物原型，出现了形象变异。分析《楚辞·渔父》在日本文学中的变异现象，可以理解作者纪贯之的写作意图。

日本学者坂本信道认为《土佐日记》在《伊势物语》的影响下形成，作者纪贯之与《伊势物语》中的人物在原叶平有相似的人生经历：身处身份社会，出身没落贵族，被排斥而不遇。在主要人物的流放过程中，都出现了身份低微的配角："楫取""渡守"[②]。《古今和歌集》第九卷小野篁流放时登场的"渔师"，《菅家后草》中菅原道真左迁时遇到的"驿长"等，尽管这些作品存在一定的差异，在人物构图上却表现出与《楚辞·渔父》篇的内在一致性。

---

① 王晓平. 楚辞东渐与日本文学传统[J]. 东方丛刊, 2003(3)：53.
② 坂本信道, さすらう宫人たちの系譜—屈原·業平·貫之—, 愛知：中古文学, 2006(78).

无疑这是《楚辞》对于日本平安文学产生影响的具体表现。以《土佐日记》为中心,以比较文学的视角分析《渔父》与《土佐日记》的人物构图,可以阐明屈原与渔父的形象原型在《土佐日记》中的吸收与变异以及作者纪贯之的创作心理。

（一）遗世独立之屈原、与世推移之渔父

《楚辞·渔父》篇采取屈原与渔父对话的行文,塑造出屈原纯洁高尚的品行、不愿苟且偷生的意志,为文章的主旨内涵服务。《渔父》开篇交代了故事发生的背景与主人公屈原的境遇：遭到流放的屈原在江边游荡,面容憔悴、身形枯瘦。这一描写直白生动地凸现了屈原心力交瘁、形销骨立的外在人物形象。在江边游荡的屈原遇到渔父,渔父见到屈原便直白地向其发问：

"子非三闾大夫与？何故至于斯？[1]

渔父虽是屈原流浪江边所遇到的人物,但并非是一个无知的乡野愚夫。从渔父的发问,可见其是一个熟悉屈原身份与遭遇的人物设定,渔父对原本身为三闾大父的屈原,如今却流落乡野的境遇表示惋惜。[2]对此屈原答道："举世皆浊我独清,众人皆醉我独醒。"渔父接连以"何不"追问："举世皆浊,何不淈其泥而扬其波？众人皆醉,何不餔其糟而歠其醨？"

滕新贤认为先秦作品中的"渔父"形象一般具有独立的人格以及高度的思想自由,论及政治与社会价值方面,更可引导困惑的士人,为之指点迷津[3]。从渔父的话语之间,可见其是一位洞察世事的隐逸之士,意图以自己的反问引导屈原与世沉浮、保全自身。

也正是渔父的反问："何故深思高举,自令放为？"体现了屈原忧国忧民虽九死其犹未悔的坚定决心。全文的最后,屈原并未接纳渔父的忠告,反而

---

[1] 本书中《楚辞·渔父》原文均引用于：（战国）屈原著,徐志啸注评.楚辞[M].武汉：长江文艺出版社,2015.

[2] 梁文健.《楚辞》之发问文体——结合同时期有关资料论《楚辞》发问式篇章的文体探索及其意义[J].名作欣赏,2021(30)：87-90.

[3] 腾新贤.流连于理想国外的一叶扁舟——谈古代文学中渔父形象嬗变与文人心态的关系[C]//上海：上海海洋大学海洋文化研究中心,首届海洋文化与城市发展国际研讨会论文集,2010：80-86.

更加坚定自己的理想。对此，渔父的反应却尤为传神。渔父莞尔而笑，鼓枻而去，乃歌曰："沧浪之水清兮，可以濯吾缨；沧浪之水浊兮，可以濯吾足。"遂去，不复与言。

渔父并不愠怒也没有强求屈原听从自己的处世哲学，而是以超然的姿态离屈原而去。渔父的歌中，将"水清"与"水浊"比喻这世间的光明与黑暗，所谓水清可以洗涤我的帽子，水浊可以洗净我的双足，依旧是渔父不凝滞于物，能够与世推移的超脱思想。《渔父》一文以屈原与渔父的对答，充分显示了屈原孤高的人格与心系天下的政治报负，与此同时也塑造了渔父超脱遁世的隐者形象。

郑瑞侠在其专著《中国早期文学社会边缘角色研究》中将"渔父"与商人、剑客等定义为社会边缘角色，针对"渔父"形象，郑认为《渔父》中的渔父是作为人生诱导者的作用而存在[①]。渔父作为当时的社会边缘角色却能够洞察世事，试图引导失意的屈原。

事实上在中国早期文学作品《庄子·渔父》中早已存在渔父与孔子对话的行文模式，徐志啸认为《楚辞·渔父》中渔父与屈原的人物构图以及框架模式是借用于《庄子·渔父》篇，以问答的形式塑造人物形象，从而表达作者的写作意图与作品的主旨。[②]

刘天雨在《先秦两汉"渔父"形象研究》一文中将早期作品中出现的"渔父"形象划分为三种：一为神异类，在先秦两汉神怪思想的影响下，多见于《山海经》《列仙传》等作品中；二为隐逸类，即本文所提及《楚辞》《庄子》等；三为世俗类，世俗类的"渔父"形象多样化，并无规律可循，多为情节服务，有较强的可塑性。"渔父"这一形象的名称也由"舟人""船人"等名词代替，避免与代表隐逸之士的"渔父"形象相重合，不仅是名称，这一类的"渔父"的形象亦会随着主要人物的塑造方式而变化。[③]

中国早期文学作品《楚辞·渔父》中出现的"渔父"丰富了主要人物形象与故事情节，推动了文章主旨的传达，为后世的文学作品提供了灵感。

---

① 郑瑞侠.中国早期文学社会边缘角色研究[M].南昌：江西人民出版社，2013.
② 徐志啸.《庄子·渔父》与《楚辞·渔父》[J].文学遗产，2009(4)：137-140.
③ 刘天雨.先秦两汉"渔父"形象研究[D].石家庄：河北师范大学，2021.

（二）沉郁孤独之朝臣、无知微贱之渡守（舵手）

土佐（现日本高知县），旧地名，位于日本四国岛南部，南临太平洋。当时海贼横行，常有百姓受害事件出现，也是流刑地之一。930年到934年，纪贯之担任土佐国司，任期结束从土佐回京的过程中，将五十五日的纪行假托女性的口吻以假名书写并形成《土佐日记》。从出发开始写起，以追忆爱女为中心，包含船中诸人的姿态、海贼来袭的恐惧、期待回京的心情等等，并作五十七首和歌与三首船歌。

《土佐日记》全文大致分为三个部分：一是从出发到十二月二十六日，描述离开土佐时众人为其举办欢送会的场景；二是十二月二十七日到翌年二月十四日，描绘船中被触发的人情悲喜；三是二月十五日到十六日，登陆、欢迎会、归家等场面的描绘。

《土佐日记》作者纪贯之出身名门之家的纪氏后裔，却与大伴氏等人为藤原氏的势力所压迫。纪贯之作为歌人虽拥有较高的名望，但官位较低：历任内膳、典膳、少内记、大内记等职位，被任命土佐国守时早已年逾六十。就《土佐日记》写作背景而言，原本生活稳定顺利的纪贯之，失去了醍醐帝等人的政治庇佑后一直过着因政治不遇而日渐沉郁的生活[①]。老来突遇时势的剧变以及爱女的逝去，重重打击下孤独、波折的老年生活对于他的文学创作产生了一定程度的影响。

虽无法考证《楚辞》的直接影响，但可以说日本平安文学中流落地方的官场失意者与岸边出现的摆渡人等乡野百姓的角色，同《楚辞·渔父》篇中的屈原与渔父的人物构图有重合之处。

（三）失意朝臣，理想尚在

《土佐日记》承平五年（935）一月八日写道：

八日。障ることりて、なほ同じ所なり。今夜、月は海にぞ入る。これを見て、業平の君の「山の端にげて入れずもあらなむ」といふ歌なむ思ほゆる。[②]

[①] 渡辺秀夫, 和歌・政治・時代—醍醐天皇と菅原道真と//国文学解釈と鑑賞[M], 東京: 至文堂, 2002.
[②] 片桐洋一等校注, 土佐日記, 新編日本古典文学全集 (12), 東京: 小学館, 1994.

（译文：八日。虽相隔万里，却犹如在相同的地方。今夜，月亮将步入大海。此情此景，让我不由想起业平君的"放在山边却无法进入"这首和歌。）

二月九日写道：

> これ、昔名高く聞こえたる所なり。故惟喬親王の御供に、故在原業平の中将の、世の中にたえて桜の咲かざらば、春の心はのどけからまし"という歌詠める所なり①
>
> （译文：这是自古以来的名胜之地。是已故惟乔亲王的随从，已故在原业平的中将，咏叹"若世间樱花不开，春心就不会沸腾"之歌的地方。）

该日记中多次追忆在原业平，言语间表达自身对在原业平的敬意。首先，在原业平与纪贯之有很深的渊源。在原业平拥有高贵的血统，却一直为权贵集团所排斥，因不擅长汉诗文又因为人放荡不羁，故不曾得到朝廷的重用。作者纪贯之同样出身高贵的纪氏后裔，同在原业平一样，作为歌人的身份虽受到欢迎，仕途却并不顺利。提及官场失意，《伊势物语》（第九段）中引退东国在隅田河畔游历的在原业平与驻守旧时流刑之地土佐的纪贯之，以及《楚辞·渔父》篇中"放游于江潭"的屈原，三者形象相重合，都是身在乡野却心系国都的形象②。在《伊势物语》的影响之下，纪贯之接连提及在原叶平，以在原业平的没落假托自己的不遇与沉沦。

此外，坂本信道还认为纪贯之假托女性口吻以及文章中出现较多与性相关的露骨描写，实则是纪贯之被中央政权所排斥后表达自我失意、沉郁的方式③。在原业平因不擅长汉诗文而仕途不遇，纪贯之在《土佐日记》中则有意与日本平安时期文人官僚相对。官僚多崇尚儒教，基于儒家伦理写作正规文章；而《土佐日记》违背正统汉文规范，其突出的假名写作特征以及露骨的性

---

① 片桐洋一等校注，土佐日記，新編日本古典文学全集 (12)，東京：小学館，1994.
② 上野理，伊勢物語『あづまくだり』考，文芸と批評，1969，第2卷第9号.
③ 坂本信道，さすらう官人たちの系譜——屈原·業平·貫之——，愛知：中古文学，2006 (78).

描写等都是作者对中央政权的一种"抵抗"。

年少之时便有贯通和汉之才，却一直不为中央政权所用，如此反差之下纪贯之对国家与百姓仍有一腔抱负。其离任土佐国守，当地百姓虽不是国府中的下人，却为他举行了隆重的饯别仪式，当地人也积极参与其中，甚至连孩子都喝得烂醉如泥，不识字的人也能够玩得不亦乐乎。当地百姓以饯别仪式表达对纪贯之的好感，对于纪贯之而言是比物质更好的褒扬。由此可见，纪贯之虽然对下放地方心怀不满，但他仍在土佐之地有一番成就，其深得民心的形象就是通过日记中官民同乐的饯别仪式所侧面表现出来的。与此同时，先有《楚辞》中的屈原以及《伊势物语》里的在原叶平，读者阅读《土佐日记》之时也不难猜测，纪贯之将自己与屈原、在原业平的形象相重合的目的：既有诉说自己的不遇，又有借中国早期文学之代表——忧国忧民、不与权贵同流合污的屈原来塑造自己为政清廉的形象。

（四）贪婪楫取[①]，不解人心

在一月十四日的日记中讲述了纪贯之从土佐归途船中进行祭祀时，因没有贡品，便与楫取进行了物物交换。由此，楫取便乐此不疲地与纪贯之进行物品的交换。

二月五日，纪贯之一行所乘船只在海上遇到风浪，疾风不止、进退难行之时，楫取提出了建议。根据楫取的提议，纪贯之往海里投掷了钱币但风浪仍未停歇，楫取又提议将镜子供奉给海中的神明。镜子投入海中，突然海面变得像镜子一样。事实上神并不是尽善尽美的，以海为镜看到了神的内心，也许楫取心中所想就是神的旨意。由此看来，这是纪贯之以楫取的贪婪预示着神的欲望之强烈。世间的欲望与高雅的贵族纪贯之形成鲜明的对比，纪贯之在塑造楫取贪心的形象同时，也意在衬托自身的高雅与清廉，与世俗划清极限。

与《楚辞》当中的"渔父"形象相比，楫取虽也是在江海湖畔出现的乡野之人，同样是面对失意的有志之士，楫取不仅贪婪也毫无意趣可言。日记中十二月二十七日写明，一行人在离开土佐之时，将浓浓的惜别之情寄托于和歌，不解风情的楫取却匆匆打破这一临别感伤的氛围，只知催促众人上船。这一场面与《伊势物语》（第九段）中主人公东下时出现的渡守有重合之处，东

[①] 相当于船夫/舵手或渡守。

下的主人公与一行人正感慨隅田川路途遥远、历程艰辛之时，渡守突兀地催促众人登船。

无论是《伊势物语》中出现的渡守，还是《土佐日记》中出现的楫取，两者的共通性都在于面对主人公流放边远地区的阴郁以及离别的感伤时都无动于衷。《伊势物语》中的渡守为人寡淡，《土佐日记》中的楫取贪得无厌，两者给漂泊边疆的贵族官员以"异类"之感：既被中央政权疏离，又不被常人所理解。

既然不能如《楚辞》中的渔父理解屈原忧国忧民的苦心，同样塑造一个流落的主人公在江海湖畔偶遇的乡野百姓，纪贯之意在何为？首先，上文提到作者纪贯之在突出楫取贪心的同时，意在反衬自身的清廉。其次，文中主人公与楫取的对话，表现出了被中央政权流放地方的贵族官员的悲哀。这一点与《楚辞·渔父》中渔父对屈原"何故至于斯"的发问，以及《伊势物语》中乡野百姓对主人公流落至此的惊叹等等都有重合。

三、《楚辞》在平安文学中的本土化受容

从上文对《土佐日记》中主人公与楫取的形象特征的分析，可以看到屈原与渔父的原型在《土佐日记》中的运用。纪贯之在《土佐日记》中同样以对话的方式来烘托自身流落边远之地的悲哀，同时又以楫取的贪婪反衬自身的高洁。这样的写作模式与《楚辞·渔父》篇有相似之处，但人物形象塑造方式又有不同。

首先，在主人公的政治态度上，屈原的忧国忧民是通过与渔父的对答产生的；而纪贯之虽有借助屈原以及在原业平无辜贬黜的形象来反应自己在政治上怀才不遇，但在写作时又加入其他要素，使得自己的形象更加丰满。如描写其离开土佐时百姓为其举行热闹的饯别活动，以宴会上百姓无拘无束的饮酒唱歌来表现自己虽作为贵族官员，来到乡野也仍旧能够亲近百姓，临行时官民惜别之情更是突出了其施行仁政的为官之道。

其次，在面对乡野河边的楫取之时，虽有《楚辞》中的渔父形象在前，纪贯之笔下的楫取却是一个无知的形象，与超然的渔父相去甚远。上文提到《楚辞》中渔父的形象，早在《庄子》中就有出现。在中国早期文学作品中渔

父作为一个典型的隐逸之士的形象，能够洞察世事，引导他人。渔父这一特殊意向的产生，必须考虑到中国先秦两汉时期的社会、思想纷争这一写作背景。

然而，纪贯之处于平安时期的身份社会之下，政治中心以外都属于边缘地方，且土佐作为古来罪犯的发配之地，在此地出现的楫取自然不会理解主人公的遭遇，因为在日本严苛的身份社会中，楫取与渡守等本就属于微贱低下的服务者一类，与贵族是完全相对的两极，纪贯之也不会期许楫取能够将自己的政治抱负与不遇的无奈传达到上层，仅将楫取作为一个旁观者，只以旁观者对自己流落边缘的惊叹来徒增自己的悲哀。

由此足见，纪贯之在写作之时对《楚辞》的应用，以屈原这一类无辜遭到贬黜的典型形象来写自身的政治境遇，又以这一经典的高洁之士来写自身的清廉。在应用"渔父"形象之时，并未生搬硬套出一个平安时期根本不会存在的隐逸之士。

平安时期的文人百官的处世、为官之道都以儒家伦理为正统，在中央的政治体制立场上更是以儒家的"忠"为本，作为贵族官员的纪贯之并不会创造出一个中国古代道家的代表人物"渔父"。且考虑到日本平安时期特有等级制度，从实际情况出发，在乡野间属于低贱类的楫取，其表现出的贪婪无知的本性与其身份才能够相一致。综上可见，屈原与渔父这一形象原型在日本平安文学的应用方式，既有吸收，又会因为作者的写作主旨与人物塑造的需要进行改变。

综上所论，在《土佐日记》《古今和歌集》《菅家后草》等平安文学作品中发现与《渔父》相似的人物构图，通过对《渔父》与《土佐日记》两篇文章的人物形象进行对比分析，一方面可以看出作者纪贯之深厚的中国古典文学素养，对中国文化的融会贯通，另一方面亦可以看出日本平安时期对中国早期文学的接受方式，由直接引用转化为与日本文化相融合的阶段，初步完成了中国文化的日本本土化进程。

四、五山汉文学中的"楚辞体"创作与研究萌芽

日本五山文学，指镰仓至江户初期（公元12世纪末至17世纪初）由禅僧

创作的汉诗文的总称①，其可谓日本汉文学史上的一个里程碑，乃连接平安时代与江户时代的文化桥梁。《楚辞》在日本汉文学史上产生过极大的影响，毋庸置疑，日本学者竹治贞夫的《楚辞研究》曾对此作过专论。然而，竹治贞夫所考论的只是略涉奈良、平安时代，粗论江户时代，但对横贯镰仓、室町、安土、桃山、江户之初的五山文学却只字不谈。其余的极少数论者则步其后尘，衍其旧说，均未言及《楚辞》与五山文学者。

其实，《楚辞》对五山汉文学产生过重大的影响。以中国传去的临济宗为主的居于五山十刹等的禅宗诗僧们，是积极传播中国文学汲取中国文化精华的中坚力量，其为日本汉文学，乃至日本文化走向成熟奠定了坚实的基础和作出了巨大的贡献。日本的五山诗僧热衷于模仿"楚辞体"，热衷于引用和化用《离骚》和《渔父》②等的典故，热衷于赞颂屈原及《离骚》，并使其成为定型的诗题，亦开始有了解释《离骚》的兴趣。《楚辞》对五山汉文学的影响主要体现在以下四个层面。

（一）"楚辞体"的模仿与受容

无学祖元禅师（1226—1286）的贡献为日本禅林所认同，乃第一位被授予国师的禅宗诗僧。其于1279年渡日，被认为是引"楚辞体"入日本五山禅林的五山文学的先驱。他先后创建镰仓五山圣禅寺，创立了破庵派、佛鉴派、佛光派，培养了庞大的佛光派系，佛光派诗僧人才辈出，成为五山文学的主流。无学祖元禅师的传世经典《佛光国师语录》录有一首他二十四岁时所作的"楚辞体"作品，但《语录》中没有单立"楚辞体"之项。其"楚辞体"创作，乃唐代禅林社会"楚辞体"创作之承传，更是日本五山禅林"楚辞体"创作之滥觞③。

"楚辞体"创作开日本五山诗僧创作之先河的大休正念禅师，五山文学早期之硕学虎关师炼禅师（1278—1346），以及超越宗派的，极具影响力的梦严祖应禅师均留下了泽被后世的"楚辞体"作品。梦严祖应禅师创作的"楚辞体"句式异彩纷呈，诗语多源于《楚辞》，对日后的"楚辞体"创作产生了极

---

① 张永平.五山禅僧对《诗经》的讲传[N].光明时报，2019-11-03（13）.
② 东汉王逸《楚辞章句》以来被认定为屈原真作。
③ 俞慰慈.论《楚辞》对日本中世汉文学的影响——以五山文学为中心[C]//中国屈原学会，中国楚辞学：第四辑.北京：学苑出版社，2004：171-191.

大的影响①。

（二）《楚辞》的引用和化用

《楚辞》的引用和化用多见于被誉为五山文学双璧的义堂周信禅师的《空华集》、绝海中津禅师（1336—1405）的《蕉坚稿》，亦见于其他五山诗僧的诗文集。

（三）屈原颂和《离骚》颂的题材定型

五山文学从繁盛到衰退期出现了诸多"屈原颂"和"《离骚》颂歌"的五山汉诗定型题材。相关汉诗达14首之多。就其内容而言，充分地展示了在日本各派系的五山诗僧心目中屈原及《楚辞》的地位。这些汉诗多以歌颂屈原和《离骚》为主，并且出现了以"权"代"贯"的倾向②。由此可见，屈原及《楚辞》作品，尤其是《离骚》对日本五山汉诗创作的影响之深。

（四）楚辞研究的萌芽

五山文学的衰退期，景徐周麟禅师（1440—1518）的《翰林葫芦集》以及策彦周良禅师（1501—1579）的《蠡测集》等诗文集，可谓五山诗僧中对《楚辞》进行萌芽性研究的代表作。由于时代的关系，以及赴中国的留学僧侣的增多，其时的五山诗僧之楚辞研究大多受到中国宋代诗话以及朱熹《楚辞集注》等的影响③。

综上所述，我们可以得出以下五点结论：第一，日本五山诗僧的"楚辞体"创作乃起源于渡日诗僧无学祖元国师，"楚辞体"创作亦是五山文学的一个组成部分；第二，五山诗僧在创作汉诗文的过程之中，为表达自身的情感和意象，频繁引用和化用《楚辞》的诗语；第三，由于时代因素，五山诗僧深受东汉王逸《楚辞章句》及朱熹《楚辞集注》的影响，多通过二者来认识和接受屈原及《楚辞》作品；第四，五山诗僧借屈原形象进行情感转换，述说自身遭际，歌咏"逆耳忠言千岁洁，春兰风露几清香"④，成为五山汉诗文的定型

---

① 同②。
② 俞慰慈.论《楚辞》对日本中世汉文学的影响——以五山文学为中心[C]//中国屈原学会.中国楚辞学：第四辑.北京：学苑出版社，2004：180-188.
③ 同①，第188页。
④ 该诗句出自日本诗僧一休宗纯的《续狂云诗》。

题材；第五，日本楚辞研究的萌芽，起源于五山文学的衰退期①。总而言之，《楚辞》对五山学问僧侣的汉诗创作发挥着潜在的巨大影响。五山汉文学衰退期的楚辞研究萌芽，为江户时期楚辞研究的繁盛奠定了坚实的基础。

五、《楚辞》在朱子儒学中的繁荣发展

学术界普遍认为真正意义上的日本楚辞研究源于江户时代。江户时代因是德川幕府统治的时代，故而又称之为德川时代。德川幕府大力推崇儒学，尤其是朱子学，视之为"官学"。尔后，这"官方哲学"成为江户幕府统治的意识形态之一。这一时期，汉学有了长足的发展，涌现出大量汉学家，潜心研究汉籍。

（一）德川时代的学术争鸣

1. 被视为"官学"的朱子学

《楚辞》流入日本是在奈良时代，并在之后于知识分子群体中受到重视和欢迎，传播广泛，但日本楚辞研究并非就此趁势而起，而有着一段沉寂期，直到德川时代才重放光芒，此时朱子理学备受推崇，并经过本土化改造后形成了独具特色的日式"朱子学"，从而深刻影响了该时期的幕府统治。

1603年江户幕府成立之后，就将南宋朱熹的儒学定为官学，1630年幕府大学头（担任文教政策的官职）林罗山（1583—1657）建立孔子庙举行释奠，并创办旨在专门教武士子弟朱子学的私塾（此塾后来改为直属幕府的学校"昌平黌"），鼓励读四书五经，结果不仅武士，连平民百姓喜爱读书吟诗的人也增多了。

2. 推崇"先王之道"的阳明学派

儒学者愈多，学派亦愈加增多，出现了不满足于官学的学者，另立了阳明学派。荻生徂徕当初也推崇朱子学，但到了50岁后，受明朝李攀龙、王世贞等古文辞派的影响，思想发生极大的变化。他认为，要正确地理解六经而学"先王之道"，必须直接读经文而通晓汉语古文辞，因此，他开始批判朱子学，仿效李攀龙举着"文主秦汉"之旗号，呼吁不依赖汉儒、宋儒等后人之注

---
① 同①，第188-190页。

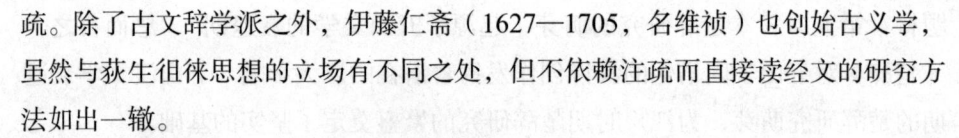

疏。除了古文辞学派之外，伊藤仁斋（1627—1705，名维祯）也创始古义学，虽然与荻生徂徕思想的立场有不同之处，但不依赖注疏而直接读经文的研究方法如出一辙。

3. 尊崇中国文化的古文辞学派

古文辞学派的汉学者非常尊崇中国文化，名字也模仿汉姓，将复姓改为单姓。如荻生徂徕自称为"物徂徕"，"物"取于他的本姓"物部"；服部南郭称为"服南郭""服元乔"。荻生徂徕为实现自己的主张，定"六经十三家"①，让他的门生精读。他的文章中没有具体地规定"十三家"内容的记述，他的高弟服部南郭（1683—1759，名元乔，字子迁）、山县周南（1687—1752，名孝孺，字次公）都说"十三家"即《左传》《国语》《战国策》《史记》《汉书》《荀子》《吕氏春秋》《老子》《列子》《庄子》《楚辞》《淮南子》与《文选》②。太宰春台也继承师说，但他认为，只读书就不够，不会作文则难以造其奥妙③。由此可见，江户大儒们颇为推崇儒学，热衷于对《楚辞》典籍的讲习与创作，在他们心目中，《楚辞》和其他中国古代经典文献享有同样的重要价值和地位。

（二）朱子学派的楚辞学贡献

朱子理学代表人物之一的朱熹深谙楚辞学，并在1199年写就《楚辞集注》一书，因此也让日本"朱子学"浪潮中融入了《楚辞》相关的内容。该书在1651年在日本进行了翻刻，并由主持该事宜的藤原惺窝将其命名为《注解楚辞全书》，该书的问世意味着日本进入《楚辞》标注训读时代。

1. 热衷楚辞研究的林罗山

汉学大家林罗山对于《楚辞》注本的收集可谓不遗余力，此人出生于江户初期。他以一己之力将当时仅作为汉学流派的朱子学发扬光大，让德川幕府统治者接纳和认同，并将朱子学置于官方哲学地位。

这一成就也让林罗山成为此一时代日本汉学的代表符号。他收藏了许多《楚辞》相关的书籍，如明万历十四年刊本《楚辞》，同时在书籍卷末加上了部分训点及手识文内容。同时还写过与《楚辞》相关的诗文，如《书楚辞

---

① 荻生徂徕, 四家隽. 隽例六则（第一则）, 內閣文庫藏本, 1761.
② 服部南郭, 灯下書, 早稻田大学藏写本, 写本年不详, 12頁.
③ 太宰春台, 倭讀要領下卷学則, 第九則, 江戶（東京）：嵩山房, 早稻田大学藏本, 1728: 38-39.

后》，对作者表达了思慕和感佩之情，"《楚辞》一部思忡忡，宋玉之徒慕遗风"，目前该论著藏于日本内阁文库。

林罗山非常热衷于楚辞研究，对许多著名《楚辞》汉籍标注训读，包括前面提到的《楚辞集注》，以及备受研究者关注的王逸的《楚辞章句》训。在他的论著和其他创作中多有涉及《楚辞》内容，并且对于屈原高度赞扬，其诗歌《屈原》中有"千年吊屈平，忧国抱忠贞"的佳句。

2. 大阪学者木村孔恭

木村孔恭的活跃期刚好紧跟在林罗山之后，其人兼修和汉两家，具有深厚学术功底，并为书阁命名为"蒹葭堂"，其出处也自然是不言而喻，来自《诗经》，此外，还曾经对部分汉籍进行了校点，如《白麓藏书郑成功传》。其书阁藏书多为明代及清初刊本，此外还有搜集而来的这一时期的手写本，其中存有四种《楚辞》类书，涉及刊本和手写本，前者如明末刊朱熹《楚辞集注》等，后者如吴仁杰《离骚草木疏》，都可见于日本内阁文库。

3. 贡献突出的秦鼎

秦鼎是对楚辞研究具有突出贡献的学者之一。竹治贞夫曾对这一代表性人物，进行过详细介绍。其人翻刻《楚辞灯》，并为该翻刻本作序加注，同时还在其中加入了少量评注，并在文后附载了部分内容，即屈赋《新注》，以期为后续研究者及读者提供更为广泛的参照阅读内容。其写作方式更为贴近日本本土习惯，加入了详细假名的做法扩大了《楚辞》的流通面。

4. 赫赫有名的龟井昭阳

龟井昭阳也是楚辞研究领域赫赫有名的代表人物。身为龟井南溟的长子，继承家族传统成了福冈藩儒。对于该人物的贡献，竹治贞夫给予了高度评价，尤其是其作品《楚辞玦》，其中，关于《楚辞》的注解，既有文献考据，又有个人理解，可谓出色，作为日本学者的不可多得的楚辞研究著作，应当说它还是有其不可忽视的价值。而在稻畑耕一郎笔下，则把该论著当作是一部"读骚札记"，在书中对《楚辞》进行逐条注解，并且多有与旧注不同看法的新注。该论著的问世也代表日本楚辞研究有了新发展。

此外，该时期值得关注的人物及其作品还包括：浅见炯斋的《楚辞师说》和卢东山的《楚辞评园》，这些论著都加深了日本对于楚辞及朱注的研究深度，并对后续读者继续研读大有裨益。

(三)"汉文译读"到各家注解云集

因为《楚辞》需要具备深厚的汉文功底才能读通读懂,而这对于有着文化和语言隔阂的日本学者而言,殊为困难,只有具备一定汉文功底的才能从事相关研究。中国进入宋朝后,儒学经历新发展,可谓之宋学,日本各界对此深感兴趣并再次掀起汉学热潮,但是也面临着诸多困难,首先就是读不懂。为了解决这一问题,在诸多学者努力下"汉籍和训"轰轰烈烈开展,这改变了中国文化在日本传播的方式,由"汉文直读"这种旧模式,变成了更容易、更为本地化的"汉文译读"。具体做法是在汉文原著上标记上对应的假名,这就极大降低了阅读汉籍的门槛和难度,使得不用懂汉文也可以进入汉学领域,对汉籍的广泛传播起到重要的推动作用。

这其中的集大成者为《注解楚辞全集》,在该书中进行了别有深意的内容编排,首先列入卷首的是朱熹《楚辞后语原序》,紧随其后的序言内容则是何乔新《楚辞序》,之后则进入了本书的正式目录,一并列入的还有朱熹的序目,接着则进入正题,开篇列入的文章为《冯开之先生读楚辞语》,需要注意的是在该书中应用了两种典型训读方式,即"训点"和"文选读",这一事实也明确昭示着江户时代《楚辞》的流传,不光局限于少数学者群体,同时也已经扩散到了部分普通民众当中。因此该书具有相当高的史料价值。

在对朱熹《楚辞集注》进行引入并训读后,之后的宽延二年(公元1749年),又有一部宋朝《楚辞》论著流入日本,并以《楚辞笺注》之名被刊刻推出,稻畑耕一郎对该刻本也有指名道姓的评价,认为"这个本子只有句读,没有训读"。次年,又有一部颇有分量的《楚辞》相关著作在日本刊行,这就是王逸的《楚辞章句》。总体而言,对于《楚辞》及相关著作的刻本刊行,以及各路学者纷纷投入精力进行的《楚辞》训读标注,都为后续研究提供了便利,也打下了根基。

综合本章第一、二节内容可知,《楚辞》在日本传播、译介、研究过程中,与其本土社会文化、文学作品等产生了重要影响,成为其学问体系的一个重要组成部分。那么,《楚辞》在当今日本社会传播与接受的程度如何?应当如何评价?其面向日本民众推广存在何种瓶颈,出路何在呢?接下来我们将在第三节中进行探讨。

第三节 《楚辞》在日本传播、评价与研究的出路

楚辞在日本的传播与接受之影响因素除中国国际地位、意识形态、学术环境及学者自身的知识储备、学术背景之外，对楚文化的社会认同尤为重要。囿于楚辞研究对传播者和接受者深厚文化积淀之要求，学术化、专业化较强，难以向大众全面推广之瓶颈仍广泛存在。因此，楚辞的海外传播可试从以下三个层面拓展。

一、改变传播媒介

通过影视、动漫、纪录片等多种形式传达《楚辞》文本之美。图像和声音可谓最直观、最容易被接受的信息传播形式，可将屈原形象具体化，将《楚辞》中故事性强的内容与动漫、影视有机结合，或将楚辞研究以纪录片的形式呈现；亦可将《楚辞》入乐，优美的诗歌辅以唯美的古典音乐，为听众带来听觉盛宴，激发对《楚辞》的兴趣；还可建立《楚辞》主题体验馆，让人身临其境，深刻感受《楚辞》的内涵。例如，我国著名歌唱家龚琳娜曾在《国乐大典》节目上演唱将《楚辞》与国乐结合的《上下求索》一曲，让观众为之震撼。上海自然博物馆曾在2017年10月28日上演了一出跨时代、跨媒体的戏剧《楚辞：植物归来》，将《楚辞》通过全新的跨媒介艺术呈现，在国内尚属首次。此外，2017年湖南卫视以屈原为原型改编的电视剧《思美人》一经播出亦获得极大反响。

二、从对比中探寻出路

日本民众对中国传统文化曾经具有高度的认同感，然而，近现代日本社会的中国文化热度有所降低，日本民众了解《楚辞》的兴致并不高。耿敬北在《中国古典诗词跨文化传播的困境与出路》中指出，可将同一时期中西方诗人与诗歌对比，通过本土受众已熟知的诗歌来引导西方受众走进中国诗歌。因

此，《楚辞》传播亦可借鉴其策略，将日本本土诗歌集与《楚辞》作对比，从韵律、用词、情感等多维入手，在提升民众对中国文化亲近感的同时，加深日本民众对《楚辞》的理解。

三、主动拓宽传播途径

设置楚辞海外传播推广平台，与海外相关部门或平台合作，将《楚辞》相关资源积极主动向海外推广，为《楚辞》提供更加宽阔的传播平台。楚辞研究多局限于学术圈，大多脱离了日本民众的需求和选择。因此，我们可将《楚辞》相关影视、动漫、音乐等发布到日本民众活跃的网络平台，如LINE、Facebook等，以其易于接受的形式融入大众生活，从而潜移默化地影响其思维方式和志趣，进而推动《楚辞》乃至中国传统文化的海外传播。

此外，随着时代发展，生活节奏的加快，传统文献载体已无法满足新时代碎片化学习与交流的需求。因此，我们可以拓宽思路，如充分利用数字媒体技术、开展跨学科融合等，为楚辞学的跨域交流提供极大便利；通过现代化信息手段，大数据抓取中日楚辞学文献资源，丰富并完善日本楚辞文献数据库；搭建资料检索、网络互动、信息共享的在线交流平台，消弭语言或专业知识素养等壁垒，为中日楚辞爱好者、学习者、研究者的无障碍实时互动交流架起新的桥梁[1]。

总之，楚辞源远流长，历经秦汉唐宋元明清等众多朝代依旧魅力四射，是分析中国传统文化海外影响源流的有效载体。正如周建忠先生所言，日本楚辞文献作为东亚楚辞文献的重要组成部分，不只是"吾国之旧籍"的补充增益，而是"汉文化之林的独特品种"，是作为中华文化的对话者、比较者和批判者的"异域之眼"。通过建设楚辞研究数字化平台，编写科普性读本，促进楚辞知识转化等，构建多元化、国际化、通俗化、大众化的楚辞知识传播与交流圈，可为探索楚辞域外传播提供助益。通过对楚辞在日本的发展传承的探究，可以发掘中国传统文化在日本社会中的动态发展规律，增强民族文化自信和中华文化的软实力，为包括《楚辞》在内的中国传统文化的域外传播提供借鉴。

---

[1] 郑新超,唐梦婷.《楚辞》在日本的传播现状、特征及展望[J].汉字文化,2021(11)：77-82.

第五章　日本《楚辞》研究的特色与短板、借鉴与反思

　　日本是楚辞研究的中坚力量之一，中日楚辞研究相辅相成、相互促进，探讨日本楚辞研究的现状和发展对国内学界之研究具有借鉴价值。日本楚辞学研究已然成为海外楚辞学研究的一个重要支撑，为楚辞学发展提供不竭的动力，同时可为以《楚辞》为媒介的中国传统文化在海外的传播以及影响力的扩大提供思考和助益。本章将着重分析日本楚辞学研究的特色与短板，探讨其经久不衰的动因与借鉴价值，继而思考其所面临的课题、挑战以及未来展望。

第一节　日本楚辞研究的特色与短板

　　日本学者既研究《楚辞》，还研究《楚辞》作者，在研究《楚辞》原作的同时，还独创了方便日本国内读者阅读的汉文训读版本。日本作为海外楚辞研究的中坚力量，其对《楚辞》之研究视角独到且研究深入透彻，由此逐步形成独特的系统性研究体系。对于楚辞研究，日本学者们的态度严谨而审慎，形成了自身独特的研究体系和方法脉络。中日两国的楚辞研究互为助力，相辅相成。探讨日本楚辞研究的现状和发展对国内学界之研究将大有裨益。

一、日本楚辞研究的四大特色

　　中国与日本在研究角度上各不相同，却又都独具匠心。与中国楚辞研究相比，日本的楚辞研究呈现出如下四大特征：一是首创索引类工具书；二是

忠实于文本，注重注释、补充；三是注重新视角、新方法的采用；四是注重实证，不发空论。

（一）首创索引类工具书

日本研究中率先提到索引这一概念。日本学者为了更加方便地研究楚辞将这一创见付诸实施，编纂了《楚辞索引》，而首创者竹治贞夫功不可没。竹治贞夫将其楚辞研究的毕生心血都凝结在其作品《楚辞研究》中，上篇：《楚辞》的叙述形式，下篇：《楚辞》的构想与主题，此外还包括首创"索引"这一研究方式。他的首创之功不可磨灭，该研究方法为后来日本的楚辞研究学者们奠定了坚实基础，大大方便了楚辞研究。这种利用索引工具书进行楚辞研究的方法，更使一时间日本在相关学术研究领域全面提速，甚至可以与欧美国家的楚辞学研究比肩。而同时期的中国学者，研究方式仍固守古法，仍然以训诂、义理、考辨等传统经学研究范式为主，研究进展相对缓慢。

（二）忠实文本、注重注释、补充

日本楚辞研究忠于文本，注重注释和补充，《楚辞》刻本应运而生。自江户时代以来，得益于当时的德川幕府大力推崇儒学，日本的汉学有了极大的发展，其时汉学家大量涌现，专注于中国典籍的研究。日本学者不仅研究《楚辞》的汉译本，还创作了《楚辞》注解汉文训读的日译版本，为楚辞的传播及向普通民众的普及作出了极大贡献。将《楚辞》刻印，并附加日语训读，这种方法大大降低了阅读的难度，让普通民众也能很好地理解。

譬如，《注解楚辞全集》便是不可多得的好的训读本。江户时代有许多研究《楚辞》的著名学者和注本，这一时代还有诸多著名的楚辞研究著述问世。例如浅见䌹斋的《楚辞师说》《楚辞后语》，芦东山的《楚辞评园》，秦鼎的《楚辞灯校读》等，都是具有研究性质的论著成果。值得一提的是，龟井昭阳的《楚辞玦》是日本楚辞学者以独到见解独立完成的第一部注解书[1]。

日本学者在对《楚辞》进行翻译时，严格忠实于原文意思这一点自不必说，在字数和格式方面竟也做到一一对应，令人惊叹。总体而言，儒学者为当时日本楚辞学的发展作出了贡献。学者张思齐指出，这一时期的日本楚辞研究

---

[1] 刘君.《楚辞》译介的文化立场与海外传播[D].武汉：湖北工业大学，2020.

基本是跟随中国楚辞学研究来向前推进的[①]。与中国学者相同,日本学者所参照的《楚辞》注本也是东汉王逸《楚辞章句》、南宋朱熹《楚辞集注》、洪兴祖《楚辞补注》等。

此外,日本学者还根据自己研读《楚辞》的一些看法,编写了许多《楚辞》相关注本。代表作品包括龟井昭阳的《楚辞玦》、西村颐园的《楚辞纂说》、小南一郎的《楚辞》等等[②],这些注本都是日本学者楚辞研究重要的成果体现和智慧的结晶。

(三)研究注重新角度、新方法

日本楚辞研究注重新角度、新方法。在楚辞学繁荣发展的过程中,自然也产生了诸多新观点和新看法,甚至曾经几度产生出备受关注和具有争议性的话题。"《楚辞》的作者是谁"这个质疑一直是学界争论的焦点。而"屈原否定论"更是引发学界的轩然大波。我国四川经学者廖平最早提出了这一观点。其他在《楚辞讲义》中指出"《屈原列传》多驳文,不可通,后人删补,非原文"。这一观点引发了持续百年之久的"屈原否定论"的思潮,并且波及日本。我国国内学界相关代表人物主要包括:闻一多、胡适、何天行、卫聚贤、朱东润、郭沫若等。日本则以著名汉学家冈村繁、白川静、铃木修次、石川三佐男等学者的研究和著述影响较大。

国内的"屈原否定论"思潮在经历了以廖平、胡适等人仅凭想象和《屈原列传》中的疏漏而导致的不彻底的否定论,到最终曾为"屈原否定论"持有者的朱东润修正了这一观点,在《中国历代文学作品选》中承认《离骚》《九歌》《九章》等作品为屈原的作品,把著作权归还给了屈原[③]。至此,在中国持续了千年之久的"屈原否定论"也趋于绝迹。

然而,与中国学术界相反,日本学者对于"屈原否定论"的研究并未就此销声匿迹,反而逆势上扬。冈村繁大胆吸收中国楚辞学者对于《屈原列传》的质疑性分析,注重思辨性阐述,从而论证"屈原否定论"这一观点;铃木修次认为屈原是个传说,并不存在这一历史人物;三泽玲尔通过文献和《楚辞》内证的角度否定了屈原的存在。时至今日,仍有不少日本学者对楚辞的作者以

[①] 张思齐.日本楚辞学的内驱力[J].大连大学学报,2016,37(1):30-42.

[②] 仲进,郑新超.日本《楚辞》研究的现状、启示和借鉴[J].今古文创,2021(27):44-46.

[③] 高扬.中日"屈原否定论"及其批判[J].天中学刊,1998(1):3-5.

及屈原其人持有怀疑论的观点。这一观点虽然值得商榷,但是与中国学界的古史辨思潮交相呼应,其理性、客观而严谨的学术理念和方法论值得借鉴,其研究对中国国内的楚辞研究亦具有一定的影响。

(四)重视跨学科实证研究

日本楚辞研究重视考古文献和实证调研。史料和实证可信度更高,更具有说服力,更值得信赖。日本学者在研究上重视实证,不尚空谈和想象。20世纪后半期以来,中国出土了大量楚国的历史文物和历史文献。于是,国内兴起了结合考古学进行楚辞研究的热潮。相比于国内学者以文献资料为主、考古资料为辅的研究方式,日本学者在研究中,更为注重考古资料、出土文物的实证研究。

例如,竹治贞夫在楚辞研究过程中,其观点的提出均建立在掌握充分的史料的基础之上,以历史发展线索和代表学者及著作相结合的评述方式展开,对日本历代的楚辞研究成果作较为系统的梳理和概括总结。

再如,石川三佐男的楚辞研究,历时较长,方法贯穿一致,观点以新颖、独特著称。石川的"二重证据法",即文献学和考古资料学相结合,这一前所未有的方法,开拓出仅靠单一学科不能达到的领域。对比国内文献研究的主流方式,石川的研究更加注重考古资料,更是注意从民俗学的角度出发进行实证研究,论证严密。其通过马王堆出土的古墓研究,论证出女娲是掌管地方命运的。石川的楚辞研究更重视实证,他一般先从分析考古资料入手,寻找疑点,获得相关结论后,再辅以传统文献进行佐证[1]。石川先生通过研究长沙出土的马王堆古墓的《升仙图》,来判断汉文帝时期控制当地命运的神是"女娲"。由此可见,石川的研究自成一派,特色鲜明。

对石川先生研究的这种观点和方法的新颖性问题,王锺陵先生早在2000年、徐志啸先生也在2004年就分别有专论揭示。王锺陵先生的文章为《评石川三佐男教授的〈诗经〉〈楚辞〉研究》,徐志啸先生则在其专著《日本楚辞研究论纲》中的第十章《考古资料与传统文献的结合》专门论述了石川三佐男的《楚辞新研究》。书中第五章为徐先生和石川先生在2003年就现代楚辞研究展

---

[1] 郭素英.石川三佐男《九歌》研究评述[J].南京工程学院学报(社会科学版).2018,18(3):40-45.

开的对话，也涉及石川先生的有关研究①。徐先生认为："《楚辞新研究》的价值不在于它是否提出了可以推翻被前人认可的传统观点的一整套新结论——尽管作者本人的研究出发点乃在于此，而在于作者运用了学术研究的新思路、新视角、新方法——将考古文物资料与传统文献有机结合，由此提出大胆见解。"②由此可见，石川先生在楚辞学研究方法和观点方面的标新立异已然成为学界的公认事实。

综上所论，日本的楚辞研究已经取得了一定的成果，特别是日本学者的研究态度和方法更是值得钦佩。他们的研究并没有像许多西方国家一样仅仅停留在翻译上，而是像中国楚辞学者一样进行了诸多学术纵深的深入挖掘与考证。故此，日本现当代楚辞研究呈现出四大特征：首创索引类工具书；忠实于文本，注重注释、补充；注重新视角、新方法的采用，引证材料丰富多元，视野开阔；重视考古文献和实证调研，讲究贯通融汇考古文物材料与传统文献③。

总之，现代日本楚辞研究逐渐开始进入科学化的系统研究阶段，具有学科化发展的特征，可以说现当代日本的楚辞研究逐渐成为一门专门的学问，走出了日本学者自我风格的研究之路，形成了独特的研究体系④。由此可见，日本楚辞学研究受西方实证主义研究方法影响，形成了特有的研究体系和研究范式。

二、日本楚辞研究的短板

日本学者的楚辞研究之不足与短板亦显而易见，主要体现在以下四个方面：一是实证论述过多，稍嫌冗长和烦琐；二是囿于时空、语言文化壁垒及一手资料制约，海外学者的研究在中国本土文化精髓理解的深度与广度上略逊一筹；三是中日两国国情不同，两国学者研究的出发点、立足点、研究趣旨及目

---

① 郭全芝.石川先生楚辞新论探析[C]//中国屈原学会.中国楚辞学：第二十四辑.北京：学苑出版社，2014：10.
② 徐志啸.日本楚辞研究论纲[M].北京：学苑出版社，2004：164.
③ 仲进，郑新超.日本《楚辞》研究的现状、启示和借鉴[J].今古文创，2021(27)：44-46.
④ 刘君.《楚辞》译介的文化立场与海外传播[D].武汉：湖北工业大学，2020.

标指向皆有所不同；四是日本学者虽然注重实证，重视实地调研，但是所运用材料过于宽泛，因而所得结论难免缺乏说服力。

例如，《尧舜禹抹杀论》《屈原否定论系谱》等，均为号称采用西方实证主义方法论所得出的结论，为何与国内学者的研究大相径庭。笔者认为除去意识形态、文化价值理念、本土历史文化语境等对学术的干扰外，不排除作者所用资料过于宽泛，彼此之间的关联性、确证性有待推敲，从而造成误解。

第二节　日本楚辞研究的借鉴

《楚辞》为何独具魅力，激励日本历代学人为之凝心聚力，为之耗尽心血？历经沧桑巨变，在日本上至古代达官显贵，下至普通民众，尤其是众多精英知识分子为其"上下求索"的原因何在？

近现代日本楚辞研究呈现出由低谷到两个波峰的发展轨迹。19世纪上半叶日本楚辞研究热度不高，20世纪50年代之后出现第一个研究高峰，21世纪之后再掀高潮。笔者认为其原因大致包括以下四个层面：一是国际格局对文化领域的深入影响。19世纪后，日本主张脱亚入欧，对中国文学兴趣减退，主流研究出现西化倾向。"二战"结束后，世界格局急剧变化，楚辞研究恢复生机。由此可见，楚辞研究的兴衰与日本精英知识分子所处的时代背景和国际环境有着密切的联系，尤其是与日本文化知识理念和研究范式的转型息息相关。二是日本民众对楚辞、楚文化的文化认同。据浅野通有所述日本人对楚国、楚民族有着特殊的情结和文化认同，这无疑对楚辞在日本社会民众中的普及发挥着潜移默化的作用。三是楚辞及屈原自身魅力，屈原作为世界文化名人影响力遍及海外。四是中日邦交正常化以来的官方交流助推。

"楚辞研究，有相当大的难度。有人说，几乎没有什么课题不为前人所研究，探讨过；有人说，屈原是隐在云雾中的高峰，既令人敬仰，又令人却步；有人说，毕其一生最大的愿望就是读懂去全部楚辞作品；有人说，楚辞的帷幕是相当厚实的，掀起它的一角，也要耗尽其毕生之力。"[①]楚辞学专家周

---

① 周建忠.当代楚辞学漫议[J].中州学刊,1992(3)：92-96.

第五章　日本《楚辞》研究的特色与短板、借鉴与反思

建忠教授的这番话一针见血，点出了现如今国内楚辞研究的瓶颈：一是《楚辞》作品本身深奥难懂，更不必说进行更深入的研究；二是学者既往之研究已然包罗万象，很难再找到新的突破口。然而，囿于时空、语言和地域差异，海外楚辞学研究独辟蹊径，视角独到，尤其是日本的楚辞学研究成果丰沛，实乃除中国国内研究外最为显著的，因此，借鉴日本楚辞学研究成果和方法可为我国学界研究提供新的思考和启示①。

　　第一，学习和借鉴日本楚辞研究中的独到见解，保持对作品本身之"怀疑"姿态。日本楚辞研究可与国内楚辞研究互补，虽然现在国内的研究陷入困境，但是日本的研究却开辟了一番新天地。赤塚忠以其独到的眼光，大胆突破文学和哲学为一家这一固有观念，提出《离骚》是文学和哲学分离的产物。《楚辞》的"戏剧性"风格的形成在于融合了《离骚》《九歌》《九章》的思想内容和艺术手法。冈村繁通过诗形和内容，将《橘颂》与《离骚》和《九章》其他篇目进行对比，认为《橘颂》只是屈原借橘树来表达自己的气节，而未如《离骚》和《九章》其他篇章展现出的悲凉暗淡情绪；《橘颂》虽被编入《九章》，却多为四、五字句，不像其他篇为六字句，进而完全否认"屈原系《楚辞》作者"这一国内楚辞学界已经公认的事实②。冈村繁这一看法虽然失之偏颇，但其研究方法和视角是值得国内研究学者借鉴和学习的。从这一点也可以看出日本学者严谨的学术态度。

　　第二，思考日本楚辞研究的新立场——"翻译文学论"的楚辞研究新视角。黑须重彦在其著作《楚辞》与《日本书纪——从声音到文字》中指出：楚地当时的文学作品是通过当地人民用楚语口口相传而得以流传的，之后学者借助词典将其进行汉译，最终整理而成③。郭素英提出，黑须先生的主要研究方法和推论过程包括：以史学研究史学，重新解读《史记》中的《楚辞》语句，对《史记》等一些文献中的论述提出质疑，认为楚辞中独特的用词法是楚辞作为翻译文学的佐证④。黑须先生对《楚辞》的研究启示有二：一是研究《楚辞》的关键在于其本身的传承和发展过程；二是《楚辞》可能是用楚语传唱

---

① 仲进,郑新超.日本楚辞研究的现状、启示和借鉴[J].今古文创,2021(27)：44-46.
② 徐志啸.日本楚辞研究论纲[M].学苑出版社,2004.
③ 郭素英.石川三佐男《九歌》研究评述[J].南京工程学院学报(社会科学版),2018,18(3)：40-45.
④ 周建忠.当代楚辞学漫议[J].中州学刊,1992(3)：92-96.

的。由此可见对楚辞作家作品本身持有怀疑态度，进行开拓性思考的重要性。

第三，"西学东渐"与"东学西传"。曾几何时，日本作为一个传统的东方文化国家，在脱亚入欧等大环境影响下，学习西方先进知识、技术与文化，成功实现了现代化，跻身发达国家行列。但是，日本在自然地理环境、文化遗产保护、风土人情传承、生态文明建设等方方面面均保持了浓郁的本土民族传统与特色。这无疑对于当前我国如何在中西文化碰撞的背景下，保持自身的传统文化特色的传承，以及在谋求实现现代化目标的同时，走出一条中国特色的道路，具有极强的借鉴意义和现实价值。

第四，跨文化知识共同体的构建。楚辞承载了中日传统文化与友谊，是中日文化交流的见证，研究楚辞在日本的影响，可以增强交流，增进互信，求同存异，和睦共处。日本学者对《楚辞》的研究从古代之当作自我文化的吸收，到20世纪上半叶，进入意在以其优势对一种文化客体作科学研究化的阶段，终于在20世纪下半叶，更进至见解迭出，并力图上升到整体性理解的阶段。中日学者的楚辞研究已呈现出互相取长补短、借鉴启发的新面貌。中日楚辞研究领域的深入交流和对话，是跨文化、跨国际知识共同体构建的有益尝试，对于推动两国互融互通发挥着不可或缺的推进作用。

第三节 日本楚辞研究的反思

楚辞研究已经历经了两千多年，日本也已经研究了一千多年，就连起步较晚的英语世界也已经有了一百多年的研究历史。前前后后涌现出的众多学者也已经将有关《楚辞》的各种可以研究的问题都研究了个彻底，那么楚辞研究就真的已经山穷水尽，没有新的角度和内容可值得研究了吗？当然不是。《楚辞》自问世以来就携带超越时代、民族、语言的独特魅力，是历代文人、学者诵读和钻研的不朽之作，尤以作者屈原的崇高人格而备受赞誉。其自然有研究的价值，且永远都有被研究的价值。随着科学技术的进步，各种新的理论和学科的诞生和发展，新兴产业和人才的不断涌现，一定会出现新的史料和文献，将为楚辞研究者提供新的凭据和角度，也会让楚辞研究重获新生。《楚辞》发展到现在虽然已经有了许多著作，然而，日本楚辞学研究仍然面临诸多悬而未决的课题和挑战，值得我们深思。

一、我国学界日本楚辞研究相关课题与挑战

目前的楚辞研究在取得巨大成就的同时，与其他古代文学的研究课题一样，也面临着一系列的问题与困惑，"楚辞研究走向何方"就是其中一个关乎研究本身的根本性的问题。

20世纪末的几年里，在各领域有关研究史的"百年回顾"与"世纪展望"这个宏大命题的观照下，楚辞研究的学术史反思也受到了热情关注，引起了学者们的普遍思考，并涌现出许多高水平的专题论文。不过，现在重新审视起来，则关于这个问题的讨论非但没有结束，而且还有进一步持续、深入下去的必要[①]。为此，赵逵夫先生领衔的"楚辞研究的深入与拓展"笔谈，得以如火如荼地开展，其对当下以及今后的楚辞研究大有裨益。

中国屈原学会副会长崔富章先生的《屈骚精神，亘古常新》，对屈骚精神的内涵作了细致分析，并将它的现代化作为今后研究的重点课题之一；中国屈原学会副会长毛庆先生的《新世纪：古代文学研究使命和新楚辞学构建》，具体阐释了他所提出的构建"新楚辞学"的问题；中国屈原学会副会长兼秘书长方铭先生的《游国恩先生的楚辞研究及其学术史意义》，是从研究史的角度对游国恩先生的楚辞研究所作的个案研究。赵逵夫先生的《楚辞研究前景的展望》一文，则是在肯定楚辞研究必要性的基础之上，对未来研究所作的前瞻性的思考。

赵逵夫先生指出："目前的楚辞研究面临着两个问题：第一，有没有研究的必要？第二，如果有必要，则应当如何去做？在笔者看来，楚辞永远都有着研究的价值，这既是因为研究中还有些未能解决或者解决得并不彻底的问题；也是因为楚辞作为我国古代文学的经典作品与民族精神的集中体现，随着社会的发展与人们思想认识的不断转变，关于它的研究也会不断继续下去。至于将来的研究，则既要注意出土的材料，注意其他相关学科的发展情况，又要吸收新的研究方法，并有一个好的学风；同时，研究队伍要形成一个创新、综

[①] 赵逵夫.楚辞研究的深入与拓展（笔谈）[J].甘肃社会科学，2006(1):38.

合、普及互相协调的合理机制。"[1]由此可见,楚辞研究学界面临普遍共识性的三大课题和挑战:

(一)有没有必要去研究?

其一,从《诗经》和《楚辞》比较层面来看,《诗经》较《楚辞》成书早,对早期的史实研究有更为翔实的记载和补充。而《楚辞》成书较晚,所记录之事可以从多方考证;《诗经》较为纪实,属经类文献,按照六经皆史的观点,与政治有着千丝万缕的关联。《诗经》自创作之时,便包含了体恤民生、鞭挞时政之功能。周代时人在议论、宴饮时多用《诗经》,所谓"不学诗,无以言"。然而,《楚辞》是集部文献,也就是诗词歌赋,其文学价值为主要价值,史料价值只是附加价值。而且《楚辞》的内容多怪力乱神,只是屈子发泄其愤懑不平所作。《楚辞》虽创作于两千多年前,但成书较晚,关于其整理过程中是否有疏漏或差错等也未可知。因此,《诗经》和《楚辞》虽同为先秦大作,《诗经》却远比楚辞流传得更广,且史料价值也远甚于《楚辞》。然而,随着出土资料的完善,《楚辞》的史料价值逐渐为学界所关注。

其二,从读者反应理论层面上,学者赵逵夫认为《楚辞》代表古代文学发展的一个高峰,当作为自汉以来中国诗歌和辞赋的范本,是对国人民族精神教育的宝贵资源,后人应该不断地研读它。因此,楚辞研究将是永恒的课题[2]。楚辞的研究意义和价值不可否认,历久弥新。

(二)如何去研究?

那么,今后我们应该如何去研究则成为21世纪我们应该深刻反思的新课题和新挑战。依笔者之见,必须从以下四个层面来力求有所突破:

其一,注重文献资料与出土资料的相互印证,力求地上资料和地下资料的综合运用,开展实地调查,为论证提供有力支撑,促使研究结论经得起推敲和检验。

其二,注重文史学与社会科学乃至自然科学研究理念的融会贯通,将楚辞研究放在当今时代数字人文的大背景下,寻求新的探索,揭开未解之谜的神秘面纱。

---

[1] 赵逵夫.楚辞研究的深入与拓展(笔谈)[J].甘肃社会科学,2006(1):38.
[2] 仲进,郑新超.日本《楚辞》研究的现状、启示和借鉴[J].今古文创,2021(27):44-46.

其三，注重传统研究方法与跨学科研究方法的相互整合，导入传媒学、考古学、文化人类学、民俗学、社会学等学科的研究方法，使得研究能够突破一家之言，更加理性、客观、接近真理与真相。

其四，打造一支老中青梯队合理的，古今中外结合的，富有创建性、进取性和开拓性的复合型的优秀研究队伍，集思广益，各取所长，使得研究能够不断出现"头脑风暴"，推陈出新，占领学术的制高点，从而推动楚辞学的国际化、多元化、普及化。

（三）今后有哪些需要突破和攻克的难题？

当前《楚辞》在日本的传播与接受对于日本楚辞学界而言，仍有诸多困境不容忽视：一是新老学者的迭代，一批著作等身的楚辞学巨擘，年迈甚至去世，退出研究一线；新生代学者由于知识储备、研究志趣等原因，仍然处于发展上升期，楚辞学成果能够推陈出新是今后面临的重要挑战之一。二是楚辞由于自身特点，如何进入普通日本民众的现实社会生活，发挥其影响仍然有待于进一步探究。因此，如何让日本民众成为楚辞的粉丝，在日本乃至世界各国，掀起新一轮的楚辞热，乃是今后中日楚辞学界的应该积极思考和探索的课题。

二、日本楚辞研究的未来展望

21世纪以来，经济全球化浪潮，信息高速公路的搭建，为学术交流提供了更为便利而宽阔的平台。5G时代的到来，通信技术的革新促使研究逐步突破学科、区域、国界等壁垒，更加国际化、多元化、数字化。日本楚辞研究呈现出崭新的面貌，具体表现[①]在：

一是研究视角更为多元。注重楚辞研究在东亚汉文化圈的定位、价值、作用与影响。

二是文献辑录"全"与"新"的突破。随着东亚各国所藏楚辞文献系统整理工作的推进，日本楚辞文本的搜集、整理与研究成绩斐然。

三是跨学科交叉融合的综合性研究方法的运用成为学界共识。经济的腾飞，科技的进步，促使大量出土文物资料问世，传统文献与出土文献互证的缜

---

① 参见：郑新超：《〈楚辞〉在海外的传播与影响管窥》，《汉字文化》，2021年，第15期，第177页。

密的实证研究备受青睐。

綜上所述，笔者认为，当下学者对楚辞研究应该更深刻、全面和系统，今后的发展趋势如下：一是考古资料和文献资料相结合，以开阔的眼光，多维思考探索楚辞学的未来发展路径；二是拒绝墨守成规，敢于汲取新的研究方法，尝试新的研究视角；三是给《楚辞》作品本身更多关注，整理其他国家地区的注本，并对其进行深入研究，吸收借鉴，用思想点燃思想，进而为学界楚辞研究开拓新的思路。

总而言之，在日新月异的当今社会，国际交流日益频繁，《楚辞》海外传播范围更广，影响更深，逐渐成为"中国传统文化走出去"的传播媒介和桥梁，其研究价值不可限量。吾辈应该矢志不渝，坚守初心，在国际视野下对楚辞学进行全新的解读、阐释和研究。

参考文献

著作类（按作者姓氏首字母排序）

[1] 荻生徂徕, 四家雋. 雋例六則（第一則）, 内閣文庫蔵本, 1761

[2] 渡辺秀夫, 和歌・政治・時代——醍醐天皇と菅原道真と//国文学解釈と鑑賞［M］, 東京: 至文堂, 2002

[3] 村山吉広, 服部南郭の灯下書, 早稲田大学蔵写本, 1970

[4] 井上靖, 日本現代史, 三連書店, 1956

[5] 片桐洋一等校注, 土佐日記, 新編日本古典文学全集（12）, 東京: 小学館, 1994

[6] 石川三佐男, 楚辞新研究, 東京: 汲古書院, 2002

[7] 山県周南, 作文初問 三之遥 （長周叢書; [3]）稲垣常三郎, 国立国会図書館藏本, 1890

[8] 藤野岩友, 中国の文学と礼俗, 東京: 角川書店, 1976

[9] 藤野岩友, 巫系文学論, 東京: 集英社, 1967; 韓基国編訳、重慶: 重慶出版社、2005

[10] 太宰春台, 倭読要領下卷学則, 第九則, 江戸（東京）: 嵩山房, 早稲田大学蔵本, 1728

[11] 星川清孝, 楚辞之研究, 奈良: 天理養徳社, 1961

[12] 片桐洋一等 校注, 伊勢物語, 新編日本古典文学全集（12）, 東京: 小学館, 1994

[13] 竹治貞夫, 楚辞研究, 東京: 風間書房, 1978

[14] 曹大中. 屈原的思想和文学艺术［M］. 长沙. 湖南出版社, 1991

[15] 冯蒸. 近三十年国外"中国学"工具书简介［M］. 北京: 中华书局, 1981

[16] 郭维森. 屈原评传［M］. 南京大学出版社, 1998

[17] 郭晓春.《楚辞》在英语世界的译介与研究[M].北京:中国社会科学出版社.
    2018
[18] 黄寿祺,梅桐生:楚辞全译[M].贵阳:贵州人民出版社,1984
[19] 林家骊(译注):楚辞[M].北京:中华书局,2010
[20] 李庆:日本汉学史[M].上海:上海人民出版社,2004、2010
[21] 刘德有,马兴国.中日文化交流事典[M].沈阳:辽宁教育出版社,1992
[22] 林良浩.中国传统文化常识[M].南昌:百花洲文艺出版社,2010
[23] 聂石樵.聂石樵文集:第11卷 古代诗文论集[M].北京:中华书局,2015
[24] 屈原著;徐志啸注评.国学经典丛书 楚辞[M].武汉:长江文艺出版社,2015
[25] 孙大雨译:英译屈原诗选[M].上海:上海外语教育出版社,2007
[26] 许渊冲译:楚辞[M].北京:中国对外翻译出版公司,2009
[27] 萧兵:楚辞文化[M].北京:中国社会科学出版社,1990
[28] 杨宪益、戴乃迭译.楚辞选[M].北京:外文出版社,2001
[29] 卓振英译:《楚辞》[M].长沙:湖南人民出版社,2006
[30] 郑瑞侠.中国早期文学社会边缘角色研究[M].南昌:江西人民出版社,2013

论文类(按发表时间排列)

[1] 稻畑耕一郎.屈原否定論の系譜[J].中国文学研究,1977
[2] 小南一郎.楚辞の時間意識―九歌から離騒へ[J].東方学報,1986(3)
[3] 竹治貞夫.中国屈原学会国際シンポジウム参加の記[J].徳島大学国語国文
    学,1992(3)
[4] 石川三佐男.中国の葬送習俗における司命神について[C].秋田大学総合基
    礎教育研究紀要特集·諸民族の社会と文化,1994
[5] 谷口洋.国内辞賦研究文献目録[R].奈良女子大学,2014(3)
[6] 刘操南.《楚辞》札记四则[J].浙江大学学报(人文社会科学版).1962(1):
    117-121.
[7] 日本早稻田大学稻畑耕一郎先生来我校交流学术成果[J].杭州大学学报(哲
    学社会科学版).1980,(1):20.
[8] 余崇生.我所看到日本怀德堂文库珍藏的百种楚辞[J].中国书目季刊.1981,
    15(3):127-132.
[9] 杨铁婴.《京都大学汉籍善本丛书》介绍[J].文献.1983,(2):161-167. 1000-

0437

[10] 徐公持,周发祥. 楚辞研究在国外[J]. 文史知识, 1984(01): 108-113.

[11] 张梦新. 鲁迅和楚辞[J]. 杭州师范学院学报(社会科学版). 1984, 6(3): 51-56+102.

[12] 汤炳正. 《离骚》决不是刘安的作品: 再评何天行《楚辞作于汉代考》[J]. 求索. 1984, (3): 73-82.

[13] 陆永品. 评"屈原否定论"者的研究方法[J]. 河北学刊. 1984, (5): 76-81. 1003-7071

[14] 吕培成. 论《史记》及《屈原列传》的史源--兼及"屈原否定论"[J]. 陕西师范大学学报(哲学社会科学版). 1985, 14(2): 30-37. 1672-4283

[15] 曹道衡. 一部反映海外楚辞研究成果的好书—评《楚辞资料海外编》[J]. 文学遗产, 1986(01): 106-107. 0257-5914

[16] 稻畑耕一郎. 日本楚辞研究前史述评[J]. 江汉论坛, 1986(07): 55-59.

[17] 徐志啸. 论《天问》《桔颂》之题旨与来源—与三泽玲尔先生商榷[J]. 上海社会科学院学术季刊. 1987, (4): 177-182.

[18] 朱碧莲. 不有屈原, 岂见《离骚》?: 与日本学者冈村繁教授商榷[J]. 江淮论坛. 1989, (1): 80-86, 26.

[19] 张啸虎. 屈原及楚辞研究六年一瞥[J]. 江汉论坛. 1989, (2): 56-60.

[20] 汪耀楠. 外国学者对《楚辞》的研究[J]. 文献, 1989(03): 266-279.

[21] 汤漳平. 楚辞研究二千年[J]. 许昌学院学报. 1989, (4): 17-24.

[22] 徐日权. 《楚辞》的生命向力与接受主体的张力—以朝鲜郑澈歌辞创作所受影响为中心[J]. 延边大学学报(社会科学版). 1990, 23(2): 54-60.

[23] 江立中. 一部筚路蓝缕的开创之作—读黄中模《现代楚辞批评史》[J]. 云梦学刊. 1991, (2): 55-57.

[24] 黄中模. 弥纶群言, 自成体系: 从《巫系文学论》看中日楚辞学界的文化交流[J]. 云梦学刊. 1991, (2): 58-62.

[25] 周建忠. 文学抽象史家眼光: 中国当代楚辞学者黄中模论[J]. 喀什师范学院学报. 1991, 12(1): 97-104.

[26] 黄中模. 弥论群言, 自成体系—评介藤野岩友的《巫系文学论》[J]. 贵州社会科学. 1991, (12): 41-44.

[27] 许云和, 李平. 对〈《楚辞》生成过程展望〉一文的质疑: 与三泽玲尔先生商榷[J]. 思想战线. 1992, (1): 40-46

[28] 大宫真人. 楚辞与日本公元前史[J]. 海拉尔师专学报(综合版). 1992, (1-2): 5-142.

[29] 新田幸治. 最近日本对屈原及楚辞研究管见[J]. 海拉尔师专学报(综合版). 1992, (1-2): 1-83.

[30] 谷口洋. 《史记·屈原列传》与刘安《离骚传》——兼谈及围绕楚辞文学的汉初文化情况[J]. 云梦学刊. 1993, (1): 8.

[31] 大宫真人. 宋力. 楚辞与日本公元前史[附屈原在日本九州之行路略图(《抽思》、《湘君》)两幅][J]. 山西师大学报(社会科学版), 1993(01): 15-23+25

[32] 刘石林, 张中一. 关于大宫真人先生的楚辞研究[J]. 山西师大学报(社会科学版), 1993(01): 24-25.

[33] 新田幸治, 胡令远. 最近日本的屈原及楚辞研究管见[J]. 复旦学报(社会科学版), 1993(03): 94-98

[34] 钟参. 中国首届《楚辞》与苗文化学术讨论会记要[J]. 重庆师范大学学报(哲学社会科学版). 1993, (4): 117.

[35] 王欣. 关于《诗经》的桃和《楚辞》的桔, 1993

[36] 熊良智. 《楚辞集解》刻本的几个问题[J]. 四川师范大学学报(哲学社会科学版). 1994, (4): 57-64.

[37] 熊良智. 《文选集注》骚类残卷在《楚辞》研究中的价值[J]. 四川师范大学学报(哲学社会科学版). 1995, (4): 56-62.

[38] 石川三佐男, 王欣. 《楚辞》九章桔颂篇的真正含义[J]. 河北学刊. 1996, (5): 71-76.

[39] 戴锡琦. 巫文化视角: 开启屈骚艺术迷宫的钥匙[J]. 吉安师专学报. 1997, (5): 6-10. 1006-1975

[40] 高扬. 中日"屈原否定论"及其批判[J]. 天中学刊, 1998(01): 3-5

[41] 周秉高. 《新编楚辞索引》自序及凡例[J]. 职大学报. 1998, (1): 4-8. 1671-1440

[42] 尚明. 香港大学中文系七十周年纪念国际学术研讨会综述[J]. 社会科学战

线. 1998, (1): 279-281.

[43] 曹东, 寇慧艳. 铃木虎雄及其中国文学研究[J]. 洛阳师专学报. 1999, 18 (3): 90-92. 1009-4970

[44] 石川三佐男, 赵凝. 从考古资料看《诗经》的"君子"和《楚辞》的"美人", 1999

[45] 叶志衡. 日本莊允益本《离骚章句》异文辨析, 2000

[46] 王锺陵. 评石川三佐男教授的《诗经》《楚辞》研究[J]. 苏州铁道师范学院学报. 2000, 17(1): 49-51.

[47] 许欣. 2000楚辞学国际研讨会暨中国屈原学会第八届年会会议综述[J]. 中国文化研究. 2001, (1): 141.

[48] 梅琼林. 20世纪中日"屈原否定论"及其批判[J]. 人文杂志. 2001, (1): 97-97.

[49] 黄震云. 二十世纪楚辞学研究述评[J]. 文学评论, 2000(02): 14-23

[50] 黄耀坤. 论《楚辞》与《万叶集》的反歌: 兼论〈抽思〉的乱辞和〈反离骚〉的性质[J]. 辅仁国文学报. 2001, (17): 55-76.

[51] 张宏洪. 2002年楚辞学国际学术研讨会暨中国屈原学会第九届年会论文综述[J]. 中国楚辞学. 2002, (0): 308-322.

[52] 石川三佐男, 王晓平. 从楚地出土帛画分析《楚辞·九歌》的世界[J]. 中国楚辞学. 2002, (0): 205-218.

[53] 苏仁. 2002年楚辞学国际学术研讨会暨中国屈原学会第9届会议在宁波召开[J]. 职大学报. 2002, (3): 45.

[54] 李小平. 2002年楚辞学国际学术研讨会暨中国屈原学会第九届年会论文综述[J]. 中国文化研究. 2002, (4): 174-176.

[55] 陈秋萍. 论日本江户硕学林罗山与《楚辞》[A]. 中国屈原学会. 中国楚辞学(第四辑), 2002: 19.

[56] 石川三佐男, 潘文东. 从日中比较角度谈日本学者的中国古代文学研究方法论[J]. 苏州铁道师范学院学报(社会科学版). 2002, 19(4): 50-56.

[57] 王晓平. 楚辞东渐与日本文学传统[J]. 职大学报. 2003(1): 26-30.

[58] 崔富章, 石川三佐男. 西村时彦对楚辞学的贡献[J]. 浙江大学学报(人文社会科学版), 2003(05): 31-39. 1222. 3

[59] 白洁. 朱子学东渡日本始末及其影响[J]. 日语知识. 2003, (5): 33-34.
[60] 徐志啸. 考古资料与传统文献的结合—日本版《楚辞新研究》平议[A]. 文献学与研究生教育国际学术研讨会论文集(中国古典文献学丛刊第三卷), 2003: 9.
[61] 王晓平. 楚辞东渐与日本文学传统[J]. 中国楚辞学, 2004(01): 222-242.
[62] 陈秋萍. 论日本江户硕学林罗山与《楚辞》[J]. 中国楚辞学, 2004(01): 243-261.
[63] 俞慰慈. 论《楚辞》对日本中世汉文学的影响—以五山文学为中心[J]. 中国楚辞学, 2004(01): 171-191.
[64] 徐志啸. 日本当代楚辞研究[J]. 中国楚辞学, 2004(01): 192-205.
[65] 崔富章. 大阪大学藏楚辞类稿本、稀见本经眼录[J]. 文献. 2004, (2): 232-243.
[66] 徐志啸. 中日文化交流背景及日本早期的楚辞研究[J]. 北方论丛, 2004(03): 1-4.
[67] 徐志啸, 石川三佐男. 日本学者赤塚忠的楚辞研究[J]. 江西社会科学, 2004(03): 174-178.
[68] 徐志啸. 日本学者的楚辞持疑论[J]. 苏州科技学院学报(社会科学版), 2004(04): 56-59.
[69] 崔富章. 大阪大学藏楚辞类稿本、稀见本经眼录[J]. 复印报刊资料(中国古代、近代文学研究). 2004, (7): 30-38.
[70] 石川三佐男. 从日中比较角度谈日本学者的中国古代文学研究方法论[C]. 第六届诗经国际学术研讨会论文集, 2004: 329-335.
[71] 李大明, 余作胜, 罗剑波. 楚辞国际学术研讨会暨中国屈原学会第十届年会[J]. 文学遗产. 2005, (1): 152-153.
[72] 李燕. 2004年楚辞学国际学术研讨会论文综述[J]. 中国文化研究. 2005, (1): 178-180.
[73] 徐志啸. 日本现代楚辞研究述评[J]. 江海学刊, 2005(01): 178-183.
[74] 王海远. 近当代日本楚辞研究之鸟瞰[J]. 苏州科技学院学报(社会科学版), 2005(01): 69-72.
[75] 叶志衡. 日本莊允益本《离骚章句》异文辨析[J]. 中国楚辞学. 2005, (2):

159-178.

[76] 王海远,徐志啸,石川三佐男.楚辞研究与中日学术交流—徐志啸、石川三佐男对谈[J].文艺研究.2005,(3):76-83.

[77] 王海远.楚辞研究与中日学术交流—徐志啸、石川三佐男对谈[J].文艺研究,2005(03):76-83.

[78] 方铭.立足于比较文学立场的日本楚辞学史研究—评徐志啸《日本楚辞研究论纲》[J].湛江海洋大学学报(社会科学),2005(05):131-133.

[79] 石川三佐男,郑爱华.日本学者所见之《楚辞学文库》[J].中州学刊,2005(06):260-262.

[80] 郑爱华.日本学者所见之《楚辞学文库》[J].中州学刊.2005,(6):252-254.

[81] 徐志啸.日本楚辞研究著作述略[A].天津师范大学古典文献研究所学术论文集(中国古典文献学丛刊第四卷)[C].天津师范大学古典文献研究所,2005:12.

[82] 徐志啸.竹治贞夫对楚辞学的贡献[J].中华文史论丛.2005,(80):105-118.

[83] 石川三佐男,郑爱华.日本学者所见之《楚辞学文库》[J].职大学报(哲学社会科学),2006(03):21-22.

[84] 钟祥.慧眼独具识幽隐—评赵逵夫先生《屈原与他的时代》[J].周口师范学院学报.2006,(6):149-152.

[85] 林家骊.哈佛大学哈佛燕京图书馆所藏的《楚辞》典籍[J].职大学报.2007,(1):36-39.

[86] 徐志啸.藤野岩友《巫系文学论》评议:以《巫系文学表》为中心[J].中国楚辞学.2007,(2):265-277.

[87] 方铭.《日本楚辞研究论纲》与日本楚辞学史的研究[J].中国楚辞学,2007(03):17-23.

[88] 徐志啸,马世年,赵晓霞.比较文学视域中的中国古代文学研究—徐志啸先生学术访谈[J].甘肃社会科学,2007(03):42-47+35.

[89] 王孝强,徐辉.中国屈原学会第十二届年会暨2007年楚辞学国际学术研讨会会议综述[J].中国文化研究.2007,(4):210-212.

[90] 毛庆.屈原与儒墨道法诸家人格观之比较,2007

[91] 周建忠.大阪大学藏"楚辞百种"考论—关于西村时彦·读骚庐·怀德堂[J].

职大学报, 2008 (01): 18-23+30. 1671-144

[92] 石川三佐男, 陈钰. "蟠螭纹精白镜"铭文和《楚辞》[J]. 云梦学刊. 2008, (2): 48-56.

[93] 张鹤. 2007年楚辞国际学术研讨会暨中国屈原学会第十二届年会会议内容综述[J]. 黄冈师范学院学报. 2008, 28 (1): 156-158.

[94] 石川三佐男, 陈钰. 日本学者所见之《楚辞章句疏证》[A]. 中国屈原学会、深圳大学. 中国楚辞学（第十六辑）—2009年深圳屈原与楚辞学国际学术研讨会论文集[C]. 中国屈原学会、深圳大学: 中国屈原学会, 2009: 9.

[95] 王孝强. 2009年楚辞学国际学术讨论会暨中国屈原学会第十三届年会会议综述, 2009

[96] 石川三佐男, 陈钰. 日本学者所见之《楚辞章句疏证》[J]. 职大学报, 2010 (01): 30-33+39.

[97] 徐志啸. 中日现代楚辞研究比较[J]. 职大学报. 2010, (3): 20-22.

[98] 王海远. 日本近代《楚辞》研究述评[J]. 北方论丛, 2010 (04): 52-55. 1000-3541

[99] 王以武. 论郭沫若历史剧《屈原》对史实的改写[J]. 剧作家. 2010, (4).

[100] 夏涛. 中国屈原学会副会长汤漳平教授等赴日进行文化学术交流[J]. 闽台文化交流. 2010, (4): 155

[101] 王海远. 论日本古代的楚辞研究[J]. 学术交流, 2010 (10): 181-184.

[102] 陈翀. 萧统《文选》文体分类及其文体观考论: 以"离骚"与"歌"体为中心[J]. 中华文史论丛. 2011, (1): 301-329.

[103] 汤漳平. 访日散记—中日楚辞学者间一次深度的学术交流[J]. 闽台文化交流, 2011 (01): 142-149

[104] 周秉高. 2011年楚辞国际学术研讨会暨中国屈原学会第14届年会闭幕辞[J]. 职大学报. 2011, (3): 35.

[105] 吴琦. "屈原否定论"产生原因初探[J]. 群文天地, 2011 (07): 111-112.

[106] 李雪菲. 论铃木虎雄的赋史研究[D]. 华东师范大学, 2011.

[107] 纪晓建. 由《山海经》、《楚辞》材料看仙话之形成及发展, 2011

[108] 张世春. 屈原不生秭归及三峡遗迹传说考辨, 2011

[109] 大野圭介. 中国屈原学会代表应邀赴日作学术交流[J]. 职大学报. 2011,

(3): 36-37.

[110] 徐志啸. 海外汉学对国学研究的启示—以日本、美国汉学研究个案为例[J]. 中国文化研究, 2012(04): 207-212.

[111] 徐志啸. 20世纪日本的楚辞研究[N]. 文汇报, 2012-08-06(00C).

[112] 周涌. 日本《楚辞玦》之补阙训诂[J]. 语文学刊, 2012(23): 99-100.

[113] 朱新林. 日本庆应义塾大学藏龟井昭阳《楚辞玦》写本考[J]. 图书馆杂志, 2012, 31(07): 84-88+93.

[114] 崔富章. 十世纪以前的楚辞传播[J]. 浙江大学学报(人文社会科学版), 2012, 42(06): 74-90. 1008-942X

[115] 吴广平. 2013年西峡屈原及楚辞学国际学术研讨会暨中国屈原学会第十五届年会综述[J]. 云梦学刊. 2013, (5): 38-43.

[116] 向勤. 新世纪前十年(2001-2010)楚辞研究述评[D]. 湖南大学, 2013.

[117] 王翠红. 古钞《文选集注》研究[D]. 郑州大学, 2013.

[118] 周涌. 日本钞本《楚辞玦》整理與研究[D]. 浙江师范大学, 2013.

[119] 矢田尚子. 日本楚辞学的基础研究—以江户、明治时期为研究对象[A]. 中国楚辞学(第二十二辑), 2013: 3.

[120] 郭晓春, 曹顺庆. 楚辞在英语世界的传播和接受[J]. 求是学刊. 2014, (2): 128-134.

[121] 郑友阶. 海外楚辞学研究评述[J]. 学习与实践, 2014(04): 135-140.

[122] 徐志啸. 日本学者石川三佐男先生的楚辞研究[A]. 中国楚辞学(第二十四辑), 2014: 6.

[123] 郭全芝. 石川先生楚辞新论探析[A]. 中国楚辞学(第二十四辑), 2014: 10.

[124] 洪涛. 楚辞学的国际化:日本青木正儿(Masaru Aoki)与欧美汉学家之间的学术因缘[A]. 2014年楚辞与东亚文化国际学术讨论会论文集[C]. 中国屈原学会, 2014: 17.

[125] 王海远. 日本近代楚辞研究简述[J]. 湖北科技学院学报, 2014, 34(01): 99-100.

[126] 周建忠. 东亚楚辞文献研究的历史和前景—国家社科基金重大项目开题报告[J]. 南通大学学报(社会科学版), 2014, 30(01): 1-7.

[127] 野田雄史. 日本江户时期九州学者对楚辞的态度[A]. 中国楚辞学(第

二十四辑),2014:3.

[128] 孙金凤.日本所藏《楚辞灯》文献考论[J].职大学报,2015(01):16-22.

[129] 徐志啸."他对中国古代文学抱有十分的喜爱和热情"[N].中华读书报,2015-02-25(007).

[130] 墨青.上世纪80年代关于屈原问题的大论争[J].文史杂志,2015(03):46-54.

[131] 唐宸.朱熹《楚辞集注》初刻考辨[J].文献.2015,(5):14-22.

[132] 张祝平.《续文章轨范》注评著作盛行与日本《楚辞》学文献拓展[A].中国屈原学会、淮阴师范学院.中国楚辞学(第二十六辑),2015:9.

[133] 本刊编辑部.1972:毛泽东为何送田中角荣《楚辞集注》[J].党史天地.2015,(32).

[134] 倪歌.关于西村时彦治骚成就的研究综述[J].现代语文.2015,(19):73-75

[135] 矢田尚子,野田雄史,田宫昌子,荒木雪叶,大野圭介,矢羽野隆男,前川正名,谷口洋.日本江户、明治时期的楚辞学[A].中国楚辞学(第二十六辑),2015:21.

[136] 张志香,浅野裕一.基于出土文献的彭咸新考—兼论彭咸传说的形成与变迁[J].东疆学刊.2016,(1):10-18.

[137] 李佳玉.日本楚辞文献版本的调查与研究[J].职大学报,2016(01):22-27.

[138] 谭家健.楚辞汉赋域外仿作拾零[J].云梦学刊.2016,37(6):22-27.

[139] 施仲贞.论胡濬源《楚辞新注求确》的成书与体例[J].宁夏大学学报(人文社会科学版),2016,38(04):123-127.

[140] 亦安冉.诗经楚辞里的苏州草木风华[J].现代苏州.2016,(7):76-82.

[141] 孙金凤.林云铭《楚辞灯》在日本的传播与影响[D].南通大学,2016.

[142] 张思齐.日本楚辞学的内驱力[J].大连大学学报,2016,37(01):30-42.

[143] 郭宇."点线面"织就学术之网—评《楚辞研究与中外比较》[J].理论界,2017(01):104-110.

[144] 何佳宇.论日本汉学界屈原及其作品研究[D].华东师范大学,2017.

[145] 郝青霄.2014年中国古代诗歌研究博士论文索引及摘要[J].中国诗歌研究动态,2017(02):235-327.

[146] 徐志啸,邱兰芳.实事求是认识评价汉学—徐志啸先生访谈录[J].国际汉

学, 2017(02): 25-28+2. 2095-9257

[147] 王海远. 日本20世纪50—80年代的《楚辞》研究[J]. 南京师大学报(社会科学版), 2017(05): 117-124.

[148] 行健. 屈原及楚辞学国际学术研讨会暨中国屈原学会第十七届年会在昆明召开[J]. 中州学刊. 2017, (11): 173.

[149] 李佳玉. 《日本楚辞文献版本的调查与研究》补证[J]. 佳木斯大学社会科学学报, 2017, 35(05): 93-95.

[150] 文艷蓉. 平安時代句題詩所引中國五言詩及其價值[J]. 域外汉籍研究集刊. 2018, (1): 3-31.

[151] 蘇曉威. 日本現藏三種《楚辞集注》朝鮮版本考述[J]. 域外汉籍研究集刊. 2018, (1): 315-325.

[152] 郭建勋, 李慧. 论林罗山诗文对"楚辞"的接受[J]. 中国文学研究. 2018, (1): 177-183.

[153] 施仲贞, 张琰. 论藤野岩友《巫系文学论》的研究方法与学术成就[J]. 重庆师范大学学报(社会科学版), 2018(02): 43-50.

[154] 陈翀. 日本文選学論著索引(上)[J]. 古代文学前沿与评论, 2018(02): 263-305.

[155] 龚红林, 夏志强. 《楚辞》版本六大谱系的考索—评《楚辞文献丛考》[J]. 三峡论坛. 2018, (4): 75-78.

[156] 黄灵庚, 王琨. 日本庄刻《王注楚辞》考[J]. 中山大学学报(社会科学版), 2018, 58(04): 38-46.

[157] 史小华, 郑新超. 日本汉学界楚辞研究述评[J]. 文学教育(下), 2018(10): 80-81.

[158] 胡彦. 《屈子章句》的作者与版本[J]. 齐齐哈尔大学学报(哲学社会科学版). 2018, (11): 22-23, 28.

[159] 郭素英. 石川三佐男《九歌》研究评述[J]. 南京工程学院学报(社会科学版). 2018, 18(3): 40-45.

[160] 郭素英. 楚辞研究新视角—解读日本学者黑须重彦的"翻译文学论"[J]. 辽东学院学报(社会科学版). 2018, 20(2): 13-19.

[161] 牟歆. 日本内阁文库所藏明万历二十年思莼馆刊本《离骚直音》考论[J]. 古

211

籍整理研究学刊. 2019, (1): 30-31, 11.
[162] 方铭, 舒鹏. 2016年屈原及楚辞研究综述[J]. 云梦学刊, 2019, 40 (04): 34-47.
[163] 陈欣. 江中时及其《楚骚心解》研究[J]. 青海师范大学学报（哲学社会科学版）. 2019, 41 (4): 107-111.
[164] 沈晶晶, 彭家海.《楚辞》对日本文学的早期影响浅谈[J]. 戏剧之家, 2020 (28): 209-210.
[165] 刘君.《楚辞》译介的文化立场与海外传播[D]. 湖北工业大学, 2020.
[166] 中国屈原学会第十八届年会掠影[J]. 职大学报. 2020, (3): I0003.
[167] 徐志啸. 关于汉学研究的思考[J]. 国际汉学, 2020 (02): 21-22.
[168] 甄桢. 2019年屈原与楚辞学术研讨会暨中国屈原学会第十八届年会综述[J]. 职大学报. 2020, (1): 119-124.
[169] 牧角悦子, 著益西拉姆. 神话与戏剧—闻一多的戏剧活动[J]. 长江学术. 2020, (1): 16-30
[170] 潘洪堡. 中国屈原学会第十八届年会掠影[J]. 职大学报, 2020 (01): 125.
[171] 方铭, 张鹤. 2017年屈原及楚辞研究综述[J]. 云梦学刊, 2020, 41 (01): 20-32.

附　　录

附录一　论文题录

（按作者姓氏首字母排序）

1. 安藤信広,「九歌」ノート1-屈原以前の〈楚辞〉についての覚え書き, 日本文学誌要（通号 30）　1984.08：62-72

2. エヌポゴージン, 屈原の上演, テアトロ, 1955 (10), 17 (7)：22-23

3. 安部正明,「九歌」における巫儀について--「湘君」篇を中心として　（中国学特集）国学院雑誌, 第97巻 (1996)：47-58

4. 安部正明,『楚辞』における自然の音について, 中国中世文学研究, 第54期 (2008)：19-33

5. 安部正明, 離騒に見える樂園, 国学院中国学会報, 第41期 (1995)：15-28

6. 安藤信広, 古代文学と祭祀の共振-「牧角悅子著」『中国古代の祭祀と文学』, 東方, 第316期 (2007)：25-28

7. 白川静, 中国的古代文学：從神話到楚辞：從史記到陶淵明, 中央公論社, 1976, 頁数不詳

8. 白川静,《楚辞·天問》小箋, 立命館文学, 第150期 (1954)：頁数不詳

9. 白川静, 楚辞叢説, 立命館文学, 1955, 頁数不詳

10. 白川静, 屈原の立場-上-, 立命館文学, 第109期 (1954)：295-319

11. 白川静, 屈原の立場-下-, 立命館文学, 第110期（1954），：394-417

12. 白石尚史, 劉禹錫詩における「蘭」·「蕙」について　：『楚辞』との関連をめぐって（朗州初期まで）　（下定雅弘教授退休記念號）, 中国文史論叢, 第8期 (2012)：244-233

13. 白雲飛,「魂魄」について　：『荘子』と『楚辞』を中心に, 人間社会学研究

· 213 ·

集録, 第6期 (2011)：101-116

14. 白雲飛, 中国における魂魄観の変遷　：二元的な区別の観点を中心に, 大阪府立大学, 2014, 頁数不詳

15. 阪本通道, さすらう官人たちの系譜--屈原・業平・貫之,（〔中古文〕学会創設四十周年記念號1）　--（〔中古文〕学会創設四十周年記念中古文学会賞論文), 第78期 (2006)：39-53

16. 倉又幸良,〈伊勢物語〉第9段の三河の国の物語--〈楚辞〉「湘君」「湘夫人」の引用, 和漢比較文学, 第22號 (1999)：14-26

17. 茶谷忠治, 屈原の研究, 斯文, 第11卷第3號 (1929)：249－255；第4號 (1929)：322－330

18. 長瀬誠, 藤野岩友巫系文学論, 漢文学会会報（東京教育大), 第8期 (1952), 頁数不詳

19. 成家徹郎, 出土資料で解き明かす：屈原の誕生日, 人文科学, 第9卷 (2004)：27-56

20. 赤塚紀史, 歴史と文学, 楚辞天問編の文学史的意義, 近代, 第8期 (1954)：1-30

21. 赤塚紀史, 神々のあそび：楚辞九歌の構成とその文学史上の位置, 近代, 第6期 (1954)：1-25

22. 赤塚忠,《離騒》的悲劇意義, 二松学舎大学人文論叢, 第13期 (1978), 頁数不詳

23. 赤塚忠,『離騒』の様式について, 二松学舎大学人文論叢, 第8期 (1978)：45-89

24. 川瀬大樹,『楚辞』と香草と一蘭を中心に, 弘前大学国語国文学, 第28期 (2007)：1-14

25. 吹野安,『宋・元の祭祀歌と九歌と』, 大東文化大学漢学会志, 第4期 (1961)：26-32

26. 吹野安,《楚辞》的文学系列, 東洋文化復刊, 第16期 (1988), 頁数不詳

27. 吹野安, 楚辞九歌礼魂考, 漢文学会会報, 第16期 (1959)：43-52

28. 吹野安, 滑稽人東方朔-以答客難為中心, 漢文学会会報, 第22號 (1976), 頁数不詳

29. 吹野安, 仕官文学序説, 相模女子大学紀要, 第31期 (1958), 頁数不詳

30. 吹野安, 仕官文学序説, 相模女子大学紀要, 第32期 (1959), 頁数不詳

31. 吹野安, 楚辞の九歌と巫舞と, 漢文学会会報, 第9期 (1956), 頁数不詳

32. 村上哲見, 漁父詞考, 集刊東洋学, 第18期 (1967): 39-50

33. 大川五兵衛, 杜詩の遊離魂, 年份不詳, 頁数不詳

34. 大久保莊太郎, 楚辞所感, 羽衣学園短期大学研究紀要, 1980, 頁数不詳

35. 大木春基, "美人"語義考: 以楚辞《離騒》"恐美人遲暮暮"中心, 大妻国文, 第5期 (1973): 107-128

36. 大木春基, 「美人語義考」（其のニ）: 楚辞を中心にして, 大妻国文, 第6期 (1975), 頁数不詳

37. 大木康, 中国古典散歩 (3) 芳蘭の季節-屈原, 文人の眼, 第3期 (2002): 99-101

38. 大矢根文次郎, 「漁父」と「飲酒」, 及びその違い, 東洋文学研究, 第4期 (1956): 33-51

39. 大矢根文次郎, 歴代の屈原観と離騒, 早稲田大学教育部学術研究, 第4期 (1955): 107-116

40. 大西克也, 〈人文知〉刊行に寄せて, 屈原との筆談, 〈人文知〉刊行, 第43巻第9號 (2014): 6-9

41. 大形徹, 戦国楚帛画の舟よりみる復活再生観念の考察, 大阪府立大学人文学論集, 第32期 (2014): 23-43

42. 大野圭介, （口頭発表）論先秦逸民之詩歌與《漁父》, 2013年楚辞国際学術研討会暨中国屈原学会第15屆年会, 2013, 頁数不詳

43. 大野圭介, 中国屈原学会代表応邀赴日作学術交流, 職大学報, 第3期 (2011): 42-43

44. 大野圭介, 『楚辞』における「南国」意識, 富山大学人文学部紀要, 第56期 (2012): 418-395

45. 大野圭介, 『楚辞』九章諸篇における主人公の彷徨, 富山大学人文学部紀要, 第53期 (2010): 310-291

46. 大野圭介, 楚辞"周流"考, 職大学報, 第1期 (2008): 25-27

47. 大野圭介, （口頭発表）関於大阪大学懐徳堂文庫蔵本《王注楚辞翼》及其

作者, 2015年楚辞国際学術研討会暨中国屈原学会第16届年会, 2015, 頁数不詳

48. 大沢直人,『史記』屈原列伝の史料的性格について（本田治教授退職記念論集）, 立命館文学, 第619期 (2010) : 300-312

49. 島田修三, 離騒日乗篇-短歌, 淑徳文芸（愛知淑徳短期大学）, 第6卷 (1993) : 2-11

50. 稲畑耕一郎, 顓頊とその苗裔をめぐる伝承についてのノート--離騒首句試解, 中国文学研究, 第6期 (1980) : 104-119

51. 稲畑耕一郎, 楚辞残簡小考-淮河水系流域における楚辞の流伝, 早稲田大学大学院文学研究科紀要, 第37期 (1992) : 81-93

52. 稲畑耕一郎, 楚辞離騒錯簡提疑--霊氛占辞の範囲について, 中国古典研究, 第18期 (1971) : 1-19

53. 稲畑耕一郎, 屈原否定論の系譜, 中国文学研究, 第3期 (1977) : 18-35

54. 稲畑耕一郎, 宋玉的別集-其編纂、流傳、散佚的時間, 中国古典研究, 第20期 (1975), 頁数不詳

55. 稲畑耕一郎, 楚文学研究の進展とその成果について, 中国文学研究, 第10卷 (1984) : 112-129

56. 稲畑耕一郎, 司命神像の展開, 中国文学研究, 5期 (1979) : 1-17

57. 稲畑耕一郎, 沅湘之間における巫俗について-湘巫雑識, 中国文学研究, 第14期 (1988) : 1-17

58. 稲畑耕一郎, 蘆東山と楚辞--「楚辞評園」のことなど, 中国文学研究, 第9期 (1983) : 134-149

59. 稲畑耕一郎, 日本楚辞研究前史述評, 江漢論壇總, 第71期 (1986) : 55-59

60. 稲垣裕史,『楚辭』「招魂」「大招」にみる美味の快楽, 大阪大谷国文 / 大阪大谷大学日本語日本文学会 編 (47), 39-62, 2017-03

61. 稲垣裕史,『楚辭』の飲食行為と匂い：「二招」の分析に先立って, 大阪大谷国文 / 大阪大谷大学日本語日本文学会 編 (46), 32-52, 2016-03

62. 登紀渡辺, 漢代の「楚辞」のイメージ, 歴史文化社会論講座紀要, 第6期 (2009) : 13-23

63. 兒島献吉郎, 詩人屈原其二：論説, 熊本大学龍南会雑誌, 第88卷 (1901) : 23-29

64.兒島献吉郎, 詩人屈原其三:論説, 熊本大学龍南会雑誌, 第89巻 (1901) : 18-23

65.兒島献吉郎, 詩人屈原:論説, 熊本大学龍南会雑誌, 第87巻 (1901) : 1-8

66.繁原央,「長恨歌」の構成―『楚辞』離騒からの照射, 国学院大学中国学会報, 第40期 (1994) : 66-75

67.繁原央,《楚辞・離騒》的結構, 国学院雑誌, 第73巻5号 (1978) : 13-25

68.飯沼清子, 匂の呪力, 王朝文学史稿, 1978, 頁数不詳

69.方銘、石川三佐男, 共同研究--近年の出土文献と戦国文学, 秋田大学教育文化学部教育実践研究紀要, 第30號 (2008) : 153-169

70.福本鬱子, 中国古代に於ける境界神祭祀について, 年份不詳, 頁数不詳

71.富永一登,「文選」李善注引「楚辞」考, 大阪教育大学紀要1, 第31期 (1982) : 1-22

72.富永一登,「文選」李善注引「楚辞」考, 大阪教育大学紀要2, 第32期 (1983) : 1-24

73.富永一登,「文選」李善注引「楚辞」考, 大阪教育大学紀要3, 第33期 (1984) : 1-29

74.岡本勲, 周祖謨による敦煌資料の研究--文選音・毛詩音・楚辞音等について, 中京大学文学部紀要, 第41巻第2號 (2006) : 108-55

75.岡村繁, 楚辞文学における「抽思」の位置 (《抽思》在楚辞文学中的地位), 集刊東洋学 (東北大学), 第16期 (1967) : 9-18

76.岡村繁, 関於楚辞騒体文学的分離現象, 中国楚辞学, 第二輯 (2003) : 5-8

77.岡村繁, 橘頌の出現―楚辞離騒文学の分裂現象, 森三樹三郎博士頌壽記念東洋学論集 (朋友書店), 期数不詳 (1979) : 255-270

78.岡村繁, 楚辞と屈原--ヒーローと作者との分離について, 日本中国学会報, 第18期 (1966) : 86-101

79.岡村繁, 中島千秋著賦の成立と展開, 集刊東洋学 (東北大学), 第12期 (1964) : 91-95

80.岡崎敬,《楚辞》の世界の再現―長沙市馬王堆前漢墓の発見, 朝日雑誌, 第14期 (1972) : 34

81.高橋庸一郎,『楚辞』から「賦」へ (上), 阪南論集 人文・自然科学編, 第

36期（2000）：25-32

82.高橋庸一郎,金文の銘文から《詩経》へ,縦横家の弁説から《楚辞》へ,阪南論集人文・自然科学編,35巻第4號（2000）：117-129

83.高芝麻子,暑さへの恐怖-《楚辞》《招魂》及び漢魏の詩賦に見える暑さと涼しさ,日本中国学会報,第60巻（2008）：2-4

84.根本誠,長詩としての離騒,東洋文学研究,第11期（1963）：1-33

85.宮野直也,班固と王逸の屈原評価について,九州中国学会報,第26期（1987）：37-56

86.宮野直也,《楚辞章句》引書考,鹿児島女子大学人文論叢,第44卷（1990）,頁数不詳

87.宮野直也,王逸「楚辞章句」の注釈態度について,日本中国学会報,第39期（1987）：84-98

88.古谷徹,「九章」渉江篇小考--「伍子」「南夷」を巡って,国学院中国学会報,第44期（1998）：20-31

89.古原宏伸,蕭雲従《天問図》の獨創性-明末遺民意識の一構造,書論,第22卷（1983）：149-166

90.谷口満,屈原伝説2題--〔シ〕帰楽平裏訪問記・魚腹伝説,東北学院大学論集 歴史学・地理学,第29期（1997）：81-126

91.谷口学,屈原も蔗漿に舌鼓を打っていた--インドの制糖起源と東西世界への伝播,季刊糖業資報,第4號（2009）：6-19

92.谷口洋,早期辞賦における狩猟-古代的象徴世界からの逃走,興膳教授退官記念中国文学論集,期数不詳（2000）：87-101

93.谷口洋,論王褒的《九懷》—並談楚辞文学両大系統與其継承,楚辞学国際学術討論会暨中国屈原学会第十五届年会（中国・河南省西峡県）,2013：354-363

94.谷口洋,蔣驥《山帯閣注楚辞》的《九歌》解釈,中国楚辞学,第14輯（2007）：120-129

95.谷口洋,賦的宗教起源與其転為文体名稱-論"不歌而誦"與"鋪陳其事"、並談及"辞""賦"之弁,第十一届国際辞賦学学術研討会,陝西師範大学、延安大学,2014,頁数不詳

96. 谷口洋, 国際辞賦学学術研討会について―あわせて辞賦研究の動向にふれて―, 中国文学報, 第72期 (2006) : 127-142

97. 谷口洋, 西漢辞賦的流伝與伝説, 第九屆漢代文学與思想学術研討会 (台北·国立政治大学) , 2013, 頁数不詳

98. 郭鵬, 王觀国《学林》楚辞釈義挙隅, 大阪外国語大学論集, 第25號 (2011) : 65-72

99. 国学院大学中国学会 [編] , 「楚辞補注」訳注稿 (1) , 漢文学会会報, 第34期 (1988) : 93-115

100. 国学院大学中国学会 [編] , 「楚辞補注」訳注稿 (2) , 漢文学会会報, 第35期 (1989) : 89-115

101. 国学院大学中国学会 [編] , 「楚辞補注」訳注稿 (3) , 漢文学会会報, 第36期 (1990) : 282-309

102. 国学院大学中国学会 [編] , 「楚辞補注」訳注稿 (4) , 漢文学会会報, 第37期 (1991) : 95-118

103. 国学院大学中国学会 [編] , 「楚辞補注」訳注稿 (5) , 漢文学会会報, 第38期 (1992) : 376-402

104. 国学院大学中国学会 [編] , 「楚辞補注」訳注稿 (6) , 漢文学会会報, 第39期 (1993) : 97-121

105. 国学院大学中国学会 [編] , 「楚辞補注」訳注稿 (7) , 漢文学会会報, 第40期 (1994) : 92-113

106. 国学院大学中国学会 [編] , 「楚辞補注」訳注稿 (8) , 漢文学会会報, 第41期 (1995) : 89-109

107. 国学院大学中国学会 [編] , 「楚辞補注」訳注稿 (9) , 漢文学会会報, 第42期 (1996) : 96-116

108. 国学院大学中国学会 [編] , 「楚辞補注」訳注稿 (10) , 漢文学会会報, 第43期 (2013) : 64-102

109. 国学院大学中国学会 [編] , 「楚辞補注」訳注稿 (11) , 国学院中国学会報, 第44期 (1998) : 88-122

110. 国学院大学中国学会 [編] , 「楚辞補注」訳注稿 (12) , 国学院中国学会報, 第45期 (1999) : 53-85

111. 国学院大学中国学会［編］,「楚辞補注」訳注稿 (13), 国学院中国学会報, 第46期 (2000): 79-123

112. 国学院大学中国学会［編］,「楚辞補注」訳注稿 (14), 国学院中国学会報, 第47期 (2001): 68-90

113. 国学院大学中国学会［編］,「楚辞補注」訳注稿 (15), 国学院中国学会報, 第48期 (2002): 82-121

114. 国学院大学中国学会［編］,「楚辞補注」訳注稿 (16), 国学院中国学会報, 第49期 (2003): 80-123

115. 国学院大学中国学会［編］,「楚辞補注」訳注稿 (17), 国学院中国学会報, 第50期 (2004): 87-107

116. 国学院大学中国学会［編］,「楚辞補注」訳注稿 (18), 国学院中国学会報, 第51期 (2005): 91-112

117. 国学院大学中国学会［編］,「楚辞補注」訳注稿 (19), 国学院中国学会報, 第52期 (2006): 75-93

118. 国学院大学中国学会［編］,「楚辞補注」訳注稿 (20), 国学院中国学会報, 第53期 (2007): 68-81

119. 国学院大学中国学会［編］,「楚辞補注」訳注稿 (21), 国学院中国学会報, 第54期 (2008): 117-130

120. 国学院大学中国学会［編］,「楚辞補注」訳注稿 (22), 国学院中国学会報, 第55期 (2009): 102-139

121. 国学院大学中国学会［編］,「楚辞補注」訳注稿 (23), 国学院中国学会報, 第56期 (2010): 111-129

122. 国学院大学中国学会［編］,「楚辞補注」訳注稿 (24), 国学院中国学会報, 第57期 (2012): 77-101

123. 国学院大学中国学会［編］,「楚辞補注」訳注稿 (25), 国学院中国学会報, 第58期 (2013): 129-147

124. 国学院大学中国学会［編］,「楚辞補注」訳注稿 (26), 国学院中国学会報, 第59期 (2013): 103-142

125. 国学院大学中国学会［編］,「楚辞補注」訳注稿 (27), 国学院中国学会報, 第60期 (2014): 78-106

126.国学院大学中国学会［編］,「楚辞補注」訳注稿 (28), 国学院中国学会報, 第61期 (2015) : 100-119

127.国学院大学中国学会［編］,「楚辞補注」訳注稿 (29), 国学院中国学会報, 第62期 (2016) : 212-256

128.国学院大学中国学会［編］,「楚辞補注」訳注稿 (30), 国学院中国学会報, 第63期 (2017) : 137-178

129.国学院大学中国学会［編］,「楚辞補注」訳注稿 (31), 国学院中国学会報, 第64期 (2018) : 93-167

130.国学院大学中国学会［編］,「楚辞補注」訳注稿 (32), 国学院中国学会報, 第65期 (2019) : 172-238

131.国学院大学中国学会［編］,「楚辞補注」訳注稿 (33), 国学院中国学会報, 第66期 (2020) : 195-235

132.国学院大学中国学会［編］,「楚辞補注」訳注稿 (34), 国学院中国学会報, 第67期 (2021) : 115-156

133.Gyung-yup Lee, 古典文学に表れた海洋認識 態度--漁父歌・漂海録・漁撈謡を中心に （特集 東アジアの島嶼 海洋文化研究）, 立教大学日本学研究所年報, 第3期 (2004) : 29-47

134.何其芳, 屈原の作品について, 人民中国, 第3期 (1953) : 16-19

135.何藤達欧, 屈賦與《招隠士》, 1984, 頁数不詳

136.河野崎長十郎,《屈原》在日本, 年份不詳, 頁数不詳

137.河野崎長十郎, 日中友好《屈原》訪華公演團訪問報告, 年份不詳, 頁数不詳

138.黒須重彦, 王維作「椒園」詩と楚辞「九歌」, 栗原圭介博士頌壽記念 東洋学論集, 期数不詳 (1995) : 423-444

139.黒須重彦,「九歌」の「山鬼篇」について, 大東文化大学漢学会志, 第32期（1993）: 63-92

140.黒須重彦,『楚辞』「天問」の篇名について, 大東文化大学創立七十周年記念論集上, 期数不詳 (1993) : 63-83

141.黒須重彦,《楚辞》に見られる幾つかの用語について, 大東文化大学漢学会志, 第22號 (1983) : 49-61

142. 黒須重彦, 楚辞と古事記-音声と記録という観点からの論, 大東文化大学紀要, 第18期 (1980)：115-127

143. 黒須重彦, 楚辞における植物の表像性, 大東文化大学紀要, 第29期 (1991)：167-191

144. 黒須重彦, 楚辞の成立をめぐって, 大東文化大学創立六十周年記念中国学叢集, 期数不詳 (1984)：421-436

145. 黒須重彦,［屈原賦］が翻訳文学でぬゐことの傍證-声から文字へ, 東洋文化, 第93期 (2004)：4-15

146. 横山弘, 楚辞における時間の相貌（楚辞的時代背景）, 入矢義高教授・小川教授退休記念中国文学語学論集, 期数不詳 (1974)：159-175

147. 横山きのみ, 招隠詩に見える西晋期の隠逸観：山野に遊ぶ官人、朝市に潜む隠士, 叙説（奈良女子大学日本アジア言語文化学会） 43 56-73, 2016-03-18

148. 洪淳昶, 屈原離騒賦, 東洋文化, 第6巻、第7巻 (1968), 頁数不詳

149. 胡正怡, 古文辞派の詩における和と漢：《伊勢物語》九段と《楚辞》, 国語国文, 第83巻第8号 (2014)：22-40

150. 許山秀樹, 杜牧における屈原像-典故表現の変容と他詩人との比較, 早稲田大学大学院文学研究科紀要別冊文学・芸術学編, 第19期 (1993)：117-127

151. 戸崎哲彦,（翻訳）莫道才著「中国湖南省汨羅の民間に伝わる葬礼"招魂詞"の形式と内容およびそれに拠る『楚辞』研究上の発見」, 滋賀大学経済学部研究年報, 第6期 (1999)：99-127

152. 桑山龍平, 楚辞に見える鳥について-1-,《天理大学学報》, 第72期 (1971)：19—31

153. 石川三佐男, 葬送歌辞「楚辞」九歌蒭書き, 秋田大学綜合科目Ⅵ 研究紀要特集3「美と人間」, 期数不詳 (1992)：18-39

154. 花崎采琰, 屈原的憂愁, 東方文芸, 第3期 (1951)：頁数不詳

155. 懷德, 楚辞與漢賦, 1932, 頁数不詳

156. 荒木修, 横山大観の絵「屈原」の理解をめぐって：天心・大観研究序説, 第5期 (1975)：6-11

157. 黄麗雲, 台北洲美裏龍舟文化祭--屈原宮との関係, 現代台湾研究, 第34号 (2008)：44-5

158. 黃麗雲, 政権の象徴としての龍舟文化：屈原崇拝をめぐる国際比較（倉石忠彦名譽教授古稀記念號）, 伝承文化研究, 第9號 (2010)：39-54

159. 黃麗雲, 屈原宮と台北洲美裏龍舟文化祭, 国学院雑誌, 2008：44－55

160. 黄耀堃,「巫之一身二任」補説-《管錐篇》論《九歌》補説之一, 桃の会論集, 第3期 (2005)：31-39

161. 吉川霊華, 新しいコレクション〈離騒〉 現代の眼, 東京国立近代美術館ニュース, 第606號 (2014)：12

162. 吉川幸次郎, 詩經と楚辞, 中国文学論集, 期数不詳 (1966)：23-34

163. 吉川幸次郎, 藤野博士巫系文学論, 国学院雑誌, 第1期 (1952)：96-97

164. 吉冨透,『楚辞』天問篇研究序説-戰国楚簡『三德』の読者對象と『皇天』『後帝』から, 大東文化大学漢学会志, 第51期 (2012)：91-117

165. 吉冨透,『離騒』と『楚辞』問題試論, 後漢經学研究会論集, 第2期 (2005)：31-57

166. 吉冨透,《楚辞》における夏王朝抗爭傳承問題：漢代《楚辞》解釈を中心として, 後漢經学研究会論集, 第3號 (2011)：83-118

167. 吉冨透,《楚辞》天問篇の成立問題（池田敎授三浦敎授退休記念號）, 大東文化大学漢学会志, 第51期（2012）：91-117

168. 吉冨透, 石川三佐男著『楚辞新研究』, 中国出土資料研究, 第8期 (2004)：231-251

169. 吉井涼子,《屈原》について, 二松学舎大学論集, 第58期 (2015)：179-203

170. 吉井涼子,『楚辞』九歌攷, 二松25（二松学舎大学大学院文学研究科）, 2011：29－59

171. 吉満裕子, 屈原伝の継承--『史記』・歴代史書から『大河の一滴』まで, 築紫語文, 第14期 (2005)：80-90

172. 吉彦福島, 楚辞、漢賦, 中国文化叢書5文学史, 期数不詳 (1968)：40-57

173. 吉沢忠, 横山大觀筆・屈原, 国華, 第835號 (1961), 頁数不詳

174. 加納喜光, 風の神話学-「天問」女歧章の解釈, 竹田晃先生退官記念東アジア文化論叢, (1991)：3-15

175. 嘉瀬達男,［訳］楊雄「反離騒」を読む, 言語センタ-広報, 第19號 (2011)：23-30

176. 江連隆,「月」のイメージの成立:1.『詩経』と『楚辞』, 弘前大学教育学部紀要, A刊第32期 (1974):91-105

177. 江藤正顕,「第七夜」にみる《死》までの距離--漱石・屈原・明恵, 近代文学論集, 第24期 (1998):33-42

178. 金川正治, 郭維森著・安藤信広訳『屈原』, 日本文学誌要, 第32期 (1985):81-82

179. 金秀雄, 屈原賦に見られる"鳥の形象":《天問》と《離騒》を中心として, 追手門学院大学国際教養学部紀要, 第7號 (2013):99-112

180. 近藤光男, 屈原賦注について, 日本中国学会報, 第8期 (1956):134-147

181. 近藤杢, 藤野岩友巫系文学論, 漢文学会会報 (東京教育大), 第8期 (1952), 頁数不詳

182. 近藤啓吾, 屈原を偲ぶ, 金沢工業大学研究紀要, B刊第7期 (1983):126-116

183. 井波律子, ケーティ著/羽仁協子訳 中国の悲歌の誕生:屈原とその時代, 中国文学報, 第24期 (1974):101-107

184. 井河愛河, 鏡文與楚辞文学, 中国大鏡研究, 第2章, 年份不詳, 頁数不詳

185. 井沢明肖, 元好問詩に現れる屈原像--金朝滅亡期の詩を中心にして, 中国詩文論叢, 第15期 (1996):121-131

186. 静慈円,『楚辞』との関連における助辞「兮」字の使用例, 密教学会報, 1976:67—78

187. 静慈円, 弘法大師と「文選」--「遍照発揮性霊集」にみられる「文選」の影響, 密教文化, 1980:1—25

188. 駒井和愛, 漢鏡銘文と楚辞文学, 中国考古学論叢 (考古民俗叢書13), 慶友社, (1974), 頁数不詳

189. 康三川合, 文学の源を求めて-牧角悦子『中国古代の祭祀と文学』を読む, 創文, 第501期 (2007):23-56

190. 堀内公平, 屈原文学における彭鹹の意義, 城南漢学, 第10期 (1968):43-51

191. 賴惟勤, 楚辞《天問》, 中国的名著, 期数不詳 (1961):38-44

192. 賴惟勤, 屈原と「離騒」-「記録」と「伝承」との観点より, 禦茶水女子大学

人文科学紀要,第19期 (1966):91-113

193.李開、長尾光之,《荘子》與《楚辞》互通和用楚地語考,福島大学教育学部論集人文科学部門,第49巻 (1991):65-71

194.李慶国,梁啓超的屈原與《楚辞》研究,追手門学院大学国際教養学部紀要,第1期 (2007):87-95

195.林田慎之助,朱熹楚辞集注製作の動機-歴代楚辞評価の流れにたつて,九州中国学会報,第9期 (1963):30-41

196.鈴木虎雄,論騒賦的形成,支那学,第3巻第11期 (1925):321-386

197.鈴木虎雄,先秦文學に見ゆる招魂,支那文学研究,1925,446-455

198.鈴木敏雄,謝霊運の詩表現の一特色:『楚辞』との関連を中心に,中国中世文学研究,第15期 (1981):1-24

199.柳川順子,原初的「古詩」の性格-『楚辞』九歌との関わりさ手がかりとして,六朝学術学会報,第10期 (2009):1-16

200.柳川順子,佐竹保子著『西晋文学論-玄学の影と形似の曙』,集刊東洋学,第93期 (1905):91-98

201.龍川清,(楚辞九歌の篇章について) 関於《楚辞·九歌》的篇章:主要從句式考察,会津短期大学学報,第2期 (1953):49-66

202.龍川清,楚辞九歌の篇章について,会津短期大学学報,第2期 (1953):49-66

203.龍沢精一郎,屈原詩の高揚と低迷,大東文化大学漢学会志,第2期 (1959):53-55

204.龍沢精一郎,漁父辞 (上)-中国古典文学の一系譜,国学院大学櫪木短期大学紀要,第2期 (1968):37-49

205.龍沢精一郎,漁父辞-伝統と新意,漢文学会会報,第14期 (1968):51-61

206.蘆川敏彦,《楚辞》《天問》の篇名をめぐって,大東文化大学中国文学論集,第11巻 (1992):49-60

207.魯忠民,民間の文化遺産を訪ねて湖北省·黄石市道士[フク]村屈原しのび,飾り舟流す神舟会,人民中国,第652號 (2007):42-49

208.栗山雅央,日中両国間の辞賦文学研究の差違について—21世紀以降を中心に—,西南学院大学言語教育センター紀要 9 20-36, 2019-03

209. 門脇広文,《文心雕竜》考−劉勰の屈原・楚辞認識について, 大東文化大学紀要 人文科学, 第27期 (1989): 89-112

210. 門脇広文,《文心雕竜》国際討論会に参加して, 大東文化大学漢学会誌, 第35期 (1996): 139-153

211. 孟修祥, 先秦楚歌発展歴程論略, アジアの歴史と文化, 第18号 (2014): 71-80

212. 目加田誠,《九歌》試択, 文学研究, 第58期 (1959): 1—15

213. 牧角悦子, 聞一多の楚辞学−−古代と近代の交錯する時, 立命館文学, 第598期 (2007): 747-756

214. 朴美子, 林椿の「漁夫」詩考, 熊本大学文学部論叢, 第102期 (2011): 219-229

215. 朴美子, 中国文学における「漁父」の基礎的考察, 文学部論叢 (文学科篇), 第98期 (2008): 69-95

216. 前川正名,『楚辞』関係論文目録−日本篇 (稿), 懐徳堂文庫の研究−共同研究報告書, 期数不詳 (2003): 152-167

217. 前川正名, 西村天囚の楚辞学 (特集 中国学の現在) −− (日本漢文学・比較文学), 国学院雑誌, 第106期 (2005): 442-450

218. 前田哲男, 戦略爆撃の思想−−ゲルニカ−重慶−広島への軌跡−40−嵐よ咆えろ!抵抗精神を鼓舞した郭沫若の《屈原》, 朝日ジャーナル, 第29巻第43号 (1987): 40-43

219. 浅野通有, 杜詩に現われた悲秋の感情−−楚辞九弁の影響, 国学院雑誌, 第59巻第3号 (1958): 25-32

220. 浅野通有, 楚辞・楚歌の句法と [兮] 字, 東洋文化, 第7期 (1964): 34-45

221. 浅野通有, 楚辞九弁の題名と分章の問題, 漢文学会会報, 第13期 (1962): 18-30

222. 浅野通有, 楚辞九弁の研究, 漢文学会会報, 第9期 (1956): 39-47

223. 浅野通有, 楚辞九弁の研究, 漢文学会会報, 第10期 (1959): 33-42

224. 浅野通有, 楚辞九弁の研究, 漢文学会会報, 第13期 (1905), 頁数不詳

225. 浅野通有, 自序系楚辞文学の系統−−九章諸編の偽託問題に関する一試論, 国学院雑誌, 第68期 (1967): 1-12

226. 浅野通有,「楚辞章句」における九弁の編次--王逸によって意図された経伝的構想, 国学院雑誌, 第71卷7期 (1970) : 1-11

227. 浅野通有, 漢代の楚辞-楚辞章句成立への過程, 漢文学会会報, 第14期 (1968) : 13-24

228. 浅野通有、星川清孝、松本清張等, 楚辞について (座談会), 国学院雑誌, 第75期 (1974) : 9-30

229. 浅野裕一, 苗族創世歌と上博楚簡《凡物流形》《問物》-《楚辞》天問の淵源, 中国研究集刊, 第50號 (2010) : 209-227

230. 淺野裕一, 孤立する魂 : 楚辭「卜居」と「漁父」の屈原像, 日本中國學會報, 67 3-14, 2015

231. 橋本循, 楚辞概説, 立命館大学論叢, 第十五輯 (1942), 頁數不詳

232. 橋本循, 屈原與柳子厚, 立命館三十五周年記念論文集文学篇, 1934, 頁数不詳

233. 橋川時雄, 離騒とは何か, 人文研究, 第4期 (1953) : 8

234. 橋川時雄, 屈原「懷沙の賦」の序詞を読みて, 二松学舎大学東洋学研究集刊, 第2期 (1972) : 1-43

235. 橋川時雄, 屈原・懷沙の賦私抄, 二松学舎大学論集, 期数不詳 (1971) : 1-23

236. 橋川時雄, 屈原賦二十五篇について-漢書の芸文志に編目さはた, 神田博士還歷記念書志学論集, 1961 : 263-274

237. 橋川時雄, 秦法から見た離騒美, 人文研究, 第7期 (1956) : 690-722

238. 橋仁太郎, 哲学者としての屈原, 哲学雜誌, 第266號, 頁数不詳

239. 喬炳南, 楚辞「天問」論考 (二), 第54期 (1986) : 93-111

240. 喬炳南, 楚辞「天問」論考 (一), 帝塚山大学論集, 第53期 (1986) : 76-104

241. 喬炳南, 楚辞「天問」與詩經-「天問」探源之 (一), 帝塚山大学紀要, 第23期 (1986) : 55-81

242. 青木正次, 文体『楚辞』・『荘子』・『論語』, 藤女子大学・藤女子短期大学紀要・第I部, 第35期 (1998) : 141-209

243. 青木正兒, 楚辞九歌的舞曲結構, 支那文学芸術考, 第4版, 弘文堂書房 (1948) : 147-171

244. 青木正兒, 読騒漫録, 支那文芸論藪, 弘文堂書房, (1927): 48-56

245. 青木正兒, 読騒漫論, 支那文学論叢·支那学, 第二卷二期(1921), 頁数不詳

246. 清宮剛, 関於宋玉的賦-試論其在賦史上的地位, 山形女子短期大学紀要, 第8期, 頁数不詳

247. 清宮剛, 賢人矢志の賦と道家思想, 集刊東洋学, 第30卷 (1973): 42-58

248. 清宮剛, 由賢人失志之賦所見世態人情-自己與世俗的對立, 中国的人性探究, 1983, 頁数不詳

249. 丘桓興, 祭りの歳時記 (5) 竜船レースで屈原を祭る-端午節, 人民中国, 第623號(2005): 56-59

250. 權五明, 戯曲『屈原』はどのように進化したか, 大東アジア学論集, 第8期 (2008): 93-109

251. 權五明, 歴史劇『屈原』の上演史, 大東アジア学論集, 第10期 (2010): 39-54

252. 秋田大学教育文化学部教育実践研究紀要編集委員会 編, 屈原の作品や荀子の賦にいう助字「兮」の用法とも異なっている, 秋田大学教育文化学部教育実践研究紀要, 第30期 (2008): 153-169

253. 饒宗頤, 唐勘及其佚文-楚辞新資料, 中国文学論集 (九州大学), 第9期 (1980): 1-8

254. 日野岩夫, 屈原伝奇我獨り清めり, 新文明, 第5卷第11號 (1955): 13

255. 三菱財団.日本の雅楽·伎楽から見た古代アジアの文化交流, 東京大学民間助成研究成果概要, 年份不詳, 頁数不詳

256. 三菱財団, 楚文化圏出土の竹簡資料による中国古代宗教史研究, 早稲田大学民間助成研究成果概要, 年份不詳, 頁数不詳

257. 三沢玲爾, 屈原賦二十五篇簡論, 神戸国際大学紀要, 第49期 (1995): 59-70

258. 三沢玲爾, 『離騒』一詞の意義に ついて, 長江季刊, 第1期 (1962): 15-26

259. 三沢玲爾, 楚辞の生成過程の展望--陳守元·郭維森·黄中模·李世剛·廬文暉·呂培成·曲宗瑜·張国光の各先生に答える, 八代学院大学記要, 第32期

(1988)：35-46

260.三沢玲爾, 楚辞の形成, 神戸国際大学紀要, 第44期 (1993)：45-60

261.三沢玲爾, 楚辞天問篇の修辞的疑問表現, 八代学院大学紀要, 第41期 (1992)：36-47

262.三沢玲爾, 九歌探原--その叙事文学的性格, 八代学院大学紀要, 第34期 (1989)：p66-79

263.三沢玲爾, 漁父, Viking, 第64期 (1955), 頁数不詳

264.三沢玲爾, 屈原問題考弁, 八代学院大学紀要, 第21期 (1981)：82-93

265.三沢玲爾, 屈原伝説の発生, 神戸国際大学紀要, 第51期 (1996)：93-105

266.三沢玲爾, 古代楚国的悲歌, 獨具隻眼復刊, 第1巻 (1968), 頁数不詳

267.三沢玲爾, 楚辞と漢鏡銘, 神戸国際大学紀要, 第46期（1994）：105-120

268.桑山龍平, 楚辞における天道と長生, 中文研究, 第13期 (1972)：39-44

269.桑山龍平, 楚辞に関する若干の疑問, 天理大学学報, 第22巻 (1956)：35-44

270.桑山龍平, 楚辞に見える鳥について-1-, 天理大学学報, 第22期 (1971)：19-31

271.桑山龍平, 楚辞に見える鳥について-2-, 中文研究, 第12期 (1972)：1-7

272.桑山龍平, 落英ということから見た楚辞, 天理大学学報, 第21巻 (1956)：77-89

273.桑山龍平, 競渡と屈原, 天理大学学報, 第24期 (1973)：20-32

274.桑山龍平, 屈原の世系に関する伝説--地志に見えるものを中心にして, 天理大学学報, 第23期 (1972)：67-76

275.桑山龍平, 屈原伝説と米と麥などのこと, 中文研究, 第11期 (1970)：44-49

276.桑山龍平, 楚辞に見える魚に関するノート, 中文研究, 第10期 (1969)：37-48

277.桑山龍平, 洪興祖と楚辞補注, 天理大学学報, 第7期（1955）：43-48

278.桑山龍平, 王夫之の楚辞通釈について, 天理大学学報, 第48期（1966）：28-38

279.桑山龍平, 王逸のこと, 天理大学学報, 第7期 (1956)：325-333

280.桑山龍平, 星川清孝《楚辞の研究》, ビブリア天理図書館報, 第19巻

(1961)，頁数不詳

281.澁沢尚,「離騒」に詠まれる芳草香木の本草学的考察-巫醫作離騒考序説,立命館文学,第563期（2000）：791-830

282.山根三芳,楚辞集注に見える思想,廣島大学文学部紀要,第27期（1967）：60-75

283.山口幸子,端午節的粽子在日本如何変遷,年份不詳,頁数不詳

284.山田敬三,魯迅的屈原像一にソリアリズムとロマンティシズム,入矢教授小川教授退休記念中国文学語学論集,期数不詳（1974）：691-704

285.山下龍二,いま漢文に学ぶ（82）屈原と漁父,月刊カレント,第45卷第6號（2008）：42-47

286.山之内正彦,桂：唐詩にぉけゐその《意味》,東洋文化研究所紀要,第88期（1982）：79-193

287.山之内彦,桂：唐詩にぉけゐその《意味》 補遺,東洋文化研究所紀要,第92期（1983）：83-140

288.山之内一郎,史劇《屈原》を読んで,中国事情,第33號（1952）：26

289.上島一夫,《楚辞・遠遊》篇作者年代考,漢文学会会報,第2號（1934）：頁数不詳

290.尚永亮,《離騒》男女君臣之喻新論（三井啓吉先生追悼號）,創大中国論集,第16號（2013）：19-32

291.神田秀夫,中国和日本表現在文芸中的志向差異,年份不詳,頁数不詳

292.勝二甲斐,楚狂接輿「山海經」の巫と「楚辞」,国学院中国学会報,第41期（1995）：1-14

293.勝二甲斐,中国語文学習の周辺-3-趙逵夫「《戦国策・楚策一》張儀相秦章発微」--「楚辞」とその作者をめぐる議論について,福岡大学総合研究所報,第172期（1995）：355-367

294.石本道明,「烏台詩案」前後の蘇軾の詩境--「楚辞」意識について,国学院雑誌,第90期（1989）：62-76

295.石本道明,江淹「遂古篇」と楚辞「天問」について--本文解読とその比較,国学院大学紀要,第42期（2004）：23-47

296.石本道明,蘇軾和屈原-烏台詩案以後的影響,無窮会東洋文化研究所,

1987, 頁数不詳

297. 石本道明, 蘇東坡と屈原と--荊州滯在時の作品を中心として, 国学院雑誌, 第88期 (1987) : 17-28

298. 石本道明, 顔之推「帰心篇」と楚辞「天問」と, 国学院中国学会報, 第54期 (2008) : 59-71

299. 石本道明, 楊萬裏「天問天対解」初探, 国学院雑誌, 第111期 (2010) : 16-28

300. 石本道明, 楚辞「天問」の発想の原委に関する一考察, 国学院雑誌, 第109期 (2008) : 1-12

301. 石本道明, 楚辞「天問」研究小史 （特集 中国学の現在） -- （文学）, 国学院雑誌, 第106期 (2005) : 39-50

302. 石本道明, 楚辞「天問」整序研究管窺, 国学院雑誌, 第107期 (2006) : 1-21

303. 石川三佐男, 『史記』の屈原伝と『蜀王本紀』（竜霊伝）について--楚の伝説的人物と「鬼」, 秋田大学教育学部研究紀要 人文科学 社会科学, 第43期 (1992) : 15-36

304. 石川三佐男, 「史記」の屈原伝について--「楚辞」との対応に基づいて-上-, 斯文, 第97期 (1989) : 68-101

305. 石川三佐男, 《詩経》の世界-周代の生活と文化- (財) 元興寺文化財研究所主催, シンポジウム組紐古技法を語る（奈良市）, 2005, 頁数不詳

306. 石川三佐男, 関於詩経的桃與楚辞的桔, 1993年詩経国際学術研討会論文集（中国河北大学出版社）, 1994

307. 石川三佐男, 中国古代の歌謡・詩経-その普遍知検証-」, 秋田大学公開講座（東アジアの文化と社会II, 2009

308. 石川三佐男, (解説)《楚辞新研究》, 宗教学文献事典, 第30號 (2007), 頁数不詳

309. 石川三佐男, 「楚辞」九章の思美人篇における「美人」の実体について--九歌と鏡銘における「美人」の実体解明を糸口として, 日本中国学会報, 第44期 (1992) : 1-16

310. 石川三佐男, 「楚辞」九章の研究-甲-その考察の糸口, 専修国文, 第43期

(1988)：71-102

311.石川三佐男,『楚辞』九歌の湘君篇と湘夫人篇の主題について,集刊東洋学,第75期 (1996)：1-22

312.石川三佐男,『楚辞』九歌研究 (における) —河伯篇の美人と山鬼篇の山鬼の関係について,新しい漢文教育,第25期 (1997)：43-53

313.石川三佐男,『楚辞』学術史論考,日本中国学会報,第50期 (1998)：15-30

314.石川三佐男,《楚辞》の《離騒》の意味するものについて-離騒篇の構造併せて《升仙図》との比較に及ぶ,自印,1987

315.石川三佐男,楚辞九章橘頌篇的真正含義,河北学刊 (河北師範大学),第5號 (1996)：71-76

316.石川三佐男,楚昭王の人物事跡考-楚辞天問篇成立の政治的きっかけを作つた楚王「失格」の王,出土文献と秦楚文化,第6期 (2012)：50-68

317.石川三佐男,從"天公行出鏡"的画像看《楚辞・九歌》的世界,中国楚辞学,第2期 (2004)：219-227

318.石川三佐男,近代の楚辞研究に見る多彩な成果と新た動向について-楚辞中の帝辞と具楚辞爭教訓詠の復元的研究,中国出土資料研究,第16期 (2012)：25-46

319.石川三佐男,近年の楚辞研究に見る多彩な成果と新たな動向について—兼ねて古代楚王国の国策と楚辞諸篇及び楚竹帛書類の関係に及ぶ,中国出土資料学会2010年度第3回例会大会 (流通経済大学),2011

320.石川三佐男,九章における—橘頌篇の意味するものについて,中村璋八博士古稀記念東洋学論集,1996：373-391

321.石川三佐男,巻頭エッセイ香草美人の文学《楚辞》,月刊しにか,第12卷第3號 (2001)：2-5

322.石川三佐男,論楚辞裏九章的涵義-拠《九歌》及前漢的《鏡鑑銘文》的対応比較,神與神話 (台湾・聯経出版事業公司),1988,頁数不詳

323.石川三佐男,太一信仰の考古学的検討から見た『楚辞』の篇目問題一「東皇太一」,楚地出土資料と中国古代文化,2002：237-279

324.石川三佐男,秋田市声体寺亀趺碑文と天保四年の大飢饉対策について,秋田市郷土史研究会例会,2009

325. 石川三佐男, 秋田県北学術学芸文化論, 平成20年度大学模擬講義 (秋田県立大館鳳鳴高校), 2009

326. 石川三佐男, 秋田学術学芸文化論-狩野旭峰翁頌徳碑 (千秋公園), 秋田大学公開講座 (東アジアの文化と社会II), 2009

327. 石川三佐男, 秋田学術学芸文化論-旭峰詩鈔 (天・地・人), 秋田大学公開講座 (東アジアの文化と社会II), 2009

328. 石川三佐男, 日本の大学教育の現狀について, 上海理工大学教育講演 (上海理工大学), 2007

329. 石川三佐男, 現代中国の生活と文化-日本人の生き方との関わり, (秋田県) 潟上湖東地区保護司会・同雇用主会研修会, 2009

330. 石川三佐男, 中国六大学での五十三日間-その衣食住と教学のすべて, 副学長主催・帰国報告会, 2009

331. 石川三佐男, 中国文化と日本文化への誘い [J].中国甘粛省・秋田県・中国出土資料学会・秋田大学連攜特別講演会 (秋田大学), 2007

332. 石川三佐男, 《玉燭宝典》近年來学術資訊及卷九的下落, 清華大学人文社会科学学院学術講演会 (歴史系) (北京市), 2009

333. 石川三佐男, 両漢における四家「詩」の興亡について, (科学研究費<両漢儒教の新研究>国際シンポジウム (東京大学), 2007

334. 石川三佐男, 中国の葬送習俗における司命神について, 秋田大学総合基礎教育研究紀要《特集 諸民族の社会と文化》, 第1號 (1994) : 14-25

335. 石川三佐男, 戦国秦漢期における黄河流域の河伯神と長江流域の河伯神, 東北学院大学オープンリサーチセンター公開学術研究会-長江流域の古代文化- (仙台市), 2003

336. 石川三佐男, 出土資料から見た《楚辞》の世界-《天路》の発見- (講演記録), 平成11年度《研究紀要》, 秋田県高等学校教育研究会国語部会, 第36號 (2000) : 4-31

337. 石川三佐男, 《楚辞》新研―近年出土考古資料與《九歌》諸篇的比較, 漢学研究, 第6集第6號 (2002) : 413-424

338. 石川三佐男, 《楚辞》新研―近年出土考古資料與《九歌》諸篇的比較, 天津師範大学古籍整理研究所学術講演 (天津師範大学), 2000

339. 石川三佐男,《楚辞》新研一近年出土考古資料與《九歌》諸篇的比較, 天津社会科学院学術講演 (中国・天津市), 2000

340. 石川三佐男,《蟠螭紋精白鏡》的銘文和《楚辞》, 2007年楚辞国際学術研討会及中国屈原学会第12届年会 (杭州市), 2007

341. 石川三佐男, 蘇る『楚辞』九歌の世界, 中国出土資料研究, 第6期 (2002): 73-84

342. 石川三佐男, 出土資料から見だ『楚辞』九歌の成立時期について, 中国出土資料研究創刊號, 1905: 1-19

343. 石川三佐男, 従出土資料看・楚辞・九歌・的産成時期, 中国文化研究漢学書系《漢学研究》(中国和平出版社), 第3集 (1999)

344. 石川三佐男, 従楚地出土帛画分析《楚辞・九歌》的世界, 中国屈原学会編《中国楚辞学》(学苑出版社), 第1輯 (2002): 205-218

345. 石川三佐男, 従考古資料看《詩経》的君子和《楚辞》的美人, 第四届詩経国際学術研討会論文集, 中国北京学苑出版社, 2000

346. 石川三佐男, 魂を升天させる呪器、漢鏡について-河南発見の《天公行出鏡》を中心として, 日本中国学会創立五十年記念論文集, 1998: 93-108

347. 石川三佐男, 考古出土資料と《楚辞》, 福島大学国語教育文化学会後期学会学術講演 (福島大学), 2007

348. 石川三佐男, 従日中比較角度談日本学者的中国古代文学研究方法論, 蘇州鉄道師範学院学報 (社会科学版), 第19卷第4期 (2002): 50-56

349. 石川三佐男,「蟠螭紋精白鏡」の銘文と「楚辞」, 東方宗教, 第108期 (1994): 21-44

350. 石川三佐男, 楚辞研究與中日学術交流-徐志嘯・石川三佐男対談, 人民出版社文芸研究, 第3期 (2005), 頁数不詳

351. 石川三佐男, 日本学者的中国古代文学研究方法論—三重証拠法—, 浙江大学人文学院古籍研究所 (中国・杭州市), 2009

352. 石川三佐男, 日本学者的中国古代文学研究方法論—三重証拠法—, 蘇州大学文学院学術講演会 (蘇州市), 2009

353. 石川三佐男, 日本学者的中国古代文学研究方法論—三重証拠法—, 上海大学文学院学術講演会 (上海市), 2009

354. 石川三佐男, 日本学者的中国古代文学研究方法論—三重証拠法—, 清華大学人文社会科学学院学術講演会(歴史系)(北京市), 2009

355. 石川三佐男, 日本学者的中国古代文学研究方法論—三重証拠法—, 北京語言大学文学院学術講演会(北京市), 2009

356. 石川三佐男, 日本学者的中国古代文学研究方法論-三重証拠法(詩経編), 秋田中国学会例会, 2009

357. 石川三佐男, 日本学者所見之《楚辞学文庫》, 中州学刊, 第6期(2005): 252-254

358. 石川三佐男, 日本学者所見之《楚辞学文庫》, 漳州師範学院学報, 第4期(2005): 54-57

359. 石川三佐男, 日本学者所見之《楚辞学文庫》, 職大学報, 第3期(2006): 21-22

360. 石川三佐男, 日本学者所見之《楚辞学文庫》, 中国屈原学会編《中国楚辞学》, 第10號(2007): 9-16

361. 石川三佐男, 日本学者所見之《楚辞章句疏》, 楚辞学国際学術討論会暨中国屈原学会第十三届年会論文集(下冊), 2009

362. 石川三佐男, 日本学者所見之《楚辞章句疏》, 職大学報, 第1期(2010): 30-39

363. 石川三佐男, 日本学者所見之《楚辞章句疏》, 2009年楚辞国際学術研討会及中国屈原学会第13届年会(深圳市・深圳大学文学院), 2009

364. 石川三佐男, 日本学者中国古代文学研究方法論-以楚辞学為中心, 浙江大学人文学院講学並従事合作研究(浙江大学古籍研究所), 2002

365. 石川三佐男, 書籍之路-以《玉燭宝典》與《本朝月令》為中心, 浙江大学人文学院講学並従事合作研究(浙江大学日本文化研究所), 2002

366. 崔富章、石川三佐男, 西村時彦对楚辞学的貢献 :兼述中国人心目中的屈原形象, 秋田大学教育文化学部教育実践研究紀要, 第25期(2003): 101-112

367. 石川忠久, 中島千秋賦の成立と展開, 東京支那学報, 第11期(1965): 89-93

368. 石破洋, 屈原とその文学-わが国における評価, 金沢大学語国文, 第6期(1978): 6-18

369. 石上幸作, 古代中国の夢―詩経から楚辞まで, 渡辺三男博士古稀記念日中語文交渉史論叢, 期数不詳 (1979)：827-843

370. 石田博, 関於歌論能楽論に及ぼした楚辞の影響について-能楽「山老」楚辞「山鬼」を中心として, 漢文学会会報, 第22期 (1976)

371. 石田博, 競渡の考察, 漢文学会会報, 第15輯

372. 石田公道, 帰去来の辞について, 北海道教育大学紀要 (人文科学編), 第22期 (1971)：6-21

373. 石田琢智, 中国の愛国主義を考える――古代中国世界、屈原を中心として, 中京学院大学研究紀要, 第18期 (2010)：1-8

374. 石塚敬大, 蘇轍と屈原と――制科を中心として　（特集　中国学の現在）――（文学）, 国学院雑誌, 第106期 (2005)：135-147

375. 矢田博士, 境遇偶似にょゐ希望と絶望-曹植における周公旦及び屈原の意味, 早稲田大学大学院文学研究科紀要　別冊　文学・芸術学編, 第19期 (1993)：129-138

376. 矢田尚子, 孔子と屈原-漢代における屈原評価の変遷について, 《楚辞》と楚文化の総合的研究, 期数不詳 (2014)：323-347

377. 矢田尚子,「無病の呻吟」-楚辞「七諫」以下の五作品について-, 東北大学中国語文文学論集, 第16期 (2011)：7-22

378. 矢田尚子, 楚辞「卜居」における鄭詹尹の台詞をめぐって, 東北大学中国語文文学論集, 第14期 (2009)：1-16

379. 矢田尚子, 楚辞「離騒」における「上下」と「求索」, 集刊東洋学, 第91期 (2004)：1-20

380. 矢田尚子, 楚辞「離騒」の「求女」をめぐる一考察, 日本中国学会報, 第57期 (2005)：1-15

381. 矢田尚子, 笑う教示者――楚辞「漁父」の解釈をめぐって, 集刊東洋学, 第104期 (2010)：21-40

382. 矢田尚子, 漢代屈原評価之変遷, 中国楚辞学, 第19輯 (2013)：283-294

383. 矢田尚子, 楚辞《離騒》の天界遊行について, 東北大学中国語学文学論集, 第6巻（2002)：1-22

384. 矢田尚子,『淮南子』に見える天界遊行表現について――俶真篇を中心に,

言語と文化, 第16期 (2007)：63-78

　　385.矢田尚子,『淮南子』に見える天界遊行表現について--原道篇・覧冥篇を中心に, 中国文学研究, 第31期 (2005)：170-182

　　386.矢田尚子, 楚辞「遠遊」と「大人賦」--天界遊行モティーフを中心として, 集刊東洋学, 第94期 (2005)：21-40380.水谷誠, 関於《帰去来辞》的段落区分和換韻的一、二個問題, 中国詩文論叢, 第1巻 (1982)

　　387.矢田尚子, 楚辞学会日本分会　(研究会通信), 中国研究集刊 61 15-17, 2015-12-18

　　388.水原渭江, 楚辞関係の諸資料について-1-, 梅画の研究　附刊2, 第24期 (1990)：35-59

　　389.水原渭江, 楚辞関係靰の諸資料について-2-（近盼昉せる民俗文芸に関する中国少数民族関係資料-4-）附刊2, 大谷女子大学紀要, 第26期 (1991)：155-159

　　390.水原渭江, 輓近賭見せる楚辞関係の諸資料-2-（輓近盼昉せる民俗文芸に関する中国少数民族関係資料-2-）附刊1, 大谷女子大学紀要, 第25期 (1990)：136-137

　　391.水原渭江, 輓近盼昉せる楚辞関係の諸資料--資料題目-3-, 大谷女子大学紀要, 第27期 (1993)：168-171

　　392.水源渭江,《楚謠與屈原》1-4, 吟詠新風, 第17期：4、8、11

　　393.松本雅明, 詩經と楚辞, 古代思想と芸術 (古代史講座12　学生社), 期数不詳 (1965)：216-244

　　394.松浦崇, 嵇康と楚辞, 岡村繁教授退官記念論集　中国詩人論, 期数不詳 (1986)：129-157

　　395.松浦友久,「漁父」の読音について--訓読学・音読学における破音の機能 中国文学研究, 期数不詳 (1999)：91-95

　　396.松浦友久, 藤原宇合「棗賦」と素材源としての類書の利用について　-上代漢文創作の一つのパターン-, (1933), 頁数不詳

　　397.松田稔,「山海經」的巫術和「楚辞」, 国学院中国学会報, 第41期 (1995)：1-14

　　398.松田稔, 楚辞と『山海経』--その神話的記述の考察　(特集　アジア世界の文化と交流), 国学院雑誌, 第103期 (2002)：122-134

399. 松田稔, 楚辞山嶽觀小考, 国学院雑誌, 第75期 (1974)：9-30

400. 松枝到,〈エセ-〉屈原 (と) の対話, 象徵図像研究, 第11號 (1997)：55-62

401. 孫海波, 屈子疑年, 留日同学会季刊, 第4號 (1942), 頁數不詳

402. 太田陽子, 『楚辞』における香草香木について--屈原と「蘭」を中心に, 日本文学誌要, 第74期 (2006)：81-99

403. 陶野文明, SPECIALSTORY中国名菜物語 (第4回) -粽子悲憤慷慨の果てに身を投げた〈屈原の霊安かれ〉と人々が捧げ続けて2300年, 決斷, 第24卷第1號 (2006)：36-44

404. 陶野文明, 屈原を稱え端午節を彩る「粽」と龍船競爭, 決斷, 2004, 頁數不詳

405. 陶野文明, 中国歳時記 (第1回)〈四川の子供たち〉を案じつつ汨羅江に身を投げた〈詩人・屈原の霊安か〉と人々が祈り続けて1600年〈端午節〉の季節に, 決斷, 第26期 (2008)：46-55

406. 藤堂明保, 屈原と司馬遷, 東京支那学報, 第9期 (1963)：85-98

407. 藤田秀雄, 屈原《九歌》考, 佐賀大学文理学部文学論, 第1期 (1953)：23-33

408. 藤野岩友, 楚辞と論語と, 石田博士頌壽記念東洋史論叢, (1965)：399-410

409. 藤野岩友, 聞一多的《什麼是九歌》：作為古代歌劇的楚辞九歌, 国学院雑誌, 第56期 (1955), 頁數不詳

410. 藤野岩友, 現代中国〈楚辞〉研究之一斑, 斯文, 第20卷第12號（1938)

411. 藤野岩友, 中国上古神話傳説與《楚辞》, 漢学会雑誌, 第2卷第1號 (1934)

412. 藤野岩友,《楚辞・九弁》考, 漢文学会会報, 第14期 (1968)：1-12

413. 藤野岩友,《楚辞・天問》探源, 漢文学会会報, 第24期 (1978)

414. 藤野岩友,《楚辞・九歌》的敘事文学要素與神話傳説, 漢学会雑誌, 第5卷第3號 (1937)

415. 藤野岩友, 楚辞「天問」の原型及び類型, 国学院雑誌, 第52期 (1951)：76-82

416. 藤野岩友, 楚辞に於ける [嘆老] の系譜, 福井博士頌壽記念東洋思想論

集，期数不详（1960）：559-573

　　417.藤野岩友，楚辞の近江奈良朝の文学に及ぼした影響，東洋研究，第40期（1975）：1-28

　　418.藤野岩友，楚辞の招魂について，漢文学会会報，第15期（1970）：1-20

　　419.藤野岩友，自序伝の性格－楚辞を中心として，折口博士記念会紀要，期数不詳（1959）：19-56

　　420.藤野岩友，《楚辞・招魂》中所見的招魂儀礼，鈴木博士古稀記念東洋学論集，1972

　　421.藤野岩友，中国の招魂歌と捕蛍歌と，国学院雑誌，第55期（1954）：171-189

　　422.藤野岩友，平安朝の漢詩文に及ぼした楚辞の影響，東洋研究，第46期（1977）：1-60

　　423.藤野岩友，五山文学與楚辞，漢文学会会報，第29期（1984）：2-18

　　424.藤原尚，魏文帝の賦と楚辞との関係，支那学研究，第25期（1960）：86-97

　　425.藤原尚，「天問」の視点，中国中世文学研究，第45期（2004）：1-18

　　426.藤原尚，楚辞集注の「忠君愛国」について（森野繁夫博士追悼特集），中国中世文学研究，第63期（2014）：1-19

　　427.藤原尚，賦におけゐ二字句の意義，中国中世文学研究，第1巻（2014）：2-8

　　428.田成之，関於楚辞所表現的思想，支那学，第2巻第2期

　　429.田島花野，『楚辞』「招魂」・「大招」の飲食描寫，集刊東洋学，第107期（2012）：1-22

　　430.田島花野，『楚辞』招魂篇と大招篇の四方描寫について，集刊東洋学，第103期（2010）：1-20

　　431.田島花野，《楚辞》《招魂》・《大招》の美女描寫，東北大学中国語学文学論集，第18巻（2013）

　　432.田島花野，招魂儀礼の空間と時間－－『楚辞』招魂篇の亂辞を中心に，集刊東洋学，第96期（2006）：1-21

　　433.田宮昌子，『神話』としての屈原－欧米中国学からの提起（上），愛知論叢，第64期（1998）：233-258

　　434.田宮昌子，『神話』としての屈原－欧米中国学からの提起（下），愛知論叢，

第65期 (1998): 223-244

435. 田宮昌子, 屈原像の中国文化史上の役割:漢代における祖型の登場, 宮崎公立大学人文学部紀要, 期数不詳（2001）:145-160

436. 田宮昌子, 在王逸《楚辞章句》裏挖掘屈原形象的原型, 中国屈原学会第14回年会暨楚辞国際学術研討会 漳州師範学院, 2011

437. 田宮昌子,「悲憤慷慨の系譜」の現在 :屈原「像」をめぐる現象と議論から, 中国研究月報, 第69期（2015）:1-16

438. 田宮昌子, 王逸『楚辞章句』屈賦注における「離騒」テーマの展開, 宮崎公立大学人文学部紀要, 第12期 (2005): 119-138

439. 田宮昌子, 王逸『楚辞章句』全巻における「離騒」テーマの展開, 宮崎公立大学人文学部紀要, 第19期 (2012): 59-78

440. 田宮昌子, クストとしての王逸『楚辞章句』 :その問題点, 宮崎公立大学人文学部紀要, 第13期（2006）:171-181

441. 田宮昌子.『楚辭』三大注の注解姿勢の比較 - 王逸「離騒テーマ」を中心に-宮崎公立大学人文学部紀要、27 (1), 65-76, 2020-03-06

442. 田宮昌子. 浅見絅斎講『楚辞師説』研究序説 —埼門派の学と思想—、宮崎公立大学人文学部紀要28 (1), 33-52, 2021-03-10

443. 田中麻紗已, 関於賈誼的鵬鳥賦-與莊子的聯繋, 東方宗教, 第50號 (1977)

444. 田中岩,《楚辞》的基本要素, 年份不詳, 頁数不詳

445. 田中岩, 貫穿屈原的線索, 横濱大学論叢, 第6期（1954）:3-4

446. 田中岩, 吉川霊華筆《離騒》の主題と典拠, 美術研究, 第410號 (2013): 239-261

447. 田中正樹, 竹下悅子著『中国古代の祭と文学』（中国学芸叢書）, 年份不詳, 頁数不詳

448. 土肥輝雄, 離騒靈鈞新考, 漢文学会会報, 1937, 頁数不詳

449. 土岐善麿,《楚辞解》中苦心的一面, 春秋社, 第10期 (1976): 頁数不詳

450. 土岐善麿,「楚辞解」苦心の一面, 青木正兒全集月報, 第10期（1981）: 32-82

451. 汪玉林, 高橋一男先生の中国文学の世界, 武蔵野学院大学日本総合研究

所研究紀要,第8卷 (2010) :129-136

452.烏羽田重直,『楚辞』「九弁」小考 :名稱と分章,和洋国文研究,第38期 (2003) :46-52

453.烏羽田重直,楚辞にみえる占卜--索〔ケイ〕茅以筵〔タン〕兮,和洋国文研究,第13期 (1977) :28-38

454.烏羽田重直,亂について,漢文学会会報,第26期 (1980) :46-54

455.呉真,招魂と施食:敦煌孟薑女物語における宗教救済,東洋文化研究所紀要,東京大学東洋文化研究所 編,160 (2011) :534-497

456.五十嵐真子、黃麗雲,台北州美裏龍舟文化祭--屈原宮との関係,特集:第11回現代台湾研究学術討論会,現代台湾研究,第33號 (2008) :78-81

457.武者章,卜辞に見える鹹戌と鹹,史学,三田史学会 編 47 (4) 1976.07: 291-300

458.舞田正達,新しい中国と古典--屈原について,国際商科大学論叢,第7期 (1973) :73-83

459.西村時彦,屈原賦説,芸人,第十一卷六、七、八、九期 (1920),頁数不詳

460.西岡弘,「楚辞」9章成立の一試論—格言的表現を中心として,国学院大学,1985 (11) :102-113

461.西紀昭,『楚辞集注』宋刻「集注八巻後語六巻」本について,熊本学園大学文学・言語学論集,第15期 (2008) :151-208

462.西紀昭,調査研究シリーズ (112)《楚辞集注》宋嘉定四年《同安郡齋刻本》の真僞について:附校勘表,海外事情研究,第43卷第1號 (2015) :75-102

463.西角井正慶、藤野岩友,反歌の問題,国学院雑誌,第53期 (1952) :86-102

464.西山榮久、向井章,西元前四至三世紀支那詩的更新,東亞經済研究,23卷16號 (1938)

465.西山榮久、向井章,西元前四至三世紀支那詩的更新,東亞経済研究,24卷2號 (1939)

466.小池一郎,隠す自然:「楚辞から見た「詩経」(上),同志社外国文学研究,第68期 (1994) :1-16

467.小池一郎,隠す自然:「楚辞から見た「詩経」(下),同志社外国文学研究,第69期 (1995) :13-35

468. 小池一郎, 楚辞韻律論, 同志社外国文学研究, 第31期 (1982) : 1-39

469. 小川晴久, 中国の悲歌の誕生：屈原とその時代　F.ケーティ著/羽仁協子訳, 東京女子大学論集, 第23期 (1973) : 100-105

470. 小島政雄, 楚辞漁父篇と屈原譚, 大東文化大学紀要, 第2期 (1964) : 39-54

471. 小島政雄, 摂提貞於孟陬兮に就いて, 大東文化大学紀要, 第3期 (1965) : 101-119

472. 小笠原裕美, 伝承に関する一考察　:「離騒」・「天問」を中心に, 国学院中国学会報, 第58巻 (2013) : 26-50

473. 小林佳迪, 屈原傳説的現実化現象"及其地域性表現-以湘、鄂、〔コウ〕、〔ビン〕、粤、台地区為例, 客家與多元文化, 第1號 (2004) : 172-191

474. 小林正明, 源氏物語の招魂と受肉化--梓巫女、楚辞、やさしく残酷な長恨歌　(特集　続・「生と死」を考える　；　日本文学に見る「生と死」), 国文学 : 解釈と鑑賞 / 至文堂 編, 第74期 (2009) : 35～43

475. 小南一郎, 楚辞の時間意識--九歌から離騒へ, 東方学報, 第58期 (1986) : 121-207

476. 小南一郎, 関於《離騒》之遠遊, 特別是第二次出遊的意義 (続), 河北師範学報 (哲学社会科学), 第3號 (1988) : 58-63

477. 小南一郎, 王逸「楚辞章句」をめぐって--漢代章句の学の一側面, 東方学報, 第63期 (1991) : 61-114

478. 小南一郎, 王逸<楚辞章句>在漢代《楚辞》注釈史上的地位, 古籍整理與研究, 第6期 : 277-285

479. 小南一郎, 朱熹「楚辞集注」攷, 中国文学報, 第33期 (1981) : 32-82

480. 小守鬱子, 曹植と屈原賦, 民古屋大学文学部三十周年記念論集, 1979 : 534-523

481. 小松英生, 中島千秋　文選 (賦篇) 上, 中国中世文学研究, 第13期 (1978) : 73-81

482. 小松原涛, 屈原ペーロン, 読書春秋, 第4卷第5號 (1953) : 14-15

483. 小尾郊一, 楚辞の王逸注の「興」, 廣島大学文学部紀要, 第20期 (1962) : 155-170

484. 小西昇, 謝霊運山水詩五考――その水に関する美意識と楚辞との関係, 福岡教育大学紀要 第1分冊 文科編, 第30期 (1980)：1-13

485. 小野四平, 柳宗元の文学：《吊屈原文》をめぐる一試論 [J]. 宮城教育大学紀要, 第1卷 (1966)：119-134

486. 謝新華, 屈原「九歌」と沅湘民俗との関係, 宗教と社会生活の諸相 沼義昭博士古稀記念論文集, 期数不詳 (1998)：301-329

487. 新海一, 柳宗元と楚辞と-承前, 国学院雑誌, 第57期 (1956)：58－64

488. 新開高明, 《楚辞・天問》論考, 東京支那学報, 第5期 (1952)：頁数不詳

489. 新田大作, 有関古典中表現的對話形式, 東京支那学報, 第13期 (1967)

490. 須田禎一, 屈原あれこれ, 図書, 第86期 (1957)：頁数不詳

491. 徐志嘯、石川三佐男, 赤塚忠先生的楚辞研究-兼佗楚文化的起源麥展及其特点, 秋田大学教育文化学部教育実践研究紀要, 第26號 (2004)：89－99

492. 押谷治夫, 楚辞とその代表的作者・屈原について, 亞洲文化, 第1卷1期 (1964)：127-142

493. 岩田潔,「遠遊」抄, 宿雲, 第7期 (1950)：15-18

494. 鹽田清, 《楚辞》概説, 国語, 第3期 (1951)：頁数不詳

495. 楊穎, 透谷の『楚囚之詩』について ：屈原の「離騒」(『楚辞』)との関連性, 比較文化研究, 第106號 (2013)：305-313

496. 野平宗弘, ベトナムの詩人、阮攸の19世紀初頭漢詩作品における屈原 (特集アジアの中の日本), 東京外国語大学日本研究教育年報, 第13號 (2015)：175-190

497. 野田雄史, 孟子の中の「楚」, 中国文学論集, 第32期 (2003)：1-13

498. 野田雄史, 楚狂接輿は孔子の前で歌ったか?--リズムから見た「楚風」詩歌に関する一考察, 九州中国学会報, 第34期 (1996)：1-17

499. 野田雄史, 探討《詩經》及《楚辞》的押韻字, 中国楚辞学, 第2輯 (2003)：171-181

500. 野田雄史, 『楚辞』九章渉江篇の形式について--押韻と朗誦リズムの関係の検討, 中国文学論集, 第25期 (1996)：17-34

501. 野田雄史, 押韻法から検討した『楚辞』九弁篇の成立時期, 中国文学論集, 第27期 (1998)：1-16

502. 野田雄史, 楚辞韻読-中古音の楚辞への適用の妥当性, 九州中国学会

報,第38號 (2000):142-126

503.野田雄史,例證楚辞的特殊押韻,中国楚辞学,第3期第十輯 (2007):168-188

504.野田雄史,押韻法から検討した「楚辞」天問篇・九歌諸篇の位置付け,九州中国学会報,第37期(1999):18-35

505.野田雄史,押韻法から検討した『楚辞』離騒篇の成立事情,日本中国学会報,第49期 (1997):1-14

506.野田雄史,楚辞と楚歌--文学作品の舞台としての楚について,中国文学論集,第31期 (2002):1-14

507.野田雄史,從松浦節奏論觀点探討楚辞諸篇的節奏,中国楚辞学,第17輯 (2011):6-10

508.一色英樹,「楚辞」九章成立の一試論--格言的表現を中心として,国学院雑誌,第86期 (1985):102-113

509.伊藤清司,並逢と協脅と :古代シナのいわゆる「怪力亂神」に関する一研究,史学,第36期 (1963):453-492

510.伊藤清司,楚辞「天問」と苗族の創世歌,史学,第48期 (1977):112-132

511.櫻井秀,五月節日風俗史考,国学院雑誌,第43卷第7-12期 (1937)

512.影山巍,屈原,華僑文化,第48期 (1952)

513.有賀要延,楚辞体詩について:艸山集研究・四,印度学佛教学研究,第35期 (1986):239-242

514.猿渡留理,曹植「洛神賦」の特徴:『楚辞』の典故援用を手がかりとして,日本文學 113 201-216, 2017-03-15

515.沢野久雄,離騒,早稲田文学,第20卷第8號 (1959)

516.斎藤護一,上代支那-神話傳説與楚辞,漢学会雑誌,第1卷第1期

517.斎藤護一,魏徴「述懐」の詩と楚辞,斯文,第27期 (1960)

518.斎藤護一,現代支那楚辞研究的一斑,斯文,第20編十二號 (1938)

519.斎藤護一,楚辞の伝統,日本中国学会報,第10期 (1958):1-10

520.斎藤護一,楚辞九歌敍事文学的要素與神話伝説,漢学会雑誌,第5卷第3期 (1937):63—68

521.斎藤護一,楚辞諸本的内容異同考,斯文,第17卷三、七號 (1935):31—41

522.斎藤護一, 関於楚辞天問篇, 漢学会雑誌, 第1卷第2期:頁数不詳

523.斎藤護一, 浅見絅齋的楚辞觀, 斯文, 第17卷十一號 (1935):31-37

524.張鈺齡,《楚辞・招魂》的民俗学的一考, 九州大学中国文学会中国文芸座談会第92回, 1984

525.張鈺齡, 考察:招魂儀式與招魂辞, 九州大学中国文学会中国文芸座談会第93回, 1984

526.張志香, 楚辞「離騒」の新解釈 :全体構成の視点から, 東北大学大学院環境科学研究科, 2009

527.張莉, 古代中国・日本の鳥占の古俗と漢字, 総合文化研究所紀要, 同志社女子大学総合文化研究所 編29, (2012):70-92

528.正史佐野,「離騒」における呪的飛翔について, 学林, 第28期 (1998):45-62

529.鄭南, 中国の端午の節:粽、龍舟競漕と屈原, Vesta, 第90號 (2013):46-49

530.直樹臼倉, 九歌・九章・離騒各篇の性格について (本田治教授退職記念論集), 立命館文学, 第619期 (2010):313-327

531.植田彩芳子, 横山大觀筆〈屈原〉(厳島神社) についての考察, 美術史論叢, 第21號 (2005):49-74

532.中村哲, 太陽の木と鳥:おもろと《楚辞》, 沖縄文化研究, 第3卷 (1976):209-228

533.中島千秋, 楚辞と史記との「漁父」について, 愛媛大学紀要, 第3期 (1956):135-144

534.中島千秋, 離騒の表現樣式について, 日本中国学会報, 第7期 (1955):37-52

535.中島千秋, 辞賦的構成について, 日本中国学会報, 第10卷:151

536.中島千秋, 賦の成立と展開, 愛媛大学, A刊第5期 (1963):598

537.中島千秋, 賦の成立について, 東京支那学報, 第1期 (1926):165-175

538.中島千秋, 子虛・上林の賦の源流, 東方学, 第17期:13-26

539.中尾健一郎, 陶淵明「読山海經」詩に見える『楚辞』の影響, 東洋古典学研究, 第7期 (1999):70-98

540. 中西武夫,〈屈原〉--前進座公演, 舞台展望, 第2卷第11號（1952）：55-56

541. 重田雅一, 王維と『楚辞』, 二松学舎大学人文論叢, 第89期 (2012)：17-39

542. 竹内実,《楚辞集注》：離騒、九歌（抄）、漁父, 中央公論, 第88期（1973）：369-400

543. 竹田復, 詩經と楚歌, 日本中国学会報, 1953：頁数不詳

544. 竹田復, 中島千秋著賦の成立と展開, 斯文, 第40期 (1964)：69-72

545. 竹治貞夫, 邦儒の楚辞研究について, 徳島大学学芸紀要, 第22期 (1972)：13-31

546. 竹治貞夫,「長余佩之陸離」句の意味, 徳島大学学芸紀要, 第18期 (1969)：1-12

547. 竹治貞夫, 楚辞「天問」篇の構想, 徳島大学学芸紀要, 第33期 (1983)：1-24

548. 竹治貞夫, 楚辞における三言の要素, 徳島大学学芸紀要, 第11期 (1963)：1-15

549. 竹治貞夫, 楚辞の二段的構成について, 支那学研究, 第24期 (1960)：44-45

550. 竹治貞夫, 楚辞の方言性, 徳島大学学芸紀要, 第14号 (1965), 頁数不詳

551. 竹治貞夫, 楚辞の和刻本について, 徳島大学学芸紀要, 第15期 (1966)：49-59

552. 竹治貞夫, 楚辞の詩形に就いて, 支那学研究, 第20期 (1958)：31-45

553. 竹治貞夫, 楚辞九歌に就いて, 徳島大学学芸紀要, 第7期 (1957)：25-39

554. 竹治貞夫, 楚辞遠遊について, 徳島大学学芸学部紀要, 第10期 (1961)：22-34

555. 竹治貞夫, 楚辞遠遊文学の系譜, 小尾博士古稀記念中国学論集, 期数不詳 (1983)：23-38

556. 竹治貞夫, 楚辞の兮について-その本文批判的考察, 日本中国学会報, 第15期 (1963)：51-67

557. 竹治貞夫, 古書に見える楚辞引文の考察—逸文の存否と逸書について, 日本中国学会報, 第22期（1970）：16-33

558. 竹治貞夫, 関於《楚辞・九章》, 徳島大学学芸紀要, 第6期 (1956)：頁数不

詳

559.竹治貞夫,離騒の分章段落に就いて,德島大学学芸紀要,第4期（1955）：73-85

560.竹治貞夫,慶安版楚辞の文選読について,德島大学学芸紀要,第16期（1967）：65-73

561.竹治貞夫,天問の発問形式について,德島大学学芸紀要,第8期（1958）：25-38

562.竹治貞夫,天問の主題について,支那学研究,第22期（1958）：13-23

563.竹治貞夫,招魂の作者について,德島大学学芸学部紀要,第9期（1960）：11-23

564.竹治貞夫,屈氏の人々,德島大学学芸紀要,第21期（1971）：1-20

565.竹治貞夫,屈原の先世,德島大学学芸紀要,第20期（1971）：1-15

566.竹治貞夫,史記屈原伝の一節について,支那学研究,第15期（1956）：23-31

567.竹治貞夫,中国屈原学会国際討論会参加の記,德島大学国語国文学,第5期（1992）：77-79

568.竹治貞夫,関於楚辞釈文的作者問題,成都大学学報,第1期（1993）：54-60

569.竹治貞夫,楚辞釈文の内容について,德島大学学芸紀要,第17期（1968）：1-16

570.竹治貞夫,楚辞釈文の撰者について,日本中国学会報,第18期（1966）：161-183

571.竹治貞夫,包山楚簡による離騒占筮章の確解,德島大学国語国文学,第9期（1996）：1-10

572.竹治貞夫,包山楚簡と湯炳正の『離騒』新解一『包山楚墓』『包山楚簡』,東方,第168期（1995）：24-27

573.竹治貞夫,ホーケス楚辞-南国の歌,古代中国の詞華集,支那学研究,第30期（1965）：35-44

574.専之助田村,楚辞における気象観,天気7 (8) 日本気象学会, 1960, 236-239

575. 佐伯春恵, 福岡県立岩遺跡「清白鏡」銘文と屈原の文学--『楚辞』の「離騒」、「九章」、「九弁」の引用から, 築紫語文, 第16期 (2007)：44-60

576. 佐伯春恵, 立岩遺跡出土《清白鏡》及び銘文に関する一考察-《楚辞》《九弁》の引用を手がかりに, 築紫女学園大学・短期大学部人間文化研究所年報, 第21號 (2010)：361-374

577. 佐藤利行, 『文選集注本』離騒経一首所引陸善経注について (1), 広島大学文学部紀要, 第58期 (1998)：102-121

578. 佐藤利行, 『文選集注本』離騷經一首所引陸善經注について (2), 広島大学文学部紀要, 第59期 (1999)：62-76

579. 佐藤利行, 『文選集注本』離騷經一首所引陸善經注について (3), 広島大学文学部紀要, 第60期 (2000)：133-152

580. 佐竹保子, 孫綽「天台山に遊ぶ賦」の修辞-《楚辞》より謝霊運詩賦に至る, 集刊東洋学, 第93號 (2005)：21-40

附录二　著作题录

按照作者名首字的拼音字母排序如下：
研究专著类
1. 赤塚忠, 楚辞研究 (赤塚忠著作集6), 東京：研文社, 1986
2. 吹野安, 楚辞集注全注釈1 離騒, 東京：明徳出版社, 2004
3. 吹野安, 楚辞集注全注釈2 九歌, 東京：明徳出版社, 2005
4. 吹野安, 楚辞集注全注釈3 天問, 東京：明徳出版社, 2012
5. 吹野安, 楚辞集注全注釈4 九章, 東京：明徳出版社, 2011
6. 吹野安, 楚辞集注全注釈5 遠遊・卜居・漁夫, 東京：明徳出版社, 2012
7. 大宮正人, 屈賦與日本公元前史, 中国海南出版社, 1994
8. 稲畑耕一郎, 歴代賦彙作者別作品索引 (第一次修訂本), 東京：早稲田大学中国文学会, 1980
9. 東洋文化協会, 楚辞 (国訳漢文大成文学部1), 国訳漢文大成文学部, 1956
10. 児島献吉郎, 楚辞考, 《支那文学雑考》本, 1933

11.富永一登、張健, 先秦・西漢・三国辞賦索引（上・下）, 東京：研文出版社, 1996

12.福島吉彦, 楚辞, 大修館書店, 1968

13.高橋庸一郎, 中国文化史上における漢賦の役割, 京都：晃洋書房, 2011

14.高橋忠彦, 文選（賦篇）下（新釈漢文大系）, 東京：明治書院, 2001

15.岡松甕谷, 楚辞考, 岡松参太郎排印本, 金港堂書籍株式会社発売, 1910

16.岡田正之校訂, 楚辞校訂, 富山房刊《漢文大系》第22巻, 1916

17.亀井昭陽, 楚辞玦, 京都大学、応慶大学、大阪大学各図書館藏本, 年份不詳

18.黒須重彦, 屈原詩集（中国の詩集1）, 東京：角川書店, 1973

19.黒須重彦訳, 楚辞（中国の古典20）, 東京：学習研究社, 1982

20.黒須重彦, 楚辞と日本書紀：声から文字へ, 東京：武藏野書院, 1999

21.戸蒼英美, 詩人たちの時空：漢賦から唐詩へ, 東京：平凡社, 1988

22.近藤春雄, 詩經・楚辞・古詩選, 東京：武藏野書院, 1974

23.黎波, 屈原的悲歌-離騒, 大修館書店, 1980

24.芦東山, 楚辞評园, 岩手県磐井郡花泉町教育委員会藏抄本, 年份不詳

25.目加田誠, 詩経・楚辞（中国古典文学全集1）, 東京：平凡社, 1960

26.目加田誠, 屈原（岩波新書）, 東京：岩波書店, 1967

27.目加田誠訳注, 楚辞訳注（詩經・楚辞）, 東京：平凡社, 1969

28.目加田誠, 詩經・楚辞（中国古典文学大系15）, 東京：平凡社, 1969

29.目加田誠, 目加田誠著作集第三巻　定本詩經訳注（下）・定本楚辞訳注, 東京：竜渓書社, 1983

30.目加田誠, 滄浪の歌　屈原（中国の名詩2）, 東京：平凡社, 1983

31.牧角悦子、福島吉彦, 詩經・楚辞（鑑賞中国の古典11）, 鑑賞中国の古典11, 1989

32.牧角悦子, 中国古代の祭祀と文学（中国学芸叢書13）, 東京：創文社, 2006

33.牧角悦子, 詩經・楚辞（ビギナーズ・クテミツックス　中国の古典）, 東京：角川学芸出版, 2012

34.浅見炯斎, 楚辞師説, 早稲田大学出版部刊《漢籍国字解全書》本, 1910

35.橋本循, 訳注楚辞, 東京：岩波書店, 1958

・249・

36. 橋本循、青木正児, 楚辞中国古典詩集（世界文学大系7A）, 東京：築摩書房, 1961

37. 橋本循, 楚辞, 東京：岩波書店, 1969

38. 橋川時雄, 楚辞（東洋思想叢書9）, 日本評論社, 1943

39. 青木正児, 支那文学芸術考, 弘文堂書房版, 1942

40. 青木正児, 新釈楚辞, 東京：春秋社, 1957

41. 青木正児, 楚辞, 東京：築摩書房, 1961

42. 青木正児, 新訳楚辞及其他, 東京：春秋社, 1973

43. 秦鼎校读, 楚辞灯校读, 京都书肆中川藤四郎刊行本, 1798

44. 石川三佐男, 楚辞新研究, 東京：汲古書院, 2002

45. 释青箄译, 离骚, 国民文章刊行会印《国译汉文大成》文学部第1卷, 1922

46. 藤田豊八, 先秦文学, 東京：東華堂, 1900

47. 藤野岩友, 巫系文学小考： 楚辞を中心として, 东京：大学書房, 1951

48. 藤野岩友, 巫系文学論, 東京：大学書房, 1952

49. 藤野岩友, 《天問》和蔔噬, 東京：角川書店, 1952

50. 藤野岩友, 増補巫系文学論, 東京：大学書房, 1961

51. 藤野岩友, 巫系文学論, 東京：集英社, 1967

52. 藤野岩友, 楚辞（漢詩選3）, 東京：集英社, 1967

53. 藤野岩友訳注, 楚辞訳注（漢詩大系3）, 東京： 集英社, 1967

54. 藤野岩友, 楚辞給予近江奈良朝文学的影響（中国文学與礼俗）, 東京：日本角川書店, 1976

55. 藤野岩友、青木正児, 楚辞, 東京：集英社, 1967

56. 藤原惺窩, 注解楚辞全集

57. 西村時彦, 楚辞王注考異, 大阪：大阪大学図書館藏手抄本, 1919

58. 西村時彦, 屈原賦説, 大阪：懐徳堂記念会刊《碩園先生遺集》本, 第5冊載上卷12篇, 1936

59. 西村时彦, 楚辞纂说, 大阪大学图书馆馆藏手稿本及抄本, 年份不詳

60. 小南一郎, 楚辞（中国詩文選6）, 東京：築摩書房, 1973

61. 小南一郎, 楚辞集解1（京都大学漢籍善本叢書5）, 東京：同朋舎, 1984

62. 小南一郎, 楚辞集解2（京都大学漢籍善本叢書6）, 東京：同朋舎, 1984

63. 小南一郎, 楚辞とその注釈者たち（楚辞及其注釈者研究）, 朋友書店, 2003

64. 小尾郊一、花房英樹, 文選（文章編）1・2、（詩騒編）3・4、（文章編）5・7（全釈漢文大系）, 東京：集英社, 1974

65. 星川清孝, 楚辞之研究, 奈良：天理養德社, 1961

66. 星川清孝訳注, 屈辞訳注, 奈良養德社, 1961

67. 星川清孝訳注, 屈辞訳注, 明德出版社, 1973

68. 星川清孝, 楚辞（中国古典新書21）, 東京：明德出版社, 1970

69. 星川清孝, 楚辞（新釈漢文大系34）, 東京：明治書院, 1970

70. 星川清孝, 楚辞入門（ダルマ・ブックス）, 日本文芸社, 1973

71. 須田禎一訳（郭沫若原著）, 屈原, 未来社, 1952

72. 宇野直人、江原正士, 漢詩を読む1 『詩経』、屈原から陶淵明へ, 東京：平凡社, 2010

73. 原田種成, 四庫提要：訓点本 楚辞類、別集類1, 東京：汲古書院, 1984

74. 中島千秋, 文選（賦篇）上（新釈漢文大系79）, 東京：明治書院, 1977

75. 塚本哲三, 古文真宝、楚辞（漢文叢書）, 有朋堂書店, 1929

76. 竹治貞夫, 楚辞索引, 日本中文出版社, 1964

77. 竹治貞夫, 楚辞研究, 東京：風間書房, 1978

78. 竹治貞夫, 中国的詩人：憂国詩人屈原, 東京：築摩書房, 1983

79. 竹治貞夫, 屈原：憂国詩人（その詩と生涯1）, 東京：集英社, 1983

80. 佐竹保子, 西晋文学論, 東京：汲古書院, 2002

81. 矢田尚子, 江戸・明治期日本における『楚辞』諸注釈解題,「日本楚辞学の基礎的研究—江戸・明治期を中心に—」プロジェクトチーム, 2017

82. 矢田尚子, 楚辞「離騒」を読む：悲劇の忠臣・屈原の人物像をめぐって, 東北大学出版会, 2018.11

文学史专著类

1. 川合 康三, 中国の文学史観, 創文社, 2002.2

2. 川合 康三, 明治の中国文学史（稿）, 京都大学大学院文学研究科, 1999.3

3. 白川静, 中国的古代文学1（従神話到楚辞）, 東京：中央公論社, 1976、1980、2003

4. 白川静, 白川静著作集8 古代の文学, 東京：平凡社, 2000

5. 倉石武四郎, 中国文学史, 中央公論社, 1956

6. 倉石武四郎, 中国文学史概説, 倉石武四郎, 1951

7. 大矢根文次郎, 中国文学史, 前野書店, 1955

8. アンドレ・レヴィ著 ； 中野茂訳 ； 宇野直人注解, 中国古典文学, 東京：明徳出版社, 2014.6

9. 吉川幸次郎撰、高橋和巳編, 中国詩史, 東京：筑摩書房, 1967

10. 吉川幸次郎述、黒川洋一編, 中国文学史, 東京：岩波書店, 1974.10

11. 賴惟勤（楚辞部分）, 中国的名著（東京大学中国文学研究室編）, 東京：勁草書房, 1961

12. 鈴木虎雄, 賦史大要, 東京：富山房, 1936

13. 鈴木修次、高木正一、前野直彬編, 文学史（中国文化叢書5）（中国訳名為：中国文学史）, 大修館書店, 1968

14. 内田泉之助, 中国文学史, 東京：明治書院, 1975

15. 前野直彬, 中国文学史, 東京大学出版会刊, 1975

16. 前野直彬, 中国文学史, 東京大学出版会第24刷, 1998

17. 前野直彬, 中国文学序説, 東京大学出版会, 2017.6

18. 橋川時雄, 中國文學史梗概, 出版者不明, 195-

19. 小川環樹, 中国文学, 東京：平凡社, 1957

20. 小松謙,「現実」の浮上：「せりふ」と「描写」の中国文学史, 東京：汲古書院, 2007

21. 興膳宏, 丸山昇著, 中国文学史, 出版社不明, [198-]

22. 厳城秀夫, 中国文学概論, 東京：朋友書店, 1998

23. 植木久行, 詩跡（歌枕）研究による中国文学史論再構築 ： 詩跡の概念・機能・形成に関する研究, 出版社不詳, 2008.3

24. 竹村則行, 中国近現代における『中国文学史』纂述に関する基礎的研究, 九州大学, 2008.3

25. 竹田復, 倉石武四郎編、中国文学史の問題点、出版社不明

26. 佐藤一郎, 中国文学史, 東京：慶應義塾大学出版会, 2005.5

附录三　日本高校图书馆网址

1. 东京大学，东京大学附属图书馆http://www.lib.u-tokyo.ac.jp/
2. 京都大学，京都大学电子图书馆http://edb.kulib.kyoto-u.ac.jp/exhibit/index.html
3. 东京工业大学，东京工业大学附属图书馆http://www.libra.titech.ac.jp/welcome.php
4. 一桥大学，一桥大学附属图书馆http://www.lib.hit-u.ac.jp/
5. 庆应义塾大学，庆应义塾图书馆http://www.mita.lib.keio.ac.jp/
6. 大阪大学，大阪大学附属图书馆http://www.library.osaka-u.ac.jp/?lang=japanese
7. 东北大学，东北大学图书馆http://www.library.tohoku.ac.jp/
8. 名古屋大学，名古屋大学附属图书馆http://www.nul.nagoya-u.ac.jp/
9. 九州大学，九州大学附属图书馆https://www.lib.kyushu-u.ac.jp/
10. 北海道大学，北海道大学附属图书馆http://www2.lib.hokudai.ac.jp/
11. 早稻田大学，早稻田大学图书馆http://www.wul.waseda.ac.jp/index-j.html
12. 神户大学，神户大学附属图书馆http://www.lib.kobe-u.ac.jp/
13. 东京外国语大学，东京外国语大学附属图书馆http://www.tufs.ac.jp/library/index-j.html
14. 筑波大学，筑波大学附属图书馆https://www.tulips.tsukuba.ac.jp/portal/
15. 横滨国立大学，横滨国立大学附属图书馆http://www.lib.ynu.ac.jp/
16. 千叶大学，千叶大学附属图书馆http://www.ll.chiba-u.ac.jp/
17. 广岛大学，广岛大学图书馆http://www.lib.hiroshima-u.ac.jp/
18. 御茶水女子大学，御茶水女子大学附属图书馆http://www.lib.ocha.ac.jp/
19. 首都大学，首都大学东京图书馆http://www.lib.tmu.ac.jp
20. 东京学艺大学，东京学艺大学附属图书馆http://library.u-gakugei.ac.jp/
21. 上智大学，上智大学图书馆http://www.sophia.ac.jp/jpn/research/lib
22. 熊本大学，熊本大学附属图书馆http://www.lib.kumamoto-u.ac.jp/

23. 电气通信大学，电气通信大学附属图书馆http://www.lib.uec.ac.jp/

24. 东京艺术大学，东京艺术大学附属图书馆http://www.lib.geidai.ac.jp/

25. 大阪教育大学，大阪教育大学附属图书馆http://www.lib.osaka-kyoiku.ac.jp/

26. 京都工艺纤维大学，京都工艺纤维大学附属图书馆http://www.lib.kit.ac.jp/

27. 名古屋工业大学，名古屋工业大学附属图书馆http://www.lib.nitech.ac.jp/index.html

28. 东京理科大学，东京理科大学图书馆http://www.tus.ac.jp/library/

29. 青山学院大学，青山学院图书馆https://www.agulin.aoyama.ac.jp/

30. 关西学院大学，关西学院大学图书馆http://library.kwansei.ac.jp/

31. 埼玉大学，埼玉大学图书馆http://home.lib.saitama-u.ac.jp/

32. 静冈大学，静冈大学附属图书馆http://www.lib.shizuoka.ac.jp/

33. 中央大学，中央大学图书馆http://www.chuo-u.ac.jp/library

34. 奈良女子大学，奈良女子大学附属图书馆http://www.nara-wu.ac.jp/aic/

35. 东京海洋大学，东京海洋大学附属图书馆http://lib.s.kaiyodai.ac.jp/?lang=japanese

36. 东京农业大学，东京农业大学图书馆http://www.biblio.tuat.ac.jp/

37. 九州工业大学，九州工业大学附属图书馆https://www.lib.kyutech.ac.jp/library/

38. 横滨市立大学，横滨市立大学图书馆http://opac.yokohama-cu.ac.jp/

39. 大阪府立大学，大阪府立大学图书馆http://www.osakafu-u.ac.jp/library/index.html

40. 京都教育大学，京都教育大学附属图书馆http://lib1.kyokyo-u.ac.jp/

41. 名古屋市立大学，名古屋市立大学图书馆http://www.nagoya-cu.ac.jp/1122.htm

42. 国学院大学，国学院大学图书https://www.kokugakuin.ac.jp/info/lib/

后 记

  本书是周建忠教授主持的国家社科基金重大项目"东亚楚辞文献的发掘、整理与研究"的研究成果之一。也是教育部人文社科基金青年项目"楚辞在日本的传播与影响研究"的结项成果之一。以南通大学楚辞研究中心为平台，团队于2015—2019年多次赴日交流，完善日本楚辞文献资料搜集，梳理与选取近年来有代表性的日本楚辞学专家学者的专著、论文等进行编译、勘误、考证、整理并反复推敲探索。在楚辞中心首席专家周建忠教授的引领以及南通大学文学院副院长陈亮教授的指导下，2018年日本楚辞相关南通市社科基金项目顺利结项，2019年教育部人文社会科学研究项目"楚辞在日本的传播与影响研究"喜获立项，以上经历均为本著作书稿的出版奠定了基础，集聚了力量。

  日本的楚辞文献相当丰富。在域外楚辞学、国际汉学领域中，日本楚辞学方面的研究成果是最多的，学界相关代表性的学者及其代表论著不胜枚举。早在20世纪80年代，马茂元先生已经将目光转向海外学者的楚辞研究，由尹锡康、周发祥人责任主编的《楚辞资料海外编》收录了日、英、美、法、德、苏联等国学者的论文20篇，展示了域外学者的研究成果和进展。可谓中国学者对域外楚辞的最早关注。2015年徐志啸教授的著作《日本楚辞研究论纲》对日本楚辞研究分阶段梳理概括，对代表性学者专著作了评述，对中日两国学者研究楚辞有着重要的参考借鉴价值。本书基于学界丰硕的研究积累，在前人奠定的科研基础之上，探讨楚辞文献在日本的传播、流变以及影响研究。感谢日本楚辞学者们对本书稿给予的大力支持和肯定。

  由衷感谢周建忠教授、陈亮老师、何继恒老师以及南通大学楚辞研究中心团队等对本书稿给予的人力、物力、财力支持、指导和鼓励。感谢南通大学外国语学院郭素英老师、龙臻老师、史小华老师以及日语系其他师生们给予的大力协助。感谢我的母校北京外国语大学日本学研究中心的导师周维宏先生的悉心指导，以及日研中心各位师友的支持和鼓励。感谢本人所在单位南通大学的培养和支持。感谢南通大学外国语学院为本人提供的良好的科研环境；感谢日本国际交流基金会对本人2008年、2021年两次赴日研修的倾力支持，由衷鸣谢畔上和子老师、星野先生、金子先生的协助。感谢东京大学综合文化研究科的石井刚教授的指导。感谢东京大学国际协力科各位老师的帮助。感谢东京大学综合文化研究科朝仓智心博士担任我的tutor，感谢东京大学中国文学研究室黄嘉庆博士的建议。感谢一起在东京学习生活的伙伴们徐田奇、张蓓、刘嘉瑢以及雷嘉璐、忠地学妹们的关心和帮助，感谢于振冲、朱婷婷同学的鼓励，衷心希望大家在各自的学业、工作和家庭方面一切顺利，得偿所愿。感谢家人的陪伴、支持和鼓励，让我有个坚强的后盾和温馨的避风港，可以乘风破浪，勇往直前。

　　日本楚辞学研究可谓一个庞大的系统工程，需要研究者精通相关学科的知识背景，同时还应有跨学科的综合知识和国际视野。囿于时间、精力、学科背景、知识结构、语言障碍和地域所限，仅靠一己之力难以搜罗殆尽、整理完备。例如，本研究涉及庞大的资料调查工作，各地公私藏书的调查与获得任务艰巨，尤其是日本楚辞文献中的善本和稀见本多沉睡在各地的图书馆等，难见天日。相关资料的影印涉及知识产权，其复本获取和得到允许影印有较大难度。珍贵的稿本、抄本和孤本等，获取复本的经济成本也较高。因此，仍有大量楚辞研究论著囿于时间、空间阻隔和语言障碍，加之疫情的影响和阻隔，难以获得。浩如烟海的楚辞学文献有待今后进一步搜集、整理，并加大研究的力度。

　　值得庆幸的是，本研究依托南通大学楚辞研究中心，有幸得到周建忠教授、陈亮教授、何继恒老师等的大力支持和肯定。在前辈学人的不懈努力之下，日本楚辞文献的挖掘与整理工作取得了阶段性的成果。与此同时，在2019年荣获教育部人文社科基金青年项目立项以来，在本书的写作期间，本人有幸获得日本国际交流基金会的赴日研修资助，于2021年10月开始，赴日本东京大学进行为期一年的访学研修。因此，本人能够借此机会，潜心日本楚辞文献的进一步搜集、整理和补充。

　　然而，即便如此，面对浩如烟海的楚辞学文献，本人深感由于受精力、财力以及客观因素的限制，有诸多课题未能得以解决，以期在今后日益精进的拓展研究中进行攻克。本书稿粗鄙遗漏偏颇之处在所难免，如有不妥之处，还请各位方家海涵、雅正。